新时期中国儿童文学精品文库

新　时　期
中国儿童文学精品文库

一百个
中国孩子的梦

董宏猷　著

浙江文艺出版社
Zhejiang Literature & Art Publishing House

读　一　页　书　读蜜　舔　一　口　蜜

北京读蜜文化传媒有限公司 | 策划

灿烂温暖的阳光浇灌着温室里的秧苗。她发现是秧苗在叫着笑着呢。她看见秧苗眨眼间就长高了。

郑老师似乎没听见他的呼喊，一边指着闪烁的星空，一边讲着各种星座的故事，边讲边走了。同学们兴致勃勃地听着，一个个目不转睛地望着星空，不时发出一两声惊叹。

她睁开眼一看，呀，马竟在天上飞了起来。一朵一朵的白云像轻纱一样从她的身旁缓缓地飘过，蓝湛湛的天空像被水洗过一样明净。

爷爷摇着橹，向它们划去。快接近它们时，他才发现，那不是什么远洋巨轮，而是一头头巨大的鲸鱼！

鲤鱼的话刚说完，湖水突然闪开了一条大路，大路的尽头是伸向湖底的阶梯。大鲤鱼用尾巴走着路，回过头来向他招手：“来呀！”

序言

改革开放至今已有四十多年，回望新时期儿童文学，可以分为两个阶段：

第一个阶段是1978年到1999年。这个阶段，儿童文学作家们思想解放，热情洋溢，创作欲望呈井喷式爆发。老作家宝刀不老，重新活跃于儿童文苑；一大批生机勃勃的青年作家脱颖而出，崭露头角。这一阶段，作家们在儿童观、儿童文学观上有了新的转变和新的进步，更加明确了儿童文学“以儿童为本位”“以儿童为主体”的思想，对儿童文学的功能认识也更为全面，不光摆脱了“教育工具论”的束缚，还回归到“儿童文学是文学”的思想境界，注重以情感人、以美育人的创作理念。

改革开放之初，短篇儿童小说的成就尤为突出。1980年代末、1990年代初，长篇小说热成了儿童文苑一道亮丽的风景线。曹文轩的《草房子》、秦文君的《男生贾里全传》入选中宣部、中国作协等部门联合推出的“向国庆50周年献礼”的十部长篇小说之列，充分显示出儿童文学的思想、艺术成就和影响力，完全可以与成人文学平起平坐，毫不逊色。这一阶段的作品，在题材、形式、风格上多姿多彩，不少作家在思想、艺术上日趋成熟。很多儿童文学作家沿着回归文学、回归儿童、回归创作个性的艺术正道不断前行。

从2000年至今，是新时期儿童文学发展的第二个阶段，也是一个弥足珍贵的黄金期。党中央采取了一系列推动文化发展改革的重大举措，要求更加自觉地推动社会主义文化建设，促进文化大发展、大繁荣。特别是十八大以来，习近平总书记关于文艺工作的几次报告、讲话，明确要求文艺工作者要创作无愧于时代的优秀作品，一次次给儿童文学的发展带来良好机遇和强劲动力。作家们更加关注讲好中国故事，弘扬中国精神，努力追求文学品质与艺术魅力的完美结合，更加自觉地守正创新，勇于探索，敢于变革，在艺术上有更加新颖独特的追求。

这一阶段，作家们按照自己的生活经历、个性特点、优势擅长，开拓不同的创作疆域，使创作题材、样式越发多样化。就小说而言，校园小说、动物小说、历史小说、战争题材小说、冒险小说、幻想小说、少数民族题材小说、童年回忆小说，应有尽有，丰富多彩。取材独特、风格各异的优秀儿童文学作品层出不穷，受到各界好评。

1980年代崛起的作者，人生阅历和创作经验越发丰富，世纪之交涌现出的作者正富于创作激情与创新精神，这两代作家成为新时期儿童文学第二个阶段创作的中坚力量，加上成人文学作家的加盟，使得2000年以来的儿童文学思想、艺术质量在整体上进一步提高。不少优秀作品陆续走向世界，获得各类嘉奖。2016 年，曹文轩荣获国际安徒生奖，越发增强有志气、有才能的作家攀登儿童文学高峰的自信。

在这样的大背景下，2018 年 11 月，在改革开放四十周年之际，在中国儿童文学研究会临近成立四十周年之际，中国儿童文学研究会和浙江文艺出版社共同启动了“新时期中国儿童文学精品文库”项目。该项目具有深远的意义。

第一，继往开来，承上启下。改革开放四十多年，是新中国非常重要的历史时期，中国社会发生了翻天覆地的变化。“新时期中国儿童文学精品文库”的启动和推进，是对改革开放以来儿童文学成就最好的证明。“新时期中国儿童文学精品文库”邀请王蒙、金波、曹文轩任主编，高洪波、海飞、庄正华、王泉根等任编委，精挑细选新时期儿童文学作家优质作品，集中呈现新时期儿童文学成就。这套书，既是对新时期儿童文学成就的回望，又是对走向新时代的儿童文学的展望，有着继往开来、承上启下的意义。

第二，审美性与功能性相得益彰。编选一套既可提升少年儿童文学艺术审美能力，又能提升其阅读理解、写作能力的精品图书，是编委的目的之一。“新时期中国儿童文学精品文库”兼顾各年龄段少年儿童的心理特点、精神需求、欣赏习惯、接受程度，涵盖了小说、散文、诗歌、童话等多种文学体裁。在内容编选方面，将深受广大小读者、中小学教师、家长喜爱，儿童文学评论家肯定，荣获众多奖项，入选多种版本教材，获得童书出版行业及专业媒体推崇的重要篇目收录其中，有利于孩子的阅读视野从“一棵树木”拓展到“一片树林”；编者在装帧设计上精益求精，力争呈现出更高的审美标准，以满足儿童心灵对美的呼唤和渴求，丰富儿童的审美体验。

第三，一套能“走出去”的中国儿童文学精品丛书。这套丛书力求收录新时期儿童文学最具代表性的作品和最成熟的作家阵容，是一扇让国外读者、研究者了解中国儿童文学成就的窗口。国际社会只有更多地、整体性地了解中国当前的少年儿童文学，中国在世界上的文化输出环境才会得到更进一步的改善。

我们希望这套书能走进小读者的心里，成为他们书架上的必读书，成为他们成长与阅读时光里的美好记忆；也希望这套书，能为创作者、出版者、研究者、教育工作者、家长们提供参考，以便更好地把握新时期儿童文学的过去、现在与未来。

新时期中国儿童文学精品文库编委会

二〇二二年三月八日

目录

四岁的梦

五岁的梦

六岁的梦

七岁的梦

八岁的梦

九岁的梦

十岁的梦

十一岁的梦

十二岁的梦

十三岁的梦

十四岁的梦

十五岁的梦

四岁的梦

果味奶汁

他——四岁。刚上幼儿园。午睡时，含着空奶瓶的奶嘴睡着了。这是他的习惯，不含奶嘴就睡不着。他梦见……

……天好像刚刚亮，四周雾气腾腾的。他好像闻到一股怪味，一闻就心里发毛。他想起来了，那是爸爸在煮牛奶，牛奶里面肯定有一个鸡蛋。那股怪味正是牛奶煮鸡蛋。他最讨厌牛奶煮鸡蛋了。他怕爸爸。他不喝，爸爸就吹胡子瞪眼睛发脾气。刚想到爸爸，爸爸就来了，果然端来了热气腾腾的牛奶煮鸡蛋。他看不清爸爸的脸，但感觉到这就是爸爸了。

他不敢说不喝，眼泪不知怎的就涌了出来。爸爸爱打人，而且最爱揪屁股。爸爸说揪屁股不疼，其实揪屁股很疼。他望望那碗牛奶煮鸡蛋，突然，那鸡蛋在牛奶里旋转起来，一边转，还一边唱歌，好像是幼儿园的小朋友在唱歌，好像还有风琴声。他听了听，好像唱的是：“我们的祖国是花园，花园的花朵真鲜艳……”他正觉得奇怪，爸爸突然不见了。可是，那碗牛奶煮鸡蛋还在半空中悬着。他一走，那碗就跟着他走；他吓得跑了起来，那碗旋转着在后面追。他吓得想喊妈妈，可是跑又跑不动，喊又喊不出声。他吓得大哭起来……

〔他的奶嘴掉了。幼儿园的阿姨走过来，又给他含上了。〕

……忽然听见妈妈在亲切地呼唤着他。

他回头一看，那碗牛奶煮鸡蛋不见了。他看见一个好大好大的奶嘴。哦，那是妈妈的奶嘴。他依偎在妈妈的怀里，张开小嘴，含着妈妈的奶头，高兴地吸吮着。嗯，妈妈的奶水真甜，真香。突然，他觉得那奶水变味了，是红色的清亮的果汁，就像妈妈冲给他喝的果味露。嗯！真好喝！他咕嘟咕嘟地喝着。突然，那果味奶汁又变了，变成了凉津津的冰冻汽水。他喝了一小口，嗯，浑身都凉透了，舒服极了。

“妈妈……”他喃喃地喊了一声。

可是妈妈好像要走了。奶嘴慢慢地游动起来。他急忙扑上去，一抓，没抓着，奶嘴好像浮游在水面上。他又一扑，又一抓，还是没抓着。眼看着奶嘴渐渐地浮游远了，他想追，可是跑不动，他想喊，可是喊不出声。他急得哭了起来，大喊着：“妈妈！妈妈！”……

〔奶嘴又掉了。他哭醒了。〕

滑不到头的滑梯

她——四岁。白天，爸爸妈妈带她到公园儿童游乐场去玩，她连滑梯也不敢滑。好不容易滑了一次，却吓得大哭……

……好多好多小朋友的笑声、喧哗声像海潮一样涌了过来，涌了过来。她捂住耳朵，缩着身子，望着一架一架高高的滑梯。这些滑梯好高好高啊，都快升到天上去了。阳光从树叶的缝隙中筛了下来，很刺眼。她眯缝着眼，不敢抬头往上看。

一个声音响了起来："你滑不滑？不滑我就再长高了！"

这声音听起来好耳熟，好像是爸爸在说话。可是，爸爸不是滑梯呀！

正想着，眼前的滑梯唰唰地又长高了。

哎呀！可别把太阳撞坏了！

她赶紧用手抱着头。太阳可大可烫呢！要是掉下来，脑袋上肯定要砸个大疙瘩。

"你滑不滑？不滑我又长高了！"

哎呀！我滑……我……滑……她委屈地噘着嘴，眼泪情不自禁地涌了出来。太阳公公，我是怕滑梯长高了，把您撞坏了。滑梯可坏呢！

突然，滑梯变成了一只长颈鹿。好长好长的脖子啊！长颈鹿低下头，张开嘴就来咬她。她吓得大叫起来，拔腿就跑。跑呀跑呀，前面又有一架滑梯拦住了去路。再一看，呀，这滑梯又变成了一只大象。大象用长长的鼻子把她卷了起来，她一下子离开了地面。

她两腿悬空了，吓得乱蹬乱叫。大象笑着说："别怕，别怕，我是你的好朋友。滑滑梯可好玩呢。不信，你就试试吧！"

大象说完，用长鼻子把她举到天上去了。

一朵朵的白云像泡泡糖那样，还散发着清香呢。太阳像一个大气球，透明透明的。她觉得真新鲜，真有趣。

可是当她无意间朝下一望，哎呀，她的腿顿时软了，心咚咚地跳起来了。一幢一幢的楼房像小积木似的，一辆一辆的小汽车像小蚂蚁似的。这么往下一望，就像爸爸上次带她到二十多层楼高的大饭店楼顶往下看似的。

她突然看见了妈妈！妈妈好小好小啊，像个小玩具似的。妈妈正张开双臂，仰着脸，大声地喊着她。

"我要回去！我要下去！"她挣扎着，喊了起来。

正喊着，大象的鼻子突然松开了，她一下摔了下去，摔在滑梯上。她尖叫一声，想抓住滑梯的边沿，可是没抓住，唰唰地顺着滑梯往下滑去。

"妈妈！"她看见妈妈在滑梯下面张开双臂迎接着她。可是这滑梯好长好长啊，一直往下滑，一直滑不到头。她只听见笑声、喧哗声像海潮一样涌来，可她什么也看不见了，只觉得越滑越快，越滑越快。她吓得大哭起来，大叫起来："妈妈！"……

〔她哭着醒来了，却发现自己正躺在妈妈的怀里……〕

甜甜的岩石甜甜的山

他——四岁。第一次吃到爸爸从县城带回的水果糖，高兴极了。他想不到这“小石块”竟这样甜……

……开门就见山，连绵起伏的山，云雾迷漫的山。清晨，群山像淡蓝色的轻影，静静地酣睡在棉絮似的白云中；白天，群山像一背篓一背篓绿油油的新茶，散发着诱人的清香；傍晚，群山像一堆堆金色的篝火，和夕阳一起庄严地燃烧；黑夜，群山和整个夜色融在一起，只有在月明风清之夜，才现出它浓黑的剪影般的轮廓。

而今天，他一开门，便闻到一股水果糖的甜香。这是一种他从未闻过的甜香，甜蜜蜜的，香喷喷的，闻着使人鼻孔发痒，喉咙发潮，像闻着那陈年的苞谷酒，脑袋微微地有点儿发晕……

他一眼就看见了杉树下的那一堆小石头。那是他捡在一起逗狗玩的。把小石头一扔，不论扔到哪里，大黑狗都能准确地把小石头叼住送回来。可今天，他听见大黑狗在那儿有滋有味地嚼着小石头。咔吧，咔吧，嚼得嘣嘣响，就像他昨天吃糖一样。

哎呀，大黑狗莫不是在吃我的糖喽？他急忙跑到树下，大吼一声："呔！狗子！"

大黑狗不高兴地摇摇尾巴，让开了。

他蹲下身，捡起一颗石头。咦，果真是糖呢，还有点儿黏手。那是早上的雾气使它发潮了。他抓住一颗小石头，伸出舌头舔了舔，呀，甜！甜！真是糖呢！

哈哈！我有这么多糖啦！

他急忙张开五指，去抓这些甜石头，一大把一大把地往兜里装。

这时，他又听见咔吧咔吧的咀嚼声。他抬头一看，大黑狗站立起来，前脚扒拉着一块大岩石上的杂草，正在啃那块大岩石呢！

怪事！这狗子疯了吗？怎么啃起石头来了！

嗯？莫不是这块大石头也是糖？

他兴奋起来，急忙跑下坡，赶那黑狗："呔！呔！呔！"

大黑狗不高兴了，朝他狠狠地吠了几声："汪！汪！汪！"

他可不怕大黑狗。他是和大黑狗一起长大的。婆婆说他也是个狗娃。他睡觉也偎着大黑狗呢！

他瞪起了眼睛。大黑狗狠狠地啃了那石头一口，叼着一大块石头，跳开了。

这块大岩石足足有桌面那么大。他第一次发现这岩石竟是绿色半透明的，就像水果糖一样。他迟疑了一下，然后趴在岩石上，伸出舌头，小心翼翼地舔了一下：呀，甜！甜的！

哎呀，这么大的糖糖呀！

他高兴地舔舔嘴唇，用袖口揩揩嘴，揩揩鼻涕，转身就往回跑。他要告诉爸爸，快点叫人来，把这块大糖糖搬回去。

“汪汪汪——汪汪汪——”一阵兴奋而慌乱的狗吠声传来。他抬头一看，呀，大黑狗不知什么时候跑到屋后的山上去了。再看那山，呀，满山都是五颜六色、绚丽夺目的糖糖！比蝴蝶还要漂亮的糖纸闪闪发亮，而大黑狗咬不开那糖纸，急得直叫唤。

他望着眼前的糖果山，呆住了。是的，他每天都到山上去玩。山上有苞谷地，有清亮的山泉，有满山的绿树绿草，有数不清的五彩缤纷的野花。春天，满山翩翩飞舞着鲜艳美丽的蝴蝶。蝴蝶和野花融为一体，有时竟让人分不清哪是蝴蝶，哪是野花。但是，山上从来没有糖果呀……

“狗子！”随着他一声呼唤，大黑狗叼着一颗包着彩色糖纸的糖糖跑过来了。他接过这花糖糖，剥开糖纸，舔了一口，呀，又甜又香！

“是糖糖！是花糖糖！”他兴奋地举起了双手，朝山上跑去。

他看见爸爸、妈妈、爷爷、婆婆、姐姐都在山上忙碌着。大家都不说话，都笑眯眯的，将糖果装在背篓里。一背篓一背篓的花糖糖闪着奇异的光芒。他也跑上前，张开小手，拼命地抓着花糖糖，往背篓里装。

“糖糖！花糖糖！”他高兴地笑着，笑得比糖还要甜……

〔他迷迷糊糊地醒了，又翻个身，甜甜地睡了。枕头边放着那块只舔了几口的“甜石头”。

春夜，山里很静，很静……〕

彩色的太阳

她——四岁。她所在的幼儿园里，有许多外国小朋友，其中，有黄皮肤的孩子，也有白皮肤和黑皮肤的孩子……

……叮、叮、叮，有人轻轻地敲着玻璃窗。她睁眼一看，只见窗外有几张笑脸，一闪，就不见了。

咦，好像是日本的美惠子、俄罗斯的尼娜，还有朝鲜的哲浩、美国的杰克、坦桑尼亚的卡普亚……奇怪了，他们怎么到这儿来了呢?

不理他们，不理他们！她赌气地噘着嘴翻过身去，给窗外的小伙伴们一个后脑勺。

一想起上午的图画课，她就生气呢。今天，老师要他们画圆圆的太阳。老师在黑板上画了一个红太阳，要他们照着涂颜色。她却画了三个太阳：一个黄太阳，一个白太阳，一个黑太阳。

“不对，不对！”哲浩嚷了起来。他指着黑板，一边说，一边拿着红蜡笔做手势：“应该涂红颜色！”

她瞪着哲浩，嘟着嘴，没吭声，然后拿起黄色的蜡笔，在黄太阳下画了一个小男孩；拿起白色的蜡笔，在白太阳下画了一个小男孩；拿起黑色的蜡笔，在黑太阳下也画了一个小男孩。

她指了指哲浩，又指了指杰克和卡普亚。

哲浩把杰克和卡普亚喊了过来。他一边指着她画上的小男孩，一边笑着点点杰克和卡普亚的鼻子。

杰克瞪大了眼睛，直摇头：“错啦！”

卡普亚瞪大了眼睛，直摇头：“错啦！”

尼娜和美惠子跑过来，瞧了瞧她画的太阳，也笑了起来。

他们把自己的图画拿了过来。他们都画了一个红红的太阳。

她不服气：“你们错了！你们错了！”

可他们都拍手笑了起来：“你错啦！”

……叮、叮、叮，又有人在敲窗。

哼，才不理你们呢。她正想着，忽然听见一阵欢呼：“看啊，看啊，黄太阳！黄太阳！”

她一听，急忙跑到窗前。一看，啊，真的！天上闪着一轮黄太阳，和她画的一模一样。黄太阳放射着奶黄的阳光，好多好多小朋友走进了阳光里，一下变成了黄色的孩子。

她正觉得奇怪，太阳一下又变得雪白雪白了，像雪白的冰激凌。阳光像雪白的牛奶一样流淌着，好多好多小朋友走进了阳光里，一下变成了白色的孩子。

突然间，太阳又变了，变成了黑色，像乌金一样，黑得闪闪发亮。阳光像黑色的长头发一样飘荡着，好多好多小朋友走进了阳光里，一下变成了黑色的孩子。

她咯咯地笑了起来，觉得真有趣。

她正笑着，忽然看见太阳像皮球一样掉了下来，黄色的、白色的、黑色的小朋友都喊着叫着，跑过去抢皮球。

太阳一会儿黄，一会儿白，一会儿黑。

小朋友们便争着抢着："这是我的!""这是我的!""这是我的!"

她不禁"啊"地叫了一声。

她这一喊可不得了。所有的小朋友都发现了她，都喊着叫着跑了过来。一阵阵脚步声越来越近，大家吵着嚷着要她评评理。

黄孩子说黄太阳是她画的。

白孩子说白太阳是她画的。

黑孩子说黑太阳是她画的。

他们跑进了花园，跑进了客厅，跑进了她的房间，争着吵着闹着嚷着。她只好用双手把耳朵捂住。这时，她才想起了老师的动作：老师笑着看了她的图画，把黑板上的红太阳擦掉了，没有画黄太阳，没有画白太阳，也没有画黑太阳，而是用各种颜色画了一个彩色的太阳。

老师说天上的太阳只有一个。

老师说太阳有七种颜色，因此太阳应该是个彩色的太阳……

她缩在墙角里，双手抱着头，捂着耳朵，心里想，要是太阳是彩色的，小朋友们就不会争吵、打架了……

正想着，忽然听见一阵欢呼："啊——啊——彩色的太阳！彩色的太阳！"

她急忙跑到窗台前。真的！太阳像个彩球，一闪一闪地变幻着各种色彩。她看见哲浩、美惠子、杰克、尼娜、卡普亚都拿着各种色彩的蜡笔，在天上画着五彩缤纷的太阳光。他们笑着，画着，回过头来喊她："快来呀！快来呀！"

她高兴极了，急忙去找蜡笔。可是蜡笔不见了！她急得脑门直冒汗。

文具盒里没有，书包里没有，书桌上没有，抽屉里也没有！

彩色的太阳旋转着，彩色的阳光像彩绸一样飘动着。蜡笔刚画完的线条立刻就变成了彩绸，飘呀飘的。

她急得大声喊起来："妈妈！妈妈！我的蜡笔呢？我的蜡笔呢？"……

〔她把被子蹬掉了，醒了过来。妈妈笑着问她："你要蜡笔干吗呀？"她喃喃自语："太阳，彩色的太阳……"〕

长满小鸟的白桦树

他——四岁。赫哲族。冬天就要来了，他看见白桦树叶一片一片地飘落了……

……一片一片的树叶从树上飘落下来了，像调皮的孩子不听妈妈的话，从家里跑出去玩耍了。

它们在树林里跑来跑去。它们跳啊飞啊，有时还呼呼地打转转。

它们像一群狗，拉着雪橇在奔跑。瞧，那片白桦树叶就像条狗呢，拖着长绳跑得好欢好欢。赶“拖日气”（狗拉雪橇）的人大概没带“栲力”（刹“拖日气”的棍子）吧？你看那群狗简直不听使唤，在乱跑呢……

……一片一片的树叶从树枝上飘落下来了……白桦树变得光秃秃的……

……一片片树叶像爬犁在跑，像“恰尔奇刻”（滑雪板）在跑。它们到哪儿去了呢？它们去找鹿、狍子、“犴达罕”（驼鹿）玩耍去了吗？

……一片一片的树叶从树枝上飘落下来了……树妈妈焦急地呼唤着它的孩子……

……调皮的树叶嘻嘻哈哈地闹着，一片一片飞到江里去了，像渔船在江面上漂啊漂。哦，它们是想去捕鱼了……嗯，鱼真好吃，我最爱吃“烤鱼”，还有“冻鱼”……树叶，树叶，你们爱吃什么鱼呢？鲇鱼吗？鲤鱼吗？胖头鱼和草根鱼吗？你们带了盐和姜葱吗？你们捕鱼穿了皮衣和鱼皮套裤吗？哦，对了，你们穿了“鱼皮乌拉”（鱼皮鞋）吗？嘻嘻！我有一双！是妈妈给我做的。我还有一顶小桦皮帽呢……你们不听话，到处乱跑，你们的妈妈肯定不给你们做鱼皮乌拉和桦皮帽……

……一片一片的树叶从家里跑了，跑得远远的，树妈妈伤心地哭起来了……

……树妈妈，您别哭，别哭。它们玩累了，会回来的。有一次，我到树林里玩到天黑才回家呢，当然，爸爸打了我的屁股，不过打得很轻。但是，我还是咧嘴哭了起来。不是我爱哭，树妈妈，我要是不哭，爸爸还要打呢。我一哭，爸爸就不打了。树妈妈，要是树叶们回来了，您可别打它们。它们玩累了，会回来的。树妈妈，您不知道，一个人闷在家里，多没意思呀！我看树叶们还是很听话的。它们天天待在家里，从来不出去玩。它们在家里乖乖地待了快一年了，您就让它们出去散散心吧……

……树叶，树叶，你们可别跑远了。天黑了，你们住在哪儿呢？要是下雪了，下雨了，你们在哪儿躲雪躲雨呢？你们会钻“胡如布”（小型地窨子）吗？里面有火炕，可暖和呢。你们在森林里玩累了，可以到窝铺里去睡觉。瞧，那个窝铺是用兽皮围成的，叫“那斯昂库”；那个窝铺是用布搭成的，叫“保斯昂库”；还有用桦树皮搭成的“塔尔空昂库”，茅草搭成的“敖鹿合特昂库”……嗯？你不知道吧？我全知道，是爸爸告诉我的！爸爸说，等我长大了，就教我搭窝铺。外出打猎和打鱼，不会搭窝铺怎么行呢……

……一片一片的树叶从树枝上飘落下来，像第一次出门的孩子，欢呼着，一下就跑得没影了……

……他看见树妈妈张开双臂在焦急地呼唤，他听见树妈妈在伤心地哭泣……

……哦，可怜的树妈妈，您不要哭，您不要哭……没有人陪您玩，陪您说话，是吗？那么，我来陪您玩，陪您说话，好吗？我会爬树！我可以爬得很高很高……不过，不行的，不行的，我会把您压疼的……

……啊，对了！我去叫小鸟来，好吗？小鸟，小鸟，快来呀，快来呀……

……一群群小鸟飞来了！一群群小鸟飞来了！它们叽叽喳喳地唱着，笑着，密密麻麻地落在树枝上，像一片片树叶……

……哈哈！白桦树上长满了小鸟！

……小鸟亲昵地在树妈妈的怀抱里唱歌、说话，争着给树妈妈讲许多许多的新鲜事，你一言我一语，谁都想先说，谁都想叫树妈妈先夸奖自己，结果你不服气，我也不服气，吵起架来。

树妈妈哈哈地笑了起来。

树妈妈说：慢慢讲，一个个地讲，我都爱听，我都爱听……

树妈妈不伤心了，不哭泣了。

树妈妈高兴了，笑了。

小鸟也高兴了，笑了。

……树妈妈，小鸟多好啊！树叶跑了，它们却飞回来了。您今后别长树叶，就长小鸟。树叶没翅膀，没腿，不会飞，不会跑，要么就老待在树上，要么就跑个没影。长小鸟多好呀！小鸟有翅膀，有腿，会飞，会跑。早上飞出去了，晚上飞回来了，它们自由自在的，不觉得憋闷。树妈妈，您就别长树叶了，就长小鸟，好吗？

要是我，我情愿变小鸟，也不愿变树叶！

……树妈妈闭上了眼，一滴滴泪珠从它的眼角沁了出来。

……树妈妈！树妈妈！您怎么又哭啦？

……树妈妈含泪笑了。

……孩子，我不是伤心，我是高兴……你不觉得这些小鸟都是树叶变的吗？它们都是我的孩子，玩累了，又飞回来了啊……

……可是，树叶有的刚刚才飞走呀……

……这是去年飞走的树叶，孩子，它们离开我，就变成小鸟了。刚刚飞走的树叶，明年又会变成小鸟飞回来的……

……是吗？树叶变成了小鸟吗？哦，难怪森林里有那么多小鸟呢……

〔他睡得很香。窗外，树叶还在一片片地飘落……〕

梨树结了油茶壶

她——四岁。土家族。今天是除夕夜，吃过年饭，按土家族风俗，她和哥哥端着菜饭，给房前屋后的果树喂年饭。她是第一次喂年饭……

……树蔸蔸像头大肥猪，躺在火炕里。今年爸爸寻的树蔸蔸特别大呢，婆婆笑得合不拢嘴。婆婆说，腊月三十，树蔸蔸越大，来年喂的猪就越肥……

……树蔸蔸一动也不动，像大肥猪在酣睡。可是她老是觉得眼皮子在跳，老是怕这树蔸蔸会突然嗷嗷叫着跑掉……

……“婆婆，婆婆，我的眼皮子在跳……”

……婆婆连忙问道：“左眼皮还是右眼皮？”

……“左眼皮……”

……婆婆拍手笑了：“不要紧！左眼跳财，右眼跳崖，左眼跳，有财喜！有财喜！”

……婆婆把她抱起，亲了好半天……

……蓑衣饭真香，盖面肉真香。

……她用艾蒿水洗了澡，换了新衣。哥哥吵着要去给柑橘树、梨树喂年饭。

婆婆早就告诉她了，怎么喂饭，怎么问答。哥哥扯着她早就问过了。

……屋后种着一片香柑。

……她和哥哥端着饭和菜，来到一棵柑树前。哥哥用杉刀在树干上砍了一条缝。她哆嗦了一下，对哥哥说："轻一点，蛮疼呢。"哥哥说："这是树的嘴巴。你张嘴疼不疼？"她不作声了。反正她觉得树会疼的。哥哥用筷子夹了一点饭、一点菜，喂给树吃。然后，哥哥恭恭敬敬地问树："结不结？"

她马上答道："肯结。"

哥哥又问道："落不落？"

她马上答道："不落。"

哥哥又问道："甜不甜？"

她马上答道："清甜。"

她说对了。全家都高兴得笑了起来。妈妈抱着她笑，抱着她亲，爸爸也抢着抱着她亲。哥哥在一旁噘起了嘴巴。婆婆连忙又亲哥哥。婆婆笑着说，明年的柑子一定结得多……

……婆婆说，每一棵果树都要喂到。哥哥给每棵树都划了一刀……喂饭……糯糍粑、蓑衣饭、盖面肉……"结不结？""肯结。""落不落？""不落。""甜不甜？""清甜。"……

……树蔸蔸在火炕里燃烧。

……爷爷和爸爸在咂酒。

……柑子树和梨树吃了年饭还没喝茶呢，口一定干，要给它们喂油茶。

……她端了一碗油茶，走出了后门。

……她听见柑子树在喊："口干！"

……她听见梨子树在喊："口干！"

……可是怎么喂呢？哥哥用杉刀砍开的"口"太高了，她够不着。她着急了。

……她听见柑树和梨树争着喊了起来："就泼在树下就行！"

她明白了。她将一碗油茶泼在树根附近。一碗茶刚倒完，还没等她转身，碗里的油茶又满啦！

她给每棵果树都喂了一碗油茶。碗里的油茶总是满的。

树喝了油茶，都快活地舒了一口气，笑着说："嘿！喝了油茶暖和多啦！""油茶好香好香！""喝了油茶就不想打瞌睡啦！"

她高兴地笑了……油茶当然好喝呀！我晓得茶里有茶叶、苞谷、花生米、芝麻，还有姜、葱、大蒜，对不对？婆婆告诉过我。我晓得。我晓得好多好多事呢……

……"结不结？""肯结。""落不落？""不落。""甜不甜？""清甜。"……

……突然间，她看见柑树、梨树挂果啦，黄澄澄的，像满天的星星挂在树上。

哈哈！每一棵树都肯结！每一棵树都不落果！那么，柑子清不清甜呢？

她正想着，手里就有一个柑子了。她剥了皮，仔细一看，哎呀，柑子里全是蓑衣饭和盖面肉！

她呆住了，不知怎么办才好。

柑子里应该是一瓣一瓣甜甜的柑肉吧！怎么会是蓑衣饭和盖面肉呢？

梨子呢？梨子……

她正想着，手里就有一个梨子了。她咬了一口，哎呀，梨子里全是油茶！

……梨子成了油茶壶……

她呆住了，不晓得怎么办才好。

她一抬头，看见哥哥在树身上开的口子里面喂了蓑衣饭和盖面肉；她一低头，看见树根部湿漉漉的，那是她刚才喂的油茶……

……哦，晓得啦！喂了饭和肉，当然就结饭和肉；喂了油茶，当然就结油茶壶……

她吃下一块肉，嗯……真香！跟吃年饭时吃的肉一样香！

她望着满树的柑子，高兴地笑了。这满树的果子里该有多少香喷喷的肉啊……树蔸蔸像大肥猪……树蔸蔸跑了也不怕啦……

〔她在梦中笑了。

在她的笑声中，大年初一来啦……〕

五岁的梦

放星星

他——五岁。山村儿童。夏夜，他看见流星从天上掉下来……

……一颗星星摇摇晃晃地从天上掉下来，掉到对面的山谷里去了。

又一颗星星摇摇晃晃地从天上掉下来，掉到对面的山谷里去了。

咦，奇怪！星星怎么会掉下来呢？

奶奶说，那是调皮的星星，在家里待不住，不听爸爸妈妈的话，不听爷爷奶奶的话，一不留神，就偷偷地溜出门，不知躲到哪个山窝窝里玩去了。

嘻嘻！星星也有调皮的吗？那么，那颗掉下来的星星一定像我了。

不过，不知道它缺不缺牙。缺牙可糟糕了，咬不动核桃了……

……一颗星星偷偷摸摸地从天上溜出来了。唰——它撒腿跑得飞快飞快。

哎呀！怎么天上的星星全摇摇晃晃地动起来了？像一窝不安分的雏鸟。这是怎么回事呢？难道它们都想溜出来痛痛快快地玩吗？

……密密麻麻的星星们果然都躁动起来，全挤到一堆，好像天上也有个门一样，门太窄太小，而星星太密太多，大家你挤我，我挤你，都想争着先出去。挤出门的，唰地一下就飞落下来了，拖着一条美丽的长尾巴，落到对面的山谷里去了。

……哎呀！回去，回去！别挤，别挤呀！你看你——这么大的个子，还挤这个小妹妹呢，把小妹妹挤得直哭。

——小妹妹，你，你就待在家里吧，啊？

——不！我不！我也要出去玩！

——那……好吧，你可慢点走，当心摔跤了。对面的山谷叫星星谷。注意！有一块大青石，可滑呢！大青石下面就是溪涧，你可别滑到水里去了……

……哗哗，哗哗……星星们全跑出来了，就像屋场前晒的苞谷籽，黄灿灿的，全哗哗地流进口袋里去了。

星星谷就是个大口袋。

天上呢，黑乎乎的一片，一颗星星也没有了。

噢！噢！捉星星去喽！捉星星去喽！

……哈哈！好多好多的星星呀！金灿灿的，亮闪闪的，山坡上、树林中、溪涧里到处都是活蹦乱跳的小星星。

他站在星星谷里，望着闹闹嚷嚷的星星们，一时眼花缭乱，不知捉哪一颗好。

咦，明娃来了！

呀，兵娃也来了！

嘿，丫丫也来了！

他们怎么知道星星都跑到这儿来了呢？

明娃抱着个玻璃瓶子。

兵娃也抱着个玻璃瓶子。

丫丫拎着个布袋。

他们一同跑进星星谷，高兴得跳了起来，二话不说，一个个忙着抓起星星来了。

——喂！喂！我先来的！我先来的！

——先来又怎么了？你动手抓呀！

——什么先来后来的？星星是你们家养的呀？

好哇，兵娃，明娃上一次抢我捉到的小蚂蚱，我还没找你们算账呢！

但是兵娃、明娃还有丫丫顾不上和他吵架了。他们专心致志地捉起星星来了。

哼！那好，看谁捉得多！

可是，他没有玻璃瓶子，也没有布袋，这可怎么办呢？

对了！裤子！他脱下裤子，将裤腿系个疙瘩，然后挂在脖子上，一下子就有两个布袋啦！

……星星怎么全变成萤火虫了呢？一闪一闪的，满山谷飞。

小心翼翼地捉住一个，放进布袋里，布袋顿时一明一暗地亮闪起来，就像正月十五的灯笼。

他赌着气使劲地捉呀，捉呀。哼，逮蚂蚱从不输给你们，捉星星我也要抢个先！

兵娃的玻璃瓶里装满了星星。

明娃的玻璃瓶里装满了星星。

丫丫的布袋里也装满了星星。

他的两条裤管呢，也全装满了星星，沉甸甸的，像两口袋苞谷。

星星谷里的星星被他们全捉光了。

刚才亮闪闪的星星谷，这时也变得黑乎乎的了。

……天上黑乎乎的。

……星星谷里也黑乎乎的。

……天上地下都黑乎乎的。山风吹来，树林子里呜呜乱响，山坡上飒飒乱响，溪涧里哗哗乱响……

……奶奶说过，老妖婆就爱躲在黑乎乎的山谷里、黑乎乎的树林子里……

天上的星星全被他们捉光了，就像一盏一盏的灯全熄灭了。满世界都黑乎乎一片，老妖婆能不出来吗？

还有，天上的星星全被逮在这儿了，那么，其他的小伙伴们，山那边、山那边的山那边的小伙伴们就没有星星了，那可怎么办呢？

——兵娃……

——嗯……

——明娃……

——嗯……

——丫丫……

——三哥，我在这儿呀……

——星星全捉光了……

——是啊，全捉光了……

——山那边的娃儿就看不到星星了……

——就是，山那边的山那边……

——我们……把星星全放了，好吗？

——放星星？好哇！我早就想放了！

——哈哈！放星星！让大伙儿都有星星！

——就是！星星可不是谁家自个儿养的，星星可是大家的！

——快放，快放！天上一亮，老妖婆就来不了啦！

……他们把星星从玻璃瓶里、布袋里、裤管里全放出来了……

……一颗一颗金灿灿的小星星就像夏夜里款款飞行的萤火虫，霎时铺满了山谷。它们又自由了，于是嘻嘻哈哈地笑得更欢了。

小星星，小星星，别在这儿贪玩了。回去吧，回去吧，好多好多的娃儿都等着你们呢。

小星星们似乎听懂了他们的话，于是喊一声“回去喽”，便一窝蜂地飞出了星星谷。它们在树梢上盘旋着，在山峰上盘旋着，越飞越高，越飞越高，渐渐地融入茫茫的夜色中了……

——亮喽！亮喽！

——亮喽！亮喽！

……他听见四面八方传来一阵阵欢笑声，是大山在呼喊，是大山在欢笑，是山那边的山、山那边的山那边的山在高兴地拍掌大笑。

……他看见满天银灿灿的星星眨着眼笑了。

……他长长地舒了一口气，也甜甜地笑了……

〔他甜甜地笑了，没有醒。

满天的银星睡得很香，一动也不动。星星们也在做梦吗？它们梦见了什么呢？〕

种雪花

她——五岁。幼儿园大班的小朋友。生长在从未下过雪的南方。她家里的花可多了，吊钟、水仙、牡丹、山茶、墨兰、大丽菊……可是，她从来没有见过雪花……

啾、啾啾……一阵婉转的鸟鸣从阳台上传来。

她迷迷糊糊地拉开阳台的门，伸了个懒腰。在清凉的晨风中，她看见一只奇异的大鸟正歇在阳台的栏杆上，望着她，啾啾地叫。这只大鸟全身雪白雪白的，就像一朵白云，飘落在阳台上。

“啊，好漂亮的鸟呀！我怎么没见过你呀，大鸟？”

“我从北方来。我是白雪公主的好朋友。白雪公主听说您爱雪花，特意派我来给您送雪花的花种。”

“雪花的花种？啊！太妙了，太妙了！”

她高兴地跳了起来。

白色的大鸟抖抖翅膀，把许多白色的颗粒抖落到阳台上。

“再见！祝您种出美丽的雪花！”

“再见！请白雪公主有空到我们这里玩！”

白色的大鸟飞走了。

她弯下腰，拾起一颗颗雪花的种子。雪花种子晶莹透明，美极了。她急忙把雪花种子种进花盆里，浇了浇水，心里默默念叨着：“快长吧，快长吧，到了冬天，我就有真正的雪花啦！”

……咚、咚、咚，一阵敲门声。

她打开门，原来是爷爷回来了。爷爷每天天没亮就到公园去遛鸟，去喝早茶。

“爷爷！爷爷！我有雪花了！”

“雪花？什么雪花？”

“就是冬天开的雪花呀！是白雪公主派大鸟给我送来的花种，我已经种下了。”

“哈哈！傻孩子！雪花是从天上落下来的，怎么会有种子呢？”

“骗人！你骗人！花不都是从花盆里长出来的吗？怎么会从天上落下来呢？”

“我说的是雪花……”

“雪花不也是花吗？”

爷爷说不出话来了。爷爷只好望着她笑。

……一丝丝凉气从阳台上沁了进来。她不禁打了个喷嚏。她忍不住扭头朝阳台上望去，不禁惊呆了。呀！雪花！雪花！刚才种下的种子，已经长出了雪白雪白的花枝和雪白雪白的花叶，而且开出了手掌大的雪白雪白的雪花！

“爷爷！爷爷！雪花开了！雪花开了！”她惊喜地大叫起来。

爷爷急忙走了过来，一看这晶莹洁白的雪花，也惊呆了，张大了嘴，一句话也说不出来！

啊！雪花开了，雪花开了。美丽的雪花有六片薄薄的花瓣，散发出一阵阵凉爽清甜的香味，就像冰激凌的香味。一阵风吹来，吹落了一片花瓣，花瓣落在水泥地面上，不一会儿就融化了……

这时，满阳台的雪花都长出了花枝，像一株株美丽的白珊瑚。转眼间，花枝上又开出一朵一朵雪花，雪花还冒着一缕缕水汽呢，就像刚从冰箱里拿出来的冰糕。

她看见周围公寓大楼所有的窗户都打开了，所有的阳台上都站满了人，大家都惊异地望着她家的阳台。当然，她感到大家都羡慕地望着她。

“喂！丽丽！倩倩！菁菁！快来看雪花呀！这是白雪公主送来的雪花！”

“我们要雪花！”丽丽喊道。

“我们要雪花！”倩倩嚷道。

“我们要雪花！”菁菁也大声嚷道。

她听见小伙伴们急切的呼喊，心也像花瓣一样轻轻地颤动起来。她弯下腰，对雪花说道：“雪花，雪花，你能飞吗？你能飞到小朋友的身边去吗？”

她的话刚刚说完，只见一阵风吹来，所有的雪花一下子飞上了天，像无数白色的蝴蝶翩翩飞舞着，然后向每一扇窗口、每一个阳台飞去。

“下雪喽！下雪喽！”

“看雪花喽！看雪花喽！”

小朋友们顿时欢呼起来。

纷纷扬扬的雪花漫天飞舞着，空气中弥漫着奶油冰激凌的芳香。一群鸽子在天空中滑翔着。它们张嘴吃了一朵雪花，快乐得咕咕唱起歌来。

……白珊瑚般的花枝不断地盛开着雪花。突然间，她看见花枝上的雪花谢了，不一会儿，结出了一个个洁白晶莹的小雪果。

“爷爷！看呀，雪果！雪果！”

爷爷又一次睁大了眼，张大了嘴，惊异得说不出话来。

她小心翼翼地摘下一个雪果，小心翼翼地咬了一口——啊，真甜，真清凉，真香，比奶油冰激凌还要好吃！

“爷爷！您吃，您尝一口！”

爷爷尝了一口，满脸的皱纹顿时舒展开来——真好吃！

她一边吃着雪果，一边将晶莹的雪籽抠出来，小心翼翼地放在一边。雪果吃完了，雪籽也清出来了。她数了数，一共有四十粒呢！

一个雪果有四十粒雪籽，那么十个雪果、一百个雪果呢？她掰着小手指，数不过来了。反正那肯定是好多好多的雪籽，比天上的星星还要多。对了，明天把雪籽送给幼儿园的小朋友，让大家都来种雪花，那该有多美呀！

……雪花飘飘，雪花飘飘……

〔“雪花……雪花……”她喃喃地说着梦话，舔了舔嘴唇，又睡着了……〕

香港回家

他——五岁。香港回归前夕，幼儿园组织他们给香港小朋友投放漂流瓶。他在漂流瓶里放了一张彩笔画，上面写着“香港回家”……

……乳白色的游船像一只海鸥，在大海上飞起来了。岸上的许多高房子，还有远处的山峰，都像漂在大海上，一沉一浮，一沉一浮。嗯，是谁在吃烤鱼片呢？空气中有一种咸咸的香香的味道，嗯，好像是曲奇和巧克力……

嘿，海真大呀，船想怎么开就怎么开，不像马路上经常堵车，还有那么多铁栏杆，还要那么多警察叔叔管着汽车，管着红绿灯。"红灯亮了停一停，绿灯亮了往前走。"他一进幼儿园，就学会这儿歌了。海上的路多宽呀，用不着围铁栏杆，用不着害怕堵车。漂流瓶，你就放心大胆地往香港漂吧！

……漂流瓶里装着一幅彩笔画。一个小男孩握着一个小女孩的手，兴高采烈地往前跑。小男孩的头发飘起来了，小女孩的头发也飘起来了。小男孩手里举着一面五星红旗，小女孩手里举着一面香港特别行政区的紫荆花区旗。太阳公公在笑，月亮姐姐在笑，闪闪的星星也在笑。然后他用红、黄、蓝、绿四种颜色写了四个字——香港回家。

爸爸看了，说画得好。

妈妈看了，说画得好。

爷爷看了，笑着问他：怎么把香港画成一个小姑娘呢？他说：女孩子都爱香香，小丽每天都香喷喷的，香港很"香"呀，当然是小姑娘呀。

爷爷又说：香港被英国人抢走已经快一百年了，你为什么不画一个快一百岁的老奶奶呢？

他恍然大悟。哦，爷爷想奶奶了。奶奶到姑姑家去了，难怪这几天爷爷老是说去报亭买报纸，原来是想奶奶了呀。

爷爷，我给你画一个奶奶，好吗？画一个爷爷牵着奶奶的手，就叫“奶奶回家”，好吗？

爷爷笑了，爷爷笑得眼泪都出来了。爷爷说：好孩子，爷爷跟你开玩笑呢。爷爷老啦，奶奶老啦，将来的世界呀，是你和香港小朋友的啦！

……白色的游船开得很慢很慢了。周老师叫他们排好队，一个一个地将漂流瓶放到海里。周老师说，老师们研究过了，从这里放，可以漂到香港去呢。

他捧着漂流瓶，走到船边，双手轻轻地一抛，漂流瓶便像一条活泼泼的鱼，随着海浪起伏荡漾，漂流起来。

啾！再见喽！

快漂呀！快漂呀！

小朋友都挥动双手，欢呼起来。

……一群漂流瓶结着伴，说说笑笑，随着海浪漂浮着。

漂流瓶们好像很轻松，一点儿也不着急，悠悠荡荡的，像逛大街似的。

嗨！加油呀，快漂呀，别磨磨蹭蹭地闲逛呀！

唉，你怪我们干吗？海上没有风，我们像躺在摇篮里似的，漂不快呀！

那、那怎么办呢？

快去找风婆婆呀！

……他看见许多大风车在呜呜地转着。他想，这就是风婆婆的家了。

他看见一座木房子，四面八方都是门和窗。他走进风婆婆的家，看见里面有好多好多电扇，有吊扇，有立扇，有台扇，有壁扇，大的，小的，一会儿转，一会儿停。他看见风婆婆正坐在沙发上打盹儿，还呼呼地打呼噜呢。

唉，难怪漂流瓶漂不快呢，原来风婆婆在打呼噜呀。

风婆婆！风婆婆！

风婆婆睁开眼，嘴边还挂着口水呢。

什么事啊？风婆婆好贪睡。

风婆婆，请您给大海吹一点儿风吧！香港马上就要回归啦，我们的漂流瓶要赶在回归前和香港的小朋友见面呢！

风婆婆睁大了眼，立刻就醒了。好，好，我马上给大海送风！

风婆婆按了一个按钮，所有的电扇都对着大海吹了起来。

呼……呼……好大的风啊！大海被吹得摇摇晃晃的了。

哎！风大啦！风大啦！他连忙喊了起来。

哦，哦哦，大了，那就小一点儿？风婆婆用袖口揩了揩嘴角的口水，又准备去按按钮。

风婆婆，先给点自然风吧！我睡觉时，妈妈总是让电扇吹自然风，很舒服呢。

好，好，就自然风……风婆婆看起来挺疲倦。他不禁同情起风婆婆来。是啊，这么大个地球，到处都要风，风婆婆又这么大年纪了，东跑西颠的，能不累吗？

自然风悠悠地吹起来了。海浪一溜儿小跑，加快了步伐。漂流瓶欢呼着，争先恐后地向前漂去。

风婆婆，谢谢您！再见！

哦，再见……有什么事，就打个电话……

哈，风婆婆家里有电话？那……风婆婆，您还有 Call 机和手机吗？

有，有……电话号码，5555555。Call 机号码，5555——呼 555。手机嘛，55555……

风婆婆说着说着，又要打盹儿了。他一边告辞出来，一边想，怎么风婆婆的电话号码老是呜呜呜呜的呀？

……一轮又大又圆的金色的月亮像一个大气球，浮在深蓝色的海上了。月亮在浪尖上蹦来蹦去，就像在跳蹦蹦床。

……漂流瓶在月光中变成了一群金色的鱼，在大海中欢快地游来游去。

啊，好多好多美丽的海鱼呀，奇形怪状，五彩缤纷，像一丛丛、一朵朵美丽的花，在大海中艳丽开放。墨蓝色的大海像无边的夜空，而那一群一群彩色的鱼一会儿相聚，一会儿哗地散开，就像节日的爆竹烟花，一朵，一朵，在夜空里金灿灿地绽放，又金灿灿地散开。

海面上，许多彩色的喷泉随着欢快的音乐声翩翩起舞，一幢一幢的高楼也围着喷泉移动。

啊！香港到喽！香港到喽！漂流瓶们兴奋地欢呼起来。

他正看得眼花缭乱呢，一听见欢呼声，不禁一阵狂喜。嘿！香港这么快就到啦？

他再仔细一看，哦，那海上的高楼，那彩色的喷泉，原来是一群群大鲸鱼。

唉，这不是香港！你们看错啦！

漂流瓶们再仔细一看，也忍不住哈哈笑了起来，小丽的漂流瓶笑得最响，惹得许多鱼围了上来。

漂流瓶问鱼：喂，你们在干什么呀？

鱼说：我们在开联欢晚会，庆祝香港回归呀！

啊，你们也在庆祝香港回归呀？

当然啦，我们也很高兴！

好啊！好啊！我们也要参加联欢晚会！又是小丽的漂流瓶，娇滴滴的。她这么一嚷，别的漂流瓶也停了下来。

喂！不行！你们还有任务呢！你们还要赶路呢！他赶紧催促了。

我们漂了一天了，休息一会儿，不行吗？

唉，这个娇小姐。算啦，老师说要团结，男生要照顾女生。过马路时，小丽总是拉着他的手，他也拉着小丽的手。小丽身上很香，熏得他鼻子痒痒的，老是想打喷嚏。

好吧，那就歇一会儿吧。不过大家要小心，天黑了，海底有大鲨鱼、大乌贼，还有大章鱼呢。我在《海底世界》里看过，它们可凶呢……

……月亮还在那边看联欢晚会吧？这边的大海黑乎乎的，伸手不见五指了。天越黑，风也越凉了，嘶嘶地叫着，像一个巫婆，暗藏在黑夜里。

漂流瓶们有些害怕了。大家沉默不语，小心翼翼地漂流着。小丽的瓶碰碰他的瓶，小声地说：我怕……

说实话，他也有些害怕。他也害怕巫婆和妖怪。但他是男孩，是中国男孩。对了！他的身体内不但有“小宇宙”，还有“大宇宙”，能吸收宇宙中无穷的能量，比日本的圣斗士还厉害，比海斗士还厉害！

别怕！气沉丹田——吸收能量——

就在这时，一群大鲨鱼扑过来了！它们张开大嘴，露出尖刀一样的牙齿，嘿嘿地狞笑着：总算有一点夜宵啦！嘿嘿，中国的娃娃最好吃，脆嘣脆嘣的，像人参果一样呢！

小丽的瓶吓得颤抖起来：我不好吃！我爱喝酸奶，我一定很酸的，别吃我！

嘿嘿！我们不怕酸！我们就爱吃酸酸的女孩！

一条大鲨鱼得意地笑着，朝着小丽的瓶扑了过来。呸！不要脸！专门欺负女生！他突然感到自己身上充满了力量。他猛地推出双掌，大喊一声：咳——

一道彩虹般的激光从他的双掌中射出，瞬间就击中了第一条大鲨鱼。大鲨鱼“啊”的一声惨叫，浑身直哆嗦，一下就沉到海底去了。

打中啦！打中啦！漂流瓶们欢呼起来。

他也高兴地呼喊起来：快呀！快发能量呀！

瓶子们一齐高呼道：中国功夫，咳！

一道道激光像寒光闪闪的利箭，唰唰地射向鲨鱼群。凶狠的鲨鱼纷纷逃窜，但激光的速度多快呀，一下就把鲨鱼全消灭了。

欧！我们胜利喽！我们胜利喽！

……吸收了宇宙的能量后，漂流瓶们游得更快了，一个个像开足了马力的汽艇，贴着海面直往前飞。

小丽的瓶老是跑不快，又在后面娇娇地喊起来：小哥哥，帮帮我！

这是小丽第二次喊他小哥哥了。第一次是端午节，小丽从家里带来一个咸鸭蛋，可她不知道怎么将咸鸭蛋打开，于是嘟着小嘴，悄悄地喊了他：小哥哥，帮帮我……

小丽，你身上也有能量呀！飞起来！别怕，大胆飞起来！

他拉着小丽的手，牵着她飞了起来。

欧！我会飞啦！我会飞啦！小丽兴奋地叫了起来。

他们像一群金色的飞鱼，在海上欢快地飞翔着，你追我赶，笑着，闹着，朝香港飞去。

……远方闪出了一片片神奇的金光，像一个魔术师一下打开了他的百宝箱。啊！那是一座用千千万万闪闪烁烁的金子镶嵌起来的城市，那是用珍珠堆砌的大山，那是用宝石装扮起来的海岸，那是用红玛瑙串起来的街灯，那是用绿翡翠雕饰的大树……

漂流瓶们欢呼起来：香港到啦！香港到啦！

许许多多的小船串着彩灯，朝漂流瓶漂了过来。每条船上都坐着香港的小朋友。他们挥舞着紫荆花旗，挥舞着五星红旗，兴高采烈地来迎接漂流瓶们啦！

他看见一条彩船上坐着一个香港小女孩，短披发被海风吹得飘了起来，圆圆的脸上搽着红红的胭脂，跟他画的那个香港小女孩一模一样。小女孩咯咯笑着，不停地挥着小手，然后，靠近他的漂流瓶，伸出手来……

……他兴奋地握住了她的手。那是一双温暖的小手，一双香港小女孩的香香的手…

〔他在梦中高兴地笑了起来。

月色很好。海风很好。大海在远处孕育着黎明。他的床头柜上放着闹钟和即将远航的漂流瓶……〕

会生盐茶蛋的母鸡

她——五岁。奶奶在街头摆了个小摊，卖盐茶蛋。她偎在奶奶怀里，一个劲儿地咽口水。盐茶蛋真香啊！可奶奶说，这不能吃。过几天，买只会生盐茶蛋的母鸡，专门生盐茶蛋给她吃。于是她偎在奶奶怀里睡着了……

……小铁锅里煮的盐茶蛋骨碌骨碌地响着，冒着热汽，散发着一阵一阵扑鼻的香味……好多好多大嘴巴一张一合一张一合地嚼着盐茶蛋……看不见人影，只看见好多好多大嘴巴一张一合一张一合地把盐茶蛋咬得咔嚓响……

盐茶蛋的蛋黄一定很好吃，黄黄的，粉粉的。一个胖胖的小男孩专门吃蛋黄。他的妈妈买了好多好多盐茶蛋，剥了壳，剥出蛋黄，喂他吃。

小男孩不想吃了。他想吃旁边小吃摊上的油炸糖糍粑。他妈妈逼着他吃蛋黄，他赌气用手一打，蛋黄掉到地上去了。

胖男孩的妈妈又挪到旁边给他买油炸糖糍粑，买了一大碗。

她望着地上的蛋黄……蛋黄一定很好吃。

她望望蛋黄，又抬头望望奶奶。

奶奶狠狠地瞪了她一眼，用手揪了揪她的屁股。哟，揪得好疼……

她不敢去捡那蛋黄了。

她望着那蛋黄，望着来来往往的行人的脚，心想，可别把蛋黄给踩扁了。

走来一双脚，她心头便一跳。

哎呀……差一点儿就踩到了……

胖男孩吃了两块糖糍粑，又不想吃了。他拉着妈妈的手，吵着要去买蒸米糕吃。

她提心吊胆地望着那蛋黄。

那蛋黄一定很好吃……

正想着，地上的蛋黄突然慢慢地滚动起来，朝着她滚了过来。

她惊异地瞪大了眼睛。她咽了一口口水。蛋黄一定很好吃……滚过来就悄悄地捡起来……

蛋黄眼看着就要滚过来了……

可是，就在这时候，一只脚走过来，一下踩到了蛋黄。那是一只油亮亮的皮鞋。

她听见蛋黄“呀”地叫了一声。她的心也被踩得疼痛。她叫了起来。

蛋黄被踩扁了，粘在那只皮鞋的鞋底，一路落下一些黄色的碎末……

她伤心地哭了。

突然，她听见咯咯的鸡叫声，抬头一看，好大一只母鸡呀！母鸡咯咯地叫着，生下一个热腾腾的盐茶蛋！

她不敢相信自己的眼睛。可是睁大眼一看，母鸡又生下一个热腾腾的盐茶蛋，比奶奶铁锅里煮的盐茶蛋还要香！

她抬头望了望奶奶。奶奶笑着说，这是你的母鸡，是你的母鸡下的蛋。你吃吧，吃吧。

她小心翼翼地拾起一个蛋，剥了蛋壳，咬了一口，嗯，真好吃！她剥出蛋黄，含在嘴里，舍不得吃。实在忍不住了，才小心地咬了一口，嗯，和蒸红薯的味道差不多，又粉又甜——不，比蒸红薯还要好吃呢。

她又拾起一个蛋，递给奶奶吃。

奶奶接过蛋，不说话，朝她笑了笑，把那个蛋放进了铁锅里。

奶奶，你吃吧，你吃吧。我有了生盐茶蛋的母鸡了，要多少蛋，它就能生多少呢。你也不用守着铁锅煮盐茶蛋了，就叫母鸡生蛋吧。

咯嗒咯嗒，母鸡又生下了一个盐茶蛋。她这才想起来，应该赶快把蛋捡起来呢，不然又要被踩破了。正想着，母鸡一边下蛋，一边朝马路中央走去。她急了，又要忙着捡蛋，又要忙着唤鸡。蛋越来越多，白花花的一片，可是母鸡咯嗒咯嗒地叫着，越走越远，快要走到马路中间去了!

哎呀，真危险！有汽车!

她连忙跑着去捉母鸡，可是一不小心踩到了地上的蛋，脚一滑，一下摔倒在地上，地上的蛋全被压破了。她正伤心呢，忽然看见一辆汽车飞快地朝母鸡开来。她尖叫一声……

〔她吓醒了，睁开眼，仍偎在奶奶的怀里。铁锅里煮的盐茶蛋正散发着诱人的香味。〕

浇电

他——五岁。今天，他的电子宠物电子鸡死了，他很伤心……

……飞飞不吃不喝，一动不动，就这么死了。他使劲按键给它喂食，给它吃面条，可它仍然飞走了。

妈妈，我待飞飞挺好的，天天按时喂它，让它吃得饱饱的，天天陪它玩，它病了，还给它打针。它为什么还要死呢？

死就是再也不回来了，是吗？那它又跑到哪里去了呢？

小胖有只电子狗，小伟有只电子浣熊，波波还有一只电子恐龙。他们的电子宠物都好好的，为什么我的电子鸡就死了呢？

……你又说电子鸡不是真鸡，是假的，是玩具。不要，不要，不要！我不要真鸡！我就要电子鸡！我亲眼看着它长大的嘛，我要我的飞飞，呜呜……妈妈，我想飞飞……

……妈妈把飞飞装进一个小盒子里。妈妈把小盒子埋在一个花盆里。阳台上有很多花盆，爷爷天天给花树浇水，花树就长大了，就开花了，有的树还结果了。那么飞飞也会长成一棵树，也会结出许多飞飞吗？

……不对！妈妈，不对！飞飞是电子鸡，不能给它浇水，要给它浇电！

对，要给飞飞浇电！

……妈妈给了他一个手电筒。妈妈说，用手电筒照着花盆，就是浇电啦。

他就握着手电筒，给花盆浇电。

手电筒亮了，银色的光柱将花盆照得晶莹透亮。他看见电流像水龙头里的自来水一样，哗哗哗地流进花盆里。他看见电流像彩色的阳光一样，一会儿鲜红，一会儿金黄，一会儿天蓝，一会儿翠绿……变幻着迷人的色彩。他看见花盆像透明的玻璃，可以看得见彩色的小纸盒，看得见纸盒里的电子鸡。变幻莫测的电流哗哗地流进花盆里，花盆呀，小纸盒呀，电子鸡呀，都随着电流的色彩一闪一闪地变幻，一会儿鲜红，一会儿金黄，一会儿天蓝，一会儿翠绿……

哦，妈妈，妈妈，阳光也是电，是吗？每天早上，太阳公公就握着好大好大的手电筒，给我们浇电，是吗？公园里的花呀，草呀，还有大树呀，都靠太阳公公浇电，是吗？我们幼儿园的小朋友也要在阳光下做操，要太阳公公给咱们浇电，才会长大，是吗？

……哗哗的电流滋润着花盆。花盆里渐渐长出亮晶晶的树芽。树芽在彩色的光柱中眨眼间就唰唰地长高了，长大了，抽出了亮晶晶的枝条，长出了亮晶晶的树叶，不一会儿，又开出了彩色的花，花瓣一张一合，一张一合，好像在张口唱着歌。

后来，花瓣像手指一样合拢了，捏成了一个拳头。不一会儿，他听见里面传来叽叽叽的叫声。啊！是小鸡在叫呢！是飞飞在叫呢！

小手小手你松开，飞飞飞飞快出来！
小手小手你松开，飞飞飞飞快出来！

他就这么反反复复地念叨着。那小手一样的果实像气球一样渐渐地越来越圆，越来越大了。他又担心“气球”炸了，心咚咚地敲着小鼓：

气球气球别炸了，别让飞飞吓着了！
气球气球别炸了，别让飞飞吓着了！

他就这么诚心诚意地默默念叨着。那鼓胀胀的“气球”果然不再挺着肚皮了，而是渐渐地扁了，渐渐地变成了一块块色彩鲜艳的圆形电子表。啊！那电子表的液晶屏显示的不是时间，而是他最喜爱的电子鸡！

哈哈！飞飞！飞飞又活了！飞飞又回来了！

他高兴得拍掌跳起来，高兴得哈哈地笑着。就在他的笑声中，一只只小鸡从电子鸡笼中跳了出来，变成了一只只毛茸茸的小鸡娃，叽叽地叫着，张开小翅膀飞了起来。

他愣愣地望着又飞又跑的小鸡，愣愣地望着它们飞出了阳台，飞向了蓝天，在金色的阳光中欢快地嬉戏。他听见飞飞脆生脆气地呼唤着他："快来呀，快飞呀，太阳公公正在浇电呢！"

妈妈！妈妈！我也要飞！我也要飞！

突然间，他的身子飘了起来，他的双手像翅膀一样扇动起来。他咯咯地笑着，在空中愉快地飞翔着，追赶着他心爱的飞飞……

〔他在梦中甜甜地笑着。窗外，一片月色。月光像无声的雨水一样滋润着阳台上的花花草草，也滋润着他飞翔的梦……〕

你有多少个手指

她——五岁。她右手的大拇指旁多长了一个小指头。她最怕别人看她的小指头，最怕人家喊她"六指"……

……她听见学校的钟声当当地响了。她的家住在学校的附近，每天都能听见学校里当当当的钟声，还有同学的歌声、喧哗声、哨子声。她听见钟声当当地响了，发现自己背上了书包，要和哥哥姐姐们一样上学去了。

她从来没有去过学校。她怕别人笑她有六个指头。今天，她第一次背起书包上学了，她又高兴又紧张，还有些害怕。

……好多好多的小朋友背着书包，戴着红领巾，说着笑着，走进了学校。她第一次看见那当当响着的大钟，咦，果然和她原来在家想象的一样。那面钟是一个大脸盆，很大很大，吊挂在树上。娘还笑我呢，这不，果然是个大脸盆嘛！

突然，那个大脸盆当当地响了起来，原来是树枝像一只手那样敲着大脸盆。奇怪！这树怎么像人一样有手呢？

正想着，全校的学生都跑了出来，在操场上排队集合了。她个子小，被人推在最前面站着。她看见一个老头儿走上了高高的土台，她想这就是校长了吧。校长最狠，校长还管老师呢。那么，校长一定是个老头儿。果然不错。

老头儿校长瞪大了眼睛，突然说道："今天要检查手指头！多一个指头的，少一个指头的，都要抓起来，关在教室里！"

她一听说要检查手指头，就吓得哭了起来，拔腿就跑，可是怎么也跑不动，还没跑两步，就被校长抓住了。她使劲地哭，使劲地喊娘，却喊不出声来，哭不出声来。眼看着右手被校长捉住了，她使劲地挣扎着，像一只可怜兮兮的小羊羔。

突然，她觉得大拇指旁的那个小指头不见了。她感到校长的手也松开了。她疑惑地举起了自己的右手，咦，那个讨厌的小指头真的不见了！她的右手和别人一样，也是干干净净的五个指头！

一排一排的小朋友都举起了双手，张开了手指，像投降似的。老头儿校长背着手，一个一个地检查。她看见校长的手里拿着一把大剪刀，还拿着一根长绳子。

突然，老校长站住了。她听见一个小姑娘哭了起来。再一看，真奇怪，一个和自己一模一样的小姑娘被校长抓住了。校长捉住了那小姑娘的右手，那右手的大拇指旁长着一个小指头！

她也是“六指”！

老头儿校长举起了大剪刀……

那个小姑娘哭喊道：“不是我的！这个小指头不是我的！我不是‘六指’！”

老头儿校长回过头来，厉声问道：“这个小指头是谁的？嗯？”

她感到所有同学都望着她。老校长那双鹰一样的眼睛也狠狠地盯着她。她害怕极了，连忙举起了自己的右手：“不！不是我的！那个小指头不是我的！”

那个小姑娘大声哭叫起来：“她的手是我的！她的手是我的！”

小姑娘哭着喊着，突然把自己的右手拿了下来，使劲朝她扔了过来！

那只长着六个手指头的右手张开着，向她飞了过来，她吓得大叫一声……

〔她吓醒了。她发现自己仍靠在门前的草堆上。太阳暖洋洋的。四周很安静。几只麻雀在树上叽叽喳喳叫着。学校里传来琅琅的读书声。

她举起了自己的右手，大拇指旁仍然长着个可怜的

小指头。〕

明天又是“爸爸日”

他——五岁。一年前，他爸爸妈妈离婚了。每个月有一天，他爸爸来接他出去玩。这一天，是他的“爸爸日”……

……每个月他都盼望着这一天。每个月他都盼望着他的“爸爸日”。

这是他的节日。

这是他和爸爸的节日。

他听见小巷里响起了摩托车的突突声。他觉得这是爸爸的摩托。他偷偷地望了妈妈一眼，妈妈正慌慌张张地在梳妆台前描眉毛。他最讨厌妈妈用笔在脸上画呀画的。妈妈一化妆，就不亲他了，也不准他亲妈妈了。每次听人家唱《妈妈的吻》这首歌，他心里就不舒服。妈妈现在不吻他了，也不让他吻了。他觉得妈妈不喜欢他，而爸爸却喜欢他。

爸爸拿着那神气的红色头盔走了进来。

妈妈在搽口红，不理他，也不理爸爸。

爸爸张开了双手。他扑了上去。爸爸将他举了起来，扛在肩上。他笑得喘不过气来。

爸爸就这样将他扛了出来，放在摩托车的后座上，用一根宽宽的布带子将他的腰系住，另一头系在座板后。其实他一点儿也不怕。妈妈骂他是个玩起来连命都不要的东西，跟爸爸一样。可他觉得自己跟爸爸一样特别神气。

摩托车突突地开动了。小巷里，小伙伴们纷纷从家门口探出脑袋，个个脸上带着羡慕、嫉妒、惊奇的表情。他笑着和小伙伴们打着招呼，好像在说，看呀，看呀，我也有爸爸！看呀，看呀，这就是我的爸爸！

一出小巷，马路就宽了，摩托车像一匹野马一样狂奔起来。他把眼睛紧紧地闭着，双手紧紧地握住扶手。他感到强劲的风像冰凉的水一样直冲过来。他感到自己仿佛已经离开地面，在天上飞翔。有时他偷偷地睁开一只眼，感到街上的行人都在惊奇地望着他。他感到自己心里有一种强烈的欲望、强烈的冲动，他想大声地告诉每一个人：

我有爸爸！

我有爸爸！

这就是我的爸爸！

他觉得许许多多的人惊奇地议论着，指点着，越走越近了。他悄悄地睁开眼，发现头顶上是一片亮晃晃的天，天上围着好多好多的人，正指着他，指着爸爸，说着，议论着。再一看，他吓出了一身冷汗——他发觉自己和爸爸共骑一辆摩托车，在木桶壁上“飞车走壁”！

他的心一下涌到喉咙管来了。他强忍着，像吞一个汤圆似的，将自己的那颗心吞了下去。他的下面是深不可测的黑洞，从这无底黑洞中冒出一股一股阴森森的冷气。他的头顶是一个亮晃晃的、使人睁不开眼的大太阳。许许多多的脸像葵花一样围着太阳。许许多多的眼睛晃成一条亮晶晶的弧线，一闪一闪。而摩托车正在壁上疯狂地旋转着，旋转着。

他想起来了，上个月爸爸曾带他到公园去看过“飞车走壁”。当他看见几个小朋友也骑着摩托在那个大木桶中转时，感到非常惊奇：“那一定非常过瘾！”他当时就这样想。可想不到今天，自己竟然和那些小朋友一样，也“飞车走壁”了。

正想着，他突然发现头顶上发出一阵阵巨大的骚动声。他睁眼一看，哎呀，爸爸不见了！

摩托车还在疯狂地旋转着，可是爸爸不见了。前面没有人驾驶，而他又被绑在后座上，摩托车像一只无头苍蝇乱飞乱转。他吓得大叫起来，可是他的叫声立刻被头顶上的喧嚣声淹没了。他感到头顶上所有的嘴巴都大张着，人们哈哈大笑，喊着：“他没有爸爸！”“他没有爸爸！”

“哈——哈——哈——哈——”这些嘲笑声像游泳池中的水一样淹没了他。有一次“爸爸日”，爸爸带他到游泳池，一下将他扔进池水中，他沉进水里时就有这种感觉——一种手脚抓不住东西，悬在半空里的感觉。

他突然觉得一阵阵恶心。他突然觉得自己的心像一个什么脏东西似的直往外涌。他想吐，想呕吐，想把那个脏东西呕出来。

可是，无人驾驶的摩托车还在疯狂地旋转、旋转。

他觉得那颗心涌到嗓子眼了，堵住喉咙管了，堵得他直翻白眼，堵得他脸发烧、发红，堵得他喘不过气来。他拼命地挣扎着，使劲一呕吐——哇！那颗心终于呕出来了。

他这才哇的一声哭出来。他这才大声地哭喊着："爸爸！"……

〔他哭喊着，醒了。他呜呜地哭着，惊醒了妈妈。妈妈气冲冲地下床来给了他两巴掌。泪眼中，他看见妈妈的床上躺着一个男人。他知道那不是爸爸，是一个叔叔。叔叔一来，他就要睡沙发了……〕

"雀雀儿"飞了

他——五岁。小便时，他发现妹妹的大腿间没有"雀雀儿"。这是怎么回事呢？妹妹不服气地说："我们的'雀雀儿'变成小鸟飞了……"

……他被窗外一阵阵欢快的鸟叫声吵醒了。他揉揉眼睛，似乎是一个潮湿迷蒙的清晨。窗子发白了，窗外有许多许多鸟在叽叽喳喳地叫着，在婉转动听地唱着，好像在比赛，看谁的歌唱得动听。

他推开窗子。窗前有一棵很大很高的合欢树，绿生生的叶子滴着晶莹的露水。空气中弥漫着合欢花浓郁的花香。

许多许多五颜六色的鸟在树枝上蹦蹦跳跳，在大树间飞来飞去。有栗褐色的麻雀，它们像调皮的孩子互相逗打嬉闹着；有淡棕色的云雀，它的歌声嘹亮而甜润；有栗红色的百灵，它一边唱歌，一边跳舞；有黄绿色的黄雀，它的歌声悠扬而动听；有金黄色的金翅雀，它轻轻地吟唱着；有蓝灰色的大山雀，它不知疲倦地不停地跳跃，不停地欢叫；有美丽的绣眼鸟，它的头部与背部是绿色的，胸部是黄绿色的，眼睛周围有白色的羽圈；有绚丽的红嘴相思鸟，它的背上是橄榄绿色，眼睛周围是淡黄色，嘴是鲜红色，胸部是橙黄色，腹部是浅黄色，脚是绿黄色，翅膀上有红色黄色的色斑，像一个穿着绚丽服装的小姑娘……

这么多美丽的鸟，不知怎么，今天都飞到他的窗前来了。

他叫不出这些鸟的名字，可这些美丽的鸟把他迷住了。

突然，他看见妹妹跑过来了。

妹妹站在树下，歪着头，嘟着嘴，说道："不让看，不让你看！你们男孩子最自私，把自己的'雀雀儿'藏着，不让它飞，还偏看人家的'雀雀儿'。"

他的脸红了。

他低头看了看自己的"小雀雀"，像个小肉虫，难看死了。真的，为什么要把它藏起来呢？让它变成一只小鸟不是很好吗？又会飞，又会跳，又会唱，又会叫……咳！那该有多美呀！

他红着脸说："那……它不肯飞，怎么办呢？又不是我故意藏起来的呀！"

妹妹也怔住了，答不出来了："真的，怎么办呢？"

鸟在树间欢快地叫着，唱着。霞光将它们的羽毛镀上了一层金属的光泽，鲜亮鲜亮，一闪一闪。

"啊！对了！"妹妹笑了起来，"你不当男孩，就当女孩，和我们一样，好吗？你一当女孩，'雀雀儿'就变成小鸟飞了！"

"对！对！"他也兴奋起来。

他连忙跑到妈妈身边，说："妈妈，我要做女孩，不要做男孩。"

妈妈正在打毛线衣。她惊异地问道："你要做女孩？为什么？"

"小鸟，我要小鸟，不要'雀雀儿'。"他指了指窗外。

妈妈的脸色变了，变得好难看啊："不准胡说八道！再胡说，看我撕你的嘴！"

妈妈威胁地用竹针戳了戳他的嘴巴："男孩好！懂吗？不做女孩！傻东西！"

他伤心地哭了起来。

窗外的鸟叫得更欢了。他好像听见它们在喊：快来呀，快来呀！

可是他走不动。

他哭得更伤心了。

"我要小鸟！我要小鸟！"他哭着，喊着。

他突然觉得有一只美丽的小鸟从他的腿间扑动着翅膀，啾啾地叫着，飞到合欢树上去了。

阳光一闪一闪，很刺眼。在刺眼的阳光下，一群一群小鸟突然一下全飞走了。

“啾！啾！‘雀雀儿’飞喽！”他又笑了起来，张开双臂，追逐着小鸟，跑进金闪闪的太阳中去了……

〔他在梦中笑了，小手正握着“雀雀儿”……〕

六岁的梦

肚子里有些什么

他——六岁。农村孩子，未上幼儿园。今天吃晚饭时，他把一颗掉下来的牙齿吞到肚子里去了……

……这颗牙也太不讲理了，连招呼都不打一个，就这么随随便便地跑到人家的肚子里去了！

哎哟，哎哟……肚子好像疼起来了……

这讨厌的牙！肚子这地方是能随便跑进去的吗？哎哟……你想进去溜达，也得先通个气，好让肚子有个准备呀……

哎哟，哎哟……不知道牙现在跑到什么地方去了……

……他哥哥二栓在一旁哈哈笑。他想，好你个二栓，看我不把你的蝈蝈全放跑！哼，看你还能喂蝈蝈南瓜花吗？！

二栓故意张开了嘴，说："看看，这牙像不像玉米种子？我告诉你，小栓，那牙可是播种播到你肚子里去了。你每天吃香的喝辣的，全是些好肥料——我告诉你，要不了多久，你肚子里就会长出玉米秆来，把你肚子里的心肝宝贝全戳个稀巴烂！”

他气得嘟起了嘴：“哼！那我不吃不喝，我饿死它！”

哥哥做了个怪相，顺手来拿他的煎饼：“那好，我给你帮忙……”

他打掉了哥哥的手：“去！臭美吧你！”

哎哟，哎哟……这牙要是真的在肚子里发芽……哎哟，那可得开刀剖肚子呀……

……隆隆……隆隆……隆隆……

……他突然听见了一阵隆隆的响声。这响声不大，好像被什么捂着，闷闷地响。

他愣着神，支起耳朵，仔细听了听，发现这响声竟是从自己肚子里发出来的！

他急忙拍了拍肚子：“喂！喂！你们在干什么呢？”

一个细小的声音从肚脐眼里传了出来：“我们在推磨。”

“什么？推磨？你是谁？”

“我是你的肚子呀。”

“你是我的肚子？喂，喂，你推磨干什么？”

“你成天吃香的喝辣的，什么乱七八糟的东西都吃进来，我们不把它们磨一遍，你哪来的营养长个儿呀？”

哦，对，对！原来肚子里有个磨呀！这么说，磨的那浆汁就变成肉了，磨的剩下的渣子就变成屎拉出来了。敢情是这样!

他又拍了拍肚子:“喂,喂,快告诉我,你看见一颗牙齿没有?”

“什么?牙齿?”肚子惊呼起来,“哎呀,我的大爷!牙齿可是比石头还硬的家伙!它要是掉进来,那磨就要被它硌坏了!”

“哎哟……哎哟……”他急忙拍着肚子,“你还怔着干什么?你快派人去找哇!”

……哎哟……哎哟……

……他躺在床上,用手小心地捂着肚子。肚子里有灵巧的磨呢(而且不用毛驴拉),可不能让牙齿这坏蛋把它硌坏了。因此,他立马躺在炕上了——可不能站着,要是直直地站着,那牙齿就像块石头掉进井里,一下就到底了。于是他躺着(他为自己的小聪明而得意了一阵子),一动也不动。

……二栓在门口探头探脑地做怪相,憋腔拿调地说:“哟!这是怎么啦?怀孩子还是孵鸡娃?”

他气得骂了一句粗话,愤愤地想:待会儿就把二栓的文具盒扔到茅坑里去!

……“大爷!大爷!”有个细小的声音又在叫唤了。

哦,是肚子在叫呢!

“喂,别叫我大爷!就叫我栓儿!”

“栓……栓儿……”肚子怯生生地叫了一声。

“嗯！”他应得挺脆。

“栓、栓儿！我派人去侦察了。你说的那牙齿找到啦！”

“哦，找到啦？在哪儿？在哪儿？”

“唉！那是一颗乳牙，是个毛孩子呢。是你吞煎饼时把它吞进来的。它一进来，看见四周黑洞洞的，竟吓得不敢动弹了。现在，它正躲在一个旮旯儿里，偷偷地抹泪花子呢！”

哦……我说这牙怎么这么大胆呢！哼，原来还是怕我呀！这胆小鬼！

……不知怎的，肚子好像不疼了……

……他仍然躺着，轻轻抚摸着肚子：“喂，喂，肚子！你听着，可别让那小子躲在旮旯儿里——注意，可别让它在那儿发芽了！旮旯儿里潮湿，又阴阴的，它在那儿生了根可就坏了！”

肚子似乎愁眉苦脸地说：“唉！那小子是个兔子胆。它不敢往前走啦！它怕咱的磨把它给磨成粉粉啦！它说，它情愿待在旮旯儿里，发芽，生根，然后长成一棵牙树，从你的口里长出去！”

哎哟！我的妈呀！肚子又疼起来了……

“喂喂！肚子！肚子！”他急忙嚷了起来，“我说好兄弟，我每天吃香的喝辣的，还不全送给你了。我不过是、是、是个‘采购员’，和我爹一样——他是加工厂的采购员。我说好兄弟，你可千万别让那小子赖在那儿不走！你千万行行好，帮帮忙，把它给我弄出来！”

“那……那……从哪儿出去呢？”肚子似乎感到很为难。

“屙出去！从屁眼里屙出去！”

“唉，我跟它这样说过了，它、它……”

“它说什么？”

“它不愿意！它说它长在嘴里，天天还用牙膏、牙刷洗呀刷的，全身洁白洁白的。如今要它和屎一道拉出去，它说它怕臭！”

“哎哟，我的天！它就那么金贵呀！”他感到泪水开始涌到眼眶里来了，“都什么时候了，还讲什么香呀臭的！我告诉你，肚子，你马上给我把它弄出来！要不然，我可就要到医院去开刀剖肚子啦！”

肚子慌了：“哎哟，大爷！大爷！你可千万别上医院！千万别剖肚子！好好的一个肚子，用刀剖开，可多疼啊！再说，肚子有了缝，吃东西漏出来怎么办？游泳时，水沁进去怎么办？爬树掏鸟窝时，树上的毛毛虫钻进去怎么办？”

肚子说的这些也都是他的心里话呢！但是他仍然摆出一副架势，命令肚子：“你别在这儿磨牙了！你快去吧！”

……不一会儿，肚子又叫起来了：“大爷，不，不，栓、栓儿！那小子答应啦！”

啊？答应啦？他顿时兴奋起来。

“不过，它说得依着它一点儿。”

“行！怎么个依法，你快说说！”

“那小子说，就从你屁眼里钻出去。不过你得吃点儿香喷喷的好东西，鸡蛋呀，大肥肉呀。我这儿的磨就不磨了，让它和这些香喷喷滑腻腻的东西一块儿滑下去。到时候，它把鼻子捂紧一点儿就是了！”

"行！行！行啊！"他高兴得赶紧下了炕，说，"我正想吃鸡蛋呢！"

就在他刚刚站直身子的时候，突然听见"咯咚"一声响——坏了！坏了！那牙齿掉到肚子里去了！

哎哟！哎哟！一高兴就昏了头，忘了不能站立起来了！

毁啦！这下可毁啦！我的肚子，我的磨……哎哟……哎哟……

〔他突然呻吟着醒了过来，捂着肚子，在炕上打滚，大声嚷着："快！我要吃鸡蛋！我要吃大肥肉！"……〕

会跑会游会飞的房子

她——六岁。盲童。爹告诉她，汽车，是会跑的房子；轮船，是会游的房子；飞机呢，则是会飞的房子……

……她觉得自己又醒了。她老是睡不安稳。她老是觉得房子就要滚动，就要开走了。因为爹对她说，汽车，就是有轮子会跑的房子。

那么，咱们家的房子会不会也安上了轮子呢？要是安上了轮子，那可真美啊！

恍恍惚惚地，她觉得房子慢慢地移动起来！

她大吃一惊，伸手去摸娘，娘不在，又伸手去摸爹，爹也不在！

爹！娘！快来呀！房子要跑啦！

她心里害怕极了，又暗暗地高兴、紧张。

她听见了牛哞哞的叫声，闻到了家里那头大牯牛燥热的气息，干草暖烘烘的气息，以及牛尿的腥臊味。哦，一定是大牯牛在拉着房子走呢，那么，爹一定是在前面赶牛了。

哈！真有意思，大牯牛拉着房子前进。

她摸到了房门边，打开了门，一股清凉的潮湿的水腥气扑面而来。她听见了哗哗的水声，有人在门前的水塘里啪啪地洗、捶衣服。她听见了咣啷咣啷的声音，那是挑水人的木桶撞击在石埠头上的响声。一群鸭子嘎嘎地叫着，那是春兰家的鸭子呢。她知道水是绿色的，是爹告诉她的，她觉得绿颜色真好闻，绿颜色清凉清凉的，闻着舒服极了。

但是绿颜色的气味越来越浓了，她突然感到房子已经被拖到水塘边了。哎呀！再不能走了，再不能走了！再走就要掉进水塘里去了。

正在着急，忽听得“哗啦”一声响——房子摇摇晃晃地飘荡起来。她感到房子已经掉进水里去了。绿色的塘水打湿了她的双脚，水花溅了她一脸一身。

但是房子没有沉下去，而是像船一样浮在水面上。她听见春兰、水芝、桃香一群小姐妹欢快的叫声：“大轮船！大轮船！”

啊，想起来了，原来爹讲过的大轮船就是漂在水面上的大房子。爹坐过大轮船呢。爹说大轮船上有房子，有床，一条大轮船有咱们村那么大呢。她不知道自己的村到底有多大，但是姐牵着她到村边去挖过地菜，走了好半天哟！大轮船……娘啊，那该有多大呀！

她觉得自己看见了许许多多的大轮船在好大好大的水塘里漂着。一幢一幢的房子摇呀摇的。她听见一群群小鸡的叽叽声，听见公鸡喔喔喔地高唱，听见母鸡咯嗒咯嗒地欢叫。哎哟，差点忘了，鸡可不会玩水呢！可别让它们掉进水里去了。

“哦——喽喽喽喽！”她大声地唤鸡。

“哦——喽喽喽喽！”她摸出了一把米，一边唤，一边撒米。她听见鸡都跑来了，小鸡叽叽地叫着，直撞她的脚呢。她可爱这些小鸡啦，毛茸茸的，轻轻握在手里，暖暖的，还可以感到它们的心在跳动。小鸡的小嘴啄着她的手掌心，痒痒的，真好玩。她在手心放了几粒碎米，让小鸡娃啄食着，温情地说：“快吃啊，长大了好生蛋蛋啊——”

忽然，她闻到了一股鱼腥气，听见了一阵阵水的哗哗声，就像有人在游泳。啊？莫不是鱼在游泳吧？爹说鱼住在水里，一上岸就要死。她觉得很奇怪。那么鱼在水中有自己的房子吗？鱼的房子在水中沉不沉呢？是像船一样漂呀漂的吗？

她摸过鱼。鱼不大。那么，鱼的房子也不大。那么多的鱼，那么多的小房子，里面也有小门、小窗、小床、小被子……

哦！牯牛，牯牛！你拖房子可得注意，别把鱼的小房子给撞坏了。

正想着，房子颠簸起来，轮子发出吱呀吱呀的响声。啊，房子又上岸了，走在村外的大路上了。

吱呀吱呀声越来越快，房子跑起来了！房子像汽车一样跑起来了！

她感到黄色的风呼呼地迎面吹过来，红色的太阳热烘烘地照着大地。娘说太阳是红的，像火一样的红。那么，天上一定有人在烧灶了，那得用多少柴呀！冬天，娘给她穿衣，总是把她抱到灶前，一边烧着柴，一边穿衣。她感到火的热浪，于是就想起了太阳。她常常听爹讲飞机，说飞机像鸟一样在天上飞，飞机好大好大，能装下全村的人。那么，飞机就是会飞的房子吗？

要是咱们家的房子也有翅膀，也能飞，那该多好！那就把春兰、桃香她们全接来，把外婆也接来，然后飞到天上去！

哦，飞到天上也得小心呢，得离太阳远一点儿呢！要是飞到太阳里去了，那可就像柴一样烧着了呢……

〔她没有醒。她还坐在房子里，朝着太阳飞去。好亮好亮的太阳啊……〕

卖彩石的小女孩

她——六岁。长江三峡大宁河畔一个小镇上的黄毛丫头。旅游旺季，她和许多孩子一道拥挤在码头上，向游客兜售彩色的宁河石……

……好多好多的游船像大宁河的波浪一样涌来了，涌来了。游船上有男的，女的，老的，少的，还有不少又高又大、又白又胖的洋人。爹说应该叫外国人，可爷爷总是叫他们洋人。洋人的胡子好长好长哟，他们大概是山羊变的吧？因为山羊也是白白的，胡子长长的呀。

卖石头的小伢子端着一盆盆浸泡在水中的石头，争先恐后地拥上前去。他们都是小学生了，比她高，比她大，比她有力气，也比她会喊会叫会说。石头哥端着一个大脸盆，秀芝姐也端着一个大搪瓷盆。而她，小心翼翼地双手捧着一个小碗。碗里盛满了清亮亮的河水，一群彩色的石头随着水波在荡漾，变幻着色彩。

好多好多的人挤过来，挤过去。她怯怯地站在一旁，生怕别人把她的小碗撞掉了。

有一个戴眼镜的女人走过来了。她的身上有一股闻着头晕的香味。她笑着问石头多少钱一个。她说的是很好听的普通话。

“五分……”她低着头，却把小碗举得很高很高。

那女人弯下腰来。她紧紧地抿住嘴。那股香味熏得她直想打喷嚏，但她忍着。她心里扑通扑通地跳，她希望这个香女人把石头全买去。这是她捡了半天捡到的最好看的石头呀。

突然间，那香女人哈哈地大笑起来，对旁边的一个男人说："不行，不行！我的眼睛眨了，重来一张，重来一张！"

她扭头一望，一个男人正拿着照相机对着她照相呢。

她吓得扭头就跑。爷爷说过，可不能让别人照相，照相机会把人的魂照跑的，人没有魂就成了鬼呢！成了鬼要下十八层地狱呢！

但是码头上的台阶很高很高，她转身跑时，一下跌倒在台阶上。她手中的小碗也摔出去老远，骨碌碌地顺着台阶滚了下去。那彩色的石头全溅飞了。

她哭了起来，可是哭不出声。

"石头！我的石头！"

正想着那溅飞的石头，她忽然来到了河滩上。

河滩上一个人也没有。她孤零零地站在河滩上，感到很冷。

绿油油的河水像透明的翡翠。

风从峡谷里吹了过来，凉飕飕的。

她突然眼前一亮。哎呀，满满一河滩彩色的石头！美极了！

红的像玛瑙，紫的像葡萄，绿的像透玉，白的像香脂。墨蓝的石头上镶嵌着一粒粒米粒大小的白点点，那是美丽的雨花石呀。淡蓝的、金黄的卵石上流动着银色的月光，那是绚丽的蝴蝶石呀……

满满一河滩色彩斑斓的宁河石，像春天彩色的原野上盛开的百花。

哎呀，应该喊石头哥、秀芝姐他们来捡，嗯，可以用船来装呢。这么多彩石可以卖好多好多钱呢！

突然，她眼前一闪一闪的，那些彩色的石头不知怎的都变成了银闪闪的硬币。

哎呀，满满一河滩钱啊！

她呆住了。

这么多钱可以买多少东西啊！爷爷老是咳嗽，晚上咳得睡不着觉，有了钱，可以给爷爷治病，给爷爷买冰糖，还可以买糖果，买饼干，买点心，买秀芝姐那样的彩色铅笔，买石头哥那样的打火机。那打火机真神呢，一按就冒出一团火！爹老想有一个打火机呢！

她蹲下来，拼命地抓起钱来。

口袋里鼓鼓的，装满了，手里也抓满了，可是河滩上仍然铺满了一闪一闪的钱币。

她着急了，抬眼朝河上望去，一条船也没有。怎么回去呢？

正想着，忽然从峡口驶来好多好多游船。游船上坐满了城里的人，还有洋人。游船朝河滩开过来了。游船靠上河滩了。船上的人一看见河滩上的钱币，都惊讶地狂叫起来。他们争先恐后地跳上岸，抢着争着拼命地抓钱。

她急得大哭大叫起来：“不准捡！不准捡！这是我的钱！这是我的钱呀！”

可是她哭不出声，喊不出声。

一个人提着一个背篓在她身边捡钱。她气呼呼地跑过去，一看，竟是那个香得她头发晕的香女人。

香女人朝她笑着招手。

她再一看，远处有一个男人正举着照相机，照相机正对着她。

香女人笑着说："来呀，来呀，照了相，这钱都归你。"

她急忙用双手将脸遮住，扭过头去，大声喊道："不照不照！就是不照！不要你的钱！不要你的臭钱！"

她突然想起，要是自己有一个照相机就好了，可以狠狠地照这些城里人、这些洋人。爷爷最恨他们，说他们吃饱了饭无事做，拿钱买石头寻开心。真的，有了钱要买一个照相机，把他们的魂通通照掉！

正想着，手里就有了一个照相机。照相机上有一个圆圆的镜子，像秀芝姐书包里的那个小圆镜子。

她望着镜子。她突然在镜子里看见了自己：眯缝着眼，怯生生地端着一个小碗，站在码头上，赤着脚丫子，弓着腰，渴望地望着前方……

她吓得一松手，镜子一下摔破了……

〔她醒了，浑身都是汗。就在她做梦的时候，爷爷把她的小碗摔破了。爹手里揉着一团纸，那是一张印在杂志上的照片。照片上，她眯缝着眼，怯生生地端着一碗彩石。照片旁印着一行字：卖彩石的小女孩……〕

我要爷爷的小轿车

他——六岁。从前，他上幼儿园，出去玩，都是坐爷爷的小轿车。可是最近，爷爷没车了……

……他听见窗外传来汽车的鸣笛声，好像在喊他快上幼儿园。他情不自禁地跑到窗前，悄悄地朝外一望——啊，真是爷爷的那辆银灰色的小轿车！司机张叔叔从车窗里探出头来，好像在朝他甜蜜蜜地笑。

他正想出门，忽然看见贝贝从花坛那边跑了出来，朝小轿车跑过去。

呸！想得美！这是我爷爷的车！

他气冲冲地跑出门，一下台阶，就大声嚷了起来："下来！下来！"

贝贝站住了，神气地叉着腰，也大声嚷道："喂！你要干什么？"

他跑上前，推了贝贝一把："这是我爷爷的车，你上去干吗？"

贝贝往后退了两步，站住了，气冲冲地伸手指着他的鼻子："哼！臭美！这是我爷爷的车！"

"你胡说！"他没想到贝贝今天变得这么硬，这么凶。

"你胡说！"贝贝叉着腰，瞪着眼，好像要洗清往日的屈辱。

“我爷爷是部长！”这是他的撒手锏。

可是今天贝贝不怕他这个撒手锏了。贝贝得意地一笑，嘴一撇：“哼！你爷爷现在不是部长了，你爷爷离休了！我爷爷现在才是部长！”

他气得说不出话来，冲上前去，对准贝贝的脸蛋儿就是一拳头。

可是贝贝竟然一点儿也不害怕，一点儿也不觉得疼。他不像过去那样一挨打就哭鼻子，像个小丫头片子，而是双手抱在胸前，把头仰得高高的，好像说：怎么样？你来呀，我有气功！

他呆呆地望着贝贝那红润润的脸蛋儿，憋足劲儿，对准贝贝的鼻子就是狠狠一拳！

哎哟！他的手一阵疼痛。拳头好像不是打在贝贝的鼻子上，而是打在叔叔练拳击的沙袋上。

贝贝仍然得意地望着他笑。

他觉得鼻子有点儿发酸，眼泪也涌了出来。他咬牙切齿，想起了叔叔告诉他的一个绝招，双手对准对方的太阳穴击去，这叫“双风贯耳”。于是他“呀——”地大叫一声，狠狠地冲上前去，双拳对准贝贝的太阳穴就是一个夹击！

可是贝贝的脑袋竟然像弹簧一样，将他的双手弹了回来，震得他的双臂发麻发胀。

贝贝嘿嘿一笑，指着他的鼻子说：“哼！今天先饶了你，下次再敢放肆，休怪我不讲情面！”

这时，贝贝的爷爷走了过来。张叔叔连忙将车门拉开，贝贝和他的爷爷坐进了车内。

车门关了。贝贝冲着他得意地做了个鬼脸。

小轿车渐渐地驶远了。

他气得一屁股坐在地上，呜呜地大哭起来。

保姆急忙跑了出来，劝他拉他，他不依。

爸爸妈妈跑了出来。爸爸气呼呼地要打他，他索性躺在地上打起滚来。

爷爷跑了出来。爷爷哄着他，拉他起来。他朝着爷爷的老脸就是一巴掌："赔车！赔我的小车！"

爷爷愣住了，爸爸妈妈也愣住了。

爸爸气坏了，上前飞起一脚，朝他踢来。他一个鲤鱼打挺，一个后空翻，站了起来，跳到爸爸背后，趁爸爸立足未稳，就是一掌，像电视里的武林高手那样："嘿——"

爸爸一下跌倒在地上。他抢前一步，用脚踩住爸爸，一用劲，爸爸"哎哟哎哟"地连声叫道："饶命啊！好汉饶命啊！"

爷爷、妈妈，还有保姆一齐跪在地上，齐声哀求道："好汉饶命！"

他得意极了，双手叉腰，像贝贝那样傲慢地说："快去把爷爷的那辆小轿车要回来！"

爷爷站了起来，把手一挥。哈！真有趣！那辆银灰色的小轿车倒退着，一直退到了花坛边。车内，贝贝和他的爷爷气得大叫，张叔叔一个劲儿地按喇叭，可是没用，小车仍然随着爷爷的手势倒退着。

爷爷说了声：“停！”

小轿车停了，车门自动打开，贝贝和他的爷爷从车内钻了出来，低着头，灰溜溜地跑了。

他高兴地笑了，得意地神气地朝小轿车走去……

〔他没有醒。客厅里，爷爷正坐着，闷闷地抽烟……〕

没有门窗的房子

他——六岁。清明节，爸爸妈妈带着他去给奶奶扫墓……

……爸爸说，墓就是奶奶的房子。奶奶就住在里面。他围着坟墓转了好几个圈，发现奶奶的房子没有门，也没有窗子！

他连忙大声喊了起来：“爸爸！妈妈！快来呀！”

爸爸来了，妈妈也来了。

“爸爸，妈妈！奶奶的房子怎么没有门和窗呀？这样奶奶不是出不来了吗？”

爸爸笑了，妈妈也笑了。妈妈说：“傻孩子，奶奶已经死了，再也用不着门和窗了。”

爸爸瞪了妈妈一眼。爸爸说："奶奶累了，睡着了。奶奶怕吵，把门和窗都关上了。"

"可是我怎么没看见门和窗呢？"

"你还小。小孩是看不见坟墓的门和窗的，你长大以后就看得见了。"

"长大以后？哎呀，那要等多久哇？到那时，奶奶还在吗？"

"还在，还在。奶奶最喜欢你，最疼你，奶奶永远保佑你呢。"

突然间，他发现自己长大了，长得和爸爸一样高。他发现四周漆黑一片，只有远处有一点灯光。

他深一脚浅一脚地朝那灯光走去。

他发现灯光是从奶奶的坟墓里闪出来的。

他想起了爸爸的话，长大以后就可以看见奶奶的门和窗了。可是现在他长大了，还是看不见奶奶的门和窗。

他觉得鼻子酸酸的，眼睛潮潮的。他哽咽着喊了一声："奶奶！"

咦，真奇怪！他刚刚一喊，一扇门就无声地开了。他有点害怕，又喊了一声："奶奶！"话音刚落，一扇窗就在眼前亮闪闪地出现了。

他看见了奶奶。奶奶坐在灯下洗衣服。

他走进了奶奶的房子。一进门，他感到冷飕飕的，有一股潮气扑了过来。他走哇走哇，眼前一亮。他发现回到了自己家里。

爸爸坐在沙发上看电视。爸爸是个足球迷，电视里正实况转播一场足球赛。

妈妈躺在床上打毛线衣。妈妈一年四季总是在打毛线衣，打了拆，拆了打，好像永远也打不完。

奶奶在客厅里哼哧哼哧地洗衣服。

一大脚盆衣服——爸爸的、妈妈的，还有他的。家里有洗衣机，可是妈妈说洗衣机只能洗被子。他听见爸爸和妈妈为这件事在夜里吵过架。

他觉得奶奶真辛苦，真可怜。

他喊了一声奶奶。奶奶抬起头来望着他笑了笑，又低下头去洗衣服。

“奶奶，你怎么又回来了？”

“奶奶想你们呀！”

“奶奶，你不是死了吗？妈妈说人死了就回不来了。”

“奶奶没有死。奶奶死了，谁给你们做饭、洗衣裳呢？”

“妈妈洗呀，妈妈用洗衣机，一下就洗完了。”

朦朦胧胧中，他发现洗衣服的不是奶奶，而是妈妈。

妈妈的头发也白了，变得和奶奶一样了。

他隐隐约约地记得白天在奶奶的坟前，他说想快点长大，长大了好看见奶奶的门和窗，妈妈叹口气对他说：“你长大了，妈妈也老了。”

老了就是和奶奶一样了。

老了就是和奶奶一样洗衣服蛮辛苦。

他摇着妈妈的手说：“妈妈，你不老，你不老，好吗？”

妈妈笑着说：“傻孩子，你长大了，妈妈能不老吗？”

他想了想，说：“那……那我就不长大！”

妈妈笑着把他搂在怀里，使劲亲了亲他，说：“小傻瓜，人总是要长大的，总是要老的呀！”

“那……那我也会老吗？”

“你也会老的。”

“那……我也会死吗？”

“胡说！快别胡说！”

“奶奶老了就死了嘛！”

“你再胡说！”妈妈瞪着眼睛，训斥着。

“我没有胡说！”他不服气地噘起了嘴，然后神秘地拢着妈妈的耳朵，悄悄地说道，“妈妈，要是我死了，你给我做一间有门有窗的房子，好吗？没有门，我怎么出去玩呢？”……

〔他没有醒。他还在做梦。他梦见自己住在一间好大好大的房子里，房子四面八方都有门，都有窗……〕

请让我来帮助你

她——六岁。小小年纪，却成了残疾人，成天坐在轮椅上。她最爱唱的歌就是《熊猫咪咪》……

……一股股浓郁的花香随着微风从窗口飘了进来。是什么花这样香？是夜来香吗？可现在……现在似乎是白天呀，而且夜来香也没有这么浓郁的香味。她摇着轮椅来到阳台上，看见满天的星星一眨一眨的。突然间，星星变成了一朵一朵银色的花，一眨眼，开花了，一眨眼，又谢了……

她看得眼花缭乱，分不清哪是花，哪是星星。

她闭上了眼睛，准备休息一会儿。这时，她的耳畔响起了一声轻轻的呻吟："哎哟……"

她睁开眼，四下一看，屋里静悄悄的，没有人。咦，是谁在呻吟呢？

正疑惑着，那呻吟声又响起来了："哎哟，哎哟……"

她抬头一看，顿时惊呆了。她的眼前出现了一片青翠的竹林，那竹子和她家晒衣服用的竹篙差不多粗细吧，绿叶上缀着晶莹的露珠，微风吹动，飒飒地响。可是，那青翠的竹子开始绽放一簇簇白花，银白银白的，像天上的星星一样。白花刚刚一开，那竹子就开始嘎嘎地响，像太阳下的冰棍儿，一下就融化了，枯萎了。转眼间，一片竹林就变成了一堆残枝败叶，一堆垃圾。

她顿时想了起来，这是竹子开花呀！竹子开花，竹子就死了；竹子一死，熊猫就没有吃的，就要饿死呀！

正想着，刚才那呻吟声越来越近了。不一会儿，她看见一只大熊猫呻吟着，捂着肚子走了过来，一看见满地开花死掉的竹子，顿时呜呜地哭了起来。

啊，可爱的大熊猫，你竟饿成这个样子了吗？看，你的脸颊深凹着，肚子饿得瘪瘪的，陷了下去，真是皮包骨呢！

看着大熊猫饿成这个样子，她忍不住哭了起来："咪咪！咪咪！我有蛋糕，快来吃！"

熊猫咪咪有气无力地坐在地上，摇摇头说："我不吃蛋糕……"

"面包呢？我有果味面包！不吃？巧克力呢？酒心巧克力？蛋卷呢？饼干呢？什么？你都不吃？只吃竹子！可是，我，我没有竹子呀……"

问着，说着，她忍不住又呜呜地哭了起来。

"不要哭……"熊猫咪咪艰难地说，"快，快去找、找马良……"

"马良？马良是谁？"

"就是神笔马良呀！你今天不是刚刚听过他的故事吗？"

哦，对！爸爸今天买回了《365夜》的故事录音磁带。她刚才正好听完了《神笔马良》的故事呢。她兴奋起来："找马良干什么？要他画竹子吗？"

"对！对！叫他快来给我们画竹林！"

"可是……那只是神话故事呀！他是古时候的人，怎么去找呢？再说，我的腿……"她难过地低下了头。

熊猫咪咪说："你站起来！大胆站起来！"

"不行，不行！"

"行！你大胆站起来！"

她咬紧牙，闭着眼，双手扶着轮椅的扶手，一用劲——咦，她感到自己长高了，站住了。她睁开眼，哈！她的双腿长长的，并没有萎缩在一起。她终于站起来了！

“咪咪！谢谢你……”她激动得流下了眼泪。

“不用谢……你快跑，到海边……”说着，熊猫咪咪昏了过去。

她急忙噔噔噔地跑下楼。啊，原来有腿走路、跑步，这么轻快呀！过去，爸爸妈妈推着她走的路，她三步两步就跑过去了。她觉得自己的脚并没有落地，而是离开地面在飞。她觉得自己像鸟一样自由，展开双翅向着蔚蓝的大海飞去。

眨眼间就飞到海边了，海滩上一个人也没有，茫茫的大海上一条船也没有。

马良在哪儿呢？她东瞧瞧，西望望，忍不住放开嗓子大声喊道：“马良——”

喊了半天，嗓子都喊疼了，还没人答应。这可怎么办呢？熊猫咪咪还等着马良去画竹子呢……一想起大熊猫可怜的模样，她又忍不住哭了起来。

“小朋友，你为什么哭呀？”一个慈祥和蔼的白胡子老爷爷突然出现在她面前。

“我……我要找马良……”

“找马良干什么呀？”老爷爷亲切地问。

“熊猫咪咪饿坏了，我找马良去画竹子！”

“马良不就是靠那支神笔吗？”

“就是！他有一支神笔！”

“你呢？你不是也有一支神笔吗？”

“我？”她难以置信地睁大了眼睛。

“对！你！你也有一支神笔。”

“在哪儿？老爷爷，快告诉我！”

老爷爷笑眯眯地伸出一个手指头：“就是它！”

手指头？她疑惑地伸出右手的食指。

老爷爷蹲下来，用手指头蘸着海水，在沙滩上画着，画着。咦，眨眼间，沙滩上长出了一片竹林！

哈哈！真妙！这手指头真是“神笔”！

她急忙蹲下来，也用手指蘸着海水，在沙滩上画了一枝竹子。眨眼间，这枝竹子就竖起来了！

她高兴极了，急急忙忙地画呀，画呀。一片片竹林长出来了。她听见了一阵欢乐的笑声，回头一看，原来是熊猫咪咪来了。它还带来了不少伙伴，正兴高采烈地吃着竹子。

“嗯……真好吃，真好吃……”大熊猫们津津有味地吃着。不一会儿，她画的竹林就被它们吃完了。

她慌了，急急忙忙蘸着海水又画起来。可是刚刚画好一枝竹子，一下就被大熊猫们吃光了。

“老爷爷！老爷爷！这可怎么办哪？”她急得大叫起来。

老爷爷摸了摸白胡子，笑着说：“去喊你的小伙伴呀！去告诉所有的小朋友呀！他们不都有手吗？”

“对！对！让全世界的小朋友都来画！”

正说着，一片欢呼声像海潮一样涌来了。她睁眼一看，啊，大海变成了一个蔚蓝的湖泊，数不清的小朋友围着这湖泊，组成了一个圆形的花环。小朋友们都伸出了手，在地上画了起来，一边画，还一边唱着：“请让我来帮助你，就像帮助我自己，这世界会变得更美丽……”

她看着，听着，幸福地甜甜地笑了……

〔她的妈妈听见笑声，走进屋来。一看，她还没醒，靠在轮椅上，笑得正甜呢……〕

魔幻电子琴

她——六岁。小学一年级学生。晚上，她想看电视，想看动画片《花仙子》，可是爸爸不让她看，要她练电子琴……

……练琴练琴练琴练琴！爸爸成天就只知道逼着我练琴！还有妈妈！还有爷爷！还有奶奶！还有外公！还有外婆！拿着棍子逼我，瞪着眼睛逼我，端着麦乳精糖果逼我，笑着逼我，哭着逼我！烦死了烦死了烦死了啊！

她气鼓鼓地坐在电子琴前，气鼓鼓地将主音量控制旋钮调到最大一挡，气鼓鼓地将自动节奏部分的速度控制旋钮也调到最快一挡，赌着气将节奏和器乐声选择按钮乱按一气。

立刻，房间里响起了各种各样稀奇古怪的声音：

风琴、管风琴、钢琴、电钢琴、钢片琴、竖琴、大提琴、小提琴、手风琴、古钢琴，单簧管、双簧管、长笛、小号、圆号、电吉他、曼陀铃……各种各样的器乐声混杂在一起，像一群群精灵、一群群妖魔在扯着嗓子比赛嚎叫……

摇滚乐、流行曲、迪斯科、摇摆舞曲、西印度土风舞曲，桑巴、波沙诺瓦、探戈、华尔兹……各种各样的节奏同时响起，像脱轨的火车，疯狂地醉酒般地抽筋般地乱蹦乱跳、乱摆乱摇。

她看见爸爸手里的棍子掉在地上了。爸爸面色惨白，两眼恐怖地睁大着，突然双手抱着头，大声呻吟着，在地上打起滚来，就像戴着紧箍的孙悟空，当唐僧念动咒语后，疼得在地上打滚。那根曾经打过她，使她心惊胆战的木棍，随着疯狂的节奏，在空中跳起舞来，并且一边跳舞，一边追着爸爸，使劲地敲打着他的脑袋。

她突然看见妈妈、爷爷、奶奶、外公、外婆一个个都着了魔似的两眼痴呆，随着那越来越快的节奏跳起舞来，而且跳的是迪斯科，张牙舞爪似的，木偶人似的，摇头摆脑似的，喝醉酒了似的……而且，不知从哪儿传来了一阵狂热的歌声："阿里，阿里巴巴，阿里巴巴是个快乐的青年；阿里，阿里巴巴，阿里巴巴是个快乐的青年……"

她呆住了。她觉得真好笑，真好玩。特别是看到爷爷奶奶他们像浑身发痒似的跳着稀奇古怪的迪斯科，她觉得真逗，真开心。

疯狂的器乐声和疯狂的节奏越来越强，越来越快了。她看见爸爸、妈妈、爷爷、奶奶、外公、外婆一个个喘着气，流着汗，跳得筋疲力尽了，可是乐声不停，他们便着了魔似的不停地跳。她吓得扑上前，抱住妈妈："妈妈！不跳了！不要跳了！"可是妈妈控制不住自己，一边跳着，一边喘着气说："快！快关、关、关掉电子琴！"

这时，她才醒悟过来，急忙关了电源，扯掉了插头。可是电子琴像着了魔一样，还在响，还在响！

她吓得哭了起来，用小拳头拼命地捶打起电子琴来："打死你！打死你！快停停！快停停！"

可是电子琴不理睬她。她的拳头捶在琴键上，琴键竟然也争先恐后地响了起来：多来米发梭拉西多多西拉梭发米来多……而且尽是一些滑稽音，就像一个调皮鬼在故意逗她，故意和她开玩笑。

她呆呆地望着这发了疯的电子琴，不知怎么办才好。突然，她想了起来：把它扔掉，把它摔死！

但是她刚刚这么一想，电子琴竟然像长了翅膀一样飞了起来，飘飘荡荡地浮在半空中，而且故意飘到她的面前，撞了一下她的鼻子，又赶紧调皮地升高了。

她摸着又疼又酸的鼻子，坐在地上大哭起来："打死你！大坏蛋！"

突然，那电子琴说起话来："什么？我是大坏蛋？你才是大坏蛋呢！告诉你吧，每一个琴键、每一种节奏、每一种器乐声都是一个小朋友，一个和你一样的爱唱歌爱跳舞的孩子。

可是你每天不停地用手指按它们，逼着它们不停地唱，不停地跳，你知道它们多难受吗？你们刚这么跳一下就受不了了，可它们呢？你才是大坏蛋呢！”

她愣愣地听着，颤颤地说：“我不知道，是爸爸逼着我弹琴的，我真的不知道……”

“叫你爸爸保证今后不再逼你，不再打你！”电子琴大声说着。

她急忙扑上前，抱住爸爸：“爸爸，你就答应了吧！你就保证，好吗？”

爸爸抱着头，呻吟着，点点头，说：“我保证！我保证……”

电子琴又说：“告诉你爸爸，今后只要再逼你，再打你，我们就会叫你们全家不停地乱蹦乱跳，一直跳一百年、一千年！”

爸爸抱着头说：“听见了，听见了……”

爸爸的话刚说完，电子琴突然不响了，从半空中落了下来，一下撞在她的头上。她只觉得满眼闪金花，疼得叫了一声：“哎哟！”……

〔她突然疼醒了。电子琴的自动伴奏在响着，而她却伏在琴键上睡着了。她惊慌地抬起头，看见了满脸怒容的爸爸和爸爸手中的那根小木棍……〕

抓“死”

他——六岁。小学一年级学生。上个星期，他们的音乐老师李老师为了抢救一个学生，被汽车撞倒，永远离开了他们。他很难过，很想念李老师……

……电话铃丁零丁零地响了。妈妈说，是他的电话。

“喂。”他懒洋洋的。这几天，他一直都懒洋洋的。

“喂。”对方也无精打采的。他听出来了，是同班同学胡昕。

“喂，你在干什么？在玩电脑吗？”

“没劲。我想李老师……”

他的鼻子一酸，眼睛又红了。这几天，他也想李老师。李老师多好啊，总是笑眯眯的。她才二十八岁呢，怎么一下就永别了呢？

“喂，喂，你看过《格林童话》吗？”胡昕开始来劲了。

“看过。怎么啦？”

“你看过《白雪公主》吗？”

“咦，你问这干吗？”

“喂，白雪公主吃了王后的毒苹果，就死了。后来，王子抬她的时候，毒苹果吐出来了，白雪公主就活了……”

“我知道！我知道！”他有些不耐烦了。《白雪公主》早就看过啦！

“喂，杨波，李老师会不会吃了毒苹果……”

“胡说！”他恼火了。李老师是为了救人，被汽车撞死的嘛，怎么会吃了毒苹果呢？

“唉，你听我说！我是想，能不能让李老师活过来？”

“怎么活呢？”他开始来劲了。

“去抓‘死’！把‘死’抓起来，让他把李老师交出来！”

“嘿！对呀。”他高兴得跳了起来。

……他走进了一座大森林。

……“死”肯定住在森林里。因为一些妖精呀，还有格格巫呀，都住在森林里。

森林肯定比公园大。森林里有好多好多大树，比天还高。森林里还有许多动物，不过它们不是被关在铁笼子里，而是自由自在地活动。

他看见一棵大树。树上有门，有窗。一只小白兔从窗口探出身子，问道：“嘿，杨波，你上哪儿去呀？”

“我去抓‘死’！”他感到很自豪。

“哎哟！”小白兔吓得吐吐舌头，“‘死’可厉害呢，你可得小心啊！”

“谢谢！我可不怕他！”

……森林里越来越暗了，越往前走，越感到冷飕飕的。四周静悄悄的，一个人也没有。他有些害怕了。

这时，他听见有人唱歌，是个小姑娘在唱。不一会儿，一个戴着红天鹅绒帽子的小姑娘出现了，手里提着一个篮子，篮子里面有蛋糕，还有葡萄酒。

哦，原来是小红帽哇！

“喂，小红帽，你碰到大灰狼了吗？你可千万别上他的当啊！他最爱骗人，他要吃你，还要吃你祖母呢。”

“谢谢你。格林爷爷跟我说了，我再也不上大灰狼的当了。”

“喂，小红帽，你知道‘死’住在哪儿吗？”

“哎哟，我可不知道。你去问问小矮人，好吗？”

……天渐渐黑了，他觉得又累又饿。要是在家里，现在该吃饭了……可能有红烧肉，还有炸鸡腿，嗯，比肯德基的鸡腿还要香……

……树木渐渐地疏松了，密林中出现了一块草坪。草坪上有一幢小房子，他知道，这就是小矮人的家了。

他走进了小房子。屋里果然有一张小桌子，铺着雪白雪白的布，上面放着七个小盘子，每个小盘子里有一把小调羹。七个小盘子旁边还有七把小刀、七把小叉和七个小杯子。靠墙并排摆着七张小床，上面铺着雪白的被单。

他看了看盘子里的面包，只有巧克力豆那么大。唉，这么一丁点儿，还不够他塞牙缝呢。他房里房外四处转了转，没发现冰箱，也没发现食品柜呀，电视机呀，影碟机呀，电脑呀什么的。咦，奇怪呀，他们晚上干什么呢？

不一会儿，窗外闪起了七颗“小星星”，原来是七个小矮人提着七盏小灯回来了。

“嘿！你们好！”

“嘿！你好！你是谁呀？”

“我是杨波。我想救我们的李老师。她跟白雪公主一样漂亮，可惜她死了。”

“啊，她也吃了王后的毒苹果吗？”

“没有。她被汽车撞了。”

“汽车？汽车是什么动物？比老虎还大吗？”

“比老虎大多啦，它的肚子里可以装好多老虎！”

“啊！”小矮人们惊异地睁大了眼睛。

“汽车还有四个轮子……”

“轮子是什么？”

“唉，轮子……就是汽车的腿，圆圆的。”

“哦，是大象……”

“唉，不是大象。汽车跑起来，比大象快多啦，比马跑得还快！”

“啊！”小矮人们眼睛睁得更大了，“原来汽车是个妖怪。你的老师被妖怪抓走了，是吗？”

“不，是‘死’把她带走了。我就是去抓‘死’的。你们知道‘死’住在哪儿吗？”

“啊！”小矮人们又一次惊叫起来，“你敢去抓‘死’吗？那可得小心！‘死’无影无踪。他看得见我们，我们却看不见他……”

“我不怕！不过，我的肚子有些饿了……”

“啊，对不起！”小矮人们放下小灯，连忙请他坐在桌前，“请吧，面包呀，蔬菜呀，请随便用吧。”

他犹豫了一下，婉转地问道：“你们为什么不买冰箱呢？”

“冰——箱？”小矮人们又疑惑了。

他知道不能再多问了。小矮人们生活在自己的世界里。他们每天辛辛苦苦地开采铜和金子，却不知道用金子去买冰箱或者微波炉。

“我，我是说，你们用什么装食品呢？比如肉呀，鱼呀，蔬菜呀，水果呀，可口可乐呀……”

“哦，对不起，我们不吃肉，也不吃鱼，因为动物都是我们的好朋友……”

唉，完啦，红烧肉，还有炸鸡腿……

……“咚、咚、咚！”有人敲门。

是格格巫，是《蓝精灵》里面的那个专门想抓蓝精灵的坏蛋格格巫。在他的身后，紧跟着那只阴险的阿兹猫。

“呸！格格巫，你来干什么？”

“啊，亲爱的杨波先生，我非常热烈地欢迎您……”格格巫低眉顺眼，一脸微笑。

“喵，喵。”阿兹猫也装模作样地媚叫了两声。

格格巫继续甜甜地说：“我是来帮助您的。我知道‘死’藏在哪儿，我可以帮您救活李老师。哦，顺便说一声，我为您准备了一顿丰盛的晚餐，有红烧兔肉，有油炸鸡腿，有烤鸭，当然，还准备了可口可乐。”

“别相信他！”小矮人们愤怒了，“你这个骗子！”

他有些心动了……晚餐嘛，可以考虑……主要是要快点抓到“死”……

“好吧！咱们走。不过，我可不怕你！蓝精灵都不怕你，我还怕你吗？”

“对，对。”格格巫一再躬腰，“我现在变好了，我是个好孩子了。请相信我，请允许我改正错误……”

——他也经常犯些小错误，但是李老师总是笑眯眯地说知错就好，关键在于改正错误……于是他安慰小矮人：“放心吧，我谁都不怕！”

“啊！”小矮人们惊异地目送着他。

……格格巫的房子是一个大蘑菇，里面弥漫着一股刺鼻的化学药水的味道。

他望着桌上的瓶瓶罐罐，问道：“喂，你的晚餐呢？”

“别急，亲爱的。”格格巫吩咐阿兹猫，“先给杨波先生倒一杯矿泉水。”

阿兹猫送来的矿泉水有一股药粉的味道，但他实在是渴极了，咕嘟咕嘟地喝完了。

突然间，他感到天旋地转，浑身瑟瑟发抖。他紧紧地缩着身子。他感到自己越缩越小，而阿兹猫似乎变得像大象一样大。

“哈哈！”格格巫得意地大笑起来。

“亲爱的杨波先生，你马上就可以看到‘死’了。”格格巫用手指把他轻轻地拎起来，扔进了一个装着药水的玻璃瓶里，“对不起，我很需要中国的人参——就像你爷爷泡酒用的那种人参（啊，我成了爷爷酒瓶里那枝像小孩一样的人参了吗？）——当然，像你这样的活人参效果更好。不过，你不是要找‘死’吗？我确实是在帮你的忙。你一会儿就要死了，你一死，‘死’就会来主动找你啦！”

“你这个坏蛋！骗子！你放我出去！我不怕你！”他愤怒地呼喊着，但他的声音越来越弱了。不一会儿，他就觉得昏沉沉的，浑身无力了……

……他听见有人在不停地咳嗽、喘气、吐痰，有人在叹气，在嘀咕——唉，又来了一个，又来了一个，害得我觉也睡不好……

他迷迷糊糊睁开眼，发现一个老太婆正坐在一张破木椅上，一边喘气，一边捶腰。老太婆满脸皱纹，瘪着嘴，头发稀稀疏疏的，灰白灰白的，眯缝眼里还淌着浓绿的泪水。

“唉，你好好地活着，上学读书，不好吗？为什么要来抓我？”

哦，她就是“死”……原来“死”是个干瘪干瘪的老太婆呀，哼……

“那你为什么要抓我们的李老师呢？我们都很爱她，我们希望她再活回来，教我们唱歌。”

“唉，不是我要抓她……咳！咳！”“死”婆婆喘着气，“我不过是个拉车的，谁死了，我就得去拉谁……”

“不对！那你为什么不死呢？”

“死”婆婆似乎哭了起来：“唉，唉，我早就干腻啦！我早就不想干啦！我想死，可死不了，因为‘死’是不死的呀……”

唉，她还一把鼻涕一把眼泪呢。

“你看‘活’多好哇，又年轻，又漂亮，谁都喜欢她，你为什么不去找‘活’呢？你去找她帮帮忙，不就得了吗？为什么偏偏要来抓我，害得我半夜又去拖你，还感冒了，咳咳！我老咳嗽，我……”

“死”婆婆还在那儿抱怨，什么辛苦呀，劳累呀，累病了要吃药呀，医疗费也没地方报销呀，想退休又退不了，没人愿意来顶班啦。唉，她还一肚子的牢骚呢。

“喂，我家有感冒通，还有康泰克胶囊，感冒了，吃一粒就好了。这样吧，你把我送到‘活’那儿去，我就送药给你。”

“唉，好吧，不过，你得替我保密。要是有人说我开后门，这个月的奖金就全完啦……”

……好像是中山公园，但是比中山公园还要美，一大片一大片绿色的草坪，一大片一大片五彩缤纷的花圃，一大片一大片幽静的湖泊，一片片丛林掩映着童话般小巧美丽的彩色房子。

……这里好安静啊，没有中山公园那么多乱七八糟的嘈杂和喧闹，什么“飞车走壁”呀，“人蛇共舞”呀，参观五条腿的牛、两个头的羊呀，还有许多人手拿电喇叭哇啦哇啦地推销产品呀，整个公园成了一锅煮煳的粥。这里也有鸟鸣，也有动物在自由自在地散步，树丛中也可以看见三三两两的人影，但是整个公园安静得使人特别舒畅，连空气也甜丝丝的，让人恨不得想大口大口地多吸几口。

……一个穿着花裙子的大姐姐从花丛中走出来。啊，好漂亮的大姐姐呀，简直像仙女一样。

他呆呆地望着大姐姐。这就是“活”，这就是“活”姐姐了。

“活”姐姐见他痴痴的，不禁扑哧一声笑了：“你是来找李老师的，是吗？”

“对！对！请您让她快点儿活吧，我们都很想念她！”

“活”姐姐说：“李老师真好，我也舍不得她走，我也请她在这儿教音乐呢。”

他急了，一把拉住“活”姐姐的手，央求着：“不嘛，不嘛，李老师是我们的老师，应该先教我们嘛。”

“活”姐姐眨了眨眼睛：“这样吧，我们去问问李老师，看她是愿意留下来呢，还是跟你回去，好吗？”

……一片绿色的草坪上，许多的动物围成一个圆圈坐着，圆圈中央有一架墨绿色的钢琴。李老师穿着一身雪白的连衣裙，正在边弹钢琴边教唱歌：

睡吧，睡吧，我心爱的宝贝，
妈妈的双手轻轻摇着你……

牛呀，羊呀，老虎呀，黑熊呀，都随着钢琴的节奏摇头晃脑地跟唱：“四周的大树、小花、小草、蜜蜂、蝴蝶，也都随着节奏摇头晃脑地跟唱。”

“活”姐姐对他说：“这些动物呀，植物呀，也都是准备活的。你们上小学前不是要上幼儿园吗？我们也要让它们在活之前上上课，让它们将来活得更好。”

他呆呆地点了点头。他呆呆地望着李老师。他呆呆地流泪了。他不知道是伤心还是高兴。

“李老师！你快回来吧！我们都想念你……我们一想你就哭……上音乐课时，我故意怪声怪气的，其实我是喜欢你，想让你点我的名批评我……真的，骗你是小狗！我和胡昕都是这样，喜欢哪个老师就故意犯错误……李老师，我再也不怪声怪气了，好吗？你把我留下来，单独辅导我，一句一句地教我唱，我又高兴又不好意思……听说你见义勇为牺牲了，我们都不相信！我们总以为你是请假了，过几天又会回来的。李老师，报纸上登了你的照片，电视里也播了你的照片。光登照片有什么用呀，我们要你再活一次！我去抓了‘死’婆婆，又来求‘活’姐姐，你就跟着我回去吧！李老师……”

他呜呜地放声大哭起来。

所有的动物都扭过头来，惊异地望着他。李老师也回过头来，惊喜地望着他。李老师离开钢琴了，高兴地跑过来了。李老师的白衣裙在风中飘动着。李老师高兴地跑过来了啊……

〔他呜呜地哭醒了。他满脸都是泪水。他闭着眼，哽咽着，还想回到梦中去，因为李老师马上就要跑过来了呀……〕

奇异的哈哈镜

他——六岁。星期天，爸爸带他到公园里玩。他第一次看到了将人变形的哈哈镜……

……笑声。笑声。笑声。笑声……

四周摆满了银晃晃的哈哈镜。所有的人在哈哈镜里都变了形：有的变成了瘦长瘦长的木柱头、竹篙子；有的变成了矮胖矮胖的树墩子、酒坛子；有的突然挺起了胸，像个圆圆的大皮球；有的突然凹陷了肚，变成了两头弯翘的烧饼……每一个人在哈哈镜里都变成了另外一种人，另外一种怪物，于是大家忍不住发出了哈哈的笑声。

他肚子都笑疼了。刚喘过气来，一回头却在一面哈哈镜里看见自己的脑袋突然拉面似的拉得又细又长，而下半身缩得又矮又胖。他又忍不住哈哈笑了起来。

“这镜子真丑！”他笑得直不起腰来。

突然，他听见了一阵嗡嗡的回声。这回声好像是从山谷里或空旷神秘的大厅里发出来的：“……真丑……真丑……真丑……真丑……”

随着一阵一阵的回声，四周仿佛腾起了茫茫的迷雾。他顿时感到浑身发冷，牙齿打战。他连忙喊道：“爸爸！”

没人回答。回应他的只有那神秘的回声。

他害怕极了，顿时哭了起来：“爸爸！”

迷雾渐渐消散了。他发现自己置身于一个银晃晃的世界里，四面八方全是银晃晃的镜子，而且还是哈哈镜。每一面镜子里都出现了一个奇形怪状的人，又像他，又不像他。他哭，镜子里的怪人们也哭。他气得大喊："打死你们！"镜子里的怪人们也喊："打死你们！"他哭笑不得，一屁股坐在地上，镜子里的怪人也坐在地上。他气得捡起一块石头，猛地朝一面镜子扔去——

"砰！"一声清脆的破裂声。那面镜子突然不见了，出现在他眼前的是一扇已经打开的门，门里黑洞洞的。

他站了起来，走到门前，往里望了望，似乎感觉到里面有一丝亮光。他壮着胆子，走了进去。

四周伸手不见五指。他用双手摸索着往前走，两边似乎是冷冰冰的墙壁，眼前总感觉有一团闪烁变幻的金光。走呀，走呀，突然，眼前真的出现了一团亮光。他高兴极了，拼命地奔跑起来。

他跑到了这长长的黑洞的另一个出口。他跑到了一片彩色的阳光下。啊，好像到了另一个世界！他看见了好多好多的人在街上行走，好多好多的车辆在马路上奔驰。他大口大口地呼吸着新鲜空气，一颗小兔般跳动的心逐渐平静下来。

这时，他才发现这是一个奇异的世界——天上的太阳长长的瘪瘪的，像个烧饼；地上的高楼窄窄的，像烟囱；人呢，也都又长又瘪的，像竹篙子，像被什么挤压了一样。他呆呆地瞧了半天，才猛地想了起来：这些人就像哈哈镜里变了形的人！自己站在那面哈哈镜前，不也是变得又窄又长又瘪了吗？看来自己走进哈哈镜里来了！

他正对着这些压瘪了的人情不自禁地发笑，迎面来了两个小男孩，一看见他，愣了愣，突然大声惊叫，吓得没命地撒腿就跑。

这是怎么啦？他摸了摸自己的头、自己的脸，没什么值得他们害怕的呀。

这时，迎面又走来一位老奶奶，拎着个篮子。他喊了声："奶奶！"正准备上前去问个究竟，却见老奶奶惊恐地瞪大了眼睛，嘴巴"啊"的一声张得大大的，待在那里一动不动了。他急忙上前，准备去扶扶老奶奶，却听她"啊"的一声惊叫，竟昏倒在地上。

他害怕极了，正准备逃跑，忽听得四周一片警笛声："呜——呜——呜——呜——"好多红色的警车急驶而来，车上的红灯呜呜地旋转着。那车轮也是又窄又长的，却转得飞快。这些警车一下冲到他面前，从车上跳下来许多长长瘪瘪的警察，一齐扑上来，像老鹰抓小鸡似的把他抓起来，扔到车上，不顾他又哭又闹，将他绑了起来。警车又呜呜叫着，一溜烟开跑了。

警车开进了一个大院子。警察把他推了下来。他吓得不敢大声哭，暗暗抽泣着。

院子里似乎还站着一些人，隐隐约约，看不清面容。只见前面一个高台上站着一个人，那高台就像学校里的高台一样。那个人也是又长又瘪的，正在大声说话，说些什么，听不清，好像说你们乱跑到这里来，使这里的人们感到害怕。

为什么害怕呢？因为他们本来已经习惯了这里的生活，一看到你们的模样，就想起了自己原来还是个人时的模样，就害怕，就痛苦，就不听话了。这还了得？因此，对不起，你们也得变变形……

他听不懂那个人在说些什么。他觉得很奇怪：他们也是人，自己也是人，为什么会害怕呢？这里只是一面哈哈镜呀，走出去不就得了吗？

可是他来不及细想了。他看见一个人被推倒在地上，然后，瘪长人把一块大木板压在那个人身上，一挥手，好多好多的瘪长人跑了过来，一齐坐在那木板上，使劲地压。那个人被压得“哎哟哎哟”地直叫唤，不一会儿，就像面团似的被压得又瘪又长了。

他吓得两腿直打哆嗦。完了！完了！这下要被压成饺子皮了！他憋足劲儿，拼命呐喊起来：“放我走！放我走！”

突然，四周响起了嗡嗡的回声：“……走……走……走……走……”随着这一声声“走”，眼前的景物都消失了。茫茫的雾蒸腾着，在这雾气中，又出现了一扇门。四周是深不可测的深渊，他只好硬着头皮又推门走了进去。

又是一条又黑又长的走道，又是一团闪着希望之火的金光。走出黑走道，又来到一个奇异的世界。所有的房子、汽车都像个丑陋的圆球，人呢，一个个也挺胸凸肚，像个皮球。这一次，他没敢往前走，只是躲在门边偷偷地观看。

他看见好多好多的人排成长队，像在买什么东西。他顺着这条长队往前一望，呀，好大好高的打气筒呀，和爸爸给自行车打气的高压气筒一模一样。不过，这个打气筒和自家门前建筑工地上的打桩机一样高。一个人大概买了一张票，走到打气筒前，把一条长管子含在口里。这时，打气筒自动地开始打气了。随着哧哧的打气声，那个人慢慢地膨胀起来，不一会儿，就变成了一个挺胸凸肚的大圆球，然后，便挺神气地背着手，大摇大摆地走了。

他又好奇又害怕。这些圆球人好像是另一面哈哈镜里变形的人。不行，我得回去！不然一变了形，爸爸妈妈就不认识我了，不要我了，那可怎么办呢？

正想着，忽然看见好多圆球人朝这边跑过来。说是跑，其实是在滚。他吓得连忙往回跑。

跑呀跑呀，又跑到茫茫的云雾中来了，四周还是一面面银晃晃的哈哈镜。哈哈镜里，全是奇形怪状变了形的人。他再也跑不动了，又怕又急，号啕大哭起来："我不要哈哈镜！我要回家！我不要哈哈镜！我要回家！"

所有奇形怪状的变形人也都和他一样号啕大哭起来，而且哭声和他是一样的。他又气又恼，捡起石头，朝一面面哈哈镜砸去："打死你们！打死你们！"

"砰！"

"砰！"

一阵一阵清脆的玻璃镜子的破裂声……

〔他惊醒了，浑身都是汗，满脸都是泪。他望着爸爸妈妈的笑脸，不知道自己是不是又在做梦……〕

蚂蚁的战争

她——六岁。在门前的大树下，她发现一群红蚂蚁和一群黑蚂蚁在打仗，打了好多天，还在继续打……

……她突然被一阵阵轰隆轰隆的雷声惊醒了，抬头望了望窗外，天空湛蓝湛蓝的，几朵白云正像可爱的羊一样在悠闲地散步。天气晴朗，怎么会有雷声呢？

她循声出了门，仔细一听，才恍然大悟！这是蚂蚁在打仗呢！那隆隆的声音是它们的呐喊声和枪炮声吧？

她来到大树下，蹲了下来。她发现地上已经密密麻麻地铺了厚厚一层蚂蚁的尸体。这么多可爱的小蚂蚁，怎么一下全死了呢？

死了的小蚂蚁身子都蜷成一团，像怕冷似的，有红蚂蚁，也有黑蚂蚁。死了的蚂蚁一片一片的，铺了厚厚一层。

她拔了一根小草，用草茎拨动着那些一动不动的蚂蚁，看它们还能不能活过来。

完了，完了，没有一只蚂蚁还能动弹。

她的眼泪忍不住涌了出来。她爱这些小蚂蚁。当她第一次看见这小小的昆虫、小小的生命时，妈妈就教她唱了一支歌，那是妈妈小时候学会的："小蚂蚁，爱劳动，一天到晚忙做工……"的确，这些小蚂蚁成天忙忙碌碌的，到处寻找食物，搬运食物。有时，她在蚂蚁的洞口撒下一些米饭，或者是放一只打死了的苍蝇，不一会儿，小蚂蚁就出来了，一只一只排着队，然后齐心协力地抬着比自己身体还要大还要重的饭粒，慢慢地慢慢地向洞口移去。有的时候，一只小蚂蚁想搬动一粒豆，她就拍手唱起歌来：“一只蚂蚁在洞口，看见一粒豆，怎么搬也搬不动，急得直摇头。小小蚂蚁想一想，想个好办法，回头叫来好朋友，抬着一起走。”咦，果然有效！那只小蚂蚁仿佛听见了歌声，听懂了歌声，立刻叫来好多小蚂蚁，大家团结一心，抬着豆子一起走了。这时候，她心里像夏天吹进了一阵凉风，畅快极了。

她正这样痴痴地流着泪想着，忽然又听见一阵轰隆轰隆的声音，像炮弹在炸响。她凝神一看，哎呀，不得了！从左边的洞口拥出一大群红蚂蚁，从右边的洞口拥出一大群黑蚂蚁，像一根红带子和一根黑带子一样迅速地蔓延着，眨眼间，便纠缠在一起了。地面上顿时一阵混战。那是一场惊心动魄的赤手空拳的肉搏战。红蚂蚁和黑蚂蚁有的一只对一只，互相撕咬着，争斗着；有的几只围住一只，有的咬头，有的咬身子，有的咬手，群起而攻之，眨眼间，就将那一只蚂蚁咬死了；还有的相互咬成了一团——一只红蚂蚁被一群黑蚂蚁围住了，这时，一群红蚂蚁赶快冲过来增援，围住那群黑蚂蚁，于是又有一大群黑蚂蚁赶过来进行反包围，又有一大群红蚂蚁包抄过来……

她看着这场蚂蚁的战争，顿时惊呆了。好多好多可爱的小蚂蚁眨眼间便缩成一团死了。她急得大声喊了起来：“别打了！别打了！”她一边喊，一边用草茎将它们拨开。

咦，她这么一喊，还真有效！红、黑蚂蚁立刻就分开了，但是仍然气势汹汹地对峙着。

这时，一只大黑蚂蚁说话了，那声音听起来竟是一个女人的声音："它们把我们的粮食都抢光了，还抢我们的幼虫！叫它们把粮食和幼虫交出来！"

她惊讶得睁大了眼睛。她想不到蚂蚁竟然会说话。那声音像是从收音机里发出来的，还是悦耳动听的标准的普通话。

一只大红蚂蚁立刻反驳道："胡说！明明是它们抢了我们的粮食，抢了我们的幼虫！"

一群黑蚂蚁气愤地吼了起来："强盗！强盗！"

一群红蚂蚁也立刻吼了起来："土匪！土匪！"

顿时，黑蚂蚁与红蚂蚁的吼叫声混成一片。随着这片愤怒的喊声，红、黑蚂蚁又呐喊着冲上前，厮杀起来。

"别打了！别打了！"她一边喊，一边呜呜地哭了起来。

也许是她的哭声使蚂蚁们感动了吧，红、黑蚂蚁又各自收兵了。在两支队伍的中间，又遗留下一层蚂蚁的死尸。

她呜呜地哭着，用草叶将小蚂蚁的尸体都扫到一起，竟然扫了一大堆。她呜呜地哭着，用双手发狂似的在地上挖呀抠呀，直挖得手指划破出血，抠得指甲渗血，终于在树根附近挖了一个坑。然后，她用草叶细心地将死去的小蚂蚁扫到土坑里，再用土埋上，垒起了一个坟包。

红蚂蚁和黑蚂蚁似乎都在静静地听着她哭泣，看着她垒坟包，看着她扯了好多小草，一根根插在坟包的周围，像一片郁郁葱葱的树林。然后，她又采了几朵黄色的、蓝色的、紫色的野花，轻轻地插在蚂蚁的坟包上。

突然，她听见了一阵轻轻的啜泣声。这啜泣声越来越大，渐渐地变成了一片悲伤的哭声。她看见红蚂蚁纷纷跑到坟包的左边，黑蚂蚁纷纷跑到坟包的右边，围着坟包一个个痛哭起来。

她闻到一股甜甜的香味，仔细一看，原来是蚂蚁的眼泪。红蚂蚁和黑蚂蚁的眼泪汇聚到一起，变成了香甜的蜜。

她心里觉得舒畅多了，急忙跑回家，从饭锅里盛了一碗米饭，又跑到树下，将米饭分成两堆——左边一堆，右边一堆，然后说道："别哭了，别哭了，快点吃饭吧——这边是你们的，这边呢，是你们的。各人吃各人的，再也别争别抢别打仗了，啊？"

"谢谢！"红蚂蚁齐声喊道。

"谢谢！"黑蚂蚁齐声喊道。

"不用谢，不用谢！"她高兴地笑了。她看见红蚂蚁和黑蚂蚁排着队奔向各自的饭堆，然后，几只蚂蚁抬着一粒白胖胖的米饭，齐心协力地向各自的洞口移去……

〔第二天清晨，她醒了。她跑到树下一看，昨天扫干净了的地面上又铺了一层蚂蚁的尸体。她伤心地哭了……〕

夏牧场在缓缓移动

他——六岁。哈萨克族。今天，他第一次在“阿肯[1]弹唱会”上参加赛马，夺得了第三名……

……枣红马像枣红色的闪电从他眼前闪过了！青鬃马像青色的闪电从他眼前闪过了！就在他的大白马即将冲向终点时，枣红马和青鬃马从他的后面像闪电一样射向了终点……

……枣红色的闪电，青色的闪电啊……

……爸爸骑上大白马。一阵白色的疾风从草原上刮过。爸爸的身子几乎贴在马背上。爸爸骑着大白马，马头平稳而舒坦。哦，爸爸，我懂了，我懂了，刚才赛马时，我拉嚼扣，一会儿松，一会儿紧，身子也太直了，马力还没用上一半，是吗？唉，大白马，大白马，你完全应该得冠军的呀！都怪我在你加速时动手紧扣了啊……

……奶茶的香味飘过来了。羊肉汤的香味飘过来了。一堆堆篝火在阿勒泰的夏牧场上轻盈地舞蹈，火苗飘动着，像哈萨克姑娘婀娜的腰肢。他躺在柔软的草地上，望着毡顶般的墨蓝色的星空，听老阿肯弹着冬不拉，深情地歌唱：

① 阿肯：哈萨克歌手。

盐池是养骆驼的地方；草原是跑马的地方；情人的眼睛里，是放心的地方……

……要是一年四季都在这里该多好啊……这鲜嫩鲜嫩的牧草，低矮而浓绿的酥油草，开着紫色小花的野苜蓿草，都是大尾羊最爱吃的呀……要是不用转场[1]该多好啊……他几乎是在转场中、在马背上长大的啊……

宝贝像微笑的太阳一样，为你我忘了大好的时光，爱听你那甜蜜的话语。宝贝，我的宝贝，在我的怀抱里你快快成长……

……这是妈妈的歌声，妈妈的摇篮曲啊。

……妈妈在马背上用毡子裹着他，轻轻地吟唱……妈妈，你说那次转场遇到了大寒流，可是我怎么一点儿也不知道呢？

……枣红色的闪电，青色的闪电，白色的闪电……马飞奔时，他觉得整个草原都在飞奔……

……他觉得身下的草场缓缓移动起来……

……他吃惊地站了起来。

溶溶月色中，溪水泛着银色的光斑，在静静地流淌。白色的毡包像月亮散布在绿色的草场上。牧羊犬静静地躺在毡

---

① 转场：每年九月以后，高山上的夏牧场开始转冷下雪，牧民便赶着牲畜朝低山、平原的春秋牧场转移。为转场，牧民每年要搬家数次。

包前。阿肯的歌声和冬不拉琴声随着奶茶的香味在夏夜里飘荡……

月色中，星光下，广阔的夏牧场显得格外安静。可是他感到大地在缓缓移动！

……月光下，他看见地平线上并排走着三匹马，那是枣红马、青鬃马和他的大白马。三匹马亲昵地悠闲地散着步，而整个牧场跟在它们后面缓缓地移动……

……这是怎么回事呢？他惊奇地朝自己家的毡包跑去。

那里有一堆一堆的篝火。篝火边，狂欢的人们一个个躺在草地上酣睡了，四周一片香甜的鼾声。

他气喘吁吁地跑进自家的毡包。奇怪！毡包里一个人也没有！爸爸妈妈不知到哪儿去了！

啊！整个牧场仿佛着了魔一般沉沉地酣睡了啊……

……泉水般叮咚的琴声从远处流了过来，老阿肯深沉的歌声从远处流了过来：

> 黑八哥，拍打着双翅飞向那遥远的地方，串串珍珠嵌满了它那美丽的翅膀……

老阿肯唱的是《黑八哥》。他也会唱，是爸爸教他唱的，是妈妈教他唱的。不会骑马不是哈萨克，不会唱歌跳舞也不是哈萨克。

迎着琴声与歌声，他跑到了老阿肯的篝火旁。篝火即将燃尽，暗红的灰烬在夜风中一闪一闪。一节树枝烧完了，松散了，落了下来，溅起一群群金色的火星星，在墨蓝色的夜幕的映衬下显得格外耀眼。

老阿肯端坐在篝火旁，双目微闭，沉浸在《黑八哥》的旋律中。

他不敢贸然惊动老阿肯。他悄悄地坐在一旁。他的心和着老阿肯的琴声一起歌唱：

> 额尔齐斯河对面是一望无际的大草场，有两匹调皮的马，丝缠绳把它们连成双……

琴声突然停歇下来。老阿肯闭着眼，问道："你的心在歌唱，我听见了。但是我还听见了你的心像小马驹一样咴咴地惊叫。告诉我，孩子，你看见了什么？"

他急忙说道："尊敬的老阿肯，我看见牧场上的人都睡着了，而牧场正跟着大白马向前移动……"

老阿肯闭着眼，说道："这是在转场，孩子！整个夏牧场在转场。今后，再也用不着赶着牲畜，千里迢迢地为躲避严寒和风雪辛辛苦苦地转场了……"

啊！整个夏牧场在转场！这可太好啦！这样就用不着离开夏牧场啦！我的大尾羊、我的大白马就可以一年四季在夏牧场上啦！

他太高兴了！这个秘密除了老阿肯外，就只有他一个人知道，因为其他的人都睡着了。他们太贪睡，所以他们不知道这个秘密！

　　牧羊人啊，不要唱了，你的心事啊，姑娘早知道了；
　月亮啊，快出来，快出来吧，姑娘的心啊，早就等急了！

……他看见枣红马、青鬃马、大白马在绿夜的尽头亲昵地并排散步。他看见美丽的夏牧场载着白色的毡包，白色的羊群载着飘动的篝火，在缓缓地移动。他看见白色的月亮在炽热的篝火中暖暖地融化了，一滴又一滴白色的汁液在月亮的边缘膨胀，像母牛的奶头，越来越饱满，然后叮咚地坠落下来；立刻，又一滴白色的汁液开始在月亮的边缘汇聚成鼓胀的奶头，然后叮咚一声坠落下来……

……融化了的月亮滴落在他的脸上，冰凉冰凉的；流到他的口里，又酸又甜，像酸奶子。这雪白雪白的酸奶子正不间断地滴落下来。而圆圆的月亮开始变扁了，像挤过奶的奶牛和母羊的乳房……啊，难怪月亮有时圆有时弯，出现弯弯的月亮是因为它的奶挤完了呀！

……快拿桶来……月亮……酸奶子……

……三匹马在一条银白色的溪水前站住了。银白色的小溪从白桦林里、红松林里弯弯曲曲地流了过来。

……月亮变得潮湿而黏糊糊的了，月色也变得朦胧迷离。溪水黏稠得像奶汁。三匹马高兴地摇着尾巴，喝起奶汁来。

……啊，原来月亮的奶汁都滴落汇聚成这条小溪了！这个秘密从来没人知道，今夜被他发现了——这是真正的秘密啊，连老阿肯也不知道呢！

……快！快叫醒大家！快把这两个秘密告诉大家！快拿桶来，快……喝……喝……

〔他躺在篝火旁，睡得很香。

篝火在绿夜中飘动着，老阿肯的琴声和歌声还在牧场上飘荡……

奶茶的香味飘过来了……〕

七岁的梦

关不住的“小松鼠”

他——差两个月七岁。今天，他第一次背着书包上学了。可是上课时，他想撒尿，又不敢说，结果尿了裤子……

……有一双眼睛老是在盯着他，他感到有一双眼睛老是在盯着他，冷冷地，严肃地。他低着头，双手放背后，一动也不敢动。有时忍不住悄悄抬起头来，一看，那双眼睛仍然在冷冷地盯着他！

眼睛。眼睛。眼睛。眼睛……

四面八方全是亮晶晶的严肃地盯着他的眼睛。这些眼睛旋转着，却一眨也不眨，就那么死死地盯着他……

这是班主任老师的眼睛。其实，这是一双亲切和蔼的眼睛。老师姓赵，四十多岁了，曾教过他的哥哥。他记得赵老师有一次来家访，哥哥垂头丧气地站在堂屋里，爹气得吹胡子瞪眼睛。他看到平时老是欺负他的哥哥如今像一条脱了骨的蛇，老老实实地站着，还不停地抹眼泪花子，很是吃惊。哥哥是天不怕地不怕的“孙悟空”，爹用扁担打他，他也敢顶嘴，不服输不低头的，可在这个已有了白头发的老妈妈一般的赵老师面前，竟如此服服帖帖，可见这个赵老师的厉害呢！他记得自己曾幸灾乐祸地瞅着哥哥笑了起来，他记得赵老师听见笑声回过头来盯了他一眼。这么一眼就够了，就使他从此感到有一双眼睛时时刻刻在盯着自己，在监视着自己了。

今天，他也上学了。没想到班主任竟是赵老师！他觉得赵老师站在教室门口时，第一眼盯着的就是他。他觉得赵老师似乎朝他笑了笑，这一笑却使他害怕了——赵老师认出他来了……

他突然感到小肚子又疼又胀。他突然感到想撒尿。是尿憋得小肚子胀痛呢！可是还没有下课。教室里安安静静的，操场上也安安静静的。太阳高高地挂在天上，仿佛因打瞌睡而忘记了走动。那敲钟的老头子莫不是也睡着了吧？

他紧紧地咬住牙，拼命地憋着。他的身旁坐着一位小姑娘，红扑扑的脸蛋，像熟透了的红苹果，发辫上还扎着个蝴蝶结。唉，得忍着，下课再上厕所，要不然叫人家小丫头笑话，那才丢人呢……

可是那尿被憋得难受了，仿佛是一只突然被关进笼子里的小松鼠，惊慌失措地冲撞着笼子，要冲出去。就这么一冲一撞的，他便感到小肚子一下一下地胀痛。有好几次他几乎忍不住了，那尿眼看就要冲出来了，可他一咬牙，又给关住了。只不过，裤裆里开始有点湿了，凉冰冰的。那是“小松鼠”的“眼泪”吗？……

同桌的小姑娘感到他的异常了。她扭过头来，望着他，小声问道：“肚子疼吗？”

他支支吾吾的，点点头，又摇摇头。

……来不及了，来不及了，要冲出来了……

小姑娘奇怪地望了他一眼，便举起了手。

小姑娘站了起来：“老师，他肚子疼。”

赵老师走过来了，全班同学一下望向这边。他突然想哭。哎哟，哎哟……

赵老师走到他身旁，问道：“怎么啦？哪儿不舒服？”说着，用手摸了摸他的额头。

他浑身一颤……就在这一刹那，那只“小松鼠”终于冲出“笼子”了……

他猛然感到裤裆里热烘烘的……

他突然大声地哭了起来。他不知道为什么哭，是害怕呢，还是害羞呢，还是……反正他大声地痛痛快快地哭了起来。

随着哭声，憋了半天的尿也畅畅快快地流了出来。他陡然感到一阵轻松，一种说不出来的轻松……

突然，身旁的小姑娘像被蛇咬了一样，一声尖叫，跳了起来，全班同学都吓了一跳。

小姑娘脸红得更厉害了，噘着嘴，鼻子一扇一扇的，终于也忍不住哭了起来。

"哈哈！撒尿喽！撒尿喽！"

"尿到裤子里去喽！"

他的周围一片哄笑声。他羞得将头低得下下的，然后，在一片哄笑声中，拎着书包，拖着湿漉漉的裤子，哭泣着走出了教室……

〔他突然惊醒了。他发现自己睡在床上，可是被子湿漉漉、热烘烘的，他的裤子更是湿漉漉的，原来他又尿床了……〕

奇妙的作业机

他——七岁。小学一年级学生。每天，老师要布置好多好多作业。有时，一个字要抄写一百遍。从下午放学回家开始做作业，一直到晚上还没做完，他伏在桌上睡着了……

……铅笔老是断。刚刚写了一个字，铅笔又断了。扔下一支，再换一支，刚刚写了一个字，叭，铅笔又断了。他气得直咬牙，直想掉眼泪，噘着嘴，赌气将铅笔全摔在地上了。

"哎哟……哎哟……"

他突然听见一阵伤心的哭泣声。

他朝四周望了望，没有人呀！奇怪！这哭声是从哪儿来的呢？

哭声越来越大了。他凝神一听，哎呀，原来是铅笔在地上哭呢。

奇怪！铅笔怎么会哭呢？

他蹲下来，瞅着地上的铅笔。他伸出一个手指头，想去拨弄它，可是又不敢，好像它是个即将爆炸的爆竹或者咬人的小刺猬一样。

“铅笔，是你在哭吗？”他问道。

“呜，呜呜，我的腰断了……”

“嘤嘤，嘤嘤，我的腿断了……”

他心里顿时难受起来，眼泪悄悄地涌了上来：“对不起，铅笔，我不是故意的……作业太多了，我心里烦……”

正在这时，屋里突然响起了一阵喧哗声、嬉闹声。他奇怪地回头东张西望时，铅笔们急急忙忙地喊道：“快！快！字都跑了！”

字跑了？字会跑？

他眨了眨眼，回头一看，哎呀，写字本上他辛辛苦苦写的字，一个个全溜了出来，全从那田字格里跑了出来。这些歪歪扭扭的字难看极了，像一群丑陋的小耗子，吱吱叽叽地叫着，笑着。瞧它们那股高兴劲儿，又像一群刚刚出笼、获得自由的小鸟。

他慌了，急忙伸出双手去抓，去捕捉，可是这些小精灵一个个可机灵呢！他抓了半天，一个也没抓着，相反，逗得字们一阵阵开心大笑。

他的鼻子就酸了，眼睛就潮了。他看着那空荡荡的写字本，想着那辛辛苦苦写的字全跑了，而明天上午老师要检查作业，没做完的要罚站，少一个字要罚写两百遍，便忍不住伤心地哭了起来。

他们的语文课已经上到第十九课了，可是每天的生字还得从第一课抄写起。抄到最后，当天学的生字反而没有时间认真地去复习，去抄写。有一次他挨了罚，一个字罚写一百遍，不写完，不准吃饭。那天他少写了十几个字，结果教室里就只剩下他一人。肚子饿得咕咕叫，他也不敢回家。老师早回家去了，可他不敢回家。结果他妈妈来了，也不敢进教室。他看到妈妈，忍不住哭了。妈妈隔着玻璃窗望着他，也忍不住哭了。娘儿俩就这么隔着玻璃窗痛痛快快哭了一场……

他就这么一边想着，一边哭着，忽然听见妈妈在喊他："快来！快来呀！我给你买了作业机！"

"作业机？"哎呀，太妙了，太妙了！

那天，妈妈在缝纫机上做衣服。缝纫机嗒嗒嗒嗒地响着，衣料上顿时走出了一条齐整整的线。看那针头像笔尖似的在衣料上"写字"，他忍不住想，要是有一台作业机就好了——把铅笔像装针头似的装上去，把作业本像衣料似的铺在下面，然后再像踩缝纫机似的，铅笔自动地在纸上写字，那不就不怕老师罚字了吗？

想不到妈妈真的给他买了作业机！

他蹦蹦跳跳地来到妈妈身边。他一眼就看见了那台作业机。妈妈笑眯眯地招了招手，他赶紧把写字本放在台板上，塞在铅笔下。妈妈按了一个键，作业机上的红灯就一闪一闪地亮了。他对着一个小话筒说了声“写一百个‘大’字”，作业机便开始做作业了。铅笔自动地在写字本上工工整整地写着“大”字，写满了一页，还会自动地翻面。眨眼间，一百个“大”字已经写好了，跟课本上印的字一模一样！

哈哈！哈哈！太妙啦！作业再多也不怕啦！而且，那些字全在田字格内，不像他图快胡乱写的那样，字的“胳膊”呀“腿”呀全在田字格外，于是字都跑了。这一下，所有的字都老老实实地待在田字格里啦！

他哈哈地笑着，把今天要写的生字对着话筒说了一遍。于是红灯一闪一闪地亮了，作业机嘀嘀嘀嘀地响着，写字本下面有个活动转盘自动地移动着，不一会儿，今天的作业就全做完啦！

他长长地舒了一口气。他马上就想起要去告诉他的好伙伴春生。春生也是老被罚字的，现在恐怕正头疼着呢！他得意地想，要是春生看见了作业机，一定会惊讶得说不出话来呢。那时，他就叫春生把那支冲锋枪给他好好地玩一会儿。那支冲锋枪不但会嗒嗒地响，而且枪筒里会自动“冒火”呢……

〔他正甜甜地想着，突然被爸爸推醒了。睁眼一看，写字本上，他睡觉流的口水将本子浸湿了一大片，而且本子被手揉破了。唉！又得重写了。唉！作业机……〕

黑牌

他——七岁。期中考试后，班上按考试成绩排名次，他被排在最后一名。班主任说，下次考试再考不好，就给他挂黑牌。他吓得不敢回家，在公园的长凳上睡着了……

……一个黑影老是在身后悄悄地跟踪。一个黑影……对，是一个黑影！他走快，黑影也走快；他故意走慢，黑影也磨磨蹭蹭的。他一回头，什么也没有；待他一迈步，就觉得那黑影又厚着脸皮跟上来了。

讨厌！讨厌！别跟着我！

他听见有人在嘿嘿地笑，像唐老鸭那样哑着嗓子扁扁地笑。

四周都是黑森森的树林。黑森森的树林里不知藏着什么样的怪物。呀！这是侏罗纪公园吗？树林里藏着吃人的恐龙吗？

他的心咚咚地乱蹦乱跳。他发现那嘿嘿的笑声竟然就在他的胸前。

哦，原来是黑牌在阴阳怪气地笑。

哼，讨厌！我讨厌黑牌！

黑牌是班主任李老师给他挂上的。黑牌上写着“倒数第一名”。他的同桌王菲胸前挂着红牌。红牌上写着“全班第一名”。

李老师嘎嘎地笑着说："好哇，好哇，两个'第一名'坐在一块儿了！"

李老师嘎嘎地笑着，像只唐老鸭。

哼，讨厌！我讨厌唐老鸭！

……他挂着黑牌在操场上走，好多人远远近近地盯着他：

"哈哈！黑牌！"

"哈哈！倒数第一名！"

……他挂着黑牌在大街上走，好多人叽叽喳喳地议论着他：

"呀，这是谁家的孩子呀？挂黑牌了！"

"真丢脸！给他爸爸妈妈丢脸！"

"你看看，他还满不在乎呢！"

他又伤心又委屈。他又生气又害怕。他使劲地抿着嘴唇，可眼泪仍然滴答滴答地掉了下来。

哼，讨厌！我讨厌黑牌！

……他不敢回家。他怕爸爸打，怕妈妈骂，怕爷爷奶奶伤心。奶奶一伤心，就不吃饭。

奶奶，其实我这次考试有进步，语文考了 78 分，数学考了 71 分。可老师偏要排名次，把我排在尾巴上。

奶奶，刘强的成绩还不如我呢。这次考试，他偷偷地抄同桌方芳的卷子，一下就排到了前十名，连数学老师张老师都笑着说："刘强呀，你这次坐了火箭呀！"哼，我要是抄王菲的卷子，还不是前十名？哼，假的，水货，有什么意思呢？

奶奶，奶奶，王菲她除了会考试，什么都不会。她奶奶给她一个咸鸭蛋，她不知道怎么剥壳，还是我帮她剥的壳。她上体育课，不敢赛跑，说跑快了，会把心跑出来的。奶奶，我跑得可快呢，可是我的心没有跑出来呀。我赛跑得了全班第一，班主任说，体育成绩不排名次，不给我挂红牌。奶奶，你说这公平吗？

……不知不觉，他来到了公园里。

游乐场多好玩啊，有森林火车，有摩天轮，有碰碰车，还有动物世界……可是他不敢去。他怕小朋友们笑他胸前挂黑牌。

哼！都怪你，讨厌！他钻进一片树林里，摘下胸前的黑牌，狠狠地摔到草地上。

嘿——这下可轻松了，我又和大伙儿一样了！

他伸了个懒腰，活动活动双臂，正准备去游乐场玩玩，忽然听见有人在嘤嘤地哭："呜——呜呜……"

哭声柔柔细细的，好像是个女孩子。

"是谁？是谁在哭啊？"

"是我，是小蚂蚁。"

"小蚂蚁？你在哪儿？"

"我就在你的身边，我就在草丛里。"

"你为什么哭呢？你们考试也排名次吗？"

“这次考试我考得挺好的，可是，不知是谁扔给我一个黑牌，还是‘倒数第一名’！呜，呜呜，叫我怎么出门哪？呜呜……”

“哦……”

原来是这样。原来蚂蚁们也时兴排名次、挂黑牌呀！嗯，等等，是不是刚才我扔的黑牌呢？

他转身回到树林里，蹲下身子，找到了那块黑牌。

“小蚂蚁，是这块黑牌吗？”

“就是它！就是它！”

“唉……”他重重地叹了口气，把黑牌捡了起来。

“啊！谢谢！谢谢你！我又和大伙儿一样啦！”小蚂蚁兴奋地笑起来，声音仍然是柔柔细细的。

唉，黑牌哟，谁都讨厌你哟。

他把黑牌掂了掂，低头想了想，顺手把它挂在身边一棵小树的树枝上。

他长长地舒了一口气，摇了摇手臂，准备走出树林。

忽然，他又听见了呜呜的哭声。

“今天是怎么啦？怎么总碰上一些倒霉事！又是谁在哭呢？还有谁比我更难过吗？”

“呜呜，你难过可以甩开手脚跑，我难过只能原地站着。呜呜……”

“你是谁，是小树吗？”

“你明明知道，还问什么！呜呜……”

“我知道什么？我什么也不知道！”

“我不喜欢黑牌！你害怕挂黑牌，为什么就把黑牌挂在我身上？”

“咦，真奇怪了，你们小树也怕挂黑牌吗？”

“就是你们时兴按成绩排名次，害得我们也跟着排名次！”

“哦，你考试也没考好，是吗？”

“谁说的！我考了第五名呢，全公园第五名！可是你给我挂个黑牌！呜呜……”

“好了好了，别咧着大嘴哇哇地哭了，我讨厌眼泪！哼，你又不是人，挂个黑牌有什么了不起……”

“哼！你坏！你坏！人要脸，树要皮，你懂不懂？小树要是挂个黑牌，人家照样瞧不起你，鸟在你头上拉屎，毛毛虫专啃你的树叶，还钻进你的肚子里，呜，呜呜……”

小树伤心地放声大哭起来。

他垂着头，长长地叹了一口气。他最怕毛毛虫了。他开始同情小树了。

“好啦好啦，别哭啦！”

他从树枝上取下黑牌。他听见小树高兴地说：“好啦，我又跟大伙儿一样啦！”

唉，你们都和大家一样了，可是我呢？为什么非得排名次，把我弄得和大家不一样呢？这次考试我不是进步了吗？你给我挂黑牌，我就服气了吗？

他心烦意乱地沿着湖边走着。他看了看手中的黑牌，瞅了瞅四周，见没人，便使劲将黑牌扔进了湖里。

好啦，没事啦，可以回家啦！

一想起回家，他的肚子就饿了。啊，奶奶一定又烧了他最爱吃的红烧肉吧！嗯，还有炸鸡腿，还有糖醋排骨……

突然，他听见了一阵咕咕咕的哭声。

他吓了一跳，情不自禁地望了望湖面。

呀！湖面上冒起了好多好多水泡，有好多鱼正冲着他游过来。

他的黑牌在水面上漂浮着。唉，说不定这黑牌又套着了一条倒霉的鱼。

果然，那条倒霉的鱼哭着游了过来。鱼的哭声是咕咕咕的。

“求求你！求求你！别把黑牌扔给我！”

“怎么啦？你们鱼也要考试排名次？”

“唉，排得可厉害呢！”

“哦？你肯定是前十名吧？”

“我是倒数第二名……”

“哈哈哈！”他今天第一次大笑起来。有意思，总算遇到了一个同样倒霉的小朋友了。

“那你为什么怕黑牌呀？倒数第二名与倒数第一名差不多嘛！”

“唉！差远啦，差远啦！只有倒数第一名才挂黑牌呀！”

他现在才想起来，全班就只有他一个人挂了黑牌。朱刚是倒数第二名，只比他多 0.5 分，就没有挂黑牌。唉，0.5 分也是一个宝贝，它决定你最后挂不挂黑牌呢。

这么说，这条倒霉的鱼就是“朱刚”了。

那么，谁是倒数第一名呢？

鱼咕咕地哭着告诉他，倒数第一名已经被人钓走了，现在可能被煮着吃了吧。

“什么？钓走了？”

“对！被钓走的鱼都是倒数第一名。你看，挂着这么个黑牌，人家不就一下逮住你了吗？”

哎哟，这可就厉害了。他浑身哆嗦了一下，喉咙也一阵阵发紧，仿佛吞了鱼饵似的。

“求求你了，帮我摘了黑牌吧！”

“唉，好好好！我来摘，我来摘！”

要是不摘，这鱼就会被钓上岸了。想不到排名次排到“能不能活下去”的份儿上来了。这可不得了！这可不行！这黑牌再也不能挂下去了！给谁挂都不行！要是班主任喜欢，就让他自已挂着试试！嗯，班主任挂着还真合适！

他弯下腰，正准备去取浮在水面上的黑牌，忽然听见一阵熟悉的哭声……

〔他在妈妈的哭声中醒来了。

好多好多的手电筒光晃来晃去，照得他睁不开眼。他听见爸爸对谁在说“谢谢”，他听见妈妈哭着说“找得好苦”……〕

长满鹿茸的密林

他——七岁。鄂温克族。爸爸进山打鹿茸去了。他多想和爸爸一起去打猎啊……

……隐隐约约地，他看见爸爸高大的背影。爸爸斜挎着猎枪，迈着大步向前走着。林子里静悄悄的，黑森森的，四周浮动着迷蒙的雾气。爸爸走得很快，不一会儿，只能看见他浅黄色的鹿皮上衣在林子里时隐时现了。他急忙跑了起来，追赶着爸爸。

跑着跑着，他不禁气喘吁吁的了。他大口大口地喘着气，听见远处传来布谷鸟的叫声。这清脆的叫声被湿漉漉的雾气过滤得愈加纯净动听了。他听着这鸟鸣，刚一走神，突然发现爸爸不见了。

“爸爸！爸爸！”他大声地呼唤着。

四周没有回音。密密的林子里涌出一团一团的雾气，将他的喊声吞没了。

他慌了。他从来没独自一人跑进密林里过。回头一看，来时的那条小路消失了，四周全是黑森森的密林，像帐篷一样将他围在中央。他身边没有挤鹿奶的妈妈，没有可爱的驯鹿，没有胡碴像钢针一样的爸爸，只有他独自一人，孤零零的一人，被大森林捏在手掌心里。

他害怕了。他不知道自己是怎样跑到森林里来的。他知道森林里不仅有松鼠、紫貂、犴子、狍子，还有狼群、黑熊。而他两手空空的，没有猎枪，连那古老的“别力弹克”[1]也没有；没有猎刀，甚至连刮鹿皮的木牙刀也没有。他的鼻子发酸，哽咽着，喊了一声：“妈妈……”

正在这时，他忽然听见了一声长长的鹿鸣“呦——”，紧接着又是一声。顿时，森林里、山谷里传来鹿群的一阵阵叫声。是鹿！是鹿群！

他顿时兴奋起来，不仅因为找到鹿群就可以找到爸爸（他爸爸打鹿茸从来没有空手而归过），还因为他毕竟是猎人的儿子。凭着一种本能，他立即朝鹿鸣的方向奔去。

林子越来越密，地上的树叶越来越厚，像软绵绵的皮垫。露水打湿了他的犴皮长靴，打湿了他的鹿皮上衣。一群鸟噗噗地从林子里惊飞了，有一只甚至撞到了他的脸，将他吓了一大跳。四周没有路，他凭着感觉拨开树枝，急急忙忙地向前走着，走着。

“呦——呦——”又是一阵鹿鸣。这鹿鸣声是这样近，似乎鹿群就在眼前。

他屏住呼吸，悄悄地站住了。他静静地藏在下风处，这样鹿群就闻不到他的气味。

天空渐渐发亮了，他的头顶开始流动一片霞光。树林拨开雾纱，显现出它的真面目来。当第一缕阳光射进密林时，他突然惊讶地瞪直了眼，张大了嘴巴！

---

① 别力弹克：一种俄式猎枪，20 世纪初，鄂温克族开始使用其狩猎。

——他的四周哪是什么密密的树枝哟，一丛一丛的全是黑亮黑亮的鹿茸！

这是怎么回事？这鹿茸……这鹿茸怎么一架一架地长在地上？他糊涂了。哎！这是鹿茸吗？

他小心翼翼地走近一架鹿茸。这是一架七杈鹿茸呢！他睁大眼睛，用手指触了触鹿茸枝上那黑褐色的茸毛——没错，是鹿茸！是真正的鹿茸呀！

他又惊奇又兴奋，又紧张又疑惑。他倒退了一步，再仔细一看，四周都是上好的鹿茸呀，四杈的、五杈的、六杈的、七杈的……这些鹿茸全像树木一样生机勃勃地生长在林子里。这可是一个他首先发现的秘密呀！

阳光透过雾气漫了进来。四周的鹿茸沐浴着阳光，闪着奇异的亮光，简直像一个神话世界。他呆呆地望着这些珍贵的鹿茸，心想，这下可好啦，爸爸妈妈可要高兴得蹦起来啦！

他兴奋地转身就往回走，可是鹿茸枝太密，挡住了去路。他又怕撞破了鹿茸的嫩皮，只好趴在地上，从空隙里钻了过去。可是一钻进去，就更糟了——他的身旁、头顶全是密密相交的鹿茸枝，这些枝枝杈杈织成了一张密密的网，将他网住了，怎么也挣不脱了。他急得伸手动脚地乱挣乱蹬，大声喊着："爸爸！爸爸！"……

〔他醒过来了。他首先看见了一架五杈的鹿茸，然后看见了爸爸那胡碴像钢针一样的笑脸……〕

电耳朵

他——七岁。小学一年级学生。他们的数学老师总是爱揪学生的耳朵，今天，又揪了他的耳朵……

……耳朵火辣辣的，又痒又疼。李老师揪的是左耳，可是他感到右耳也火辣辣的，好疼。他似乎听见右耳在伤心地哭泣，在关切地问候左耳："怎么样了？还疼吗？"这也难怪！左耳和右耳是好兄弟嘛，是孪生兄弟嘛。如今左耳受了伤，右耳怎能不伤心呢？

左耳被揪得又红又肿，完全变了形。虽然左耳怕右耳太难过，咬紧牙忍着痛，但还是忍不住哽咽起来："没……没事……我、我……"说着说着，左耳忍不住也哭了起来……

两只耳朵这么一伤心，其他的兄弟们也忍不住了——首先是鼻子红了，发酸了；然后是眼睛关不住泪水了；再是嘴巴也抿不住了，咧开了；最后是耳朵、鼻子、眼睛、嘴巴一齐来了个"大合唱"……

"呜，呜呜！"

"呜，呜呜……"

这些兄弟一伤心流泪，他也忍不住了。他本来忍了好半天，暗暗下决心不流泪的。他想当解放军，长大后要当兵的。当兵的受了伤都不兴哭的，都不下火线的。耳朵红肿了，算是轻伤……可是咬着牙关忍着忍着，到底忍不住了，于是他也放声哭了起来，一边哭，一边暗暗地安慰自己：不是我先哭的，是耳朵先哭的……

……正哭着，他看见同班同学二丑、福生、南妮、华子都哭着捂着耳朵来了。二丑、福生、华子的左耳也都红肿变形了；南妮是女生，今天也挨揪了！南妮是个老实巴交的学生，平时就不爱说话。今天李老师点她起来口算，她不开口，红着脸，低着头，李老师就气冲冲地揪了她的耳朵，揪住了，还一拧——结果把南妮的耳朵拧倒了！耳垂朝上，你说该有多疼！

……他们哭成一团，边哭边骂……

……二丑说："李老师肯定是在家挨了媳妇的骂，跑到学校找学生出气……"

……福生说："八成是挨了校长的训……"

……华子说："这次期中考试咱们班没考好，李老师心里窝着火，可他教得一点儿也不好……"

……南妮哭了半天，才吐出一句话："莲莲还不是不及格，还不是没有开口回答问题，为啥李老师不揪她呢？不就因为莲莲的爹是县政府的干部吗？"

……"对！对！李老师每次揪的都是和咱们一样种田家的孩子。"

……"他自己也是踩牛粪长大的，他自己的家也在农村，可他老是欺负咱农村的孩子……"

……"明天可不能再让他揪耳朵！"他们一个个擦干眼泪，吼了起来……

……不知怎的，就坐在教室里了。

……又是数学课！

……瘦瘦长长、弯着腰的李老师阴沉着脸走进了教室。

李老师拿着粉笔，举起了右手。他看见那手上长满了毛……

李老师张开嘴在说着什么，可是他一句也没听见。他感到李老师的话一挨近耳朵，就被耳朵挡了回去。他感到耳朵在隆隆地关门……

……李老师的声音像一只不受欢迎的丑小鸭。学生们的耳朵——那些红肿的和曾经红肿过的耳朵都冷冷地拒绝了它的光临。耳朵们像一个个大问号瞪着这只可怜巴巴的丑小鸭。于是，这只丑小鸭在教室里飞了一圈，又飞回李老师的耳朵里，诉说着它的委屈与冷遇……

……他看见李老师的脸渐渐地变青了。他看见李老师的眼睛渐渐变红了。他看见李老师弯着腰，像一杆风中的芦苇……他感到耳朵嗡嗡地响了起来。他预感到李老师又要开始揪学生的耳朵了……

但是，今天的感觉告诉他：耳朵们已经进入高度戒备状态！

……李老师果然青着脸，噔噔噔地走到二丑的身旁。李老师伸出那只长满黑毛的手，去揪二丑那只没有红肿的右耳！

突然间，静得可怕的教室里响起一声恐怖的尖叫："啊——"

学生们都吓了一大跳！

他们看见李老师的手像一只受伤的老狼垂吊着、颤抖着，手指上烫出了水泡，烫破了皮，冒着一缕缕轻烟——原来二丑的右耳变成了一块滚烫滚烫的烙铁！李老师的手一挨上去，就冒烟了……

……李老师青着脸，又走到福生的身旁，伸手去揪福生的耳朵。但是他又一次失败了，又一次发出了惊叫——福生的右耳突然变成一只长满了刺的小刺猬！李老师的手被尖利的刺刺出了血……

……李老师又青着脸，走到华子的身旁。他呼哧呼哧地喘着气，青色的脸上因为疼痛，鼻子和眼睛都扭歪了。他瞪着红红的眼睛，恶狠狠地盯着华子的耳朵。这一次，他没有揪右耳，而去揪华子那红肿了的、受了伤的左耳……

……哼！这算什么英雄好汉！哼，袭击人家的伤兵……有本事你揪揪那没受伤的右耳……

……正当他愤愤不平地想着的时候，奇迹发生了！华子的左耳和右耳突然换了个位置！左耳跑到右边来了，右耳冲到左边迎战！当李老师的手刚刚捏住耳朵，耳朵便突然变成了一只小狗，用尖利的牙齿狠狠地咬了那手一口！

"哎哟！"李老师又是一声惊叫……

全班同学都掩住嘴，偷偷地笑了起来……

……李老师发狂似的朝他冲过来了！

他心里咚咚乱跳。他没想到二丑、福生、华子他们会有这么一手绝招。他根本没想到让耳朵变成什么去对付那长满黑毛的手。他一点儿思想准备也没有……

李老师冲到他的身旁了。李老师肯定要把他当出气筒了……啊呀，可怜的耳朵！你们一点儿准备也没有，又要遭罪了……

他又吓又气地缩着脖子，咬紧牙，皱紧眉，低着头，准备忍受那只手的欺凌，准备咬紧牙等耳朵被揪得又红又肿以后，等那只手揪够了、拧够了以后，再背着那只手，躲在茅厕里或者墙角里，狠狠地骂一声……

……他仿佛看见了自己捂着红肿的双耳躲在墙角里，望着那又瘦又高的背影，并且等那人走远了，再愤愤地流着泪，骂一声，这样才觉得自己报了仇，觉得舒服一些……

可是那只手毫不留情。那只手紧紧地捏住了他的耳郭，那粉红色的柔软的耳郭……

他感到自己全身一阵麻木，全身一震——就在这时，李老师“哎呀”地大叫一声，被弹倒在地上！那只手触电了！他的耳朵变成了电耳朵，谁侵犯谁就触电的电耳朵！

……粉红色的柔软得像羞姑娘的躲藏在鬓发中的耳朵，每一条血管、每一根神经都变成了电线组成了电网……

……李老师触电了。他倒在地上，全身像打摆子一样抖动着……

……同学们都笑了，都嚷了起来……

……李老师在地上缩成一团，怕冷似的抖动着……

……这时，南妮突然哭了起来，大声地哭了起来。

南妮哭着跑到李老师身边，伸手就去拉他……

南妮！当心触电……

耳朵被李老师拧得转了个圈的南妮，耳朵被拧得红肿的南妮，冲上前去，抢救倒在地上的李老师……

南妮！南妮！当心触电！

可是来不及了。南妮的手一接触李老师的手，便触电了——南妮也倒在地上……

他呆住了！他惊呆了！

就在这时，二丑大喊起来："快！快关电闸呀！"

福生与华子也大喊起来："哎呀！快！快关电闸呀！"

他慌了。他这才想起自己的耳朵是电耳。可是电闸在哪儿呢？

电闸！

电闸！

电闸在哪儿呀……

〔他急得大哭起来，大声喊着"电闸"，醒了过来……

原来是做梦……

他浑身是汗……

左耳仍然火辣辣的，又疼又痒……〕

我不愿当扁南瓜

她——七岁。小学一年级学生。今天，她和几个同学吵了架。一气之下，她在学校外的围墙上画了她们的“怪相”……

……远处传来一阵脚步声。有人来了！她赶紧扔掉粉笔，跑到冬青树丛里躲了起来。

原来是同班的几个男生走过来了，有周大勇，有钱俊，还有卜小华。他们说说笑笑地走了过来，不知是谁先看见了墙上的漫画。

“哈哈！”他们笑了起来。她躲在树丛里，也偷偷地笑。

画了画没人看，多没意思。她就是想叫别人看一看，但也怕让别人看出是她画的。

此刻，她偷偷地听着周大勇三人评价她的画，心里既高兴，又紧张，还有点害怕。周大勇和罗小英同桌，钱俊和刘莉同桌，卜小华和蔡娜同桌，而罗小英、刘莉、蔡娜今天都和她吵了嘴！

……今天课间踢毽子，我就是没输，我就是没输！凭什么非得要我“进贡[①]”！哼！还是好朋友呢。我说重来一次，她们都不干。哼！罗小英还吃过我的泡泡糖呢。刘莉还看过

---

① 进贡：此处指一种踢毽子游戏，输了的一方抛毽子让赢家踢。

我的《西游记》连环画呢。蔡娜……蔡娜今天还借了我的削笔刀呢。哼！重来一次也不干……我就是没输……

……她听见周大勇他们三人指着墙上的画，笑着说：“嘿！画得还真像呢！”

“哈哈！蔡娜她们看了要哭鼻子的！”

“对！别擦了，让她们自己来看看！”

他们说着笑着，蹦蹦跳跳地走远了。

……墙上的罗小英长着个又大又圆的脑袋，像个拨浪鼓。两条小辫像拨浪鼓两边的珠坠。小圆鼻子像颗纽扣。大嘴张开着，而且是向右边歪着的。小眉小眼苦皱着，要多丑有多丑。这还不说，大脑袋下的身子又细又短，像拨浪鼓的木把。双手和双脚就那么随便被几条线代替了。

墙上的刘莉呢，则像个牛奶瓶，头小身子大。两只手呢，就是个“八”字。两条腿呢，就是个“儿”字。没有鼻子。小眼睛则是衬衣纽扣上的扣眼……

蔡娜就被画得更惨了，没有身子，没有手，就那么一个大圆脑袋，然后在脑袋下面画了个“儿”字形的腿，两束短辫在头顶上高高翘起，一眼看去，活像个双铃闹钟！（……蔡娜最狠，最爱吵架，最爱横眉瞪眼的。哼，以为人家都怕她，扯着嗓门哇哇叫，就像个双铃闹钟……）

……她望着墙上的“拨浪鼓”“牛奶瓶”“双铃闹钟”，忍不住扑哧一声笑了起来。

她从树丛中钻了出来，对着墙上的画做了个怪相，心满意足地准备走了。

就在这时，她的身后响起了一阵丁零零的闹钟声，然后是拨浪拨浪的拨浪鼓声和牛奶瓶摔在地上的乒乓声。

她回头一看，不禁惊呆了——画在墙上的罗小英、刘莉、蔡娜突然真人般大小从墙上跳了下来！

——和她一般高的“拨浪鼓”！

——和她一般高的“牛奶瓶”！

——和她一般高的“双铃闹钟”！

……她吓得拔腿就跑！

……罗小英三人一边喊着“站住”，一边紧追过来！

拨浪拨浪，罗小英追上来了。

丁零丁零，蔡娜追上来了。

乒乒乓乓，刘莉干脆躺在马路上，飞快地滚动着追上来了。

“站住！”

“站住！”

她吓得心咚咚地乱跳，腿发软，怎么也跑不动。就在这时，“牛奶瓶”滚到她前面来了，直往她脚下钻。她躲闪不及，一下被“牛奶瓶”绊倒在地上。

鼻子摔破了，脸摔肿了，手掌和膝盖摔破皮了，早上穿的新衣裳也摔脏了。她哇的一声大哭起来。

罗小英、刘莉、蔡娜三人气呼呼地围住了她。

“哼！把我画成拨浪鼓，头大身子小！”罗小英气呼呼地说，“你的心也太狠了！头重身子小，一下就把腿压断了，走不动路，怎么上学呢？”

“哼！把我画成牛奶瓶！”刘莉气呼呼地说，“这么大的身子，笨得走不动路，叫我怎么跳橡皮筋、踢毽子呢？”

蔡娜的嗓门最大：“你太坏了，太坏了！我没有身子，吃的饭、喝的水往哪儿装呢？而且，我连手都没有！”

她坐在地上，呜呜地哭着，不敢抬头。

“怎么办？”刘莉问道。

蔡娜吼道：“咱们也在墙上画一个她！”

“对！”罗小英叫了起来，“我这儿有粉笔，咱们也画她！”

她吓得抬起头来。哎呀！罗小英手里真的有粉笔！就是她刚才扔掉的半截粉笔！

“哈哈！”刘莉笑了起来，“快画！快画！把她画成一个扁南瓜！”

“对！对！”蔡娜丁零丁零地笑了起来，“没有手，没有脚，也没有身子，扁脑袋滚也滚不动，看她怎么办！”

哎呀！扁南瓜！太丑了，太丑了！而且没有手，没有脚，没有身子……哎呀妈呀，那还是个人吗……

她大哭着，一下从地上跳了起来，拦住罗小英：“我不当南瓜！我不当扁南瓜嘛！”

罗小英哼了一声：“那咱们呢？咱们就愿意当拨浪鼓、牛奶瓶、双铃闹钟吗？”

刘莉说：“你不尊重别人，还要别人尊重你吗？”

蔡娜闹嚷着：“甭听她的！画！”

她吓得抱住了罗小英：“别画呀！别画呀！我不当扁南瓜呀！”……

〔她哭醒了，哭得好伤心。

“扁南瓜”……

她翻了个身，心想：早上起来第一件事，就是赶到学校的围墙边……〕

金色的蝌蚪

她——七岁。母亲带着她和三岁的弟弟在街头乞讨。中午，她又饥又渴又困，跪在街头大树下睡着了……

……好多好多的鞋在她的眼前晃动，有黑色的硬邦邦的皮鞋，有白色的柔软的运动鞋，有蓝色的、棕色的带着花纹的旅游鞋，有闪光透亮的各式各样的凉鞋……

看不见人，只看得见鞋。她的眼前是一个鞋的世界。这些鞋子在空中飘浮着，在地上游动着，有时，像汽车一样在马路上奔跑着。耳畔一阵一阵的汽车喇叭声响。卡车、公共汽车、小轿车……各式各样的汽车川流不息地在她眼前流过。奇怪的是，今天她觉得这些车竟然都是各式各样的鞋……

哦……那空中飘浮的鞋，那地上游动的鞋，那么悠闲自在地翩翩飘着，慢慢游着……她突然想起了山林中一群一群的飞鸟。清晨，对面山坡上一片鸟鸣，那棵又粗又大的老槐树上是小鸟的世界。太阳还没有爬过山顶，但有金色的霞光从起伏的山脊上射了过来。那第一缕霞光正照在老槐树上，于是小鸟像比赛似的叫着、唱着、鼓噪着，就像耳畔这一刻也不停息的车辆流动的喧嚣声。有时，不知道为什么，那些小鸟突然一下从树丛中惊飞了，仿佛有谁喊了口令、下了命令似的。小鸟像子弹一样射向天空。立刻，整个山谷都是小鸟的身影，有的在追逐，有的在嬉戏，有的慢悠悠地滑翔着，有的急匆匆地奔向远方……

哦。那些鞋……嗡嗡地叫着，像金甲虫，像蜜蜂，在大树下盘旋着，然后嗡嗡地围着她的脑袋飞。有一只蜜蜂还歇在她的鼻尖上，痒痒的。她摆了摆头，用手赶了赶它们，然后又睡着了……

〔这时，正有几只苍蝇在她的脸上起落着。她下意识地摆动脑袋，驱赶着苍蝇，但是没醒。〕

哦，那些游动的鞋……像一条条鱼在水中轻盈地游动着。塘水绿得酽酽的了，见不着底。但在水面，在阳光的照耀下，她看见一群群青色的鱼在水中游动着。风轻轻的，水面泛起一圈圈细细的涟漪，像绿绸在轻轻地抖动着。有时，风吹来一点柳絮，或是一朵桃花。桃花那粉红的花瓣立刻就滚上了几粒晶莹晶莹的水珠。鱼立刻就无声地滑来，围着这桃花嘬动着。鱼多时，便沿着桃花围成了一个青色的圈。猛一看去，便觉得那桃花是花蕊，而那一条条鱼则像一瓣瓣花瓣了……这时，她到塘边来洗菜，或是淘米，便静静地蹲在石埠头上，望着那桃花和鱼随着细浪在水面漂着。有时，她也故意地用手掌拍动下水面，于是，那些鱼眨眼间便不见了，绿酽酽的水面上只剩下一朵湿漉漉的、粉红色的桃花……

啊！那些鞋像飞鸟，像蜂群，像鱼，飘飞着，游动着，悠闲而自在。她多么渴望能像鸟一样去飞，像鱼一样去游啊……可是现在，她真希望这些鞋能停下来，停下来，停下来！只要鞋能停下来，就会去看那张压在路面上的皱巴巴的纸。她不识字，这张纸是娘请人写的。鞋如果停下来，也许会从空中掉下一两个硬币，或是飘下一两张纸币。她不知道这些钱的大小，只知道那硬币太小，像还没熟就敲下来的野栗；而那纸币也像那小小的树叶，轻轻地飘落下来。

可现在，眼前既没有落下“野栗”，也没有飘下“树叶”。一双双、一只只鞋在飘浮着，游动着，奔跑着，有时从她的眼前滑了过去。但是，它们似乎忘记了她的存在，似乎不知道大树下还有一双小兔般可爱可怜的眼睛。鞋们匆匆地、慢慢地、悠悠地在她的眼前飘来飘去，都没有停留下来……

她觉得口渴极了，肚子饿极了……眼前有无数金色的光斑在闪动，那是阳光从密密的树叶的缝隙中筛漏下来的光点。树叶筛漏下来的光点和光斑在路面上组成了斑驳的图案。风吹来，光点和光斑便随着树叶的摆动而跳荡起来……

哦，一点一点亮晶晶的，游动着……像山溪中的蝌蚪……溪水清亮清亮的，一眼便可见底，水下铺满了五彩斑斓的鹅卵石。水漾漾地流动着，猛一看去，好像是那些彩色的鹅卵石在哗哗地流动。就在这清清的溪水中，在这彩色的鹅卵石中，她看见了一点一点的小蝌蚪，黑黑的，豌豆那么大，长着长长的尾巴，在水中活泼泼地游动着。这是青蛙的孩子呢！这些可爱的小生命！

她挽着裤脚，打着赤脚，走进溪水之中。溪水冰凉冰凉的，顿时一股凉气从她的脚板心漫了上来，传遍全身。她感觉舒畅极了。

她捧起溪水，贪婪地大口大口喝着。

嘿！水真凉真甜啊！她觉得心也浸在这甜津津的溪水之中了。当她又一次用双手捧起一捧溪水时，发现水中有一条墨色的小蝌蚪，惊惶地扭动着尾巴。水从她的手指缝中慢慢地流走了，只剩下手掌心中的一汪水了，那小蝌蚪便在她的手掌心上扭动着。她感到手掌心麻酥酥的，痒痒的。

哦，这么一丁点儿小的小东西！它也是活的，也是生命，也在渴望着长大。它的爹娘呢？它的爹也病了吗？也住在这座城市的医院里吗？

娘带着她和弟弟来看爹。爹躺在白白的床上，脸蜡黄蜡黄的。爹伸出手来，抖抖地抚摸着她和弟弟的脸蛋儿。

她看见爹的眼中有亮晶晶的泪珠在闪动。爹咳嗽起来。爹骂娘不该花这么多的钱送他住医院，不该花这么多的钱带她和弟弟坐火车来看他。娘咬着嘴唇呜呜地哭了。娘说他们乘车时没有买票，爹便骂得更凶了。她吓得跪在地上，抱着娘的腿哭了起来……哦，小蝌蚪，你的爹也会死吗？那咱们就都没有爹了……

她觉得自己哭了。她感到天色正渐渐地暗了下去。但是，无数金色的小蝌蚪仍然活泼泼地闪烁着，闪烁着，在看不见的水中扭动着尾巴游来游去。是的，没有鞋停下来，没有。但是有金色的小蝌蚪。它会长大的，会长成金色的青蛙……她觉得自己有劲儿了。她反而害怕有鞋来踩伤了这金色的小蝌蚪了。她觉得清甜的溪水沁进了她的心。溪水中，游动着金色的小蝌蚪……

〔又有一两只苍蝇飞来，叮着她的鼻子、她的脸。但是她没有醒。她睡得很香。中午的阳光从密密的树叶缝隙中筛漏下光斑来，她全身便沐浴在这金色的光斑之中了……〕

八岁的梦

眼泪流光了怎么办

她——八岁。小学二年级学生。她从小就爱哭，一哭就没完。而且她发现，眼泪真是最厉害的武器，只要她一哭，别人都怕她，都依着她。可是有一天……

……她突然发现黄莉莉有《花仙子》的连环画。她看过《花仙子》的动画片，有趣极了。黄莉莉坐在花坛边津津有味地看着，她心里痒痒的。

“给我看看吧！”她伸出了手。

黄莉莉头也不抬：“我还没看完呢！”

“你已经看了这么长时间了！”

“莫吵，莫吵！我看完了再给你看！”黄莉莉不耐烦地皱了皱眉头，厌恶地瞟了她一眼。

哼！有什么了不起！不就是一本破连环画吗？哼！哼！不给我看，我也不准你看，干脆谁也别想看……

她气愤地想着，猛地一下将连环画从黄莉莉手中夺了过来，顺手扔进了水沟里。

黄莉莉呆住了，竟然哭了起来。

哼！还哭呢！谁怕你哭呀！你以为我不会哭呀！哼，我只要一哭，谁都得依着我呢……她想着想着，突然觉得鼻子一酸，眼睛一胀，泪水像决了堤的洪水，哗哗地倾泻而出。

黄莉莉伤心地呜呜地哭着。

她得意地哇哇地号啕大哭着，而且干脆坐在地上，两脚乱蹬，哭得真开心。

果然，黄莉莉的哭声被她的哭声压住了。

果然，张老师听见哭声，不耐烦地走了过来："莫哭了，莫哭了，回教室！准备上课了！"

黄莉莉不服气地揩了揩眼泪，狠狠地瞪了她一眼，噘着嘴走了。

她心里得意极了。好啦，够啦，不哭啦……可是不知为什么，这哭声、这眼泪竟有点儿不听指挥了。她在心里下了命令：不哭了！可是那泪水仍然泉水般哗哗地往外涌。

她有点儿慌了，扯过袖头，使劲去揩那泪水。袖头转眼就湿透了，可是泪水仍然一个劲儿地流淌着。

张老师吼了起来："你今天是怎么啦？嗯？不要哭了！"

她这下可真是伤心委屈了："不是我想哭，是它非要哭呀！"

张老师奇怪地望着她："你说什么？谁要你哭了？"

"眼睛呀！这坏蛋眼睛呀！"她伤心地害怕地大哭大嚷起

来，“它不管眼泪了！泪水关不住了呀！”

她感到张老师似乎后退了两步，然后急步上前，捧着她的脸仔细一看，突然惊叫道：“完了！完了！你哭，你爱哭吧？这下完了！眼泪快流光了！”

眼泪快流光了？这话好耳熟哇，似乎在哪儿听过，是哪个老师见她哭鼻子时说过……可是现在，她来不及细想了，她真的感觉到自己的眼泪快流光了。

眼泪流光了，那可怎么得了哇？就像鱼离不开水，鲜花、大树、青草、禾苗也离不开水一样，眼睛特别是眼珠也离不开水的呀！人的眼珠就靠眼泪滋润着呢，要是眼泪一下流干了，那眼珠就要干枯了，那眼睛就要瞎啦！

“哎呀！我的眼泪呀！”她吓得大叫起来。

她感到张老师急急忙忙地跑开了，她感到同学们听见哭叫声都从教室里跑了出来。她听见一阵呜呜的声音，一辆白色的救护车来了，司机竟是她的爸爸！车上跑下来几个穿白大褂的医生，那医生竟是她的妈妈和小姨！

“爸爸！妈妈！”她号啕大哭起来。

可是爸爸妈妈都奇怪地望着她。

她不禁用手背去揩眼泪，可是眼睛里没有泪水……

她的泪水流干了！

不知怎的，她发现自己躺在病床上。病房竟是她的教室。床前挂着个大玻璃瓶子，上面写着“眼泪”二字，一根长长的橡皮管带着针头，插在她的手腕上。她知道这就是输液了。

她突然想起有一次发高烧时被送进医院，也是这么输液的。

她突然听见一片嘤嘤的哭声。这哭声时远时近，时高时低，像嗡嗡飞着采蜜的蜂群。

奇怪，是谁在哭呢？她偏过头一望，什么也看不见，眼前只有一团捉摸不定的金光在闪烁，在旋转。

眼睛！我的眼睛！我难道瞎了吗？

她听见有人一边哭着，一边喊着她的小名。她听出来了，这是黄莉莉。她感到有一本小人书塞在了她的手中，黄莉莉伤心地哭道："……《花仙子》……《花仙子》给你……"

她突然觉得鼻子发酸。她突然觉得心里内疚、难过。唉！明明是自己不对，为什么要抢人家的书呢？可黄莉莉她……

她突然感到自己能模模糊糊地看到眼前的情景了。她觉得自己看到同学们一个个拿着喝水的茶缸，在伤心地哭呢。她看到黄莉莉的眼泪流进了茶缸里，然后，又将茶缸里的眼泪倒进了一个玻璃瓶中，这个玻璃瓶和正挂着的那个玻璃瓶一模一样。原来现在为自己输的不是药水，而是泪水，是同学们真诚的泪水！

一股热流突然从她心灵深处喷涌出来。她感到这股热流迅速地暖遍全身，然后渐渐地涌进了干枯得发疼、发裂的眼睛中……

一滴，一滴，一滴……

一滴滴暖暖的、热乎乎的泪水，一滴滴从心灵深处涌流出来的泪水从她的眼角沁了出来。

她突然感到一种说不出来的舒畅，就像岸上的鱼重新回到了水中，就像干旱的禾苗喜逢绿色的雨丝。她感到眼珠重新水汪汪地活动起来。

啊，眼泪！从心灵深处涌出的眼泪！

她高兴地哭了。

她羞愧地哭了。

她把《花仙子》还给了黄莉莉，哭着，第一次说了声：“对不起……”

她看见黄莉莉不好意思地咬着嘴唇笑了。

她看见爸爸妈妈高兴地笑了。

她看见张老师笑着指了指心窝，说道：“每个人的心中都有一口泪泉呢！泪泉里的眼泪是最珍贵的，今后珍惜它吧！”

她红着脸，流着泪，点了点头……

［她被妈妈唤醒了，睁开眼，才发觉做了一个梦。枕巾被泪水浸湿了，可她死死地抓住这湿枕巾，怎么也不肯换……］

宇宙中的萤火虫

他——八岁。小学三年级学生。夏夜，他躺在凉席上乘凉，观察着天上的星星……

……好多好多的萤火虫在墨蓝色的夏夜里一闪一闪，像辛勤的巡逻兵提着灯笼，不知疲倦地巡逻着。黑黝黝的群山像一群群疲乏的老牛，静静地睡熟了，只有村外的小河还闪着粼粼的波光。

……波光闪闪……像一群群银色的蝴蝶在翩翩飞舞，像一群群萤火虫在河面逡巡，像密密麻麻的小星星在夜空闪烁……

这是怎么回事呢？是自己看花了眼吗？

他揉揉自己的眼睛，再仔细一瞧，那闪闪的波光还是像流动的星星，而且自己的四面八方全是飞舞流动的星星。

自己莫不是在做梦吧？可是他摸了摸身旁的柳树，发现自己的确站在常来游泳的小河边。喏，这柳树上还刻着一颗五角星呢。那是他爬上树，然后跳水，获得冠军后，自己用小刀刻上的。这可是千真万确的了，不会是做梦。可是，这满河流动的星星……

“这就是银河！”突然，他听见郑老师在河对岸对同学们讲话。啊！是郑老师！是观察小组的同学们！他们怎么会来到小河边呢？怎么没有通知我呢？

“郑老师！郑老师！”他大声喊着。

郑老师似乎没听见他的呼喊，一边指着闪烁的星空，一边讲着各种星座的故事，边讲边走了。同学们兴致勃勃地听着，一个个目不转睛地望着星空，不时发出一两声惊叹。然后，他们也跟着郑老师走了，似乎根本没有发现他。

“郑老师！等等我！”他喊着，急忙追上前。可是在慌忙中，他忘了横在自己面前的是一条小河，一脚踩空，竟摔进了河中！

就在摔倒的那一瞬间，他本能地闭上了眼睛，屏住气……落水，然后踩水，浮上来，爬上岸……他正这么想着，却发现河里根本没有水，而他自己则像气球一样在空中飘浮起来。

是的，是在空中，在灿烂的星空之中，在茫茫的宇宙之中。他第一眼就看到了地球，那个像八月十五初升的月亮一样又圆又大的星球，果然像郑老师办公室里的那个地球仪。他看到了蓝色的海、绿色的陆地。他看见了像一条龙似的长城！那是中国的长城！郑老师讲过的，从卫星上看地球，最引人注目的大工程就是中国的长城。那起伏的群山像汹涌的波涛，而长城则像在这波涛之中腾飞的蛟龙！

啊，自己来到宇宙之中了。他又兴奋又紧张。他发现自己身上也一闪一闪地发着光，就像萤火虫那样，像小星星那样。奇怪！自己身上怎么会发光呢？那么，自己也变成一颗小星星了。哈哈，如果是这样，郑老师和同学们说不定会发现自己呢！

一团一团浓雾般的星云从他眼前缓缓飘过，原来觉得神秘的星空如今清清楚楚地展现在眼前了。他发现许许多多的星星原来是各种各样的动物。它们此刻都在静静地酣睡，睡得那么香甜。他首先看到了一只金色的狐狸将脑袋藏在金色的大尾巴里甜甜地睡着，然后看见了好大一只蝎子长着两只大螯，拖着一条长长的尾巴，中间的一颗心正闪闪发亮呢！

大蝎子趴着睡熟了。它不知道它的左边正悄悄跑来一匹马，一位骑士骑在马上，正张弓搭箭准备射它。那闪闪发光的箭头对准了大蝎子那颗发亮的心脏。“哎呀！快射呀！快射呀！”他兴奋地大喊起来。可是那骑士警惕地拉开弓箭，似乎在凝神倾听着什么。他不禁扭头再往前望去，啊，难怪骑士立马不前了，原来在骑士的前方，有一条又粗又长的巨蛇！幸亏摆动在骑士前方的是蛇尾，要是巨蛇回过头来，那可有一场恶战呢！这条巨蛇似乎也懒洋洋地睡着了，但是，它的尾巴尖尖地翘起，像在警惕着什么。他顺着蛇尾往上一望，哦，原来是一只凶猛的天鹰正张着翅膀，悄悄地向蛇尾扑来！但是那巨蛇也挺狡猾，连忙将尾巴藏到一块金闪闪的盾牌后面去了。天鹰只好在宇宙中盘旋着，等待时机，再与巨蛇搏斗。

他小心翼翼地绕过蛇尾，继续往前飘去。突然，他眼前一亮，银河边闪现出一片金灿灿的油菜花。那金色的油菜花像密密麻麻的小星星。在油菜花中，他看见一个人正站在河边眺望着对岸。那不是牛郎吗？和电视剧中的那个牛郎一模一样。在银河的另一边，织女也正怔怔地朝河对岸眺望。他感到很奇怪，自己能随意飘动，牛郎织女为什么就不能飘过银河呢？他记起了郑老师讲的神话故事，那个可恶的王母娘娘硬把牛郎织女拆散了，使他们各自在水一方，不能相会。只有每年的农历七月初七，成千上万只喜鹊飞来，在银河上搭起一座鹊桥，牛郎织女才能在这鹊桥上相会……

但是，展现在他眼前的不是那多情的喜鹊，而是一只美丽的天鹅。那是一只银白色的天鹅，正张开翅膀，翱翔在银河上空。那对翅膀好长好长啊！两翅展开，便像桥一样，连接着银河两岸。哦，原来是一座“天鹅桥”！这可是个新发现呢！得赶快告诉郑老师，牛郎织女是在“天鹅桥”上相会的……

他就这么恍恍惚惚地在无边无际的宇宙中飘浮着。在这深邃博大的宇宙中，他真的像一只小小的萤火虫了，闪着一星亮光，在沉睡的天宇中飞翔。他看见了沉睡着的天龙，沉睡着的飞马，沉睡着的大熊、小熊、猎犬、天猫、狮子、海豚……看见了沉睡着的仙女、农夫……四周是沉沉的黑夜，天宇间的一切似乎都在这黑夜中沉沉地酣睡了，只有他像巡逻兵，还在倾听着四周一片香甜的鼾声，亮着手电，辛勤地巡逻……

他越飘越高，越飞越远。他觉得自己的身体轻极了，也灵活极了，想到什么地方去，只要轻轻地一使劲，便一下飘了过去。他看见闪闪发光的北斗星了。七颗闪闪发亮的星星组成了一个勺子。郑老师第一天要他们观察的就是这北斗星，现在看来，真像勺子！他兴奋极了，一个劲儿地向北斗星飘去。飘啊飘，终于飘到北斗星的上空了。他发现那勺子原来是一个很大很大的湖，湖中波光粼粼，有许多金色的鱼游来游去。奇怪！宇宙中怎么会有湖呢？他想到湖边看个究竟，便使劲一蹬腿，朝湖边飘去……

谁知这么一蹬，竟像从山上摔下来似的，那种飘浮感陡然消失了。他觉得自己像一块石头，正迅速地向湖心坠落！

完了！完了！眼看就要栽进湖中了，那湖水竟然冒着腾腾热气，翻滚着。原来是一湖滚烫滚烫的开水！妈呀！这么栽进去，不就像煮饺子似的，煮熟了吗？他吓得大喊一声……

〔他吓醒了。他发现自己滚到了地上。他喘了一口气，坐了起来，怔怔地望着窗外。窗外，是夏夜美丽的星空……〕

希望

她——八岁。她的父母从农村到城市打工，已有好几年了。今年，家乡的教育部门终于到城里为打工者的孩子们办了一所学校，她也高高兴兴地上了学……

……她坐得端端正正的，两手规规矩矩地放在背后。她很认真地听老师讲课，但她不敢望老师，不敢望老师的眼睛。她总是很紧张，因为怕老师提问。

……老师亲切地望着她，没有点她回答问题，也没有点她朗读课文。老师知道她胆小，而且口吃，说话结结巴巴，因此不再点她朗读。她感到了老师的亲切与关心，于是坐得更加端正了。

老师姓张，头发和胡子都花白了，像个慈祥的老爷爷。张老师既是老师，又是校长，还是勤杂工，因为学校只有张老师一个人。说是学校，其实只有一个班，只有三十几个小学生，有一年级，有二年级，还有三年级和四年级。她是一年级，她很高兴是一年级，因为一年级的学生多一些，所以张老师总是先给他们讲课，然后布置作业，再给其他年级上课。虽然只有一个班，虽然只有一间教室，而且这间教室其实是租用的一间民房，但张老师还是用毛笔写了一个校牌：希望小学。她很喜欢这个校名。她常常渴望别人问她是哪个学校的学生。没有人问，她就每天要妈妈装成陌生人问她："小朋友，你是哪个学校的学生呀？"她马上高兴地用普通话回答："我，我是希望小学的学、学生。"

妈妈的普通话说得不标准。妈妈说普通话时总爱笑，就像在说外国话。而且妈妈总是把"希望小学"说成"稀饭小学"，这使她很不高兴。她严肃地对妈妈说："下次再不能说'稀饭'了，懂吗？越是农村的孩子，越是要争气，懂吗？"

这是张老师常常说的，她已经学会了。

……"丁零零零零……"下课钟声响了。那是一个双铃闹钟，就搁在讲台上。每上一堂课，张老师就要上一次闹钟的发条。哦，现在是做操的时间了，轮到她上楼去做操了。

希望小学的操场就是这幢民房的水泥屋顶。屋顶四周用砖砌了围栏，原来房主晒衣、养花的地方，现在成了操场。

她欢快地往楼顶上跑。每次做操，同学们都一窝蜂地往楼梯上挤，看谁能得第一名。她觉得身子在飘，一迈腿就往上飘，一下飘到了操场上。

哇！我、我是第、第一名！

站在屋顶上，可以看见许许多多的高楼大厦，像她家乡的大山一样，一座连着一座。她的爸爸就是建筑队的，就是建造这些一座一座争着往天上长的高楼的。有一次，爸爸带她到一座高楼前，说这就是他们建造的。她紧紧地抱着爸爸的腿，不敢抬头往上望，因为她一抬头，就觉得高楼正低头望着她，像要把她抓进那些“山洞”里去。尽管爸爸说那是窗户，不是山洞，可她老是觉得里面有野兽，有妖怪。小时候，奶奶就给她讲过野人婆婆的故事，说野人婆婆住在山洞里，一遇到小孩，就嘿嘿地笑，把你笑晕了，就要吃你呢。第一次进城，她就遇到了一个“野人婆婆”，胖胖的，嘴唇血红血红的，好像刚吃过小孩一样，看见她，也冲着她笑。她吓得尖叫起来。后来妈妈告诉她，那是一个很好的奶奶，奶奶的嘴唇上不是血，是口红，城里的女人都时兴搽口红。后来碰见搽口红的女人，她再也不害怕了，不过她总觉得城里人怪怪的，像一窝一窝野蜂子挤在一个一个蜂巢里……

……张老师喊“整队”了。

“立正！”

“稍息！”

“立正！”

“现在开始做广播体操！”

没有广播，只有张老师嘬的口哨声。

她很认真地做，她很喜欢做操。她一边做，一边斜着眼瞟左边育才小学的操场，她觉得自己学校的操场比育才学校的操场高多啦。

育才小学是全市的重点小学。育才小学有很大很大的操场，可以跑步、打球，还有一些铁杠杠，一些孩子像猴一样在上面攀来荡去。过去，她多么羡慕那些猴一样的孩子啊，多么想到操场上去跑步，去做操，和小朋友们一块儿游戏啊！可现在，她也在操场上做操了，而且她的操场比“猴们”的操场要高！

……一朵云彩飘过来，又一朵云彩飘过来。她仿佛站在云彩上了，她觉得自己好像仙女一样了。她的操做得好，张老师便叫她领操。张老师的口哨吹得响，她随着哨音有节奏地弯腰。她看见牛娃笨笨的，老是跟不上哨音；翠花和姣妹倒是不错，能跟着她一起做。

……“嘿、嘿、嘿、嘿……”

……忽然间，她发现远方的高楼像喝醉了酒一样，左摇右晃起来。正暗暗吃惊着，又发现那些高楼也随着哨音有节奏地做操呢！哦，是因为我领操，高楼们也跟着做操吗？你看看，她刚向左弯腰，那些高楼也向左弯腰；她再向右弯腰，高楼们也向右弯腰。还有一座胖胖的高楼，笨笨的，跟牛娃一样，老是跟不上哨音，人家向左，他向右，人家向右，他却向左。唉，这么笨的高楼，肯定不是我爸修的。我爸修的房子呀，一定很聪明，很爱学习，很爱上学。因为她听见爸爸对妈妈说，就是再穷再苦，也要让丫头上学！将来上了大学，也做个城市人！

……爸爸，大学有多大呀？肯定比育才小学大多了，对吗？是不是像我们榆树坪那样大？有山，有水，有林子，有板栗树，有柿子树，还有梨树。林子里有蘑菇，有野兔和锦鸡，溪水里有娃娃鱼……哈！这样的大学多好哇，放了学，可以去打板栗，去摘柿子，还可以去看娃娃鱼……爸爸，我想上大学，不过，我不想做城市人，不想搽口红！城市人怪怪的，不穿裤子，只穿裙子；城市人不吃妈妈的奶，却喝牛的奶；城市人不爱走路，只爱乘车；城市人还怕眼睛珠子掉了，用两片玻璃护着；城市的小孩还总是欺负乡下的小孩，骂我们是乡巴佬……哼，你还是城巴佬呢！

……这时，她听见了一阵一阵的欢呼声，像山里的大风，呼呼地摇着林子。她朝下一看，呀，原来大街上的汽车都停了下来，走路的人都停了下来，抬头看她领操，看他们做操。育才小学的学生们都挤在操场上，大声呼喊着，要上希望小学，要到屋顶上来做操。哼，那个骂她乡巴佬的小男孩，瘦猴似的，也冲着她笑，求她帮忙，要上来呢。咦，就是你，总欺负我，怪声怪气地学我说山里的话，害得我不敢开口，一开口就结巴！偏不让你上来！

小男孩央求道："我改正错误，好吗？"

"那，那你要钩手，赌咒！"

小男孩就伸出小指头，钩住了她的小指头："钩钩手，钩钩手，再欺负人，是小狗！"

她连忙抽出小指头，有点儿不好意思了。她对小男孩说：“快做操吧，不许乱做啊！”

……“嚯、嚯、嚯、嚯……”

一声哨响，他们的学校就长一截；一声哨响，他们就离蓝天越来越近。地面的汽车像小甲虫一样了，行人像小蚂蚁一样了，而他们的希望小学像大树一样，一节一节地往上长呢……

〔她的被子全掉到地上了。她还在床上伸手蹬腿。她还在做操，还在领操……〕

克隆娃

他——八岁。晚上，电视里播出了英国罗斯林研究所的克隆绵羊多利的消息。爸爸跟他解释了什么是克隆。他似懂非懂，只觉得非常新鲜有趣……

……一只白白胖胖的绵羊在羊圈里自由自在地走来走去，不时好奇地伸出粉红色的鼻子去嗅参观者的手。对，这就是克隆羊多利，跟电视里的多利一模一样。羊圈周围全是参观的人，有他熟悉的朋友，可一时又记不起他们究竟叫什么名字；更多的是外国人，高鼻子凹眼睛，叽里呱啦地说着他听不懂的外国话。估计他们说的都是英语吧，因为克隆羊多利诞生在英国。

有一个英国小女孩微笑着走了过来，金色的短发，尖尖的鼻子，脸上似乎还有几粒雀斑。

“嘿！”“雀斑”主动跟他打招呼。

“嘿！”他慌慌张张地赶忙回应着。

“雀斑”微笑着，叽里呱啦地说了许多话，可他一句也听不懂，他愣愣地望着那小女孩，小女孩不禁笑了起来。

他急得鼻尖直冒汗。他突然想起了一句“拜拜”，据说，这是英国话。

“拜拜！”他连忙大声地说。

“拜——拜？”“雀斑”疑惑地望着他。

“对！拜拜！拜拜！”他连连点头。（哼，别以为我一句英语都不会呢。这不是来了一句吗？）

“雀斑”遗憾地耸耸肩，也说了句“拜拜”，转身就走了。

咦，这是怎么啦？怎么一下子就走啦？

他再一睁眼，发现克隆羊呀，外国人呀，还有长着雀斑的小女孩呀，都不见了。奇怪，怎么一说“拜拜”，他们就都消失了呢？

……“嘿嘿嘿嘿！”有人在雾气中尖着嗓子笑。这笑声好熟悉，似乎在哪儿听过。

“喂！你是谁？我、我不怕你……我、我有爸爸！他谁都不怕！”

“嘿嘿嘿嘿！”笑声渐渐地近了，“可是你爸爸只怕一个人！”

“胡说！他才厉害！他是总经理！”

“嘿嘿！他怕你妈！”

对呀，对呀，老爸只怕老妈。晚上回来晚了，老妈的脸就板得像个冰箱；老爸呢，则小心地笑着，笑得像麦当劳叔叔。

“怎么？我没说错吧？”来人嘻嘻笑着，一下蹦到他的面前。

呀！孙悟空！这不是《西游记》里的孙悟空吗？他又兴奋又惊讶，呆呆地望着孙悟空。

“嘻嘻！傻小子！是不是又要说‘拜拜’啦？”

他睁大了眼睛。咦，刚才的事，他怎么一下就知道啦？哦，孙悟空有顺风耳……

孙悟空将食指勾着，轻轻刮了一下他的鼻子：“傻小子！‘拜拜’就是‘再见’！你对人家使劲说‘拜拜’，人家还不走了吗？”

哦，对了！“拜拜”就是“再见”！唉，都怪自己急糊涂了。（当然喽，他也只会这一句英国话……）

孙悟空拍拍他的肩，安慰他说：“你不就是想看看多利吗？想了解克隆吗？告诉你，我就是克隆的老祖宗！”

“哼，吹牛！你也会克隆？”

“哈哈！傻小子！克隆不就是复制的意思吗？多利不就是无性繁殖的吗？俺老孙早就会这一手了！”

孙悟空说着，从后颈窝拔了一把汗毛，放在手掌心，呼地吹了一口气，说了声“变”！刹那间，他的周围一下出现了五个孙悟空，一样的猴脸，一样的虎皮裙，一样舞着金箍棒，一样望着他挤眉弄眼地笑。

“怎么样？你看俺们有什么区别吗？”

他左看看，右望望，老老实实地摇了摇头。

孙悟空嘿嘿地笑了起来：“小子！老孙再露一手给你看看！”

孙悟空一个筋斗跳上云端，不见了。

不一会儿，他的眼前忽然出现了一群一群白色的绵羊，每一只绵羊都和多利一样，有一只粉红色的鼻子。它们咩咩地欢叫着，白云一般朝他拥来。

更令他吃惊的是，羊群中出现了许多牧羊的小姑娘。这些小姑娘一模一样，金色的短发，尖尖的鼻子，脸上都有几粒褐色的雀斑。

云中传来孙悟空的声音：“小子，你仔细数数，这些英国丫头脸上的雀斑是不是一样多，左边五颗，右边四颗。”

这时，所有的“雀斑”都笑眯眯地偏着头，调皮地说：“来呀，来呀，数数吧！”

他的脸一下就红了。虽然平时他也爱逗逗女同学，但哪里见过这么大方主动的洋丫头呀！所以当一个“雀斑”走到他面前，把脸凑过来时，他吓得拔腿就跑。

“哈哈哈哈！”女孩子们一齐大笑起来，然后冲着逃跑的他大声嚷道，“拜——拜——”

……“丁零丁零……”起床铃似乎响了。可他双眼发涩，怎么也睁不开眼。

……“咚咚咚咚……”似乎是爸爸在敲门，是爸爸在催他起床上学。唉，真想在家美美地睡一天，真不想去上学，真不想做作业。唉，要是克隆一个自己就好了，自己在家睡大觉，让那个克隆人去上学……

嗨！对呀！这是个好主意！孙悟空不就一下子克隆了好多孙猴子吗？

他顿时兴奋起来，从后颈窝使劲拔了一根汗毛，摊在手掌心，然后像孙悟空那样，轻轻吹了一口气，喊了声：“变！”

刹那间，一个一模一样的他也靠在了床上。嘿，单眼皮，薄嘴唇，连下巴下面一颗小黑痣也和他一模一样。

哈哈，我也学会克隆了。

他高兴地对着克隆娃说道：“喂，快起床，替我去上学！”

“不！”克隆娃斜着眼，哼了一声，“我想在家睡觉！你去上学！”

“咦，你想在家睡大觉？你不想去上学，我克隆你干什么！”

“唉，你知不知道克隆娃应该和你一模一样呀，你想睡大觉，我当然也想睡大觉！你是个大懒虫，害得我也成了个大懒虫！”

哎哟，坏了坏了，本来想偷个懒，讨个便宜，没想到搬起石头砸了自己的脚。

“好了好了！我不想克隆你了，你回去吧！”

“回去？回哪儿去呀？”

“回我的后颈窝去呀！”

克隆娃嘿嘿一笑："好呀，你有本事，就让我回去吧！"克隆娃满不在乎地瞟了他一眼，干脆伸了个懒腰，躺下了。

糟糕！刚才只顾得上逃跑，忘了问一问孙悟空怎么把克隆娃再收回去了。

这可怎么办呢？

"咚咚咚！"爸爸又在敲门了，又要发脾气了。他急了，对克隆娃说："喂！咱俩总得有一个人去上学呀！"

克隆娃也着急地说："是呀，我也急着呢！"

他想了想，说："那——咱们来'锤子、剪刀、布'，谁赢了，谁在家睡觉！"

克隆娃点点头："行，输了可不许反悔！"

"锤子、剪刀、布"是一种比输赢的游戏。一个拳头，就是一个"锤子"；食指和中指两个手指，就是"剪刀"；张开五指，加上手掌，就是"布"。锤子管剪刀，剪刀管布，布又可管锤子。

两人心里算计着，一齐喊道："锤子、剪刀、布！"

他出了"锤子"。

克隆娃也出了"锤子"。

平了。不算，再来。

"锤子、剪刀、布！"

他这次出了"剪刀"。

克隆娃也出了"剪刀"。

又平了。他急了："喂，你怎么老跟我出一样的呀？"

克隆娃也急了："不行，不行！你想什么，我也想什么。

咱们再换一种玩法。”

他泄气了。他知道和克隆娃比不出输赢了。他想干什么，克隆娃就会干什么。他不想上学，克隆娃也不想上学。他想偷偷去玩游戏机，克隆娃也会偷偷去玩游戏机。唉，难怪爸爸说现在世界上许多国家都在禁止克隆人类。要是克隆出许多强盗、坏蛋、杀人犯，这个世界不就乱了套吗？

他叹了口气：“唉，你睡吧，我去上学。”

谁知克隆娃也起了床：“我也去上学。”

他为难了：“可爸爸只送我一个人去上学。”

克隆娃说：“那好吧，爸爸挑谁去，就让谁去。”

他乐了。嘿，这可是个好主意！

他马上跑过去开了门。

爸爸板着脸，背着手，走了进来。

不一会儿，又一个爸爸也板着脸，背着手，走了进来！

他吓了一跳，目瞪口呆。怎么一下走进来两个爸爸呢？

第一个爸爸哼了一声：“你以为只有你一个人会克隆吗？哼，你克隆一个自己想逃学，我就克隆一个爸爸来管你们！”

哦，原来爸爸也会克隆！

哎哟喂，一个爸爸已经够厉害了，爸爸除了对妈妈像“麦当劳叔叔”，对他可像个“麻辣牛肉干”。现在，又来了一个爸爸，而且，爸爸完全有可能再克隆出七个、八个甚至十几个爸爸来！

我的天！

让你从早到晚一刻不停地去嚼那些咬不动嚼不烂的“麻

辣牛肉干”吧！体会一下是什么滋味！

他吓得往后躲：“我，我马上去上学……”

这时，克隆娃在他耳边悄悄说：“快！快去多克隆几个妈妈！”

啊，对！妈妈总是护着他。妈妈可是不怕爸爸的。那就多克隆几个妈妈！最好是两个妈妈管一个爸爸，他就又可以自由自在地玩了！

他和克隆娃相互使了一个眼色，一、二、三，两人同时冲出了房间，不顾一切地喊道：“妈妈！妈妈！快克隆呀！快克隆呀！”……

〔他从梦中惊叫着醒了，心咚咚跳着，额头淌着汗。他的妈妈披衣坐在床边，一边安慰他，一边疑惑地问：“梦见了恐龙吗？”〕

倾斜的“大脸盆”

她——八岁。小学二年级学生。家住南方。今年，他们村好多地又被洪水冲了，妈妈带她到了大西北，她的爸爸在部队里。她感到非常奇怪：怎么雨水都跑到南方去了呢？

……一个锅架歪了。锅倾斜着，锅里的汤都歪到低的那一边去了。

……一个脸盆放歪了。脸盆倾斜着，脸盆里的水也从高处流聚到低处去了。

……轰隆隆——一声炸雷，又一声炸雷。她从来没有听过这么响的雷，简直就像在头顶上突然炸开，而且隆隆的余音像石碾一样在头顶上滚动……

……天炸开了！天炸开了！一道闪电，又一道闪电……那是天撕裂的伤口吗？那是银河炸开的缺口吗？那雨水硬是像汹涌的洪水，冲破堤坝，从缺口处倾泻而下，就像有人端着满满一盆水，突然从你头顶上淋了下来。

好大的雨哟！好大的雨哟！下黑了地，下黑了天。平地三尺水，四周一片汪洋……婆婆跪在观音菩萨的瓷像前，不停地磕头："大慈大悲的观音菩萨，保佑百姓不遭水淹……"

……锅倾斜着……

……脸盆倾斜着……

……干旱的黄土、黄土、黄土、黄土……

……小毛驴驮着水桶，晃荡晃荡地走过来了。这哪里是水呢？这简直是黄汤啊……

……早上洗完脸，她将脸盆里的水泼了。爸爸看见了，皱着眉头吼她，说这水还留着有用呢，哪能随随便便就泼了！她委屈地噘着嘴哭了，哭得很伤心……

……亮晶晶的天好蓝好蓝哟，没有一丝云彩；黄沉沉的地好旱好旱哟，没有一颗露珠。奇怪，奇怪，这儿怎么就不下雨呢？这儿的雨水都跑到哪里去了呢？

……锅倾斜着……

……脸盆倾斜着……

……水从高处倾斜汇聚到低处……

……她发现整个大地是倾斜的，像个脸盆一样，歪放着，结果水都流到低洼处去了。

哦，大西北便是那高处，而她的家乡——南方便是那低洼处。雨水当然从高处流向低处了，于是大西北干旱，南方则淹水，洪水泛滥……

……应该把“脸盆”摆正，摆正……

……静静的夜，静静的宇宙。

……墨蓝色的天空上闪着一颗颗银星。

……一个好大好大的脸盆向东南方向倾斜着，半盆水全集聚在低洼处。

……她趴在脸盆的边沿，一动也不敢动。如果掉进脸盆里，那就一下子滑进水里淹死啦！

……她就这么趴着，稍一使劲，便发觉脸盆微微动了一下。

咦，对了，应该叫好多好多人来，把脸盆翘起来的这一边压下去！

……正想着，忽然看见爸爸带着好多好多解放军叔叔爬过来了。

爸爸是连长，解放军叔叔都听他指挥呢。

爸爸喊着号子：“一、二、三！一、二、三！”解放军叔叔们便一齐呐喊，一齐出力，使劲往下压。

……脸盆晃动了一下，又一下。脸盆里的水也荡漾起来。

不行，不行，脸盆太大了，太沉了，得再想办法，多喊一些人来。

……人越来越多了，脸盆边沿挤满了人。有的人干脆用手扣住边沿，身子悬空，吊在脸盆外面。还有的用绳子系住腰，然后你拉着我的脚，我拉着他的脚，在脸盆外面吊成一串。风一吹来，那一长串人在风中摇来摆去。

……脸盆晃动了一下，又一下。

……突然，传来一阵汽车的鸣笛声。啊！好多好多大卡车呀！大卡车上装满了大石头，石头全用铁链子串着。解放军叔叔们忙着把大石头从卡车上卸下来，然后把一串串石头吊在脸盆的边沿上。

……哈，真有意思！一串串石头吊在脸盆外面……

……突然间，脸盆一下子歪过来了。那些大石头太沉太沉，用力过猛，一下子将脸盆吊得又倾斜过来，于是，脸盆里的水呼地一下又从高处流到低处。现在，轮到大西北浸泡在水里了！

……她惊呆了！哎呀妈呀，脸盆没有摆平，又倾斜过来啦！

……她听见一片惊惶恐怖的哭喊声，人们在水中挣扎着，马呀，牛呀，羊呀，毛驴呀，也惊叫着，奔跑着，在水中浮游着。酥松的黄土地哪能经得住这么多水泡呀？结果黄土全泡成了黄泥，泡成了黄汤……

……她大声哭喊起来："爸爸！爸爸！快来呀！快把脸盆摆平呀！"……

〔她从梦中惊醒了。爸爸揩着她的眼泪，笑着问："又梦见什么啦？"

她仍抽泣着："脸盆！脸盆……快把脸盆摆平……"〕

寻找卖火柴的小女孩

她——八岁。小学二年级学生。今天下午，下大雪了，老师给他们讲了《卖火柴的小女孩》的故事……

……雪花轻盈地飘落下来了。这盐一样咸咸的、糖一样甜甜的雪花飘落下来了啊……

……地上、屋顶上、树枝上渐渐地一片银白了。天黑得很早很早，老天爷怕冷，早早地关了门呢。村里的房子仿佛全矮了一截，仿佛全笼着手，缩着脖子，紧紧挤成一团。满世界只剩下黑色与白色。在静静的雪夜里，黑娃娃与白娃娃紧紧地搂抱在一起……

……雪花轻盈地飘落下来了。这美丽的雪花，像白蝴蝶一样的雪花，轻盈地飘落下来了……

……她在寂静的村子里走着。一片雪花飘落到她的发梢上，像一片洁白洁白的梨花瓣。她穿着一件花棉袄，花棉袄是姐姐穿旧了的，穿小了的。她围着一条红围巾，红围巾是娘从箱子里拿出来给她系上的。红围巾有一股樟脑味。红围巾是爹原来给娘买的。红围巾娘一直舍不得围呢，老是说人老了人老了，围红围巾人家笑话呢。娘不老。人家的娘也围着红围巾呢。但是娘从箱子里拿出红围巾，给她围在脖子上了。红围巾有一股樟脑味。樟脑味真好闻……

……她要到哪儿去呢？她自己也不知道究竟要到哪儿去。反正她觉得自己应该去一个地方，反正她觉得自己应该去寻一个人……

……路上的积雪越来越厚了。胶鞋踩在雪地上，嘎叽嘎叽地响。胶鞋大了，小脚丫子在胶鞋里一走一滑。胶鞋是哥哥的。哥哥到城里读中学去了。哥哥说城里下雨下雪时不穿胶鞋，胶鞋留给妹妹穿吧。那么，城里人下雨下雪穿什么鞋呢……

……“现在这小姑娘只好赤着一双小脚走。小脚已经冻得发红发青了……”啊，卖火柴的小女孩……她想起来了，她要去找卖火柴的小女孩……

卖火柴的小女孩说不定没有死！她只是饿昏了，冻僵了。那个姓安的人（她以为《卖火柴的小女孩》的作者安徒生姓安）一定是弄错了。姓安的人以为小女孩死了，其实小女孩只要救一救就会活过来的。姓安的人应该先救小女孩，应该先用雪搓她的脚、她的手、她的脸。爹说人冻坏了不能用热水烫，一烫就会把脚啊手啊给烫掉了。姓安的人肯定不知道应该先用雪搓……还有，苏老师说卖火柴的小女孩住在“丹麦[①]”。奇怪……她只知道地里种的是小麦、大麦，从来没见过什么“丹麦”。“丹麦”一定很好吃……奇怪……住在“丹麦”为什么还会饿死呢……

娘今天蒸了馍，白白胖胖的白面馍。卖火柴的小女孩一定爱吃。爱吃就使劲地吃吧。如今白面馍不像原来那样金贵了呢，而且，小麦磨面做的馍一定比“丹麦”磨面做的馍好吃……

雪花轻盈地飘落下来了。这梦一样轻盈的雪花温柔地飘落下来了……

……突然间，她看见雪地里有一只好大好大的拖鞋，像一个摇篮……哦，这一定是卖火柴的小女孩跑掉的，是两辆

① 丹麦：安徒生是丹麦人，所以老师说小女孩住在丹麦。

马车飞奔着闯过来时，卖火柴的小女孩跑掉的。这么说，小女孩离这儿一定不远了！

……她兴奋起来。她急忙去拖那只摇篮般大的拖鞋。可是那拖鞋实在太大太沉，她憋足了劲儿也拖不动。

她呼哧呼哧地喘着气，想了想，便解下红围巾，一头系在拖鞋的鞋跟上，一头攥在手里，使劲地往前拖。

骨碌骨碌……拖鞋突然被拖动了，而且她拖得不费劲。她低头仔细一看，原来拖鞋两边安着车轱辘呢！

……她迎着风雪拖着拖鞋在雪地里走啊，走啊……寒风卷着雪花钻进了她的脖子里，冰冷冰冷的。她忍不住打起哆嗦来。

……这时，她才感到冷……

……这时，她才感到自己是孤零零一人在空旷冷寂的雪原上走着，走着……

……她感到害怕了。她感到又冷又饿……

……“娘……”她的鼻子一酸，泪珠就沁了出来……

……就在这时，她看见远处有一星火花忽地一闪，在茫茫的雪夜里绽开了一朵金色的小花！火花立刻熄灭了，但是马上又是一闪，又是一闪……

……有人在擦火柴……

……是卖火柴的小女孩……

……她顿时忘记了寒冷，忘记了孤寂，忘记了饥饿，兴奋地拖着大拖鞋，朝那星星之火奔去，奔去……

……果然是她！果然是卖火柴的小女孩！金黄色的长头发卷曲地铺散在她的肩上。她光着头，赤着脚，小脚已经冻得发红发青了。她坐在一个墙角里，双颊冻得通红，正在用冻僵了的小手擦着火柴。

她呼哧呼哧地喘着粗气，跑到卖火柴的小女孩身边，兴奋地喊道："姐！"

卖火柴的小女孩呆滞地望着她，喃喃地问道："……买火柴吗？请买火柴吧！请买火柴吧……"

她摇了摇头："我不买火柴。姐！姐！快跟我回家吧！"

"回家？"金发姐姐仍然呆呆地望着她，"……回家……不！不！我一个铜板也没赚到！父亲一定会打我的！"

她望着金发姐姐这副模样，忍不住鼻子发酸，流泪了。她呆呆地站着，不知该怎么办才好，只是一连声地说："姐，回家吧！是爹叫我来接你的……"

"接我？"金发姐姐对着她笑了笑，又说道，"我走不动了……"

这时，她才想起金发姐姐还打着赤脚！

她连忙跪在雪地上，捧起一捧雪，放在金发姐姐的脚背上，然后使劲地搓了起来。

搓啊，搓啊……

搓啊，搓啊……

她累得浑身是汗，脊背上的汗被钻进衣服中的冷风一吹，又冷冰冰的了，她的膝头也跪疼了，可是金发姐姐的双脚仍然像冰冷的石头。

她急得又哭了起来，情不自禁地扑在金发姐姐的怀里。

金发姐姐也哭了起来，动情地抱着她，说："走，我们回家去，我们回家去……"

……金发姐姐走不动了。

……这时，她才想起安着车轱辘的大拖鞋。

……她搀扶着金发姐姐坐进大拖鞋里，然后脱下自己的胶鞋，穿在金发姐姐的脚上。

"你穿吧！你穿……"

她笑了笑："这胶鞋大了，我穿着怪不舒服的，姐穿正合适。"

"那你……"

"没事，我打赤脚打惯了。"她笑了笑，"你是城里人。城里人不兴打赤脚的。"

她解下红围巾，给金发姐姐连头带脖子地包好了。然后，她推着装着车轱辘的大拖鞋，说道："姐！我们回家去！"

……雪花轻盈地飘落下来了。和栀子花一样洁白、一样清香的雪花温柔而又轻盈地飘落下来了……

……在茫茫的雪原上，在静静的雪夜里，在黑与白的交接处，闪现出一朵又一朵金色的小花……

……姐，咱们回家去。咱们回家去吃白面馍。娘蒸了好多好多白面馍呢。你一定爱吃的。你一定饿坏了。你可得慢慢地嚼，别噎住了。然后咱俩一块儿睡，一头睡。然后咱要你猜一猜：白面馍是小麦做的呢，还是“丹麦”做的……

〔她睡得很甜。

因为梦很甜。

因为白面馍很香很甜……〕

牛赶歌圩①

她——八岁。壮族。尚未上学，在家放牛。明天就是“牛魂节②”了，她兴奋得久久不能入睡……

……蒙眬中听见鸡叫了。蒙眬中感到天亮了。蒙眬中感到大牯牛正在轻轻地呼唤着她。她猛地惊醒……哎呀，今天是大牯牛过节，我怎么一下睡过头了呢……

……恍恍惚惚地，她揉着眼睛走下楼来。天还没有放亮，月牙儿晕晕地浮在天边，一阵阵清风送来一阵阵蛙声与虫鸣。

……她迷迷糊糊地走到牛栏前……咦，牛栏早已打扫得干干净净了，四周撒上了石灰，大牯牛正在安详地吃草……

① 歌圩：圩，南方农村的定期集市。歌圩，壮族传统的定期歌会，在歌圩上人们自发地唱歌、对歌。

② 牛魂节：广西靖西等地壮族传统节日，时在农历五月初七、六月初六或七月初七。

咦，草也是新鲜草，还淋了盐水……

……咦，这是谁扫的栏、割的草呢？

……突然间，大牯牛轻轻地笑了起来。

她吓了一跳。

大牯牛笑着对她说：“是你自己扫的栏、割的草呀，你怎么就忘记了呢？”

她吓得后退了两步：“你，你……”

“今天是我们的节日。”牯牛说，“今天我们可以开口说话了。”

哦，原来是这样……牛啊牛啊，你一年四季出苦力，再苦再累也一声不吭，你只有今天一天可以说话吗？

……银星一粒一粒地黯淡了。天边泛起了鱼肚白。鱼肚白衬出了连绵起伏的群山的轮廓，像一群羊迎着初升的霞光。

……爷爷说这里的山都是我们的先人莫一大王赶过来的。莫一大王有一把神奇的伞柄，他想把山都赶到海里去，让这里成为平坝，好种五谷六米。莫一大王把一群山赶到这里时，就被坏人害死了，这一群群的山也就留在这里了。可是那神奇的伞柄呢？要是找到那伞柄，该多好啊……

……她把牯牛牵到了河边。

荡漾的河水已经染上了绚丽的色彩。一河粉红的桃金娘花，一河殷红的凤凰花，一河金黄的木豆花，一河洁白的桐油花，像一条美丽的壮锦，在微微抖动着。大牯牛仿佛也被这景色迷住了，呆呆地站在河边，望着倒映在水中的自己的身影。

……大牯牛的倒影在水中漾动着……

……大牯牛的身边开满了鲜花……

……粉红的桃金娘花……

……殷红的凤凰花……

……金黄的木豆花……

……洁白的桐油花……

……还有她黛青色的斜襟小褂，天蓝色的宽腿长裤，也在河水中倒映着、漾动着呀……

……她用桶装着水，给牯牛洗刷着。这是艾叶水，还加了些米酒呢，给牛洗可以除掉牛虱，可以压惊，可以定魂呢！

牛舒适地摇着尾巴，扭过头来亲切地望着她。

牛啊牛啊，等一会儿就给你“开荤”。你知道吗？今天不吃木薯粑粑，也不吃红薯粑粑，今天给你吃五色糯米饭，还给你喝甜酒、鸡蛋汤呢。特意为你做了五谷香糍粑，那是大米、小米、玉米、荞麦、大豆这五谷做成的香喷喷的糍粑呀。还有腊肉，好大好肥的腊肉，你爱吃吗？牯牛……

……就在这时，河对岸传来一声声牛哞，然后是一声声召唤：“呃，走哇！”

她抬起头来。她看见河对岸走来了一大群牛，它们大声呼唤着她的大牯牛。

“来啦——”大牯牛应道。

她慌了："你要到哪里去？你不'开荤'啦？"

大牯牛说："我们去赶歌圩！"

什么？牛去赶歌圩？

大牯牛说："今天不是我们的节日吗？只兴你们赶歌圩，就不兴我们赶歌圩呀？"

牛赶歌圩……嘻嘻，真有趣！

她忍不住心动了，对牯牛说："我也去，好吗？"

牯牛摇摇头："我们的歌圩，不准人听的。"

她不服气："为什么？"

牯牛说："你们赶歌圩，什么时候让我们去听过呢？"

她被问住了，但是，又求情道："好牯牛，你带我悄悄地去，好吗？"

牯牛想了想，说道："好吧，不过，你也得变成一头牛。"

"那……怎么变呢？"

大牯牛对着她长长地哈了一口热气……

……她变成一头小牛了。她变成一头毛茸茸的小牛，欢快地跟着它们去赶歌圩。

……好多好多的牛啊！一头头喜气洋洋的，汇成一条河，流进了翠绿的山谷里。

……这是个什么山谷呢？好像来过，又好像没来过。满山满山的松杉，满山满山的油茶林、八角林、柑橘林、芭蕉林……山谷里长满了青青的鲜嫩的草，她情不自禁吃了一口，啊，比木薯好吃多了！

……就在这时，一头大沙牛（母牛）对着她的大牯牛唱起歌来了：

蜻蜓肚里无肠子，
蜘蛛肚里万条丝。
哥有好歌不舍唱，
沤在肚里怕人知。

大牯牛听见歌声，嘿嘿地憨笑起来。

她高兴极了，催促着大牯牛：“唱呀！快唱呀！”

大牯牛清了清嗓子，唱了起来：

初来到，
初来跟妹唱山歌。
哥是剪刀初开口，
恐怕剪坏细绫罗！

大沙牛接着对唱道：

初来到，
初来就唱初来歌。
妹是鲮鱼初出水，
未曾到过大江河！

哈哈！大牯牛和大沙牛开始对歌了：

唱起山歌我最多，
歌书堆满竹楼阁。
去年老鼠咬一口，
漏了几多好山歌！

破竹织帽又织箩，
织箩装谷又装歌。
妹是广西刘三姐，
唱歌走过万条河！

唱着唱着，大牯牛身边渐渐聚集起一大群牯牛，而大沙牛身边也渐渐聚集起一大群沙牛，两边笑着唱着，开始赛歌了。

……她最爱唱歌了。她最爱跟着姐姐赶歌圩听赛歌了。这边唱，那边答；这边起，那边和……歌声像河水一样欢快地泛起波浪，歌声像八角一样飘着浓香……但是，她听过千首歌万首歌，可从来没有听过牛对歌赛歌啊！

……是的，牛既然有自己的节日，为什么不能有自己的歌圩呢？

……牛一年中只有这一天过节，只有这一天能说话，只有这一天能唱歌，为什么不尽情地唱呢？

……就在这时，她听见有人在喊她……

……是妈妈！是妈妈在喊我！是妈妈喊我快把牛牵回家，马上给牛“开荤”呢！

……大牯牛！大牯牛！走啊，回家去！

……可是大牯牛完全沉浸到歌海里去了。大牯牛被一大群同伴围在中央，根本看不见她，也根本听不见她的呼唤……

她急得用竹笋般的牛角去顶那些牯牛。她急得大声地叫着：“牯牛啊牯牛！快回家去吧！”

可是牯牛们谁也不理她。

今天是牛的节日……

今天牛要唱个够……

〔她还没有醒。

她还在梦中呼唤着她的大牯牛。

就在这时，她闻到五谷糍粑香了，那是为了感谢牛四季耕田而特意制作的啊……〕

九岁的梦

太阳城

他——九岁。小学三年级学生。他生病住院了，发着高烧……

……太阳火辣辣的。太阳光毒辣辣的。游泳池里的水被太阳晒得滚烫滚烫的，他和小宝急忙朝岸上游去。

哎呀，真热真热！他俩慌慌张张地爬上岸，发现岸上更热。那瓷砖铺就的地面简直像烧红了的铁板，脚根本就不能落地。阳光像火一样扑了过来，浑身的汗水像拧开了水龙头一样哗哗地直淌。他看见一个小孩在阳光下站着，淌着汗，渐渐地变小了，变小了……最后，竟像冰棍儿一样在阳光下融化了，融化成一地水……远处，有个老头儿躺在地上，正在融化，那双腿眼看着就化成了水，没了……

他慌了，正准备喊小宝一道快跑，却见小宝一下跳进了水中。但游泳池的水这时也蒸腾着热气，滚滚地开了。他只听见小宝“啊”地惨叫一声，立刻就消失在一团一团的蒸汽之中……

他吓得赶紧朝门外跑，可是游泳池的大门这时紧紧地关闭了。他挤在狂乱的人群中。人群又一窝蜂地朝更衣室里跑去。

更衣室里，人挤得满满的了。空气越来越热，更衣室里像蒸笼一样，也热得让人喘不过气来。有人扑通倒下了，有人吓得哭了起来。他鼻子一酸，也哭了起来，可是没有眼泪。眼泪刚刚流出来，就立刻蒸发了。

这时有人大喊：“快！快关掉太阳的电源，快关掉太阳的开关！”

人们似乎一下子醒悟过来。是啊，太阳像大灯泡一样亮着，像煤气炉一样火辣辣地烧着，为什么不想办法去关掉太阳的电源，或是扭动阀门，将“火炉”关掉呢？

刚这么一想，便有一艘宇宙飞船轰隆轰隆地飞了过来。宇宙飞船里坐着一个驾驶员。他仔细一看，竟是小宝！他惊呆了。小宝刚才不是在水中被烫死了吗？可是眼前对着他笑的明明又是小宝！他正纳闷着，只见小宝打开宇宙飞船的舱盖，对着他大喊道：“快来！快来！”

他顾不得想那么多了，急忙冲了出去，爬上飞船，一头钻进了船舱。小宝把舱盖盖好，说了声“坐好”，宇宙飞船便呼地一下飞上了天。

船舱内凉爽极了。他感觉到自己戴上了宇航员的头盔。头盔中有一团凉津津的海绵贴在他的额头上；嘴边呢，还有一根塑料软管，就像夏天喝汽水时用的那种塑料软管。他吸了一口，哎呀，凉冰冰、甜津津的冰冻汽水一下子吸进了口中，一下子流进了肚子里。他觉得全身的汗毛眼儿都张开了小嘴。他吸呀吸，吸呀吸，直到肚子鼓胀胀地晃荡起来，才惬意地长长呼了口气，不再喝了。

〔他没想到，此刻，他的额头上正搭着一块凉凉的湿手巾，他的妈妈正在喂他喝汽水……〕

宇宙飞船离太阳越来越近了。他看见四周是蓝得逼眼的天穹，一颗颗星星正像煤球一样熊熊燃烧着。他不禁伸了伸舌头，想不到星星竟是这样一团一团的火焰呢！

宇宙飞船呼啸着前进。船舱内越来越闷热了。他感到胸口像压着一块大石头，压得他喘不过气来。顿时，他感到头昏眼花。这时，他听见耳畔传来小宝急促的喊声："快吸氧气！"他连忙将那根塑料软管拉过来含在口里，深深地呼吸着，这才透过气来。

但是船舱内仍然闷热。舱外，那蓝色的天穹已变得一片通红了。"注意！太阳快到了！"小宝喊着。他睁大眼睛，看见前面是一片通红通红的火海，熊熊烈焰飞腾万丈，发出一片呼呼的啸声。这熊熊烈焰像千万条火蛇狂舞着，朝宇宙飞船扑来，仿佛要把飞船一口吞没。他害怕极了，喊道："小宝！火！火！"但是小宝头也不回，两眼炯炯地直视前方，驾驶着宇宙飞船，朝火海深处那炽白的火心闯去！

火啊！火啊！

四周全是刺眼的通亮的火光。宇宙飞船已经闯入了火海深处。就像在大海深处感觉不到海浪的奔腾喧嚣一样，在这火海深处，也感觉不到火焰的升腾。他紧紧地闭上了眼睛，但是仍然感觉到四周那炽白的刺眼的火光。

宇宙飞船飞进太阳之中了，耳畔那火的呼啸渐渐消失了。他睁开双眼，发现自己置身于一个红色的世界，四周全是红的——红的天，红的地，红的云，红的山，红的水，红的树，红的花……一片一片的红色刺眼地压逼过来，使人感到浑身的血液都滚烫起来。

“到了！到了！”他听见小宝高兴地叫了起来。他抬眼望去，只见前面出现了一座红色的城堡，就像电视中经常看到的中国古代的那种城墙、城门。这时，宇宙飞船徐徐降落下来了，船底伸出四个轮子，一落到地面，飞船便像汽车一样在公路上沙沙地奔驰起来。

“太阳城到了！”小宝兴奋地说。

他也兴奋起来。他怀疑自己是在做梦。这一切都是真的吗？真的飞进太阳里了吗？他抬眼望去，果真看到城门上挂着一块大匾，上面写着三个镏金大字——太阳城。

这时，他看见城门口拥来了一群人，每个人脚下都踩着一个火轮，像溜旱冰一样，哗哗地飞快滑了过来。跑在前面的几个人高举着双手，大声喊道：“停车！停车！”

宇宙飞船停下了。小宝打开扩音器，对着话筒问道：“怎么回事？”

太阳城居民的相貌和地球人差不多，不同的是太阳人是红色的，全身赤裸着，红得透亮。他们的眼睛像红色的灯泡，头发、胡须像红色的火焰在飘动。

这时，一个小孩拦住宇宙飞船，举起双手，大声地叫嚷着，说的话他俩谁也不懂。

他也急了，对着话筒喊道："你说什么？我们听不懂！"

这时，一个红胡子老爷爷走了过来，用清晰的汉语说道："你们是从地球上来的吧？"

他高兴极了，连忙回答："对！对！地球上的人都快热死啦！"

老爷爷叹了口气，说："唉！太阳城也遭难啦！昨天，从黑子国来了一群黑色的强盗，攻进了太阳城，把太阳城的红色大厦占领了。太阳城的操纵室全在大厦里面呢！现在，他们强行将太阳开往地球，要把地球烧掉！你们赶快逃命吧！"

他一听，呆住了。要把地球烧掉？自己的家不就在地球上吗？爸爸、妈妈、爷爷、奶奶、老师、同学们不都在地球上吗？难怪地球上热得像着了火，原来是这一伙强盗在捣乱！

这么一想，他浑身的劲儿就来了："老爷爷，他们有多少人？"

"哎呀，他们有好几百人呢！"老爷爷连连摇头，"去不得，去不得呀！他们有枪，喷出来的全是药水，一下就把火扑灭了！我们打不过他们呀！"

"喷出来的全是药水？"他一想，随即笑了，那准是灭火剂！他见过。他爸爸工厂里到处都挂着这玩意儿。前几天爸爸参加灭火演习，他还去参观了呢！在空地上烧起一堆火，然后拿着灭火器冲上去，灭火器喷出一股“药水”，不一会儿，大火就变成滚滚的白烟了。哼！这种破玩意儿只能吓住太阳城的“火人”，对付地球上来的人——没门儿！

他把自己的推测说给小宝听，小宝高兴地说：“走！咱们冲进去，消灭这些坏蛋！”

宇宙飞船呜呜地冲进了太阳城。街道上空无一人。远远地，就看见一座几十层高的大厦，像座巨大的炼钢炉矗立在城市中心。宇宙飞船眨眼间便冲到了大厦前，只见一群黑色的怪物聚集在大门前。这些黑色的怪物像一个个大黑点，再仔细一看，像一个个黑色的蝌蚪，顶着个大脑袋，整个身子呢，就像蝌蚪的小尾巴。他们手里拿着一把把细长细长的冲锋枪，一扣扳机，枪口喷出一股白色的“药水”。他一看，果然是灭火剂呢，于是便大声喊道：“缴枪不杀！”

大黑头们一看手中的武器失去了威力，顿时慌了，纷纷抱头逃窜。他大喝一声“往哪里跑”，然后按动机关枪的开关。只听嗒嗒嗒一阵枪响，门前的一群大黑头全部被消灭了。

这时，小宝驾驶着宇宙飞船从地面上凌空腾飞而起，在大厦的每一扇窗口搜索着大黑头。只要大黑头一露头，便一阵枪响，一边打，还一边呼喊道：“你们已经被包围了！赶快投降吧！”

就这么打了十分钟，大黑头们支持不住了。大厦楼顶上，一排大喇叭里传出了大黑头们的声音：“我们投降！我们投降！别开枪！别开枪！”

这声音刚落，整个太阳城顿时欢声雷动，原来太阳城的老百姓们早就在关注这场战争呢！刹那间，成千上万的太阳人踩动着火红的脚轮，像汹涌的洪水一样奔向红色大厦。

宇宙飞船降落在大厦门口。不一会儿，从门内走出一队黑子国的大黑头。他们一个个双手高举着，扔下了武器，垂头丧气地在门外站成一排。

“打死他们！打死他们！”愤怒的太阳人呼喊着，喷着熊熊的烈火，冲上前来。

他急忙喊了起来：“老乡们！请不要上前来了！他们已经投降了，我们优待俘虏！”

经他这么一喊，人群果然安静了下来。

他又对黑子国的大黑头们说道：“听着！搞侵略是没有好下场的！今天放你们回去，以后再也不准来捣乱了！听见了吗？”

大黑头们连连点头。

“快滚吧！”

于是，在成千上万太阳人的欢呼声中，大黑头们一个个灰溜溜地挤进一个黑色的圆球，真的“滚”走了。

这时，小宝提醒道：“快！快去控制太阳呀！”

他拍了一下脑袋。这么大的事，差一点忘了呢！于是，他跃出飞船，朝大厦内跑去。那个红胡子老爷爷自告奋勇地说：“我给你带路！”

他跟着红胡子老爷爷冲进了大厦。他们来到电梯前，一按按钮，电梯门开了。他们走进电梯，老爷爷又在“20层”这个按钮上按了一下，指示灯亮了。他想起前不久跟着妈妈到大饭店去看舅公，也是乘的电梯，也是一直升到二十层上呢。正想着，电梯停了，门开了，老爷爷领着他飞快地朝一间大房子跑去，一边跑，一边喊着："快！快！"

他们跑进大房间，只见四面墙壁上全是一排一排的彩色电视机，每一台电视机都有黑板那么大。中间一排彩色电视机的中央写着两个大字：地球。他定睛一看，不禁张大了嘴！地球上已是一片火海！许许多多的房子在燃烧着。他突然看见他的爸爸正指挥着消防队员们救火，爸爸身上的衣服也烧着了。他大喊了一声："爸爸！"眼泪顿时涌了出来。

红胡子老爷爷急忙喊道："快！快关闸呀！"

他一听，才猛醒过来，急忙将墙上的电闸的闸刀拉了下来。

只听"哧"的一声响，他从彩电中看见地球上的火顿时熄灭了。从另一排彩电中，他看见太阳的烈焰顿时减弱了，炽白的太阳渐渐地变得通红，像一个巨大的红珊瑚球；然后，那红光渐渐地暗了下去，像一个即将熄灭的煤球……

"哈哈！火灭啦！火灭啦！"他拍着手，大笑起来。

"扑通——"他突然听见身后一声响，回头一看，只见红胡子老爷爷倒在地上，身上的红光也暗淡下去了。他呆住了。只听见老爷爷吃力地说："快！快！推、推、推闸……"

这时，他才明白过来。太阳的火如果全部熄灭，太阳城也就毁灭了。可是，如果推上闸，火又烧起来，那地球……唉！这可怎么办呢？

就在他犹豫的时候，整座大厦突然摇晃起来。窗外的红光就要熄灭了，随着红光一点一点地消失，大厦开始嘎嘎地断裂了……

他吓得扑向那中间一排彩色电视机。他突然从电视屏幕上看见了爸爸妈妈。爸爸妈妈正焦急地望着他。他禁不住哭了起来，哽咽着："爸爸！妈妈！"……

〔他哭着睁开了眼睛。他发现爸爸妈妈站在床前。妈妈亲吻着他的额头，说："总算退烧了！唉……"〕

救救爸爸

她——九岁。爸爸是个赌徒，常邀人在家通宵打麻将，闹得她作业做不好，觉也睡不安稳……

……别睡着了，别睡着了，数学还有两题，还有两题……

……别睡着了，别睡着了，还要等着烧开水，给爸爸和他的牌友们沏茶呢……

……哗、哗哗、哗……洗麻将牌的声音像江河中的漩涡一样，将她卷入心慌、烦躁、疲乏、无奈的深渊。十几平方米的小房子整日整夜烟雾弥漫，呛得她睁不开眼，呛得她喉咙干燥疼痛。爸爸和他的牌友们通宵不眠地打麻将，抽烟，喝酒，干咳，呼哧呼哧地随地吐痰，赢了的兴奋呼叫，输了的骂骂咧咧。明晃晃的电灯泡整夜整夜地照着。她趴在一旁的床铺上做作业，还要不停地烧开水，给他们沏茶。有时迷迷糊糊地睡着了，又被一声怪叫惊醒，不知是谁兴奋地叫道："和了[1]！"

……哗、哗、哗……我要睡，我要睡，我要睡……

她觉得自己趴在课桌上，脑袋昏沉沉的，怎么也抬不起来。似乎是在上数学课。哦，也许是在上语文课。是肖老师在讲课吧？怎么她的声音一会儿远，一会儿近，嗡嗡的，听不清呢？

……"两只老虎，两只老虎，跑得快，跑得快，一只没有耳朵，一只没有尾巴，真奇怪，真奇怪……"啊，是妈妈在轻轻地唱吗？是妈妈在唱着儿歌，轻轻地拍着她，催她入眠吗？妈妈，妈妈……

模模糊糊地，有一个人朝她走来。她感到有人走到她身边了，可是她怎么也抬不起头来。是谁？是妈妈吗？啊，是肖老师！我怎么上课又睡着了呢？

……"林燕！"

---

① 和（hú）了：麻将牌术语，即赢了。

她眼前金星飞迸，吓得一下站了起来，呆呆地望着肖老师。

肖老师也呆呆地望着她。

哦，是要我朗读课文吗？她拿起书本，打了个哈欠，揉了揉眼睛，正准备读书，却不知不觉地唱起儿歌来："两只老虎，两只老虎，跑得快，跑得快，一只没有耳朵，一只没有尾巴，真奇怪，真奇怪……"

同学们诧异地望着她，继而哈哈大笑起来。

肖老师也忍不住用课本掩住了嘴。

她搔了搔后脑勺，困惑地喃喃低语："真奇怪，真奇怪……"

……哗——哗——哗——

……是江水拍打着堤岸吗？

……好像是清晨，又好像是黄昏，大江上迷迷蒙蒙的，只能从灯光倒映在江水中的光波的摇曳中，感觉到江水在激荡，在流动。

她追赶着妈妈。她追赶着妈妈的背影。

妈妈总是那么不紧不慢地走着，总是留给她一个模模糊糊的背影。

轮渡码头到了，她听见了大江上此起彼伏的汽笛声。

妈妈！妈妈！等等我！等等我！

妈妈要走了。妈妈又挨了爸爸的打。妈妈哭着走了。妈妈的脸又被爸爸打青了，打肿了。妈妈的腰又被爸爸打得直不起来了。妈妈要爸爸不打牌，爸爸就打妈妈。妈妈说："家里能卖的全卖了，卖的钱都被你赌输了。电视机卖了，电冰箱卖了，洗衣机卖了，手表卖了，大衣和皮鞋也卖了。我好不容易借来买米打油的钱，也被你拿去输光了！你还要不要人活呀？你还想不想过日子呀？"

爸爸一身的酒气。爸爸红着眼，用拳头打，用脚踢，抓起板凳朝妈妈身上狠狠地砸。

她吓得呜呜地哭。她好怕好怕。她不敢大声地哭，她知道大声地哭会挨打。她的额头至今还有一道深深的伤疤，那是爸爸一巴掌将她扫到桌子角上留下的"纪念"。

她跪着哭喊着："爸爸，别打了！"

她从口袋里掏出几枚硬币，双手捧着，递给爸爸："我给你钱！你别打妈妈了！"

那是妈妈给她的早点钱。她舍不得花，总是挨饿，把钱悄悄地攒着。

一看见钱，爸爸的眼睛就瞪圆了，就红了。爸爸呼哧呼哧地出粗气。爸爸一把夺过她手中的钱，一看，只是几枚角币，扬手一扔，顺手又一巴掌打来，咆哮着："你以为老子没见过钱呀？你也笑话老子没钱啦？老子'和'一个'大和'，钱、钱就赢、赢回来了，老子'和'了一个'豪华七对'，又、又'和'了一个'清一色'，又'和'了一个'将一色'，又……"

爸爸的酒劲上来了，舌头打卷了，吞吞吐吐地说着胡话，然后就歪倒在床上，呼噜呼噜地打起鼾来。

她哭着扑进妈妈的怀里。妈妈哭着，紧紧搂住她："这个家我过不下去了！我过不下去了呀！"

妈妈就这样走了。

妈妈，我好想你，好想你啊！我曾偷偷地跑到轮渡码头去，想看看你，只想看看你。你每天上班要乘船过江去，对吗？那么你带我过江去，好吗？在船上可以看长江大桥、长江二桥，可以看江鸥在水面上飞来飞去。你还要给我买泡泡糖，给我梳头扎小辫，好吗？

……妈妈的背影在前面飘啊飘啊。妈妈还是那么瘦，总是怕冷似的缩着头。

"呜——"

船来了。船来了。她的四周一下挤满了匆匆忙忙的人。栈桥上全是匆匆忙忙的脚步声和自行车铃声。她身不由己地被裹进人流里。她被挤得趺趺撞撞。妈妈不见了。四周全是人，全是人，满耳都是哗哗哗的江涛声。

"呜——"又一声长鸣。

船走了。船走了。她看见渡轮拉响了汽笛，缓缓离开了趸船。她看见许多人正倚在轮船的栏杆上，向岸上眺望。啊！她看见妈妈了！她看见妈妈正倚着栏杆，向她招手，似乎在呼唤："燕子！燕子呀！"……

她被人流挤得东倒西歪，踉踉跄跄。她像一块麻将牌被搓来搓去。她眼睁睁地望着轮船载着妈妈渐渐远去。她喉咙嘶哑着。她挣扎着，呼喊着。她的双眼满含热泪。

……蒙蒙眬眬中，她被爸爸唤醒了。爸爸大概是赢钱了，粗着嗓门直嚷嚷，叫她出门去买夜宵。

……是北风呼啸的冬夜，是寒气袭人的冬夜。她笼着手，浑身哆嗦着，走在空寂无人的大街上。

深更半夜的，哪有卖夜宵的呢？爸爸打牌常常忘了白天黑夜，不知道现在已是半夜了。她一边打瞌睡，一边深一脚浅一脚地踉跄着，迷迷糊糊地在冬夜里漫游。

突然间，她看见黑沉沉的夜色里迸出一星灯光。灯光在寒风中闪烁着，像黑夜的眼睛一眨一眨的。

灯光渐渐近了，隐隐约约有嘈杂的人声，还有一团一团乳白色的水蒸气像云一样飘过来，带着一团团温暖，带着一团团馒头的香味。

她迎着这温暖跑了起来。她跑进了这温暖的水蒸气之中。她闻到馒头的香味了，感到肚子咕咕地叫了。

哦，是一家小吃店，挂着牌子，专卖“麻将馒头”。哦，对了，上学时她常常路过一家饭馆，那饭馆就卖“麻将馒头”。嘿！在这寒冷的冬夜，竟然有这么一家小吃店还在营业，怎能不叫她高兴得流泪呢？

她掀开厚厚的棉布门帘，走进店堂里。啊，店堂里开暖气了吧，这么暖和，浑身上下的寒气一下就拔腿逃得无影无踪了。

她看见店堂里有一个大火炉。火炉上是一摞一摞的蒸笼。她看见营业员将麻将牌（真正的麻将牌）倒进蒸笼里，然后盖上盖子，放到炉子上蒸起来了。

啊！原来“麻将馒头”是用麻将牌蒸的呀？那……那“麻将馒头”咬得动吗？

这时，营业员揭开蒸笼了。啊，蒸笼里的麻将牌变成白白胖胖、小小巧巧的馒头了。营业员用卫生夹夹了一个馒头递给她。她迟疑了一下，小心地咬了一口……嗯，又软又甜，真好吃！

突然间，她听见有人“哎哟哎哟”地叫唤起来。她看见爸爸和他的牌友们不知什么时候已坐在了店堂里。他们的桌子上摆了一笼馒头，四个人却都用手捂着腮帮子，疼得直叫唤。

她畏畏缩缩地走过去：“爸爸……”

爸爸呻吟着，哼道：“你干的好事……哎哟……要你买夜宵，你怎、怎么买了麻将回来？哎哟，我的牙哟……”

她本能地用双手护着头，准备挨打。

她做准备挨打的动作已经很熟练了。

她听见一个熟悉的声音在店堂内响起：“燕子，别怕！你没错！这麻将馒头呀，可神呢，那些爱赌博的人吃了呀，就像咬着了石头一样，牙都要咬断！哼，要是吃进了肚子呀，肠子得磨穿一个洞！”

啊，说话的原来是妈妈！

“妈妈！妈妈！”她哭喊着，扑进了妈妈的怀里。

扑通！爸爸突然双手捂着肚子，倒在地上。

爸爸一边在地上打滚，一边疼得直嚷嚷：“哎哟，我的肠子被磨穿了呀……”

她害怕了。她不愿意爸爸的肠子被磨穿，那该多疼呀，而且吃的饭、喝的水不都漏出来了吗?

她连连摇着妈妈的胳膊：“妈妈，快救救爸爸呀！快救救爸爸！”

妈妈冷冷地问爸爸：“还赌不赌博了？”

爸爸呻吟着：“哎哟，不赌了哦……”

爸爸的牌友们也呻吟着：“不赌了哦……”

她急忙替爸爸求情：“妈妈，爸爸说他再也不赌了！你快救救他吧，快救救爸爸吧！”

妈妈点点头，从手提包里拿出一瓶药丸来。妈妈把药瓶盖打开，对她说：“这是治赌博的特效药！”……

〔她突然从睡梦中疼醒了。她趴在床板上睡觉时，她爸爸狠狠地抽了她一巴掌。她呆呆地望着爸爸，眼前还浮现着妈妈的药瓶。她听见爸爸吼道：“一天到晚只晓得睡！炉子上的水都烧干了！”……〕

妈妈的眼睛

她——九岁。小学三年级学生。暑假，爸爸带她到城里亲戚家做客……

……四周漆黑一片，没有月色，也没有星光。整个天地仿佛都沉沉入睡了，睡得那样熟，那样甜，甚至在宁静中听不到一丝鼾声。

她站住了。她感到自己已经回到家乡了。她感到自己已快走到大堤上了。四周伸手不见五指。在平时，她是不敢一人独自外出的。可今天，她独自一人在深夜里，不知不觉地跑回家里来了。记得离开家的时候是一个湿润的凌晨，爸爸带着她去赶长途汽车，赶了汽车还要赶火车。这是她第一次出远门呢，这是她第一次离开家，离开妈妈呢。妈妈披着一件单衣，默默地站在大门口。屋里的灯光照射出来，妈妈的影子在灯光中拖得很长很长。渐渐地，他们走远了，整个村庄沉浸在黎明前的黑暗与雾气之中了。四周一片鸡鸣，村里有几只狗在汪汪地叫，田里的青蛙叫声呱呱地响成一片。爸爸牵着她走上大堤，大堤走完就是公路了。这时，她情不自禁地回过头来，向黎明前的村庄依依眺望。她发现整个村庄就只亮着一盏灯，那是妈妈的眼睛！妈妈在深情地望着她啊……于是，她突然鼻子一酸，腿一软，竟哭着赖在地上不肯走了……

……她感到自己走在大堤上了。她闻到了浓郁的水腥气。那是襄河在夏夜静静地流淌着……她和小伙伴们到河边放牛，三旺和兵兵他们将牛赶进了河里。牛在水中浮游着，一边游，一边惬意地喷着响鼻。三旺、兵兵一伙男孩子便骑在牛背上，有的还站在牛背上，得意地向她们女孩子炫耀示威。她是不服气的，她才不怕这些鬼东西呢。她也将牛赶进了襄河里，河水漾漾地泛着刺眼的光斑，闷热的水腥气裹着牛的腥臊味迎面扑来。她正小心翼翼地两腿夹紧，坐在牛背上，忽然间，从水中钻出一个光溜溜的圆脑壳。呀！是三旺呢！他怎么一下钻到水里去了？三旺吐着河水，笑嘻嘻地冲她做怪相，伸手就来拉她："下来吧，勇敢的公主！"她吓得大声尖叫起来，一边骂着，一边抓紧牛绳。三旺刚刚笑着游远了，兵兵忽然从另一边又钻出水来，手里竟然抓着一条蛇，一条草绳一般长的花斑蛇！他抓着蛇，竟然冲着她游来。她吓得一边尖叫，一边哭了起来……

………她跌跌撞撞地摸索着往前走。突然，她一下子被什么东西绊倒了。她感到自己摔倒在一片热烘烘的绿色中，有什么东西被她压破了，浸出一片黏糊糊甜津津的潮湿。她用手摸索着——啊，是西瓜！她的四周全是一个个又大又圆的西瓜。有一个西瓜被她压破了，她掰了一瓣，尝了尝——嗯，好甜啊，比城里的什么汽水甜多了。城里的那汽水，她老觉得有一股药味，喝着喝着就反胃，就想吐。你尝尝这瓜！水分又足，味又甜！唉，还是家里好……这是爷爷的瓜地吧？爷爷的瓜地在河对岸呢，自己怎么一下就过了河，跑到爷爷的瓜地里来了呢？西瓜熟了的季节，爷爷便在瓜地里搭上凉棚守瓜。晚上，她爬上爷爷的凉棚时，便看见一轮又大又圆的黄月亮从瓜地里长了出来。夜空墨蓝墨蓝的，月亮金黄金黄的。爷爷，爷爷！月亮也像西瓜一样，慢慢地长大吗？西瓜熟了，月亮也熟了吗？爷爷没有回答。爷爷躺在凉席上睡着了。爷爷浑身散发着酒气。爷爷是个酒葫芦。爷爷，爷爷！我回来了！你醒醒，你醒醒！我回来了……爷爷鼾声如雷。爷爷睡在金黄金黄的月亮里。爷爷鼾声如雷……

……沿着河边走一会儿，就应该是小桥了。桥头有几株又粗又大的杨树。三旺常爬上杨树粘知了。她时常守在杨树下等妈妈回来。妈妈回来时，天边布满火烧云，河水也被染得红艳艳、金灿灿的。她闻到了妈妈的味，那是一股浓郁的麦香。大车骨碌骨碌地滚过来了，堆得高高的麦垛一颤一颤的，像喝醉了酒一样。然后是妈妈的味飘过来了。那是被太阳晒得金黄金黄的麦子的香味……

……雾气悄悄地漫过来了。她突然听见了一声鸡鸣——喔喔喔——她的心猛地一颤，她觉得是她自己的心在啼鸣。好多天没听见这熟悉的鸡叫了。在城里，夜里只听得见汽车来回奔跑的隆隆声。她觉得城市就像那不安分、成天坐不住的三旺，连夜里也是闹哄哄的。而现在，她听见那熟悉的鸡鸣了！啊，妈妈，我回来了！她觉得自己的鼻子开始发酸。她情不自禁地跑了起来……

……四周漆黑一片。漆黑中，她感到湿漉漉的雾气正在流动，正在翻卷，正在弥漫。就在这时，她眼前突然一亮！在茫茫的黑夜里，在沉沉的浓雾中，闪现出一星金色的灯光！

啊，灯光！像星星一样闪烁的灯光……那是妈妈的眼睛。妈妈在深情地盼望着孩儿归来啊……

妈妈……她的腿顿时软了，泪水情不自禁地涌了出来。她一下软软地瘫坐在草地上，哽咽着，喃喃地从心里呼喊着：妈妈……

……妈妈一定站在大门口，一定披着那件单衣。风撩起她额前的散发，而她背后的灯光将她的身影浓浓地印在地上，很长，很长……

妈妈！妈妈……她望着那点深夜里不灭的灯光，动情地大哭起来……

〔她在梦中伤心地哭了，但是没有醒。月亮从高楼的丛林中升上夜空。它听见小姑娘的哭声了吗……〕

叮当叮当响的椰子

他——九岁。傣族。小和尚[①]。

今天，是傣族新年泼水节，他和寺庙里的小和尚们兴高采烈地到澜沧江边看龙舟比赛……

……象脚鼓好似沉雷一般响起来了，就像一群又一群大象朝澜沧江边奔过来了啊……还有那铓锣声，还有那镲声，还有那春雷般在高空炸响的高升的轰响声，还有那“水、水、水”的欢呼声……一条条彩色的龙舟互相追逐着，像离

① 傣族男孩到了七八岁，一般都要到佛寺里当预备和尚，在佛寺里学识字，学文化。

弦的箭朝前方射去……啊，最前面的那条龙舟是他们曼厅寨的啊！那在舟头稳稳地站着，并且跳着舞的，就是他的阿哥，曼厅寨的“乃冒[1]”啊……阿哥也当过小和尚，阿哥还俗前还当过二佛爷呢……阿哥还俗后的文身真漂亮，胸前、背后、两臂文上了符咒、花草、雀鸟等深蓝色的花纹图案……刺蓝色就是将野蒿烧成灰，用牛胆汁调，搅拌，再加蓝靛叶灰或者墨汁……阿哥全身洗得干干净净，准备文身了。还俗后的第一件大事就是文身。阿哥非常坚强，一点都不怕疼……刺针在火上烧得红红的了，阿哥说这是消毒……刺针冷了，沾上色汁了，刺进阿哥的皮肤了……文身人用小铜锤轻轻地敲击着刺针……哎哟！轻一点，轻一点……他突然感到胸前好似针刺似的麻麻疼痛……是阿哥在文身，怎么我身上疼起来了呢……

……突然间，他看见江面上驶来一条黄龙舟，龙舟上坐着的竟然是身穿黄色袈裟的缅寺里的小和尚……刹那间，江两岸的高升放得更高更响了，象脚鼓、铓锣、镲响成一片……啊哈！小和尚也来赛龙舟……呀，是我们寺里的！哎呀，等等我！等等我……他兴奋得大喊大叫起来，情不自禁地朝江边跑去……黄色的龙舟飞到岸边。他轻飘飘地飞了上去，双脚根本没有着地……他们没有用桨划，而是端坐在龙舟上，虔诚地默诵着经文……龙舟仿佛有了神力，自动地飞了起来！

---

① 乃冒：西双版纳傣族村寨，有按性别组成的男女青年组织。男青年组织的头头叫“乃冒”。

……超过了一条龙舟……

……又超过了一条龙舟……

……哈哈！又超过了阿哥他们的龙舟……

……他默诵经文……龙舟飞一样到了终点。欢呼声像江涛一样掀起……突然间，欢呼声又变成了一片惊叹声——他们的龙舟飞上天了！他骑在一条真正的龙的背上……

……金色的佛塔、银色的佛塔、白色的佛塔、彩色的缅寺、掩映在绿树丛中的竹楼、高大的橄榄、粗壮的油棕、碧绿的芭蕉、翠绿的椰子树……这一切都在他的脚下缓缓地转动。不知怎么回事，龙的背上就只剩下他一人了，其余的小和尚不知道到哪里去了……他们一定是到街上看泼水去了……他从来没有飞过这么高，像一片彩云一样，飘在家乡的上空。他进缅寺当小和尚之前爱爬树，常常爬到椰子树上去摇椰子，像一只灵巧的长臂猿。进缅寺后，他曾偷偷地爬上缅寺的屋顶，好奇地去看去摸屋脊上那彩色的“辟邪”……他常常痴痴地仰望着佛塔塔尖上的风铃，听着那叮当叮当的铃声……他常常想爬上塔尖，去摇一摇那叮当叮当的风铃……

……佛塔像高高的椰子树，上面结满了叮当叮当响的“椰子”……

……黄龙飞过了一片椰子林。黄龙像他家里的猎狗那么听话。他听见了一片叮当叮当的风铃声。他发现那响声是椭圆形的椰子发出来的。叮当叮当的风铃声逐渐汇成欢快的乐曲……阿罗！他的眼前刹那间开满了艳丽的鲜花——雪白的玫瑰、鹅黄的茉莉、火红的凤凰花、紫色的叶兰……一片花的海洋在涌动……鲜花又变了，又变了，变成了傣族姑娘们彩色的花筒裙、彩衣、花阳伞……阿罗！他看见了三条大江。澜沧江是一条绿色的大江，绿色大江两边是彩色的大江。两条流动着的彩色的大江夹着一条绿色的大江……

……“水！”“水！”“水！”……

……他看见阿哥端着一脸盆清水，朝一个姑娘身上泼去，姑娘哈哈笑着跑着，浑身上下淋得透湿了，发梢上挂满了晶莹的水珠。刹那间，阿哥被一群湿漉漉的姑娘围住了，姑娘们有的拿着银碗，有的拿着大脸盆，有的甚至提着桶，嘻嘻哈哈地笑着，将清亮清亮的水朝阿哥身上泼去。阿哥双手挡着眼睛，兴奋地大笑着，任凭姑娘们泼着……

……突然间，他打了个寒噤，好像他浑身被泼湿了一样……

……“阿哥！阿哥！水！水！”……

……他大声喊着，骑着龙冲了下去。龙张开大嘴，喷出一股一股的清水。阿哥的脸盆一下就接满了水。阿哥兴奋地端着水去追逐姑娘们。一盆又一盆，一盆又一盆，龙张开大嘴，喷着清水……

水！

水！

水！

……突然间，他觉得龙的身子一下子瘪了。他没有防备，一下跌坐在湿漉漉的地上……

……他看见了红色的消防车。消防车上那粗大的帆布水管像长龙一样，为泼水的人们供水。帆布水管喷水时便胀鼓鼓的；水一停，帆布水管便一下瘪了，像撒了气的车胎一样。而他正坐在一条撒了气的瘪了的帆布水管上……

……帆布水管……龙……龙呢……

……他看见帆布水管中间一截破了洞，漏水了。他赶紧跑上前，用双手紧紧握住那破洞。水管呼地一下又胀鼓鼓的了，又变成了一条喷水的龙……

水！水！水！水！水！水！

……在晶亮亮的水帘水雾中，好像有蓝色的孔雀张开了美丽的“彩扇”，又好像有一把把彩色的阳伞在翩翩舞动……是孔雀开屏的“彩扇”吗？是傣家姑娘的花阳伞吗？分不清，分不清……在象脚鼓和铓锣的鼓点和锣声中，大家跳起了欢快的“依拉贺”……

……他觉得自己又坐在龙背上了。龙依然在喷着清亮清亮的水……龙又走动起来了……他仔细一看，啊，自己没骑在龙背上，也没骑在帆布水管上，而是骑在大象的鼻子上！走动的不是龙，而是大象！

……他骑着大象，回到了缅寺。他看见许多小和尚争先恐后地跑来告诉他：椰子林变成了一片佛塔林！佛塔上结满了椭圆形的椰子，风吹来，椰子便叮当叮当响，比风铃的响声还要清脆，还要动听……

〔他醒了。窗外一片月色。远处传来叮当叮当的风铃声，在宁静的月夜，显得格外动听……〕

头顶瓦罐的长白山

她——九岁。朝鲜族。小学三年级学生。今天，是朝鲜族春节……

……阿妈妮双手拿着彩色的花环，从跳板的一端一下弹起，眨眼间就弹到了半空中。黄色的“则羔利”（朝鲜式短上衣）和红色的“契玛”（长裙）像鲜艳的花朵在蓝天白云中开放，像彩色的朝霞在天上飘荡……阿妈妮跳得真高啊！她擎着彩色的花环从跳板上跃起时，就像金色、红色的朝霞簇拥着一轮彩色的朝阳升上天空……啊，阿妈妮！那是我的阿妈妮，是屯里跳跳板跳得最好的阿妈妮……阿妈妮抽线抽得最长了。她腾空时，将系在脚脖子上的线一下抽出好长。阿妈妮的表演姿势太美了！瞧啊，阿妈妮在空中做动作啦——直跳、屈腿跳、剪子跳、旋转跳、空翻跳……

掌声、笑声、欢呼声响成一片……

……她目不转睛地望着阿妈妮，心里充满了自豪与骄傲。

她感到许多羡慕的目光向她投来。她的心被这些热辣辣的目光烫得暖乎乎的，比吃打糕、冷面、泡菜和狗肉还要舒服。

……突然间，一阵掌声和欢呼声像松花江的波浪一样响起，大伙儿全望着她，原来是欢迎她上跳板去表演呢！

……她的心像小兔一样慌乱地跳起来，脸上潮红潮红的，沁出了汗珠，讷讷地推辞道："不、不……我、我不会……"

永基和顺姬跑过来，一人抓住她一只手，把她拉到跳板旁。

阿妈妮微笑地望着她，仿佛在鼓励她：孩子，勇敢一些，跳吧！

她和顺姬走上跳板的两端。顺姬比她大两岁，读五年级了。顺姬笑着起跳了，像一朵花开放在空中，然后落下——嘭！跳板一下将她弹到空中，她觉得自己像一朵白云一样轻盈，像一只春燕一样灵巧。就在她跃上空中的时候，来了个剪子跳……

……落下，弹起……

……弹起，落下……

……蓝天、白云、小山丘、树林、彩色的人群全在她眼前一上一下地起伏着，整个大地仿佛都在一个巨大的跳板上起落着……

……她咯咯地笑着。她想不到自己竟会和阿妈妮一样，弹得这么高，跳得这么好……

……突然间，她觉得自己像一个冲天爆竹一样，一下弹到了天上！

哎呀呀！蓝色的天顶越来越近了……哎呀呀！撞在天顶上，一定很疼……她惊叫了一声，下意识地捂住了头……

咚！头撞在天顶上了……但是不怎么疼……天顶大概是海绵做的。

……蓝天被她撞得微微振动起来……

……她又反弹回来，一下落在一片白云上。“哎哟！”她听见白云叫了一声……

“对不起！”她急忙道歉，“我、我不是故意的……”

白云没有说话。白云像一叶白帆，随风飘去……

……这是天上吗？到处是腾腾的白雾，到处是流动、舒卷的白云。

……她听见了优美的歌声。啊！那是她最爱唱的《桔梗谣》啊……

> 道拉基[①]道拉基道拉基，
> 白白的桔梗哟长满山野，
> 只要挖出一两棵，
> 就可以装满我的小菜筐……

……在朦胧的云雾中，她看见一群朝鲜族的姑娘跳起了婀娜多姿的顶罐舞，一群朝鲜族小伙子跳起了欢快的打糕舞……长鼓咚嗒地响起来了，小鼓、大锣、小锣也响起来了。

---

① 道拉基：桔梗。朝鲜族爱吃的一种野菜。

她沉浸在欢快的乐曲声中，忘记了自己还在天上……

……那群身穿白色衣裙的姑娘突然站着不动了。云雾缭绕中，她看见一个瓦罐里闪着盈盈的波光……

……白云像一只羊一样口渴了吧？它载着她朝那瓦罐飘去……

……哦哟，好一罐碧绿的清水呀，清亮清亮的，只要看上一眼，就觉得有一股蜂蜜般的清甜味凉津津地沁进心中……她的喉咙也痒痒的了。她随着白云轻轻地飘落在瓦罐的边沿。

……白云悠悠地飘散了，像饮足了水的羊，又撒着欢儿奔向了草场。

这时，她才惊异地发现自己已经来到长白山山顶的天池旁！那穿白色衣裙的姑娘变成了长白山！那一罐清水变成了山顶的天池！

……啊，长白山山顶的天池原来是朝鲜族姑娘头顶的瓦罐呀！

……她痴痴地举目眺望——

镜泊湖、松花湖不也像一罐罐清水吗？

朝鲜的长津湖也像一罐清水呀……

……白雪皑皑的山峰环抱着天池。几只小巧的高山兔眨着眼望望她，又一溜烟地跑不见了。四周一片宁静，静得使人不敢大声呼吸，仿佛那山峰抱着的是一个刚刚入睡的婴儿，叫人见了不忍心惊醒他。

……早就听老师讲过长白山的天池了，想不到今天无意中来到了天池。咳！要是顺姬、永基她们都来了，该多好啊……

正痴痴地想着，忽然听见一个姑娘的声音在空中响起，清脆的嗓音在群山间回荡："请您帮我顶一下瓦罐，好吗？"

她吃了一惊："您是谁？"

"我是长白山呀！"

"您要到哪里去？"

"我也想去跳跳板、荡秋千呀！"

"可是，我……"她犹豫了。

"好妹妹！"长白山又漾漾地说开了，"我在这儿站累了，您换一换我，好吗？让我也去吃吃冷面，吃吃打糕，吃吃'克依姆奇'，好吗？"

"您也爱吃'克依姆奇'？"她睁大了眼。

"爱，爱！那是用白菜、萝卜配上大蒜、辣子、生姜和盐制成的泡菜呀！"

"我家里有！可好吃呢！"

"那么，您就帮我顶一下瓦罐吧！"

她想了想，终于答应了："好吧。可是，您可要快点回来……"

"好！谢谢您，好妹妹！"

……一阵云雾飘过，又一阵云雾飘过，眼前的天池和周围的山峰都不见了。一个美丽的朝鲜族姑娘头顶着瓦罐，笑盈盈地站在她的面前。

她接过盛满水的瓦罐，顶在自己的头上。

那姑娘朝她鞠了一个躬："谢谢您，小妹妹！可要小心，别把瓦罐摔了——天上的太阳、月亮、星星、云彩都要靠这水解渴呢！"说完，她嫣然一笑，一下就不见了。

她顶着沉沉的瓦罐，站在大地上。

恍恍惚惚地，她觉得自己变成了大山，那瓦罐变成了山顶的天池……

……瓦罐好沉好沉啊，压得她头皮发麻，脖颈酸疼，小腿肚打战……

……可不能把瓦罐摔了——天上的太阳、月亮、星星、云彩都要靠这水解渴的呀……

……一朵白云飘来了，她听见了白云咕嘟咕嘟的饮水声……

……又一大片白云涌来了，她听见一个声音在说："快给太阳送一杯水去！"……

……哦，她明白了！为什么水里总是倒映着白云、太阳、月亮和星星呢？原来是它们在喝水呀……

……瓦罐好沉好沉，好沉好沉……她咬紧牙关坚持着。她仿佛看见了阿妈妮还在跳板上表演；看见了姑娘们鲜艳的衣裙像艳丽的花盛开怒放；看见了那个叫长白山的姑娘迫不及待地挤进了欢乐的人群中；看见了顺姬把那姑娘拉上了跳板，那姑娘手擎花环，从跳板上跃起，一下飞到空中，擎着一轮彩色的太阳……

……她高兴地笑了。

……“到我家去吃狗肉，吃打糕，吃冷面，吃‘克依姆奇’吧！阿妈妮泡的‘克依姆奇’可脆可香呢！”她喃喃地说着，眼中盈满了幸福的泪花……

〔她没有醒。今天她玩得太高兴，太累了。今天是春节啊……〕

士兵与天使

她——九岁。是部队杂技团的小演员，是身穿军装、佩戴领章帽徽的士兵。在国外演出时，她被外国观众称为“小天使”。今天，是杂技团在法国的最后一场演出。谢幕后，许多法国小观众请她签名留念……

……她抬起头来，发现观众已经走光了，只有那个金发小女孩还站在乐池旁。她记起来了，她还没来得及给金发小女孩签名。金发小女孩的妈妈掏出一块手帕请她签名时，小女孩把手帕夺了过去。“玛丽说要买一块新手帕请您签字。”小女孩的妈妈抱歉地说，“她说这块手帕用过了……”

哦，美丽的金发小女孩，你的名字叫玛丽。可是玛丽玛丽，明天我们就要离开美丽的巴黎，回国了啊……

哦，玛丽，真对不起，我还没有给你签名呢……快来呀，快来呀，你买到新手帕了吗？

……她兴奋地走下舞台，朝玛丽跑去。

“玛丽！”她笑着叫着。

可是等她抬起头来时，玛丽不见了。

空荡荡的剧院里，一排一排座椅像池塘里的一圈一圈涟漪……是乐池的涟漪吗？……

……一排排座椅……

……一圈圈涟漪……

……一排排座椅突然转动起来，转动起来，变成了一辆辆亮着车灯的小汽车。小汽车汇成的河流围着一个圆圈旋转着，好像一个巨大的走马灯在转动，好像一盘闪光的石磨在旋转……

啊，她发现自己不是站在舞台上，而是站在巴黎著名的凯旋门顶上。她看见汽车汇成的星星之河围着星形广场不停地流动，不停地旋转。从高处往下望去，星形广场就像一盘闪光的石磨，在不停地转动。广场四周的十二条街道此刻变成了十二条彩色的星河，“星星”汇成的河水不停地流入广场……她从来没看过这么多小汽车和这么多小汽车汇成的河流，而且这河流日日夜夜不停地流淌，没有一分一秒的停息。这闪光的河流比它身旁的塞纳河还要富有生气……

……舞台上的灯光暗了……像深邃的夜空突然出现了旋转着的星团和旋转着的闪光飞碟……这是杂技“水流星”……

……巴黎之夜那旋转着星星之河的星形广场，就像杂技“水流星”。

哦，玛丽！在这星星的河流中，哪一颗星是属于你的呢？我还没有给你签名呢，玛丽……

……所有的星星都飞动起来了。好多好多的星星竟朝着凯旋门顶上飞来。她感到整个天宇都旋转起来……

……星星迎面飞来了。哈哈！原来不是星星，而是成千上万只展翅飞翔的鸽子！

巴黎的鸽子真多，而且不避人，甚至一群群地飞到游人的肩上、头上、手臂上，瞪着稚气的眼睛，亲昵地望着你。哦，巴黎的鸽子……

……她发现自己不知不觉地从凯旋门城楼走下来，来到广场上了。她看见广场上到处是鸽子，雪白的、瓦灰的、黑的……有的在散步，有的在咕咕交谈，有的在低头觅食，更多的在和广场上的小孩与老人嬉戏。

……一个金发小姑娘提着一个布口袋，正专心专意地弯腰给鸽子喂食。啊，那不是玛丽吗？哈！到底找到你了！

“玛丽！玛丽！”她兴高采烈地奔了过去。

金发小姑娘抬起头来。哦……不是玛丽，玛丽的鼻翼两旁没有雀斑……金发小姑娘笑着将布袋拎过来，说：“你要喂鸽子吗？来吧！”

布袋里面盛满了金色的玉米。她虽然感到失望，但还是愉快地抓了一把玉米，朝鸽群撒去。

鸽子呼啦呼啦地飞过来了，将她团团围住，好奇地打量着她——这个穿着军装的小小士兵，这个来自东方古国的美丽天使。有几只鸽子飞到了她的肩上和手臂上，像可爱的小姑娘一样亲昵地望着她。

她爱鸽子。她爱和平鸽。她的爸爸也是一位军人，爸爸养了不少鸽子。她望着手臂上的两只鸽子：一只是“浅瓦灰”，头部、腹部是灰色的，前胸、主翼尖和尾羽尖是深灰色的，镶着黑色的轮边，颈部闪着绿紫色的光泽，微红的嘴角，紫红的脚，眼沙是分布均匀的“干黄沙”，简直和爸爸喜爱的那只“全天候”一模一样；另一只是黑鸽，全身羽毛深黑，在阳光的照耀下闪着绿色的光泽，肉红色的嘴，紫红色的脚，不禁使她想起了爸爸喜爱的那只“森林黑”。瞧那眼睛！金黄飘红……恍惚中，她仿佛回到了家中，听鸽笼里发出咕咕的叫声，看鸽群在蓝天上翱翔……她望着鸽子，情不自禁地笑了，伸平手掌，让鸽子啄着掌心的玉米粒。鸽子轻轻地啄着，好像怕啄重了啄疼了。她感到手掌心麻麻的，痒痒的。这时，一大群小孩围了过来，有男孩，也有女孩。他们朝着她微笑，她也望着他们微笑。刹那间，她觉得这些小孩都像和平鸽，而广场上的鸽子都像和玛丽一样可爱的法国小朋友……

哦，玛丽！在这鸽子的世界里，哪一只鸽子是属于你的呢？你一定常来这里喂鸽子吧？你的布袋里装的是玉米还是麸子呢？

……她寻找着玛丽。她在巴黎寻找那个去买新手帕的金发小玛丽。

……她登上举世闻名的埃菲尔铁塔。这个高三百多米的“巨人”叉开两腿，站在塞纳河南沿岸上。巴黎在她的脚下越变越小了……她想起了在舞台上表演爬杆和椅子造型……飘飘悠悠的她飞上了铁塔的塔尖……她双手撑住塔尖，头顶一摞碗，脚顶一摞碗……当她抬起头来时，仿佛看到了玛丽惊喜的目光……她和埃菲尔铁塔合作表演双人顶碗。她在铁塔的头顶上单臂支撑，斜腰倒立，突然舒卷柔腰，用双脚在自己的头顶上夹走了一摞碗……她听见了观众热烈的掌声……镁光灯闪个不停……她看见自己的剧照刊登在法国的大报纸上，玛丽正拿着报纸，指着剧照，骄傲地向其他金发小姑娘指指点点，仿佛在说：我认识她，她是我的好朋友……她惊喜地大喊一声：“玛丽！玛丽！”可是一阵云雾飘来，玛丽又不见了……

……她在寻找着玛丽。她在塞纳河畔寻找着玛丽。她在卢浮宫内寻找着玛丽。她在香榭丽舍田园大街寻找着玛丽。她在卢森堡公园寻找着玛丽。她看见玛丽在枫丹白露金色的森林里追逐着野鸡，逗弄着树上的松鼠，拎着竹篮采摘着野草莓（野草莓真好吃）……她看见玛丽在熙熙攘攘的“大地”市场逛街。玛丽是乘二路地铁在巴尔贝斯车站下的。玛丽想买一块新手帕。霓虹灯像海底神奇的珊瑚，像阿里巴巴叫开的山洞里的珍宝一样，闪着五颜六色的光芒。各种各样的叫卖声像潮水一样扑来。“烤玉米！”“奶油炸糕！”“糖炒栗子！”“油炸土豆丝！”……油酥月牙面包，棍棒面包，夹着香肠、果酱、黄油、奶酪的面包……玛丽没有买面包。玛丽要买新手帕。中国来的“小天使”就要走了。请签个名吧。明天就要上飞机离开巴黎。戴高乐机场……白色的地面……橙黄的候机椅……她紧紧跟着玛丽，可是人太多，人流把这狭长的商业街堵塞了。她眼睁睁地看着玛丽走远了，就是追不上……

“玛丽！玛丽！”她急得满头大汗，大声喊起来。

刹那间，成千上万和玛丽一模一样的金发小姑娘笑着朝她跑了过来。每个玛丽手中都挥舞着一方新手帕，像电影中的慢镜头那样，朝她跑了过来……

“你们谁是玛丽？”她大声问道。

“我是玛丽！”所有的金发小姑娘一齐笑着回答。

她接过一方新手帕——可是，就在这个时候，飞机要起飞了！

她眼中顿时噙满了热泪。她在这方手帕上画了一只和平鸽，签上自己的名字，然后，向所有的玛丽庄重地行了一个军礼……

刹那间，那方手帕飞上了天，越飞越高，越变越大，从手帕中飞出了一群又一群美丽的鸽子，瓦灰、雨点、深黑、纯白、绛红的鸽子在广阔的天宇自由地翱翔。那方手帕向着太阳飞去，渐渐地变成了整块天宇……

……她透过飞机的圆窗望着满天飞翔的鸽子，望着自己的签名在天上闪闪发光，禁不住热泪盈眶，哽咽着，喃喃地呼唤道：“玛丽！”……

〔她在梦中流下了热泪。

她没有醒。

巴黎沉浸在月色里。

她的枕头边叠放着一块签了名的、画了一只和平鸽的新手帕……〕

十岁的梦

装有瞄准器的足球鞋

他——十岁。小学四年级学生。小足球队员。白天，他参加了一场激烈的球赛，争夺全市小学足球赛冠军。结果，他们输了……

……他倒在绿茵茵的草坪上，任汗水像小溪一样流淌。被热汗浸得透湿的球衣、球裤湿漉漉地贴在身上，蒸发着热腾腾的汗气。

2∶1！他们输了……他们输得真冤枉。终场前的几分钟，比分还是1∶1。他都做好准备参加加时赛，然后罚点球了。可是和平小学的10号竟然在禁区外一脚劲射，球竟像长了眼睛似的直扑球门，而他们的守门员竟像呆了似的，眼睁睁地望着足球应声入网……

2∶1！他们在这场争夺冠军的比赛中屈居第二……

……他看见李钢气喘吁吁地跑了过来。

“我、我、我发现了一个秘密！”李钢神秘地朝四周望望，然后压低嗓门对他说。

“秘密？”他一个鲤鱼打挺，坐了起来。

李钢又朝四周望了望，在他的耳边悄悄地说：“我刚才发现对方10号的球鞋上安着瞄准器！”

瞄准器？足球鞋上安着瞄准器？这可太新鲜了！

李钢见他不相信，发起誓来：“谁要是骗你，是、是小狗！”

他开始半信半疑了。果真有这么回事？好啊，难怪今年两场决赛，和平小学都夺得了冠军，而且总是在比赛快结束时换上10号。现在已有人说和平小学的10号是一匹“黑马”，是“秘密武器”。哼！原来你脚上安着瞄准器呀！

就在这时，和平小学的足球队员兴高采烈、说说笑笑地走过来了。他们簇拥着那个高大的中锋10号，就像宠着马拉多纳似的。哼，别太得意！咱们走着瞧！

……不知怎么搞的，突然传来消息，说那场球不算数，他们将与和平小学重新交锋，再次争夺冠军。他高兴得跳了起来！

比赛前，他们到体育场去训练。这一次，每人都收到了一双新球鞋。李钢冲他神秘地眨眨眼，指了指脚上的鞋。

鞋？鞋怎么啦？他不由得仔细地瞧着脚上的新鞋。这新鞋没什么值得注意的地方，就是普普通通的足球鞋呗。他疑惑不解地望了望李钢。

李钢指了指鞋尖，小声地说：“瞄准器！”

瞄准器！他心里一跳，再摸摸鞋尖，果然那鞋尖多出了那么一截，就像芭蕾舞鞋似的。

果然是瞄准器！不知怎么搞的，他竟像做贼似的觉得心虚……

……比赛又开始了，由和平小学先开球。那球刚刚开出，和平小学的10号就在中场一脚劲射。唰！那球像长了眼睛似的，高高地画了一条漂亮的弧线，猛地一下钻进了球门。

0∶1！比赛刚开始还不到一分钟，他们就输了一球。

李钢在打中后卫。他听见李钢气呼呼地喊着：“哥们儿！拼啦！”

他心里腾腾地燃起一团火来。

中场发球。李钢将球传给他。他咬着牙，对着和平小学的球门一脚劲射——唰！那球也像长了眼睛似的，机灵地躲过守门员的拦截，一头钻进对方的网中。

1∶1！比赛刚刚开始，双方就打了个平局。

看台上的观众全看呆了，随即拼命地鼓起掌来。

以后的比赛便越来越邪乎了。轮到谁发球，谁就准进球。一个队员将球往后一拨，另一名队员便不问青红皂白，一脚猛射——也不管球踢向何方，反正那球准能乖乖地钻进球门。

比赛的双方都明白了：双方的队员都穿着装有瞄准器的足球鞋！

于是，这场决赛就像是闹着玩似的了。踢着踢着，双方的后卫队员便都坐在草坪上没事干了，有的竟在草地上争着去捉蚂蚱。踢着踢着，最后球场上就只剩下他和对方的10号了。他们刚开始还都憋着劲儿，不服气地盯着对方的眼睛。哼，你有瞄准器，咱也有，怎么样？哼，手下败将，还想称雄呢！可是踢着踢着，两人都开始泄气了——只要脚一挨球，不用你瞄准，也不用你花多大气力，那球便会自动地准确地命中目标。

10号开始将双手交叉放在胸前，闭着眼，用脚懒洋洋地将球一踢——唰，进了。

轮到他发球。他同样双手交叉放在胸前，闭着眼，用脚懒洋洋地将球一踢——唰，进了。

10号再发球。他这次背对球门，玩杂技似的，用脚背将球一磕——又进了。

他再发球。同样背对着10号，用脚背将球一磕——也进了。

结果，比赛结束时，双方踢成平局，比分是100∶100！

……比赛又开始了。他隐隐约约地想起有人似乎警告过他们，说对方在球门上安装了一种神秘的反弹装置。哪怕你鞋上装有再高级的瞄准器，只要球一接近球门，就会被反弹回去。正这么想着，他看见李钢飞起一脚，将球吊向球门。眼看那球就要进网了，突然，只见它好像撞到了一堵无形的墙上，一下子反弹回来，改变方向，而且飞也似的朝他们的球门扑来！

“哎呀——”他不由得大叫一声。他听见全场的观众也都情不自禁地惊叫起来。

奇怪！正当那球飞近球门时，突然间，仿佛有一个无形人将球猛地反踢过去——那球还没落地，就一下子改变了飞行方向，又疾如流星地向和平小学的球门扑去。

哈哈！原来他们的球门也悄悄地安装了神秘的反弹装置。

可是这么一来，比赛就进行不下去了，因为那足球根本就不落地，就这么在两个球门之间、在球场上空飞来飞去。他们则像观众一样，不，他们干脆就成了观众，一个个都仰着头，望着那球在他们的头顶上飞来飞去——这还叫什么比赛呀？！照这么飞下去，打一百年，比分也是0∶0——除非有一方的反弹装置突然失灵！

这时，观众们都愤怒了。口哨声、喝倒彩的嘘声像海浪一样扑了过来。无数个空饮料瓶子像雨点一样扔向球场，他的脑袋也被一个空瓶子砸了个大疙瘩。

“丢丑哇……丑哇……”

“不要脸哇……脸哇……”

这时，只听得砰的一声枪响，不知是谁朝那个飞来飞去的可怜的足球开了一枪。那枪大概也安了瞄准器吧，一下就打中了目标。可怜的足球顿时像一只受了伤的鸟，一下跌落在草坪上。

他觉得脸发烧，太阳穴绷绷地发胀。这算什么玩意儿呢？他觉得心里烧着一团火。他红着眼，冲着对方的10号嚷道："哥们儿！有种的咱们真刀真枪地干！"

10号也红着眼，冲到他面前，大声嚷道："好！哥们儿！咱们奉陪！把这些破玩意儿扔了，咱们干真格的！"

"干真的！"

"干真的！"

双方队员都红着脸，嚷了起来。

他一下子觉得吐了一口气，舒畅极了。他将脚上的鞋使劲一甩，冲着对方的10号嚷道："脱呀！脱呀！"

没想到这只装有瞄准器的足球鞋竟像足球一样，忠诚地执行着瞄准的任务——一下子飞进了对方的球门！

唉，这傻乎乎的鞋哟！他和对方10号对视一下，都无可奈何又都觉得挺有趣地笑了起来……

〔他咯咯地笑醒了，被子被他蹬到地上去了。用脚蹬被子，大概是用不着什么瞄准器的吧？〕

活泼泼的琴声

她——十岁。音乐学院附属小学小提琴班学员。明天是六一儿童节，她将第一次登台独奏……

……窗外不知是谁在拉小提琴……

……她看见那琴声了。

……她看见那琴声像一群群活泼泼的小蝌蚪，从琴弓下摇着尾巴，欢快地游了出来。她听见了墨色的小蝌蚪们欢快的笑声。她看见琴声像叮咚的山泉一样从大山深处沁了出来。绿油油的大山沉浸在绿色的静默中。石壁上贴着湿润的绿茸茸的苔藓。清冽的山泉便从这苔藓群中慢慢地渗了出来，然后像一颗饱满晶莹的珍珠，颤动着，颤动着，渐渐像成熟的葡萄悬挂在山壁上，渐渐像孩子恋恋不舍地拉着母亲的手紧紧不放，然后，叮咚，叮咚，叮咚……滴落到清冽的小溪流中。

欢快的山泉，欢快的溪流，欢快的小蝌蚪啊！她看见小溪流突然并排向前流去。一、二、三、四，四条清冽清冽的小溪流就像小提琴的四根弦呢！她看见小蝌蚪们在“E 弦”中摇头摆尾地游着，活泼泼地游进了“A 弦”中，突然在尾巴两边长出了两条小腿；长了小腿的小蝌蚪们又嬉笑着游进“D 弦”里了。咦，这一回又长出了两条小腿，一共是四条腿了。她惊喜地睁大了眼睛，蹲在小溪旁，看着小蝌蚪们悠悠地游进了“G 弦”里。“G 弦”里的水好深好深啊，绿得浓酽酽的，绿得深沉沉的。小蝌蚪们一下就不见了。她正睁大眼睛寻找着它们，忽然看见水面上露出了一双亮晶晶的眼睛。啊，青蛙，绿色的青蛙！她高兴得拍手大笑。谁知她这一拍手，青蛙们一齐蹦了出来，呱呱地叫着，呱呱地叫着，然后又一齐跃进了绿酽酽的水中。

“G弦”里的水绿得浓酽，绿得深沉……

……窗外不知是谁在拉小提琴……

……她看见那琴声了。

……她看见那琴声从弦上不停地滑落下来，像一粒粒种子钻进了土壤之中。

琴声如梦……梦如摇篮……种子在摇篮中甜甜地睡了，发出了甜甜的鼾声。那鼾声竟是《摇篮曲》和《梦幻曲》呢……她看见种子渐渐地发芽了。嫩芽像小小的银针，在地面挑开了一扇小小的窗口，然后从窗口钻出去了……

啊，那是雨后绿色的森林吗？空气中弥漫着凉爽如薄荷般的清新。阳光如灯柱，从森林的上空斜照进来，像舞台上那迷人的彩色的灯光。无数水珠在这光带中上下飞跃，跳着迪斯科，做着健美操，或者调皮地互相碰撞着，将那彩色的光带拽动得如同光波一般，橙红、金黄、银白、碧绿、天蓝、浅紫、蛋青……小松鼠在松枝上蹦蹦跳跳地跑着，抖落一树亮晶晶的水珠。密林深处传来小鸟婉转的歌声，那歌声也被雨水洗得那么水灵，那么明净。

……小蘑菇！她看见森林里长出好多好多白白胖胖的蘑菇。她看见小蘑菇随着欢快的节奏跳起舞了。她看见其中的一个小蘑菇跳得不带劲儿。呀！那不正是上幼儿园时的自己吗？奇怪，奇怪！怎么会看到自己在跳舞呢？还噘着嘴巴，鼓着腮帮子呢！哦，对了，对了，那是因为自己想演小白兔，可是老师只让她演小蘑菇。《采蘑菇的小白兔》六一儿童节要在舞台上演出呢，妈妈爸爸都要在台下坐着看呢。老师偏心！老师喜欢妮娜。妮娜的舞还没自己跳得好呢，凭什么要她去演小白兔？瞧她那笨样儿，还采蘑菇呢！“妮娜，妮娜！跳错了，跳错了！”她在台上嚷了起来，做了个小白兔的动作。哗——台下大笑起来，“小蘑菇”竟然变成了“小白兔”……

那是她第一次上舞台演出。那时，她刚刚满四岁……

……窗外不知是谁在拉小提琴……

……她听见那琴声了。她看见那琴声了。

……她听见琴声风一般沙沙沙沙地飘了起来。她看见琴声云一般悠悠荡荡地升上了天空。一朵一朵的白云像可爱的羊羔一样慢慢地走着。白云与白云摩擦时，发出玻璃丝一样清脆的声音。

她看见闪电正低着头，专心致志地修理手电筒。闪电的手电筒什么时候坏了呢？闪电拨弄着。手电筒一闪一闪，咔嚓咔嚓地响。

她看见雷神正躺在床上酣睡。雷神长得像鲁智深，喝醉酒就呼噜呼噜打起鼾来。

她看见风婆婆正在为小孙儿摇芭蕉扇。风婆婆困极了，一边呼哧呼哧地摇着芭蕉扇，一边打瞌睡。口水从嘴角流出来，挂得老长老长的，风婆婆还不知道呢。

她看见太阳像一个硕大的红橘，渐渐地在枝头成熟了。浑圆浑圆的红橘沉甸甸地坠在枝头，压得树枝吱呀吱呀地响。

她看见月亮像一朵洁白的栀子花，幽幽地缀着晶莹的露水开放了。清香清香的栀子花像一个美丽的少女含羞掩嘴，嘤嘤地笑呢。那羞涩难当的样儿使她自己也忍不住脸红了。

她看见密密麻麻的星辰像平原上的油菜花一样热烈浓郁地开了。金灿灿的油菜花从眼前一直铺到天边，一垄一垄的，就像一个爱画画的孩子，双手握着宽宽的排刷，满蘸着金色的油彩，在一张画纸上一刷一刷地涂抹着。而另一些星星则像一群一群的蜜蜂，嗡嗡地闹着飞向油菜花地去采蜜了。她不但闻到了油菜花浓郁得使人心醉的香味，而且听见了金色的蜜蜂从远处渐渐飞来的嗡嗡嗡嗡声……

啊，广邈深邃的天宇，即使在最静穆的时候，也有如此丰富的声响。这些宇宙中的声响究竟是窗外小提琴的琴声，还是天上也有个女孩子偷偷地躲在树林中刻苦地练琴呢？在这宁静的深夜，天上的女孩子还在练琴吗？她明天也要参加演出，也要第一次登台独奏吗？

……啊，磅礴的交响乐随着亮晶晶的指挥棒骤然响起了。神奇的魔棒！她看见大海的惊涛像一面深蓝色的石壁陡然升起，又轰隆隆地砸碎在峻峭的海岸上，溅起一天银色的飞沫；她听见狂风摇撼着莽莽的群山和莽莽的大森林，群山和林海发出了沉雷般的呼啸；她听见千千万万匹骏马在无边的草原上奔驰，像擂响了千千万万面战鼓，炸响了一串串的惊雷……

啊，雄浑的交响乐从地层深处升起了，升起了，彩色的灯光从云层深处射来了，射来了。她根本看不清台下那无数双注视着她的眼睛，整个世界只剩下彩色的阳光，只剩下彩色的旋律，只剩下她和她的小提琴。她突然想起了那个四岁的小姑娘第一次上台时的情景，想起那个抢当主角的“小蘑菇”。她的手激动得颤抖起来，于是她像依偎着母亲一样，将红扑扑的脸腮贴在小提琴的腮托上，眼中盈满了彩色的泪花……

〔窗外，一片月光，一片宁静……〕

噢，迪士尼乐园

他——十岁。生在中国，五岁时跟随父母到美国定居。今天，是他十岁生日。父母带他游览了他向往已久的洛杉矶迪士尼乐园……

一个蔚蓝色的星球缓缓旋转着，渐渐地清晰了。噢，那就是我们美丽的地球！

爸爸曾经嘱咐他，如果在火箭上看到地球，一定要仔细寻找到我们中国的长城。他睁大了眼睛，却没看见长城，只看见奇妙的宇宙景观。那深邃而神秘的天宇，那缓缓旋转着的星球……银色的月亮仿佛伸手可触，而当那金色的流星呼地一下从眼前掠过，转眼间又消失在宇宙之中时，他仿佛感受到了流星那炽热的高温……

……火箭突然加快速度垂直上升了，越飞越快，越飞越快，像出膛的炮弹。哦，不，不！火箭就是火箭！他紧紧地抓住了保险杠。他感到不是火箭在飞，而是他自己在飞！是发射架将他直接发射上了宇宙！噢，我就是火箭！

……上升，上升，上升……宇宙是没有顶的，对，宇宙不会有顶……如果有顶，哪怕是塑料棚顶，噢，那脑袋也得撞个大疙瘩……

……突然间，他感到头顶上着了火！哎呀呀，眼前是一片火海！熊熊的火焰像无数条火龙在翻腾，并且张牙舞爪地朝他扑来……哎呀呀，宇宙的棚顶着火了……哦，不，不，是火箭闯到太阳的花园里来了……

……正当他准备惊呼，叫火箭停住时，火箭突然像一只被枪弹射中的老鹰，一下子朝深不可测的峡谷跌落下去！

"啊！"他害怕地大叫一声，从火箭上摔落下来，头朝下，飞速坠落……眼前一片亮光……呀！下面是一个发光的星球，要是坠到这星球上，脑袋可要炸开花！

……轰隆！一声炸响……两眼金花乱迸……可是，脑袋似乎没有炸裂，亲爱的脑袋还长在自己的肩膀上……他睁眼一看，噢，原来他的脑袋将那星球一下子撞得粉碎……

"How hard my head! Oh! Dear head! Thank you very much!"[①]……

---

① "我的脑袋多么硬啊！噢，亲爱的脑袋，非常感谢您！"

……他感到自己像一枚火箭在星际中横冲直撞了。他控制不住自己，他心里在呼喊：减速，减速。可是有一股力驱使他不断地加速，一会儿朝上，一会儿朝下，一会儿急转弯，一会儿连续转圈……星球们吓得飞快地逃跑了，就像森林里来了一只大灰狼……

……一只斑斓猛虎嗷嗷咆哮着，在山崖上腾跃。在它的身旁，蹲着一只非洲雄狮，正阴森森地注视着船上的游人……

……他不知不觉地又乘船泛游在密西西比河上了(哦，马克·吐温的密西西比河)……两岸浓绿的原始森林倒映在河水里，将河水泡得绿酽酽的。在这油画一样美的环境里，他的心情刚刚平静下来，突然间，只见小船前面冒起一阵水花，一条巨大的鳄鱼瞪着可怕的眼睛，龇着满嘴锋利的牙齿，向小船扑来！他吓得大叫一声，身不由己地倒向船尾。可是就在他倒下的一刹那，他看见一条鳄鱼钻出水面，正要爬上船尾……

“枪！开枪！”船头的导游急忙道，“我的枪呢？我的枪呢？”

这时，他摸到一把手枪……正当船尾的鳄鱼张大嘴来咬他时，他仰睡在船舱里，双手握着手枪，对着那张大嘴就是一枪！

——砰！那条鳄鱼好像怔了一下，然后坠进河里，河面上泛起一阵血浪……其他几条正准备围攻小船的鳄鱼听见枪声，赶紧逃跑。这时，他站了起来，叉开双腿站稳，然后双手握枪，像西部片里的侠客那样潇洒地开枪了——砰！砰！砰！

……几条凶恶的鳄鱼全部被消灭了。游客们高兴得互相拥抱。一个肥胖的妇女情不自禁地亲吻他："孩子！谢谢你！你是日本人吗？"

"不！我是中国人！"他骄傲地说。

"噢，China！"那妇女跷起了大拇指，"长城，我去过！"

……突然，天上下起雨来，一阵倾盆大雨——不，那不是倾盆大雨，而是水龙在向小船喷水！刹那间，他的全身被水浇得透湿。他用手捂着眼睛，然后慢慢张开五指，从指缝里望去——哦，原来是一群大象在戏水！大象们用长鼻子吸水，然后向小船喷射，逗乐呢……大象……大象最怕老鼠了，爸爸说过，大象怕小老鼠钻到它们的鼻子里面去……正想着，自己好像是孙悟空了，从身上拔下一根汗毛，吹了口气，说声："变！"只见无数活泼泼的小老鼠向象群飞去。大象们吓得扭头就跑，但还是有小老鼠钻进象鼻子里去了。那大象又疼又痒，长鼻子甩得特响，流着泪望着他，腿一弯，竟跪了下来……他的心顿时软了。哦，可怜的大象，我是和你开玩笑呢……于是他喊了一声："收！"一瞬间，小老鼠们全收回了，仍然变成一根汗毛……

……是谁弹起了吉他……是谁唱起了《故乡的亲人》，声音忧郁而又深情：

世界上无论天涯海角，我都走遍，

但我仍怀念故乡的亲人和那古老的果园……

啊，是爸爸！是爸爸在唱！

……爸爸眼含泪水，轻轻地吟唱……这首歌，他常常听爸爸独自一人轻轻地吟唱……

Dere's wha my heart is turning ebber,

Dere's wha de old folks stay...

（在那里有我故乡的亲人，

我终日在想念……）

啊，亲爱的爸爸，你为什么眼含泪水？你曾对我说过，你是在长江边长大的，你说我们的故乡在长江边……长江和密西西比河一样美吗？河里也有鳄鱼吗？哦，爸爸，请不要流泪，明天咱们到故乡的迪士尼乐园去玩，好吗……

……乐园里人山人海……地面在游动着，摇篮在游动着，电气火车在奔驰着，空中吊斗在空中滑行着，高高的航天塔带着飞行器在旋转着……到处是笑声、惊叹声、喧哗声。世界各地的游客在这里兴致勃勃地参观游览，白皮肤、黄皮肤、黑皮肤……一眼望去，叫人头晕目眩。

……他不想上天了，他想下地，想“下地狱”……迪士尼乐园的“地狱”早就吸引着他了。爸爸老是说小孩不能去，小孩不能去，玛丽比我还小一岁呢，她就去了。我十岁了，我再也不是小孩子了！我是大孩子了！我不怕鬼了！

……电梯嗡嗡地朝“地狱”降落……

……电梯里的人都默不作声，仿佛有一只冰冷的手无形中捏紧了游客们的心……

……电梯停了，隐隐地听见一阵阵怪叫声从远处传来……他的心不禁咚咚跳了起来，情不自禁抓住了爸爸的手……

……铁门无声无息地开了，一阵凄厉的鬼叫声突然涌进了电梯，叫人毛骨悚然——前面就是“地狱”！

……爸爸妈妈带着他坐进了带转椅的小车，小车摇晃着，驶进了阴森森的“地狱”……

……这里是鬼的世界！各种各样的鬼披头散发、青面獠牙，吐着血红的舌头，瞪着死鱼一般的鬼眼，狰狞地冷笑着，狼一样嗥叫着，张牙舞爪地向他扑来。他吓得毛发直竖，双手冰凉，死死地握着爸爸的手。突然间，一个没有眼珠、吐着几尺长舌头的女鬼爬上车来，嘿嘿地怪笑着，要挤在他身边坐着。他大喊一声“妈妈”，便扑进妈妈的怀里……那女鬼不肯走，竟然用冰冷的手抚摸起他的头发来……冰冷的手，冰冷的手……一会儿，她又大声号叫着哭起来，哭声立即招来一群恶鬼。他们怪叫着，一拥而上，抓住他的双手和双脚，要把他从妈妈的怀里扯出来……

……冰冷冰冷的带刺的手抓住了他的双手和双脚……

“妈妈！”他害怕地大叫起来……

恶鬼们哈哈怪笑着，生拉硬扯，硬将他从妈妈的怀里扯了出来，然后狞笑着，像玩弄一只小鸟、一只小狗似的，将他举了起来，朝一口巨大的油锅走去……

“妈妈！”……

“妈妈！”……

……可是，他的脖子被鬼掐住了，他的呼喊声被堵在喉管里。他觉得自己被高高地举起来了。他感到油锅那逼人的高温了。他在挣扎中瞥见油锅旁站着一个肥胖的满脸横肉的“鬼司令”。那“鬼司令”问抓着他的恶鬼：“这个鬼犯了什么罪呀？”

一个恶鬼答道：“这个小鬼……”

就在这关键时刻，他不知哪儿来的勇气，奋力挣脱恶鬼掐住他脖子的手，大声喊道：“我没有罪！我不是鬼！我是人！”

这是生命的呼喊，是人的呐喊。这喊声顿时在“地狱”里形成了巨大的回声，回声在这阴森森的“地狱”里撞击回荡：

“我不是鬼……不是鬼……鬼……”

“我是人……是人……人……”

恶鬼们没有想到他会如此呐喊，一个个惊呆了。他们怔了一会儿，突然怪叫一声，把他一扔，拔腿就跑——但是这一扔，还是把他扔进了油锅里，眼看就要掉进那滚烫的油里了，油花溅到腿上，好烫，好烫……

〔他大叫一声，从梦中醒来……

额头上汗涔涔的，原来是在做梦……

迪士尼乐园真好玩！虽然有些使人感到害怕，但也正是这些使人又爱又怕、怕后又爱的娱乐项目强烈地吸引了十岁的他……

他舒了一口气，闭上了眼。他还想做梦，还想在梦中再去看看加勒比海的海盗们攻克城堡，还想到林肯纪念馆去看伟大的林肯演讲的场面……〕

井儿

他——十岁。小学四年级学生。井儿是他的小名。今天是星期六，他在村口等他爸从县城回家。他爸每个星期六从县城里背水回来。他们村里没有井……

……太阳像个干瘪瘪的荞麦饼子，被远处那黄山峁峁一口一口地吞吃了。他听见那山峁峁吞咽时艰难的喘气声。没有水呢。喉咙里冒烟呢。兴许是它们渴得太厉害，而且心恶毒呢，将天上的雨、地上的水全喝光了。

爸怎么还不回？往常，爸早从沟底走上来了。爸背着水，满满的一大桶水，而且是城里的“机器水”，清亮清亮的，泛着一股药味。这是消了毒的水呢。

爸在县城供销社当经理，而县城正蹲在河边。爸说县城人喝的是“机器水”，坐在家里，用手一拧水龙头，清亮清亮的水就汩汩地跑来啦。妈老是笑爸，说爸太土。爸刚到县城工作时，看见水龙头汩汩地淌水，总是呆呆地发愣，看见有人哗啦哗啦地用水，不把水当回事，总觉得心疼。有一次，一个小伙子用完水没关紧水龙头，爸硬是把他拽回来，沉着脸叫他赔水。爸说，水多金贵呀！一滴水可以活一条命呢。这些年来，无论是烈日暴晒，还是大雪纷飞，一到星期六，爸总是老远老远地从县城背一桶水回来。自家留一点儿，然后就一碗一碗地送人。这时，村里的老汉、婆姨、娃娃们都走来和爸唠家常。爸老是咧嘴笑着，嗯嗯地应着，朝他挥挥手。他就从自家窑洞里拿出一个碗——他拣那最小的碗递给爸。爸就瞪他一眼，叫他去换大碗，然后就笑着请娃娃们、老汉们尝尝“机器水”。德顺老汉总是闻闻那水——闻了好半天呢，然后一滴水也不沾，将那一碗水递给娃娃们了，然后冲他笑着：“井儿，井儿咧，咱不愿喝这‘机器水’，咱要喝你的井水呢！”

……山峁峁将太阳全吃光了。这可恶的太阳！该吃！成天晃晃地晒着晒着，张牙舞爪地吐着火舌，那雨水还没拢边就被它烤干了，烤没了，谁还敢上这儿来呀？兴许太阳和这山峁峁有仇？怎么老是瞪着一双火眼看着这片山峁峁，怎么不让这里活人呢？

……他看见磨儿赶着羊慌慌张张地跑了过来。磨儿是他娘推磨时生下的。磨儿结结巴巴地说：“井、井、井儿，毁、毁啦！你爸背的水全跑啦！你爸还在沟底捉水呢！”

他的脑壳嗡地一响。他担心的就是这个。爸每个星期每个星期地背水回来，连那些牛、骡子、羊一看见爸都使劲地叫唤，想去喝那城里的“机器水”呢，何况那干渴的土地……

他撒腿跑下坡地。他看见爸正用双手在地上挖呀刨呀。爸头不抬，也不理他，只顾用双手拼命地挖呀刨呀。爸两眼直直的，口里念佛似的说着：“水，水，水……”他看见地上有一个浅浅的湿印，水一落地就被干渴的土地吸光了。那湿漉漉的不是水而是血，是爸十个手指上的血呀！爸的手上血糊糊的，土全被血浸红了，浸黑了。他哭着扑上去，抓住爸的手：“爸！爸！不要挖了，不要挖了哇……”

爸突然变了脸。多可亲的爸，怎么一下就变得这么凶，这么可怕了呢？爸吼着，喉咙嘶哑着说：“井儿！井儿！井儿在哪儿呢？”

“爸！我就是井儿，我在这儿啊！”

“不！你不是井儿，我要找的是出水的井儿！”

他伤心地呜呜哭了。他觉得委屈。爸不该给他起这个名。人家一看见他，一听这“井儿”就伤心。为了打井，为了找水，村里的老少爷们一代又一代硬着气在这黄土高坡上掘窟窿。村外有一片坟地，躺着的都是为打井而死的人，其中，就有他的爷爷、爷爷的爷爷……每逢过大年，爸就带着他，然后带一桶水，一个坟头一个坟头地敬水。“过大年啦，喝口水吧。”爸一声声一声声地说着。水桶里的水干了，爸的眼窝却湿了。爸说，井儿啊，井儿啊，就盼着你们这一辈啦，盼着你们为村里打井出水啦！

他越想越伤心，越觉得委屈。他猛地推开爸，用双手拼命地刨起那湿印来。水呀，要是抓住你，可不饶你！

咦，不知怎么搞的，他挖着挖着，觉得手上湿润润的了；他刨着刨着，觉得手心凉津津的了。有一股凉津津、甜丝丝的水汽从地下一丝一丝地沁了出来——水！水！是井水！是井水呀！

他狂喜地回过头，大声喊道：“爸！”可爸和磨儿都不见了，沟底就只剩下他一人。他再朝那地上一看，水已经将一大片浮土浸成泥汤了。他急忙伸出双手使劲地挖呀，使劲地刨呀，水便咕嘟咕嘟地冒了出来。

——“水！水呀！”

他大声地叫喊着，可是他的声音一下就被四周的坡地、山峁峁吞没了。

——“水！水呀！”

正当他这么拼命喊着的时候，他看见地上轰隆一声响，一个黑咕隆咚的井口出现了，一股股寒气从井口漫了上来。随着那寒气逐渐上升，井水漫了上来，像长了腿似的，像一个人正在伸直腰杆似的。他呆呆地望着那井水一寸一寸地上升，不知怎么办才好。就在他犹豫的时候，只听得哗哗一阵水响，那井水呼呼地从井里冲了上来，白花花的井水喷了好几丈高，又弯腰落下来，像一条龙从地下冲出来，就要跑了……

——水！水……

他急红了眼。他没来得及细想，便猛地一下扑向井口，用自己的胸膛挡住了往上喷射的井水……

他全身都浸在水中了。他听见井水在狂怒地咆哮着。他感到井水用它的利爪在抓着他的胸膛，在抓着他的心。他没感到疼，只感到空空的，感到五脏六腑全被水掏空了，整个身子只剩下脊背像一张坚韧的牛皮抵挡着井水的喷射了。他突然想起了用胸脯堵住敌人机枪眼的战斗英雄黄继光。黄继光也是这样堵住那喷射着的子弹的吗？

水还在一个劲儿向上喷射。他渐渐地感到支持不住了。他竭尽全力大喊了一声："水！水呀！"……

〔他大叫一声，醒来了。他正好把一碗水打泼到地上。爸湿着眼望着他。地上是打碎的瓷片和一汪"机器水"……〕

一封刚刚开头的信

她——十岁。小学四年级学生。三年前，她的爸爸因犯罪被判处无期徒刑，劳改去了。她的妈妈和她爸爸离婚后走了。她和奶奶住在一起。奶奶的眼睛去年也哭瞎了。这天晚上，她给爸爸写信时，伏在桌子上睡着了……

……亲爱的爸爸，我和奶奶都很好。奶奶还在街头卖大碗茶。她的眼睛也很好，不用担心。我放学后就帮奶奶卖茶。星期天，政府的干部还照顾我，让我到电影院门口照看自行车。我正在攒钱。我还买了地图，买了列车时刻表，我想攒够了钱，就去看您。爸爸，我多么想念您呀……

……火车真长真长，像一大串房子连在一块儿呼隆呼隆地撒腿跑着。她坐在车窗旁，任凭风吹拂着她的头发。奶奶坐在她的身边，紧紧地攥着她的手，问道："小英子，新疆到了没有哇？"

"快啦，快啦！"她一边安慰着奶奶，一边贪婪地眺望着窗外的景色。

她望着无边无际的大戈壁。书上说到新疆要穿过大戈壁。她看到地平线上滚动着一轮又圆又大的夕阳。金色的夕阳正沿着平坦的地平线，像个大车轮一样跳跃着，滚动着，好像在和火车赛跑。啊！这奔跑着的太阳！血红的太阳！它急匆匆地要跑到哪儿去呢，它是赶着回家吗？它也想去看它的爸爸吗？

火车鼓满了劲儿，一点儿也不疲倦。它像一匹精神焕发的骏马，在无边的大戈壁上飞驰着。

……亲爱的爸爸，昨天我在卖大碗茶时看到妈妈了。我叫妈妈喝茶，妈妈不肯喝。妈妈抱着我哭了，哭得很伤心。我也哭了，哭得很伤心。妈妈又黄又瘦。你不要怪妈妈。妈妈原来叫你不要去打牌，你总是不听。妈妈给了我五块钱，我没有要。妈妈也很可怜，我不能要她的钱。爸爸，你说对吗？

……她和奶奶来到新疆了。她知道这个城市叫乌鲁木齐。她在地图上经常望着这个乌鲁木齐。她知道如果到了乌鲁木齐，离爸爸就不远了。因此每天看电视听天气预报时，她和奶奶都格外留心乌鲁木齐的天气预报。如果乌鲁木齐下雪了或者温度低了，奶奶便一夜睡不安稳，说："唉，小英子，你爸爸有关节炎呢！"然后，奶奶便把自己的绒衣、绒裤悄悄地拆了，又买了一点绒，开始给爸爸打一条绒裤。

现在，那条绒裤就放在旅行包里。

乌鲁木齐像个花园似的，到处都可以看见身着鲜艳的民族服装的维吾尔族老奶奶和小姑娘。远处隐隐约约传来节奏欢快的新疆舞曲，似乎有姑娘和小伙子们在花丛中欢快地跳舞。

突然，她听见一声熟悉的吆喝："卖羊肉串！"她回头一看，哈，真巧，前面人行道的树荫下，那个吆喝着卖羊肉串的正是电影演员陈佩斯。旁边那个戴着红袖标的正是电影演员朱时茂。她想起来了，他俩曾在春节联欢晚会上表演过小品《卖羊肉串》。她可爱看这个节目了！那天晚上，她第一次笑了起来。

"喂，小姑娘，老奶奶，吃羊肉串！"剃着光头的陈佩斯递过来两串羊肉串，"小姑娘，你不要害怕，我的羊肉串是新疆的呢！吃了不会肚子疼！"

朱时茂也走过来，笑着说："吃吧，没事。我认识你，你是在大栅栏卖大碗茶的小姑娘。你来看你的爸爸，对吧？"

咦，他怎么会知道呢？她好奇地点点头。

陈佩斯也笑着说："喂，小姑娘，你的良心，大大的好！你带上这些羊肉串，带给你的爸爸尝一尝！"

……亲爱的爸爸，期中考试我考得很好，语文考了95分，数学考了100分。刘老师又在班上表扬了我。刘老师像妈妈一样关心我，她还不准同学们喊我"劳改犯的女儿"。我才不理那些坏小子呢。他们常在胡同里堵着我，喊我"小劳改犯"。这时我就恨你，爸爸！真的，我就恨你！要是你不犯法，谁敢这样欺负我呢？

……她搀扶着奶奶走啊走，正走得口干舌燥的时候，忽然迎面吹来一阵凉爽的风。她眼前突然一亮，一片一片绿色的葡萄园映入她的眼帘。她惊喜地搀扶着奶奶走进了这绿色的"帐篷"。啊，这绿色的世界！风是绿色的，那透过密密的葡萄叶照进园内的阳光也是绿色的。那一串串挂着的葡萄有紫色的、碧绿的、奶白的，如珍珠，如玛瑙，如碧玉，美极了。这时，从绿色深处蹦蹦跳跳跑过来一位维吾尔族小姑娘。她捧着一个水果盘，里面盛着水汪汪的葡萄、甜津津的哈密瓜。她笑着说："欢迎您！欢迎您！"

她摘了几颗葡萄，送进奶奶的口中。奶奶把葡萄含在口里，舍不得吃，还一个劲儿地说："嗯，真甜啊，真甜啊，比糖葫芦还甜！"

……亲爱的爸爸，新疆是个什么样儿呢？我真想去看一看。刘老师给我看了好多好多美丽的画册，还给我讲了好多新疆的有趣的见闻。爸爸，你要在新疆好好地劳动改造，不要惦记家里。刘老师要我给你写信，要你争取减刑。我一定好好照顾奶奶。将来攒够了钱，一定到新疆去看你。爸爸，那时候你还会认识我吗？

……一阵嘚嘚的马蹄声从远处传来，几匹高大的骏马像云一样飘来。一个哈萨克族小男孩高声喊道：“小英子，快上马吧！”

不知怎么就骑在马上了，奶奶也骑在马上了。她又紧张又新奇，紧紧地攥住缰绳。

马在蓝天一样辽阔的草原上奔驰起来。她只觉得风在耳边呼呼地响，于是紧紧地闭着眼睛，不敢睁开。

“小英子！快看哪！”她听见有人兴奋地喊着。她睁开眼一看，呀，马竟在天上飞了起来。一朵一朵的白云像轻纱一样从她的身旁缓缓地飘过，蓝湛湛的天空像被水洗过一样明净。在她的脚下，一座座白皑皑的冰峰傲然屹立，并且缓缓移动着，旋转着，而马似乎停在空中没有动，几只鹰在她的周围盘旋着。她的心兴奋得快要蹦出来。

“小——英——子——”这时，她听见了一声激动的呼喊。这呼喊声在群山间嗡嗡地响着，久久地回荡。她循声朝下望去，只见一座冰峰的峰顶上，有一个人正抱着那树干一样粗的山峰尖尖，就像抱着一根冰柱。那个人上不能上，下也不能下。冰柱又细又长，透明透明的，滑溜溜的。那冰柱的下面是深不可测的茫茫云海，云海下就是万丈深渊呢！那个人正紧紧地抱着冰柱，朝她大声地呼喊着。

她仔细一看，啊，那不就是她和奶奶日思夜想的爸爸吗？他怎么跑到这高高的山尖上来了呢？哎呀，爸爸！危险哪！危险哪！

“爸——爸——我——来——啦——”她激动得大声呼喊着，催着马朝那冰峰飞驰而去。

马飞近爸爸身边了。她看见爸爸了！爸爸瘦多了，胡子老长老长的。爸爸一只手紧紧抱着冰柱，一只手伸了出来：“小——英——子——”

“爸——爸——”她也伸出手来，大声喊着，“不——要——松——手——”

可是爸爸急不可耐地松了手，张开双臂，像鸟张开翅膀一样向她猛扑过来！

“小——英——子——”爸爸大喊一声。

可是就在这千钧一发之际，她骑的马飞驰而过，爸爸一下扑了空，顿时掉进了茫茫的云海……

她急得大哭起来：“爸爸——”

她从马上跳了下去。她要跳进茫茫云海，去寻找爸爸，去救爸爸……

〔她哭着哭着惊醒了，泪水打湿了桌上的信笺。信笺上写满了一句话：亲爱的爸爸……〕

丑陋的小矮人

她——十岁。小学四年级学生。她天生是个侏儒，十岁了，却只有五岁小孩那么矮。白天，她又受到了几个坏小子的欺侮……

……她又来到这条街上了。风卷着满地的落叶沙沙地响。这条街沿着海滨曲曲弯弯，一边临海，一边靠山。靠山的一侧全是小巧玲珑的别墅。远远望去，一幢幢小楼房掩映在绿树丛中，乳白的，奶黄的，淡绿的，赭红的……真是美极了，就像迷人的童话世界。

可是她感到害怕。这条街上有几个坏孩子老是欺负她，有时还牵出一条大狼狗来吓唬她。于是每天上学，她情愿绕个大弯子。可是今天，不知怎么又来到了这条街上。

正害怕着，就听见那条凶狠的大狼狗汪汪地吠。一听这狗吠，她的腿就软了。正腿软着，那条大狼狗就吐着血红血红的舌头，凶狠地扑了过来。那几个坏小子站在台阶上哈哈地怪笑。她吓得扔下书包拔腿就跑。她听见那几个坏小子还在高声嚷着："矮鬼！别在这儿给咱中国人丢脸了！让人家外国人看了笑话！"

……她一口气跑到海边，心咚咚地跳得像只惊惶的小白兔。她望着大海。大海慈祥地望着她。

“怎么啦，孩子？”她听见一个人用苍劲浑厚的声音和蔼地问她。听话音，好像是个老爷爷，但又像是个老奶奶。

“您是谁？”她惊惶地四顾问道。

“不要害怕，孩子，我是大海。”那个慈祥的声音又响起来了，“你有什么心愿，请对我说，我会满足你的。”

她一听，鼻子顿时酸了，千言万语一齐涌上心头，却不知从何说起。她一下跪倒在海滩上，伤心地哭了起来。

大海默默地听着她伤心的哭泣。一排一排海浪卷着雪浪花温柔地拭擦着沙滩，就像在抚慰她心灵的创伤。

突然，她抬起头来，大声嚷道：“海爷爷，海奶奶，让他们也变成矮人吧！还有那条狗，也让它变成矮狗吧！”

大海似乎吃了一惊：“孩子，你说什么？他们是谁？”

“他们！他们！他们！我不管他们是谁，为什么偏偏就我一人这么矮，他们都那么高？”

大海沉默了。冰凉的海浪拍打着防浪墙，溅起一团团飞沫与雨雾。“好吧，孩子，”大海说道，“你去吧……”

……她又走到这条街上了。街上空荡荡的，一个人也没有。突然，她好像听见一阵猫叫声，但细听起来，又不像是猫。她正凝神听着，忽然看见那条狼狗耷拉着耳朵，垂头丧气地走了过来。哈哈！那条凶狠的大狼狗已变得像小猫那样大了。她高兴得笑了起来。

她正笑着，又看见那几个坏小子走了过来。可是这一回，坏小子们再也神气不起来啦！他们一个个都变成丑陋的小矮人了——长着个大脑袋，身子腿儿却只有小板凳那么矮。他们一个个羞红了脸，低着头，狼狈不堪地从她身边走过，像那条耷拉着耳朵的狗一样，夹着尾巴逃跑了。

她开心极了："喂！别跑哇！不就是靠你们给咱中国人挣面子吗？"……

……她第一次精神焕发地走进学校。但她还是惊呆了。她没想到所有的老师、同学都变成了丑陋的小矮人！

这是怎么回事？我是在做梦吗？

她正疑惑着，忽然看见同班同学高巧芬哭哭啼啼地走过来了。高巧芬不但姓高，而且个子也长得高；不但个子长得高，而且长得很漂亮——鹅蛋脸，柳叶眼，弯弯的细眉像化了妆一样。高巧芬最爱打扮，最爱疯最爱闹了，男孩子也总爱找她开玩笑。她还是体操队里的主力队员呢。每次看见高巧芬像个骄傲的公主似的，她心里就格外不舒服。她总躲着高巧芬，因为和高巧芬站在一起，她就显得更矮更难看了。可现在，骄傲的高巧芬一下子变成个丑陋的小矮人了，踮起脚尖还没有她高呢。看见高巧芬那难过的模样，她心里不禁暗暗高兴：哼，你还姓高呢！看你还臭美不？这下子再也神气不起来了吧？

高巧芬却没注意到她在暗暗发笑，一把抓住她的手，伤心地说："怎么办哪？怎么办哪？我明天就要参加体操比赛啦！平衡木、高低杠、自由体操……我明天就要参加比赛呀！"

高巧芬这么拉着她的手哭诉着，一下子弄得她不知怎么办才好了。“别难过……”她觉得说话很吃力，“我、我、我不是也和你一样矮吗？”

她小心翼翼地走进了教室。同学们全变成了小矮人，吃力地爬到板凳上坐着。人变矮了，可是课桌没变矮，当他们坐在凳子上时，头还没有桌面高，于是一个个都哭了起来。

她呆呆地听同学们哭着。她呆呆地走到自己的座位旁。她的座位是一把特制的椅子，坐在椅子上，桌面刚好齐胸。这把椅子是班主任熊老师特意为她定做的，椅子旁不但有小踏板，可以让她像上楼梯一样走上去坐着，而且当她坐着的时候，脚下正好有个搁脚的横木，不至于两腿悬空，吊着难受。今天，当她坐上这把为她特制的木椅时，她在教室里真是鹤立鸡群了，全班就只有她一个人的身子和脑袋高于桌面，就像茫茫大海中的一个孤岛。

在一片哭声中，熊老师走进了教室。她一看熊老师，不禁大吃一惊！她最尊敬的熊老师也变成了丑陋的小矮人！

熊老师多帅啊！他长得就像香港明星郭富城。同学们都悄悄叫他帅哥，特别是女孩子们，一看见熊老师就情不自禁地羞涩地笑起来，然后低着头，咬着嘴唇，互相搂抱着，匆匆地跑得远远的。因此，熊老师担任他们班的班主任后，其他班上的同学都羡慕嫉妒他们呢！他们班上的同学呢，又羡慕嫉妒她呢，因为熊老师最关心她，最照顾她。可是，可是……熊老师如今也变成那么难看的小矮人啦！

这么一来，她开始沉不住气了。她的心像只海滩上的贝壳，空空荡荡了。她看见熊老师吃力地踮着脚尖伸长手臂还够不着黑板时，忍不住鼻子发酸，眼睛发潮了。

同学们一看见熊老师，忍不住大声哭了起来："熊老师！这可怎么办啊！""刚才还好好的，怎么一下子就变成小矮人了哇！"

"哭什么！"突然一声怒吼，将大家震得一跳，原来是熊老师发脾气了，"把眼泪都擦干净！"

教室里顿时安静下来，哭泣声顿时止住了。

熊老师又喊道："站起来！全站到板凳上来！"

呼啦！呼啦！同学们一个个都站到板凳上，露出了身子和脑袋。

"好！就这样站着！"熊老师说道，"同学们，矮有什么可怕呢？人矮，志气可不能矮。一个人如果没有志气，没有进取心，再高也是矮子；如果下定决心，立下大志，不断前进，再矮也比山高！因为只要肯登攀，再高的山也可以登上去，并且把高山踩在脚下。这不就是比山高吗？"

……咦，这话好耳熟哇……这不是熊老师经常鼓励她的话吗？那个星期天，熊老师带领同学们去爬山，当她也爬上山顶时，熊老师不是意味深长地对她说过这番话吗？她回家后，还把这段话特意抄写在日记本上了呢……

"你们看王欣，"熊老师突然提到她了，"她是先天性的小矮子，从小就那么矮，老是长不高，可她在学习上矮不矮呢？一点儿也不矮！她……"

熊老师还在继续说着，还在拿她当例子，鼓励同学们，可她头脑里嗡嗡作响，再也听不进去了。她只觉得脸红，只觉得羞愧。她紧紧地咬住嘴唇，一下子冲出了教室……

……她又来到大海边了。浩瀚无边的大海以它博大的胸怀拥抱着天空，拥抱着日月星辰，拥抱着船和帆，拥抱着鱼虾和珊瑚……

她又跪倒在沙滩上，伤心地哭了。

“怎么啦，孩子？”大海那苍劲浑厚慈祥的声音又响了起来，“你的心愿不是得到满足了吗？”

“不！不！”她哭喊着，“这不是我的心愿！这不是我的心愿！”

大海似乎笑了：“你不是要他们全变成小矮人吗？”

“不！”她哭喊着，“让他们全变成原来的模样吧！”

大海又哈哈地笑了：“孩子，这样一来，他们可就都比你高啦！你又独自一人成为小矮人啦！你不怕人家讥笑你吗？”

她沉默了。是啊，她又孤零零地变成丑陋的小矮人了。往昔受到的那些讥笑、欺侮、屈辱一下子全涌上了心头。

“孩子，你可要认真地想一想！”大海说道，“我只能满足你一个心愿啦！”

“海爷爷！海奶奶！”她急急忙忙地说道，“能让我长得和同学们一样高吗？”

“唉！孩子！你患的是先天性的侏儒症。”大海难过地说，“你还会慢慢长高一点，可是你永远也不会长得和同学们一般高，你将一辈子都是个小矮人……”

她伤心地哭了。她的眼泪滴进了大海里，大海顿时哗哗地涌起了波涛。

“怎么啦？孩子？”大海叹了口气说，“算啦，还是让他们变成和你一样的小矮人吧！这样，你就是高个子啦！”

“不！不！”她大声地喊叫起来，“让他们都恢复原来的模样吧！我不怕矮！熊老师说了的，矮子也会比山高！”

大海欣慰地笑了：“说得好！孩子，说得好！那我就满足你这个心愿吧。”

就在这一刹那间，大海突然涨潮了。在一阵一阵雄浑的海涛声中，她似乎听见了同学们惊喜的欢笑声，同时，也听见了远处传来的大狼狗的吠声……她伫立在海滨，倾听着这一切，眼中突然涌出了咸涩的泪花……

〔她在梦中伤心地哭了起来，但是并没有醒。月光映照着她的床头，床头贴着一张彩色剧照，那是帅哥郭富城……〕

“洋蛐蛐”

他——十岁。某市私立学校小学四年级学生。在这所远在市郊、学生全部住宿的“贵族学校”里，不少学生都配有Call机（寻呼机），有的还配有手机。今天，他的Call机突然不见了，一直到睡觉前，还没有找到……

“嘀、嘀、嘀、嘀……”是什么在床头细声细气地叫？像草丛中的蛐蛐在夏夜里轻轻吟唱，又像是他的Call机在枕边急切地呼唤。他习惯性地摸了摸枕边，空空的，枕头下，也是空空的，每天放在枕头边伴他入眠的Call机突然失踪了。

“洋蛐蛐”还在嘀嘀地叫，寝室里的小伙伴们都被吵醒了。他感到上铺的小胖正翻着身子。小胖肯定也闭着眼在摸他的Call机吧？

他的眼皮好涩好涩。他觉得自己好像在云里下坠，在水里漂荡。他听见上铺的床板在嘎吱嘎吱地响，小胖正用手机给家里回电话。

“……喂，是我，嗯，嗯……我忘了……哎呀，妈！你别再深更半夜‘呼’我了！还要不要人睡觉哇？”

小胖的妈是个好胖好胖的富婆。小胖的妈要小胖每天给她打三次电话：早晨一次，中午一次，晚上一次。小胖常常忘了打电话，他的妈妈就不停地“呼”他，让他的Call机嘀嘀地叫个不停。

小胖的“洋蛐蛐”一叫，同学们就拍手笑着嚷了起来：“天不怕，地不怕，就怕胖妈妈打电话！”

小胖则搬出他的撒手锏，涨红着脸喊道：“谁再嚷，我就不借手机给他打了！”

这一招果然厉害，许多同学立刻就不嚷了。学校里也有电话，一部在教导处，一部在校长室。一到晚上，电话就全锁上了。你光有Call机有什么用呢？知道了是谁在“呼”你，还得赶快找部电话“复机”呀！

小胖的手机当然就成了宝贝。

大伙儿还是想家。

大伙儿还是盼着和老妈打电话。

他的Call机是摩托罗拉的，是名牌，是外国货呢，可以嘀嘀地呼叫，可以一早一晚告诉你当天的天气预报，还可以用中文显示呼叫你的人的留言。

“苹果要洗干净削皮后吃。”这是老妈的留言。老妈的留言最啰唆，“天凉了要多穿衣服”呀，“天热了要多喝水”呀，唠唠叨叨的。当时说来住读，就是想躲开老妈的唠叨，谁知老妈用Call机又把他给拴上了。

“今晚我有事，小王来接你。”这是老爸的留言。老爸除了周末给他一个留言，从来不“呼”他。老爸是总经理。老爸总是很忙。老爸总是晚上有事，陪客人喝酒呀，洗桑拿呀，打保龄球呀，很忙很忙。小王是老爸的司机，每逢周末便开轿车来接他。有时他也给老爸打一个Call机，并且留言。留言很简洁，只有四个字：“钱用完了。”于是周末小王就给他带一个信封来，信封里装的当然是钱。他从来不数，要买东西时就抽一张百元大票。他和爸爸很少见面。他和爸爸之间只剩下留言。

更多的留言则是同学们之间乱开玩笑留下的：

“你的柔情我永远不懂。”

“让你亲个够。”

“今晚十点老地方见。”

留言人呢，不是“张倩”就是“李娜”，还有“刘茜”或者“马莉”，总而言之，都是女孩的名字，有的就是本班的女同学。他心里明白，这些全是班上那几个坏小子偷偷干的，说不定还有上铺的小胖。有一次小胖闹肚子，动不动就往厕所里跑。他瞅准小胖跑进厕所的时候，用小胖的手机给小胖打了一个Call机，并且留言“蹲稳喽，别趴下”，留言人呢，自然是“爱你的人”。

“嘀、嘀、嘀、嘀……”不知是谁的Call机响了。

他习惯性地把手伸向腰间。

所有佩带Call机的同学都习惯性地把手伸向腰间。

佩带Call机最讨厌的就是这嘀嘀嘀的“蛐蛐”叫，尤其是在公共场所里。“蛐蛐”一叫，你就得从腰间取下它，看看是不是有人“呼”你。久而久之，就成了一种习惯，就成了一种神经质。有次在浴室里洗澡，突然听见“洋蛐蛐”叫了，他习惯性地去摸腰间，却摸了一手的肥皂泡沫。唉，浑身上下都脱得光光的了，哪有什么Call机呢？他正觉得好笑，一看四周的同学都闭着眼，一边淋浴，一边在腰间摸肥皂泡沫呢。

好像是在课堂上。

好像是上语文课。

周老师讲得正起劲，却听见“洋蛐蛐”嘀嘀地叫了。

周老师最讨厌学生上课带Call机了。周老师曾反复强调上课不准带 Call 机。

可是 Call 机响了。

周老师锁紧了眉头。

“谁带了 Call 机？嗯？谁的 Call 机在叫？”

没人吭声。没人承认。可是“洋蛐蛐”还在细声细气地叫。

“是不是要我动手哇？嗯？”

可不能让周老师动手，周老师一动手，就坏了！有一次，他上课偷偷地玩电子宠物，给电子鸡“喂面条”，被周老师发现了。周老师一把夺过电子鸡，顺手就扔到了窗外。

现在，周老师正握着书，倒背着手，像一个机警的猎人聚精会神地准备捕捉猎物。

可“猎物”也够狡猾的。周老师走到东，它就在西边嘀嘀地叫了；周老师扑向西，它又在南边嗲声嗲气地唱了起来。

而且由“独唱”变成了“男女声二重唱”。

而且由“二重唱”变成了“小合唱”。

“嘀嘀嘀嘀……”

“嘀嘀嘀嘀……”

教室里的 Call 机响成了一片。

周老师的脸也气得变了颜色，刚开始是桃红，然后是紫红，最后变成了酱红。他把课本重重地一扔，正准备大发雷霆，突然间，他的腰间也嘀嘀嘀嘀地响了。

周老师顿时怔住了。

同学们也都怔住了。

周老师从来没配过 Call 机呀，这“洋蛐蛐”怎么蹦来蹦去，最后蹦到他腰上去了呢？

所有的“蛐蛐”突然都不叫了，只有周老师腰间的“蛐蛐”还在唱，唱得那么陶醉，唱得那么温柔。

周老师笨手笨脚地把 Call 机取下来，盯着它仔细地看了看，又气又恼地问道：“这是谁的 Call 机？这是谁的 Call 机？”

不知怎么回事，同学们的目光一下射向他，连小胖也奇怪地盯着他。

“喂，盯着我干吗？我脸上又没有卡通！”

可是，一道道目光仍然含着古古怪怪的笑意，像蛇一样地游了过来。

他再抬头看看周老师，呀，周老师手中的 Call 机不正是自己失踪了的 Call 机吗？

这是怎么回事呢？

这是怎么回事呢……

操场上怎么就漫起了白茫茫的大雾呢？雾气嗖嗖地在身边翻卷飘动，他觉得自己好像在云里飞。

“嘀、嘀、嘀、嘀……”

他听见远处有“洋蛐蛐”叫。

是我的 Call 机吗？

他情不自禁地朝“洋蛐蛐”叫唤的地方飞去。

隐隐约约地，他看见好多人影也在朝前飞。“喂，喂！那是我的 Call 机！那是我的 Call 机！”

他一边喊着，一边拼命地朝前飞。

浓雾突然散了，眼前出现了一片碧绿碧绿的湖水。湖边那依依的垂柳下，坐着一个女孩，女孩头戴一顶美丽的花草帽，双手捧着一个正嘀嘀叫着的Call机。

咦，这不是乔珍吗？她上个月就转学走了，怎么又跑到湖边来了呢？

乔珍是他的同桌。当然喽，同桌有什么了不起呢？关键是乔珍长得很漂亮。乔珍有一双长着长长睫毛的大眼睛，一笑还有两个小酒窝。当然喽，大眼睛和小酒窝又有什么了不起呢？关键是乔珍的学习成绩很好，总是全班第一名。当然喽，第一名又有什么了不起呢？关键是乔珍性格开朗，不娇气，不像有的女同学成天装成个林黛玉，小鼻子小眼的，爱耍小脾气不理人。当然喽，性格开朗又有什么了不起呢？关键是男同学们都酸溜溜地羡慕他，嫉妒他。这使他很得意。哼，你有手机有什么了不起呢？你爸的车是日本的本田又有什么了不起呢？人家乔珍就不跟你同桌！

乔珍没有Call机，也没有手机。乔珍的老爸也没有桑塔纳或者本田。乔珍的老爸和老妈都是钢铁公司的普通工人。他们冲着这私立学校条件好，有外国教师教英语，便东挪西借地将女儿送了进来。

乔珍很争气。乔珍的学习成绩总是全班第一。

但是乔珍转学走了。乔珍哭着说，她再也不回来了。

考试前夕，小胖和一班小哥们儿请他帮忙。小胖说，乔珍不是买你的面子吗？你和乔珍交卷后，再请乔珍将正确答案告诉我们。很简单，我把手机给你，你将答案留言给我们，打 Call 机好了。小胖说，只要乔珍肯帮忙，周末回家时请她坐本田。

他爽快地答应了。他不能在小胖面前丢脸。

但是乔珍不答应。

乔珍惊讶地说，这不是舞弊吗？

他笑着说，这叫“学习雷锋”“互相帮助”。

乔珍直摇头。乔珍惊讶地说，你们的手段真高明啊，用 Call 机来舞弊！

他不耐烦了。他觉得乔珍不给他面子。他皱着眉头说，唉，少见多怪！一句话，这个忙帮不帮？

乔珍愣愣地望着他，仿佛不认识他似的。

唉，千不该，万不该，在这个时候，他抽出了一张百元大票，抖了抖，对乔珍说，我付劳务费，不会亏待你。嗯？

乔珍的脸一下就红了，一下又白了。乔珍怕冷似的哆嗦着，眼泪哗哗地涌了出来，然后，转身哭着跑了。

乔珍是搭校车回家的。星期一，乔珍的爸爸来了，乔珍就这样转学走了。转学的原因据说是为了照顾她生病的奶奶。

但是，只有他明白乔珍是为什么走的。

他很难过。他偷偷地难过。

乔珍，你为什么不配 Call 机呢？你家为什么不安电话呢？要不然我就可以给你打 Call 机，打电话，我就可以对你说一声“I’m sorry”。

现在，乔珍却在浓雾中出现了，好像是做梦一般。他又兴奋又激动，飞快地朝乔珍飘过去。

“嘿！乔珍！乔珍！”

乔珍好像没有听见他的呼喊。乔珍仍然呆呆地捧着那个Call机。

“嘿！乔珍，那是我的Call机。你要是喜欢，我就送给你！”

雾气之中，乔珍惊恐地将Call机一丢，连声嚷道：“不！我不要！我不要！”

“嘀、嘀、嘀、嘀，”那Call机竟然叫着，像只大蛐蛐一样，一蹦一蹦地朝乔珍跳过去。

乔珍惊叫着，躲避着这蹦蹦跳跳的“大蛐蛐”，慌慌张张地乱跑起来。

乔珍的脚下就是碧水茫茫的大湖。

“乔珍！危险！”

他大声喊叫起来，却觉得喊不出声。他急忙朝乔珍奔去，却怎么也迈不开步。他的双腿好像陷在软绵绵的棉花堆里，怎么也使不上劲。他眼睁睁地看着那Call机气势汹汹地朝乔珍扑去，眼睁睁地看着乔珍惊恐地后退，脚下悬空，一下掉进了湖水之中！

“乔珍！乔珍！”他狂喊着，拼命挣扎着，朝湖边奔去……

［他突然从噩梦中惊醒了，毛巾被已被他蹬到了地上。他的心还在咚咚地跳着，脸上满是汗珠。他突然听见了嘀嘀的叫声，不知谁的Call机又响了……］

绿 影

她——十岁。哈尼族。小学三年级学生。今天是“捉蚂蚱节[1]”，全寨男女老少都到田里去捉蚂蚱。她一人捉了半竹筒呢……

……一只蚂蚱躲在绿色的草丛里，一动也不动。这个狡猾的家伙还真沉得住气呢，不像其他的蚂蚱，还没等你走近，就吓得乱蹦乱跳，乱飞乱跑，一下就被发觉了。这只狡猾的蚂蚱，当她的脚几乎踩着它时，它仍不动声色。而当她刚刚从它身旁走过去，它便呼地一下从草丛里蹦出来，一下就飞跑了。她急忙回头，只看见一团绿影从眼前一晃而过，眨眼就不见了……

是我看花了眼吗？那团绿影究竟是不是蚂蚱呢？爸爸说，蚂蚱中有一个蚂蚱王。莫非刚才逃走的就是蚂蚱王？

……竹筒渐渐装满了蚂蚱。绿色的、黄褐色的蚂蚱在竹筒里蹬着粗壮有力的长腿，绝望地挣扎着。哥哥蹦蹦跳跳地跑过来了，又捉了三只，妈妈捉了两只，连奶奶也捉了一只。爸爸说够了够了，快把蚂蚱撕碎吧！

……她捏着一只绿色的小蚂蚱。小蚂蚱的眼睛像光滑透明的玻璃，柔软而温热的肚子因恐惧而颤动着。细细的触须

---

① 捉蚂蚱节：哈尼语为“阿包念”，哈尼族传统节日。时在农历六月二十四日后的第一个属鸡或属猴日。

不安地摆动，而后腿却鼓着劲儿一蹬一蹬，妄图逃跑。

……小蚂蚱，小蚂蚱，你为什么跑来吃我们的稻谷呢？你吃了我们的稻谷，我们拿什么舂糯米做粑粑，做水酒呢？我们没有跑到你们的田里去吃你们的稻谷呀……

她一只手捏着蚂蚱的身子，一只手捏住蚂蚱的头，用力一拉，蚂蚱的头便被拉下来了，还带着白色的肉呢。没头的蚂蚱还在一动一动地挣扎。她又扯下蚂蚱的翅膀、腿、身子、屁股，分别放在田埂上。

不一会儿，竹筒里的蚂蚱全部被消灭了，全部被扯开，分成了五堆：头一堆，翅膀一堆，腿一堆，身子一堆，屁股一堆。

然后，爸爸教她用竹片把蚂蚱的翅膀夹住，插到田埂上。

爸爸用竹片夹蚂蚱的头。

妈妈用竹片夹蚂蚱的腿。

哥哥用竹片夹蚂蚱的身子。

奶奶用竹片夹蚂蚱的屁股。

小小的竹片围着她家的田埂插了一圈又一圈。

她又忙着把这些竹片拔起来，把蚂蚱的翅膀呀头呀腿呀身子呀屁股呀扔进竹筒里。

然后，奶奶开始喊起来了："噢，蚂蚱，三天内不捉你了，三个月内你不要吃稻谷！"

她和哥哥也高声喊起来了："噢，蚂蚱，三天内不捉你了，三个月内你不要吃稻谷！"

爸爸和妈妈也接着喊起来了："噢，蚂蚱，三天内不捉你了，三个月内你不要吃稻谷！”

他们全家一边喊着，一边回家了。

……芭蕉叶割来了，铺在桌上了，菜一样一样地端上来了——沟边的水芹菜，田埂上的鱼腥菜，山上的紫花菜，凉拌生鱼，苔藓拌蚯蚓……当然，最主要的是蚂蚱拌糯米粑粑。

啊哈！蚂蚱真香，真好吃……

……突然间，一团绿影从她眼前一晃而过，刹那间就不见了……

……蚂蚱王！是蚂蚱王来了吗？

……她悄悄地走到窗前，朝外望去。溶溶的月光下，一群群蚂蚱悄悄地飞到田里去了，像一片片乌云从窗前飘过……

……“啊！蚂蚱！蚂蚱偷吃稻谷啦！”

……她急得大声喊叫起来。可是胸口像压着大石板一样，压得她喊不出声……

……“来人啊！蚂蚱偷吃稻谷啦！”

……她挣扎着，终于喊出声来。

……她看见那只绿色的蚂蚱王像小牛犊那么大，正在田埂上蹦跳着，用嘴拔着竹片。她看见蚂蚱王把一堆一堆撕碎了的蚂蚱头、身子、翅膀、腿、屁股都叼到一起。她看见蚂蚱王将撕碎了的蚂蚱拼接起来，然后用触须轻轻地抚摸着，抚摸着，那些头呀身子呀腿呀翅膀呀屁股呀竟然拼接在一起，一只只蚂蚱竟然又活了！

她惊呆了！

她看见那些活过来的蚂蚱一只只飞到田里，飞到稻叶上、稻秆上，大口大口地咬着、嚼着。水田里顿时哭声四起，水稻们疼得大叫起来："救命啦！救命啦！"

她连忙朝田里跑去，一边跑，一边大喊着："不准吃稻子，不准吃稻子！"

……小牛犊般大的蚂蚱王阴沉沉地盯着她，玻璃珠一样的眼睛闪着歹毒的光。它嘿嘿冷笑着："好哇，你来了。我正要找你呢！"

她从来没有见过这么大的蚂蚱。她心里很害怕……但是她还是站住了，大声问道："找我干什么？"

"干什么？哼！"蚂蚱王冷笑道，"你把我的小女儿撕碎了拌糯米粑粑吃！我现在也要把你撕碎了拌糯米粑粑吃！"

她的腿开始发软了："你敢！"

"哼！我不敢？那好吧！你看我敢不敢！"蚂蚱王说着，朝她扑了过来。

她吓得一下坐在田埂上，大声喊道："我不好吃！我不好吃！"

"不好吃也要吃！"蚂蚱王说着，张开大口，朝她扑来……

……她醒了过来。四周黑洞洞的，黏糊糊的，滑腻腻的。

这是在哪儿呢？哦，记起来了，是在蚂蚱的肚子里！

她想站起来，可是一动弹就滑倒了。

她急得哭了起来。这可怎么办哪？我明天还要上学呢！我的作业还没做完呢！

蚂蚱真坏！肚子里也不开个窗户，黑洞洞的，不透亮，也不透气。蚂蚱王真坏！

她急得哭了起来……

……就在这时，她闻到一阵稻子的清香。她听见有个细细的声音在对她说："姐姐，姐姐，别哭！别哭！"

"你是谁？"她怯生生地问道。

"我们是水稻。"

"你们……也被蚂蚱王吃了吗？"

"……蚂蚱还在田里吃……"

她一听，又气又急，哭了起来。

"姐姐！别哭！别哭！"

她止住哭声："怎么办哪？水稻快被蚂蚱吃完啦！"

"姐姐，你踩着我们，站起来，使劲蹦，使劲跳！扯它的肠子！把蚂蚱王疼死！"

好啊！这真是个好办法！

"可是……我踩着你们，你们不疼吗？"

"不要紧，别管我们！再晚就来不及啦！"

她感到自己躺在一层厚厚的稻叶、稻秆上了。她小心翼翼地站了起来。她没有滑倒。她站稳了。

"姐姐！姐姐！快跳啊！"

她感到自己踩在稻叶、稻秆柔软的身上。她不忍心跳……

“姐姐！姐姐！快跳啊！”

她咬了咬牙，狠下心，使劲地蹦起来跳起来。

“哎哟！哎哟！”她听见蚂蚱王疼得呻吟起来，叫唤起来。

“姐姐，快扯它的肠子！”

她摸到了滑腻腻的肠子……她感到一阵恶心，差点呕吐起来。她咬紧嘴唇，双手抱住肠子，使劲一拉，像荡秋千那样扯着肠子，双脚悬空荡了起来。

“哎哟！疼死我了！别扯！别扯！”蚂蚱王疼得乱蹦乱跳，哭着哀声求饶了。

她高兴地笑了，喊道：“快叫你的蚂蚱们通通滚蛋！”

蚂蚱王连忙喊道：“快滚！快滚蛋！”

蚂蚱们吓得呼啦呼啦地飞走了……

……突然间，她眼前一亮。她听见蚂蚱王惨叫一声就没气了。她看见头顶上开了一个“天窗”，一股新鲜空气顿时涌了进来。

她连忙爬呀爬呀，从那“天窗”里钻了出来。

她看见爸爸正在撕扯着蚂蚱。那只牛犊般大的蚂蚱王已经被爸爸撕碎了。她恍然大悟，刚才的“天窗”是爸爸开的，是爸爸把蚂蚱王的头给揪掉啦！

她兴高采烈地从蚂蚱王的身子里爬了出来，大声喊道：“爸爸！爸爸！”

……爸爸没有理睬她。爸爸似乎不知道她刚从蚂蚱王的肚子里爬出来。爸爸对着一片一片的稻田大声喊道："噢，蚂蚱！三天内不捉你了！三个月内你不要吃稻谷！"……

……她的鼻子突然一酸。她想说：爸爸，爸爸，蚂蚱可坏呢，蚂蚱连我都敢吃呢。蚂蚱会听你的话吗？

……突然间，她的眼前闪过一团绿影……

……蚂蚱王！蚂蚱王又来了……

〔她惊叫着，从梦中醒来……

她似乎闻到蚂蚱拌糯米粑粑的香味……可是，那团绿影……

明天可得告诉爸爸，蚂蚱王跑了……〕

野鸭的老家在哪里

他——十岁。读过两年书。现已退学，在家养野鸭。他养的一百多只野鸭是用野鸭蛋在密封桶里孵化的，可是昨天，辛辛苦苦养大的野鸭竟野性未改，飞走了一半……

……最后一抹夕阳融化到湖水中了。暮色从水天相接处悄悄地现了出来。茫茫的湖面上就只剩下他和他的小船了。

飞走的野鸭仍然不见踪影。

他不相信野鸭们已经飞走了。从小鸭雏到羽翼丰满的成鸭，他花费了多少心血啊！三年前，他曾好奇地将几个野鸭蛋和家鸭蛋放在一起孵化，竟孵化出几只野鸭来。后来它们竟长大了，母野鸭还下了蛋。他于是对爸爸说："不要再下湖去打野鸭了吧，我来养野鸭。"好多人笑他异想天开，他偏不服气：家鸭是从哪里来的？还不是野鸭变成的……

……暮色渐渐地弥漫开来，湖面上顿时苍茫一片了。他轻轻地划动着桨，仔细地倾听着，搜寻着，似乎总有群鸭戏水声在他耳畔回响，停下桨，凝神细听，戏水声却消失了。可是待他划起桨来，那群鸭的戏水声又仿佛从远处传来。

"撞到鬼了！"他狠狠地骂着，"野货！还不归家！"

他停下桨，大声地吆喝起来。平时，只要他一声吆喝，鸭群便会云一般从水面上漂过来，可现在，他的嗓子都发疼了，湖面上仍然是静悄悄的，不见野鸭的影子。

他狠狠地骂着骂着，眼泪顿时涌了出来。五十多只啊，一飞上天就不见了，没良心的野货！连招呼都不打一声就飞走了……

"天黑了，还不回来！"他舔了舔咸咸的泪水，"要是被我寻到了，一铳打死你们！"

话音刚落，只听见噗噗一阵响，一群野鸭扑腾腾地从他眼皮子底下飞起来了。呀！正是他养的野鸭！

"回来！回来！"他顾不上吆喝，竟大声呼喊起来。

可是野鸭们不理睬他，仍然一只接一只地飞上了天。

“看你往哪里跑！”他咬牙切齿地喊着，奋力挥桨，追了上去。

野鸭们越飞越高了，他急得鼻尖直冒汗。

突然间，他的小船也轻轻地飘了起来，渐渐地贴近湖面飞上了天。不过，他似乎没有觉察到。他的注意力全集中在一点上——追上野鸭！

野鸭们不急不慢地款款飞行着，好像在悠闲地散着步。他心急火燎地追着，但是不管他怎样奋力划着桨，小船老是掉在野鸭们的后面。

一片一片的云朵像浪花一样被抛在船后了。

一颗一颗的星星像航标灯一样被抛在船后了。

前面突然明亮起来，一轮又圆又大的月亮从云层中露出脸来。好像在茫茫的暗夜里行船，一拐弯，眼前突然闪现出一大片繁密的灯光，一个城镇出现在眼前。野鸭们飞得快起来，争先恐后地朝着月亮飞去。近了，近了，月亮像一个银色的圆球在茫茫的天宇中转动着，闪动着奇异的光芒。野鸭们嘎嘎地叫着，一下就融入了一大片明亮的月光之中。

他急了，也猛力划桨，小船嗖地闯入了一片溶溶的光亮之中。

他发现自己置身于一片银光闪闪的湖泊中了。湖水清澈透底，湖底的水草和卵石历历可数。许多红色的大鲤鱼在水中静静地游弋着。湖面上，密密麻麻地歇满了野鸭，从眼前一直铺到湖泊深处。呀！这么多野鸭，少说也有几万只！而在平缓的湖岸上，密密麻麻地铺满了野鸭蛋，白生生一片，似乎湖岸以及陆地全是由野鸭蛋铺就的。

他惊呆了。

他这才觉得累，觉得双臂酸软，汗衫汗涔涔地贴在身上。

四周一片寂静，静得令人感到不安。在这静寂中，他听见有什么在轰隆轰隆地响着，仔细一听，原来是自己的心跳。

小船悄然无声地在玻璃一样的湖面上滑行着。那些野鸭仿佛全睡熟了，一动也不动。他提起一只，哟，好沉啊！少说也有八九斤呢。这么多肥鸭该下多少蛋，该卖多少钱啊！

他看见他养的那群野鸭了。别看湖面上栖息着成千上万只野鸭，可他还是一眼就把它们一只一只地辨认了出来。他看见这些野鸭各自依偎在一只只大母鸭的身旁，嘎嘎地叫着，好像在喊着"妈妈""妈妈"。而那些大母鸭呢，也怜爱地用嘴给自己的孩子梳理着羽毛，好像在说："孩子，你到底回来啦！"

哦——我明白了，原来你们跑回家里了。他顿时恍然大悟！难怪野鸭总是往天上飞呢，原来野鸭们的老家在月亮上呀！

他这么一想，顿时兴奋起来。这下可好了，找到野鸭们的老家了，今后野鸭跑了，就直接上这儿来找好了。咦，干脆我到这儿来养野鸭，瞧那岸上一片片白花花的鸭蛋，一层层铺得不知有多厚。再瞧那远处的小山丘，也是野鸭蛋堆成的。这么多野鸭蛋白白地浪费了，多可惜呀。要是把它们全孵化出来——嘿，只怕连地球都装不下呢！

正当他这么美滋滋地想着的时候，忽然从他的身后传来一阵哗哗的划桨声。他回头一看，呀，只见一条条小船像木梭一样悄悄地滑来，船头上架着猎野鸭的排铳，一个个白色的身影和月光融成一片，看不清面目。但是他明白，那是猎手!

他呆住了。怎么月亮上也有猎野鸭的呢？他再定睛一看，呀，湖的四面八方全是小船，围成了一个大包围圈。所有的小船上都架着排铳。包围圈渐渐地缩小了！他知道，只要火花一闪，这一湖的野鸭没有一只能够逃脱！

“不能打！不能打！这里有我养的野鸭呢！”他大声地喊叫起来，却喊不出声。

他急了，操起桨使劲地敲起船帮来。

“啪、啪、啪！啪、啪、啪！”

可是野鸭们仿佛全睡死了，一动也不动。

“哎呀！不能打！我的鸭！我的鸭呀……”

〔他突然惊醒了。湖水粼粼，闪着一片碎银般的月光。他呆呆地抬头望着头顶的明月，月亮上似乎有些斑斑点点，那是他的野鸭吗……〕

“神童”的梦

他——十岁。“神童”。某大学预科班学生。明天是星期天，爸爸乐颠颠地又要带他接受记者的采访，不准他去玩……

……隐隐地传来一阵锣声，噹、噹、噹、噹……隐隐地听见有人在叽里呱啦地用英语大声地吆喝。他侧耳细听，是一个人一边敲着锣，一边大声嚷道："Like father，like son!"（"有其父，必有其子！"）——噹！噹！噹！——"One father is more than a hundred schoolmasters!"（"一个父亲胜于一百个教师！"）——噹、噹——"Spare the rod and spoil the child!"（"省了棍子，惯坏了孩子！"）——噹! 噹——"Silly child is soon taught!"（"要想孩子好，教育要趁早！"）——噹——噹——噹——

他听着听着，不禁觉得浑身发冷。这不是爸爸的声音吗？这不是爸爸经常向别人介绍如何培养"神童"时说的话吗？今天怎么打起锣来吆喝了呢？

突然间，门砰地一下被撞开了。爸爸满面怒容地闯了进来，气冲冲地吼道："好哇！到处找你，原来躲在这儿！不争气的东西！"说着，就伸手按住他，用手揪他的大腿。爸爸从来不打他，从来没有打过他，但他情愿挨打，而不愿这么挨揪——爸爸的手像铁钳子一样夹住他大腿上的肉，使劲一拧——疼得他两眼冒金花，泪水直涌。爸爸从来不打他，从来不用棍子呀尺子呀什么的打他。爸爸只是非常"文明"地揪他、拧他——拧得青紫的伤痕谁也看不见，他也绝对不会脱下裤子，赤裸着去向别人展览伤痕。即使别人知道了又怎么样呢？拧和揪总比打轻多了呀，谁家的孩子，特别是男孩子没挨过父母的打呢？

爸爸是“模范父亲”。爸爸从来不打他。爸爸精通英语。爸爸讲究绅士风度。

可今天，爸爸是怎么啦？爸爸突然从手中抖出一串哗哗响的铁链子，哗啦啦地一下套住了他的脖子，不由分说地就往外拖。

他感到透不过气来——铁链子紧紧地勒住了他的脖子。他说不出话，也喊不出声。他只得两手拉住脖上的链子，身不由己地被拖出了门。

……一片阳光，一片刺眼的阳光。他用手遮住眼。他听见了一片哗哗的掌声，听见了一阵噬噬的锣声。他悄悄地睁开眼，从手指缝朝外望去，只见一盏一盏水银灯发出刺眼的炽白的光，许多人拿着照相机，正对着他咔嚓咔嚓地拍照。

又是记者！他顶顶讨厌记者。记者一来，就向他提出许多腻味的问题，有时还出许多稀奇古怪的题目来考他。他一听记者提问，就紧张得要命。答对了，当然会获得一阵听腻了的赞赏；要是答错了，那就少不了晚上吃一顿“炒肉片”——爸爸会为每一个答错了的问题“文明”地拧他的“肉片”。于是，一见记者，他就大腿打战。一见记者，他就打心眼里觉得讨厌——你看那个记者的眼神，别看他笑眯眯的，嘴像抹了油似的，其实他是像看动物园里的猩猩那样看着自己呢！

——我不是猩猩！我不是猴！

他大声地嚷着，但这大声实际上是他想象的，他的脖子被铁链子勒住了，一句话也说不出来。他听着周围的笑声、闹声，看着围成一个圈的人群，突然觉得不对劲。他情不自禁地摸了摸臀部——呀，竟长了一根长长的尾巴！

他变成了一只猴，一只玩把戏、供人取乐的猴……

……他骑在爸爸的脖子上，看着那猴被卖艺人用铁链子牵着，翻筋斗，钻铁圈。他是第一次在大街上看见猴玩把戏，觉得挺新鲜。他把手中的面包撕下一块，扔到猴身边。那猴正要去捡那面包吃，卖艺人突然一拉铁链子，将猴拽过去，劈头就是一鞭子，打得猴团团转。“好！”“好！”四周围着的观众齐声喝彩，纷纷扔钱，他却心里猛地一颤，再也不忍看下去了。他觉得那猴真可怜。他泪水汪汪地对爸爸说：“爸爸！我们把猴带回家吧！我和它一块儿玩，我不打它！好吗？”爸爸却笑了：“傻孩子！它是畜生呀。”

可今天，他变成了一只猴，那打着锣吆喝着的正是他的爸爸：

“Wisdom is better than gold or silver!”

（“知识胜过金银！”）

“He knows how many beans make five!”

（“他精明机敏，有判断力！”）

“Money spent on the brain is never spent in vain!”

（“花在教育上的钱绝没有白花！”）

哗——一片掌声，又是一阵闪光灯的闪光。他感到自己被牵着在圈子里打转转。他感到伴随着喝彩声，观众扔进圈子内的硬币像冰雹一样砸在他的身上……

他感到一种说不出来的羞辱。他因感到羞辱而满脸通红。他两手紧紧地握住脖子上的铁链，趁机喘了一口气，突然大声嚷道：

“The crow thinks his own bird fairest! ”

（“乌鸦总以为自己的雏鸟最美！”）

“All are not hunters that blow the horn! ”

（“吹号角的未必都是猎人！”）

他听到自己的声音了。他感到所有的人都听到了他的呐喊。他看见爸爸呆呆地站在一旁，心中不禁涌出一丝快意。他继续大声说道：

“No garden without its weeds! ”

（“有利必有弊！”）

“Sometimes to gain is to lose! ”

（“有时得即是失！”）

“Boys will be boys! ”

（“孩子终归是孩子！”）

“All work and no play makes jack a dull boy! ”

（“只工作，不玩耍，聪明小孩也变傻！”）

他觉得心中的闸门顿时洞开了。那根铁链子不知怎么就变成了话筒的电线，他正像歌星那样手握话筒，滔滔不绝地倾吐着心中压抑淤积的情感。

街头突然变成了学校的大礼堂。他正站在台上。他看见台下坐满了人，正静静地听着他演讲：

"Happy is he that is happy in childhood! "

("童年时快乐的人是幸福的！")

他一说完这句话，眼中突然盈满了泪水。他哽咽着，流着泪，喃喃自语：

"Happy is he that is happy in childhood! "

("童年时快乐的人是幸福的！")

他呜呜地哭着，再也说不下去了。他听见舞台上响起了深情温柔的小提琴声，啊，那是舒伯特的《摇篮曲》呀：

> 睡吧，睡吧，我亲爱的宝贝，
>
> 妈妈的双手轻轻摇着你。
>
> 摇篮摇你，快快安睡，
>
> 安睡在摇篮里，温暖又安逸……

啊，《摇篮曲》！他是在《摇篮曲》中长大的呀……（那根长长的话筒电线突然又变成了一根长长的布带子。）房里静悄悄的，只有临窗的书桌前亮着一团柔和的灯光。不知不觉，他醒来了，发现自己睡在摇篮里。摇篮的木扶手上系着一根布带子，布带子一扯一扯，摇篮便轻轻地摇荡。他望着布带子出神。布带子是妈妈长长的手臂。布带子是妈妈长长的手臂呀！妈妈坐在台灯下，一边写着什么，一边拉着布带子。他翻了个身。妈妈不知怎么，立刻感受到他醒了。嚓、嚓、嚓……是妈妈的脚步声。他睁开了眼，看见了妈妈的笑脸。笑脸近了，近了，他感到了妈妈那温热的呼吸。他闭上了眼睛，知道妈妈要吻他了。果然，一个温热的痒酥酥的吻印在他的腮帮子上。然后，他听见妈妈开始哼那支深情的《摇篮曲》：

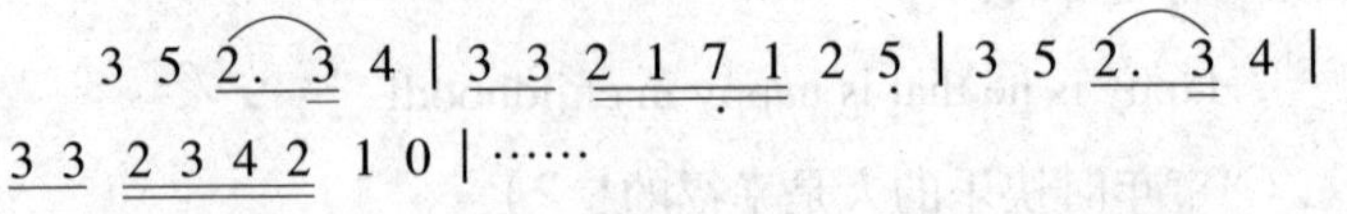

3 5 2. 3 4 | 3 3 2 1 7 1 2 5 | 3 5 2. 3 4 |
3 3 2 3 4 2 1 0 | ……

……他睡不着。他睁着眼睛，望着天花板。雪白雪白的天花板在他的眼里是一本大画册。浓浓淡淡的灯影映在天花板上，变幻出许许多多图画——树林、小木屋、大灰狼、小鹿、小白兔……

爸爸走过来了。爸爸用英语对他说话。爸爸轻轻地拍着他，唱起了《大家都在睡觉》这首幼儿英语歌曲：

The bee in the bee hive,
Sleeping so tight.
Everything's sleeping,
All through the night.
(小蜜蜂在蜂窝，
呼呼睡觉。
大家都睡了，
睡到天亮。)

爸爸一边唱着，一边闭着眼，装成睡着了的样子，还发出了呼噜呼噜的鼾声。他咧开嘴笑了，随即打了个哈欠，闭上眼，在爸爸的歌声中沉入了梦乡。

……突然间，他感到耳朵上一阵火烧火燎的疼痛。他觉得自己醒了。他揉揉眼，原来自己趴在书桌上睡着了。爸爸皱着眉头，揪着他的耳朵：“你怎么又睡了，嗯？”

他噙着泪花，立正站好，一边抽泣着，一边按照爸爸的要求念着墙上贴着的座右铭：

“Great hopes make great man! ”

（“远大的希望造就伟大的人物！”）

“读十遍！”爸爸厉声喝道。

他昏头昏脑地念着，念去念来，竟然念成了爸爸教他唱的那首歌——《大家都在睡觉》：

小鸟在鸟窝里呼呼睡觉……

小虫在地里呼呼睡觉……

小鱼在河里呼呼睡觉……

小狮子在动物园里呼呼睡觉……

小娃娃在床上呼呼睡觉……

念着念着，他觉得自己倒在地上睡着了……

〔他没有醒。他很累。明天是星期天，记者要来采访……〕

棋魂

他——十岁。小学五年级学生。六岁开始学围棋。某市少年围棋冠军。今天，是他参加全国少年围棋比赛以来搏杀得最激烈的一天，双方进入“读秒”后，对方一步不慎，被他抓住战机，最后以一目[①]险胜……

……嘀嗒、嘀嗒、嘀嗒、嘀嗒……

……像大山里的泉水一滴一滴汇入小溪，秒针嘀嗒嘀嗒走动的声音似乎从遥远遥远的山中传来。这是围棋比赛中最紧张的时刻——进入“读秒”。他的规定时间还没用完，而对方的规定时间已经用完了。按照比赛规则，裁判手握秒表，宣布对方进入“读秒”了。这就是说，对方必须在规定的一分钟内走出一手棋，如果超过了一分钟还未在棋盘上落子，那便是输了。一进入“读秒”，参赛的选手就没有充裕的时间反复思索了，裁判手握秒表，开始无情地读秒：“10秒、20秒、30秒、40秒……”这无情的读秒声，往往使许多选手心慌意乱，仓促落子，忙于应付，最后导致失败。

嘀嗒、嘀嗒、嘀嗒、嘀嗒……

“30秒！”

“40秒！”

---

① 一目：在计算围棋的地盘时，一个交叉点为一目。

“50秒！”

嘀嗒、嘀嗒、嘀嗒、嘀嗒……

对方进入“读秒”了……秒表嘀嗒嘀嗒地响着，似乎像大山里泉水的滴落声……

……黑子。白子。黑子。白子……

……黑如墨玉。白如凝脂。每一颗棋子上都缀着一点亮光，晶莹莹的，像清晨草地上的露珠，映着鲜嫩鲜嫩的阳光……

……他站在一片碧绿的草地中央。平坦的草地一直延伸到遥远的天边。满眼是亮晶晶的露珠，幻化成一片片奇妙的棋谱……棋谱变化无穷，他刚刚怦然心动，看到了一步妙棋，可棋谱又变了……

……嘀嗒、嘀嗒、嘀嗒、嘀嗒……

……像涓涓的泉水在布满彩色鹅卵石的小溪中流淌……

……棋盘突然变成一方清澈见底的水池。水池底部是由纵横十九条线交织而成的围棋棋盘。他和哥哥在水池里一边游泳，一边下棋。他执黑，哥哥执白。他在右上角“星”位投下一颗黑子。咦！那颗黑子竟垂直地浮了上来，骨碌骨碌地一直浮到了水面上，而且就像黏在水面上一样，一动也不动！

啊哈！真有趣！真有趣！这可是围棋史上的一大发明创造！

哥哥沉着地在左上角下了一个“三三”[1]。咦！哥哥下的白子也垂直浮上了水面，随着水波荡漾。哥哥比他大三岁，可是像个小大人似的。哥哥白了他一眼，说：“别大惊小怪！围棋本来就是一项体育运动嘛。球类比赛可以由陆地上的篮球、足球、网球一直发展到水中——水球；体操也可以发展到水中，与游泳相结合，成为新的运动项目——花样游泳；那么，棋类比赛为什么不可以发展到水中，成为水棋呢？例如水中围棋、水中象棋、水中国际象棋……”

啊，哥哥！你真异想天开！你的脑袋瓜是个神奇的魔幻脑袋瓜！你的围棋下得真好，我总是下不赢你。可是，你……你为什么非得放弃围棋，去读什么大学的少年班呢？不然你会成为又一个聂卫平，又一个马晓春，又一个常昊、周鹤洋……你被大学的少年班录取了，你顿时成了有名的“神童”，爸爸喜得合不拢嘴，妈妈喜得合不拢嘴，你顿时成了一轮太阳，让家里的人都跟着沾了光……你走的那天，半条街鞭炮齐鸣。一个普通的工人家庭的孩子，十二岁就上了大学，你为好多好多人争了脸，争了光……哥哥，你走的那天，我哭了……再也没有人在家里陪我下棋、打棋谱了……哥哥，你突然提出要和我下最后一盘棋……哥哥，你的手颤抖得厉害，而你平时执棋落子是多么潇洒啊……哥哥，那盘棋下到中盘时我已占优势了，在关键的“打劫”时，我想让你赢，我故意脱先让了一手棋……哥哥，你突然涨红了脸，呼地站了起来，

---

① 三三：第三条横线与第三条竖线的交叉点，称为“三三”。

你觉得受了侮辱。哥哥，你气得圆瞪着眼，说不出话来，你突然扬起手狠狠地打了我一耳光——啪！你一巴掌把我打倒在地，我嘴角流血……我惊呆了，你也惊呆了，我们俩互相呆呆地望着，然后你暴跳着吼了起来："谁要你让？谁要你让？你难道忘了我们的誓言吗？"

哥哥，我没有忘，我没有忘……我们曾经发誓，要打败中国的围棋冠军聂卫平、马晓春，要和日本、韩国最厉害的棋手们决一雌雄……

哥哥，你那一巴掌打得好啊……

嘀嗒、嘀嗒、嘀嗒、嘀嗒……

裁判宣布他的规定时间也用完了！他已开始进入"读秒"了！

嘀嗒嘀嗒的泉水滴落声顿时消失了，秒表里传出嘚嘚嘚的马蹄声。马蹄声从遥远的地平线上传来，像一阵雄风挟着风沙呼啸着卷过来了……

"10秒！"

"20秒！"

"30秒！"

"40秒！"

裁判的读秒声像山谷里的回声在四处回荡："50秒……秒……秒……秒……秒……"

"啪！"他果断地在中腹落下一颗黑子，向对方的一条"大龙"发起了猛攻！

局势顿时复杂起来……

……轰隆！一个黑色的太阳突然掉进大海里去了，大海顿时激起了排天巨浪！

轰隆隆的巨响震动了天地。他脚下的大地刹那间摇晃起来。

一条白龙呼啦啦从大海里钻出来，飞上了天。一条黑龙紧跟着蹿了出来，朝白龙扑去。白龙躲闪开来，张开血盆大口去咬黑龙的尾巴。黑龙腾身一跃，用尾巴朝白龙的腰部横扫而去。白龙躲闪不及，被抽打得嗷嗷乱叫，狂吼着，朝黑龙扑去。两条龙顿时扭成一团，从天上扭杀到海中，又从海中扭杀到天上……

……嘀嗒、嘀嗒、嘀嗒、嘀嗒……

……好大好大的一轮圆月呀！如果眼前的整个天宇是一方银幕，那么，这轮金色的圆月便占满了整个银幕，连绵起伏的群山只像一条波浪形的花边。

……他望着这轮圆月愣愣地出神。他从来没有看过这么大的月亮，仿佛再往前走一步，就跨进月亮里去了……

……呀！变了，变了！眼前的月亮突然变成了一个亮晶晶的秒表，从秒表里传出拖着尾音的读秒声：

“51秒……”

“52秒……秒……”

“53秒……秒……”

“54秒……秒……秒……”

“55秒……秒……秒……”

“56秒……秒……秒……秒……”

……在扣人心弦的读秒声中，他反而越来越冷静了。怪！过去一进入“读秒”，裁判的读秒声就像一团火烧烤着他，使他满头大汗，口干舌燥。可今天，那读秒声竟像三伏暑天的一阵阵凉风，使他浑身凉爽，头脑格外清醒，整个思维就像在冰水里冰镇了一样，在清水里澄清了一样。在短短的一分钟内，他心里仿佛装了一台高效能的电子计算机，不到半分钟，就把双方的地盘计算得清清楚楚，然后，用剩下的时间迅速地计算着下一手棋该如何向优势靠近，向最后的胜利靠近……

……他看见他的对手鼻尖上缀着汗珠了。他的对手是上一届全国少年围棋赛的亚军。他看见这位亚军头上开始升腾起一阵阵蒸汽……

……蒸汽弥漫……

……他泡在饭店卫生间的浴盆里洗澡。卫生间里蒸汽弥漫……浴盆旁的墙壁是由一块一块白色的瓷砖拼成的。他呆呆地望着这“瓷壁”。突然间，“瓷壁”变成了方格的围棋盘，棋盘上幻化出一张张棋谱……

啊！那是清代《寄青霞馆弈选》里的棋谱，此刻，像放幻灯片一样，一张一张地出现在“瓷壁”上……

……突然间，他打了个大喷嚏——哎哟，好冷！好冷！哦，原来他只顾着想棋谱，浴盆里的热水竟变凉了……

……他对一切类似围棋盘的方格形图案不由自主地感兴趣。

……过春节，爸爸带他走亲戚。进了叔叔家，他坐在客厅里，竟呆呆地望着地上出神。原来客厅里的地上铺着方格形图案的地毯……

……嘀嗒、嘀嗒、嘀嗒、嘀嗒……

……读秒声渐渐地由远而近，渐渐地变成了一阵威武雄壮的脚步声。嚓、嚓、嚓、嚓……

……陆军的方阵。海军的方阵。空军的方阵。一个个方阵，横看一条线，竖看一条线，就像围棋盘……每一个士兵都戴着钢盔，半圆的钢盔就像棋盘上的棋子……

那是三军将士正步走的脚步声！

那是千军万马前进的脚步声！

那是凝聚着风雷的棋盘和棋子！

那是凝聚着民族尊严的棋魂！

……这是一方洁净的水池。池底是纵横交织的围棋盘。水面上浮着黑子和白子。

他站在水池里，亚军也站在水池里。

裁判蹲在水池边。裁判竟是他的哥哥！

……最后一个“单官”收完了。他只用了几秒钟，便计算出了胜负。他胜了，胜了一目。一目棋——险胜！

他高兴地望着哥哥，可是哥哥毫无表情地望着水面，不理睬他。

哥哥！我赢了！这一局棋实际上是争夺冠军的决赛呀！

可是哥哥毫无表情地望着水面，不理睬他。

他爬上岸，好奇地朝水面望去——

哈！白棋子变成了一朵朵白莲花！

黑棋子变成了一点点黑色的蝌蚪，活泼泼地在水中游动着……

哥哥，你又在想什么呢……

〔他醒了，发现自己睡在席梦思上。

书桌上亮着台灯。同房的亚军正在灯下独自复盘，望着自己不慎失手的一手棋出神……

他揉了揉眼睛，下床走到书桌旁，搂住亚军的肩膀，用食指和中指夹住一颗白子，轻轻地放在棋盘上……

东方欲晓……〕

十一岁的梦

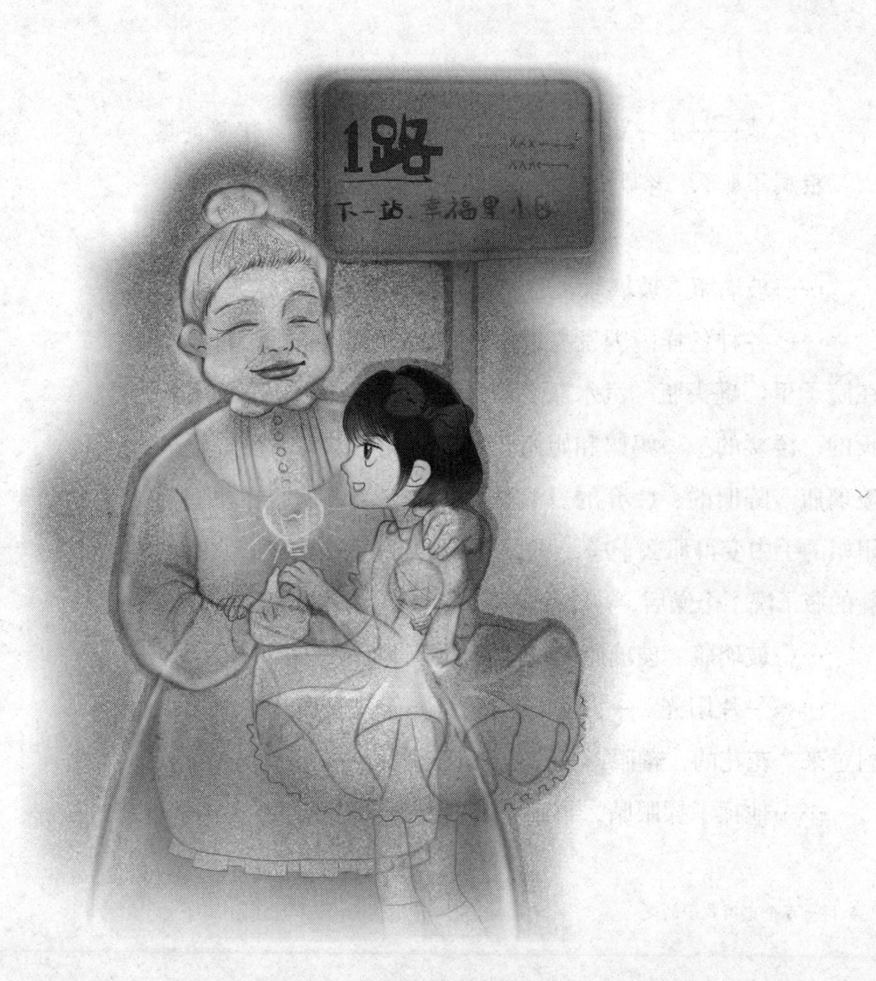

透明人

他——十一岁。小学五年级学生。昨天，教室里的黑板刷不见了，老师怀疑是他拿去了。他气得哭了起来……

……玻璃瓶。玻璃瓶。玻璃瓶。玻璃瓶……

……各种各样闪闪发亮的透明的玻璃瓶，一排一排地摆在院子里。罐头瓶、汽水瓶、酒瓶……胖胖的、瘦瘦的、长长的、矮矮的……妈妈和姐姐正坐在小凳上，弯着腰，洗着玻璃瓶。陈旧的、废弃的、油腻的、肮脏的玻璃瓶在妈妈和姐姐的手中变得那么干净，那么透明。那些垂头丧气、窝窝囊囊的瓶子洗了个澡后，一个个又变得容光焕发、神气活现了。

……玻璃瓶。玻璃瓶。玻璃瓶。玻璃瓶……

……一片阳光。一片刺眼的光斑。无数光斑从玻璃上反射过来，花花的，耀眼，晃得他睁不开眼睛……

……他揉了揉眼睛，再睁开眼，发现自己正站在大街上，人们来来往往，车辆川流不息。眼前有无数彩色的灯光一闪一闪，一闪一闪，就像密密麻麻的小星星在眨着眼睛。

他再凝神一看，不禁惊讶地张大了嘴。大街上行走的行人，一个个竟像玻璃瓶一样透明！

瞧，前面公共汽车站站牌下站着的那个叔叔，个儿高高的，就像个瘦长瘦长的啤酒瓶。玻璃一样透明的胸中亮着一盏红灯，红灯一闪一闪的，就像心脏在扑通扑通地跳动。他的头也是透明的，里面有好多好多齿轮在转动，就像钟表里面的齿轮在转动似的。那个叔叔正在喝汽水。他看见那柠檬黄的汽水顺着一根长长的透明的管子，流进了气球似的胃中。他看见那透明的胃中装着汽水，还装着面包、装着水果糖呢。

叔叔旁边站着一位阿姨，长长的披肩发，俊俏的鹅蛋脸，漂亮极了。她也是透明透明的，透明的胸中闪着一盏绿色的灯。

阿姨旁边站着一位胖奶奶，矮矮的，就像水果罐头瓶。“瓶”内也亮着一盏灯，一闪一闪的，于是胖奶奶就随着那紫色的灯光变成了一个紫色的奶奶。

胖奶奶手里牵着一个小姑娘。小姑娘穿着漂亮的连衣裙，乌黑的头发上扎着大红的蝴蝶结。她也是透明透明的。她的心是一盏鹅黄色的灯，就像春天河岸上柳枝吐出的嫩芽。柔和的灯光一闪一闪，她的身子便沉浸在一片鹅黄之中了。

红色的叔叔、绿色的阿姨、紫色的奶奶、鹅黄色的小姑娘……满街的人流，满街的彩灯，闪闪烁烁，烁烁闪闪，汇成一片色彩绚丽的迷人的河流。

啊，这是梦吧？这是梦吗？他呆呆地望着来去匆匆的行人，情不自禁地看了看自己。呀！他发现自己的身子也如玻璃般透明，轻轻地敲敲手臂，竟像敲在玻璃上一样，叮叮地响。他兴奋得心嗵嗵地急跳起来，顿时，他发现自己的胸中也快速地闪动着一团橘红色的灯光。呀！自己的心也变成了一盏一闪一闪的灯……

……突然间，他听见一阵急促的电铃声：丁零零零零零零零零（实际上，这是他家的双铃闹钟响了）……他吓了一跳，回头一看，那个站牌下站着的红色的叔叔脸色发白，惊慌失措地将一个钱包一扔，拔腿就跑。但是，那急促的电铃声正是从他身上发出来的。他的那颗心正伴着铃声不停地闪着，就像引人注目的警铃和警报器。他跑到哪儿，铃声便响到哪儿，于是街上的行人一拥而上，将他抓住了。

“我的钱包啊……”那个紫色的奶奶愤怒地喊着，“你这个该死的小偷！”

那个红色的叔叔耷拉着脑袋，浑身颤抖着，哭丧着脸说：“别响了，别响了……”

但是没用，他身上仍然响着丁零零的铃声。

这时，几个警察叔叔赶来了，将那个小偷塞进汽车带走了。

他站在一旁，目睹着这一切，不禁惊呆了。正疑惑着，奇怪着，突然听见城市上空传来一阵浑厚的声音，就像一千个扩音喇叭在嗡嗡地响着：“……透明国……透明国……谁要是做坏事……坏事……身上就会响起铃声……铃声……心灯也会急闪报警……报警……不论你的心灯是什么颜色……颜色……只要做坏事，就会立刻被发现……发现……”

啊！透明国！心灯……原来他来到了透明国！那透明人胸中闪着的是一盏心灯……

他突然想到，要是他们小学在透明国就好了，那么，谁要是拿了黑板刷，做了坏事，谁的身上就会响铃，心灯也会报警。这么一来，事情就会真相大白，他也不至于老是受冤枉气了……（哼，班主任见我调皮，什么乱七八糟的事总指责我……）

正想着，正想着，他发现自己坐在教室里了。教室里也是一片辉煌，同学们全变成了透明人，五颜六色的心灯闪烁着奇异的光芒。

张小莉的心灯是金黄色的，罗勇的心灯是湖蓝色的，黄媚媚的心灯是乳白色的，蔡平的心灯是碧绿色的……而站在讲台上的蒋老师，他的心灯像红烛一样闪着红色的光芒，于是，这位五十多岁的老教师便像一根正在燃烧的红烛……

突然，教室里响起了一阵铃声：丁零零零零零零零零零零……这急促的铃声在静静的教室里显得格外清晰。大家不约而同地循声望去，只见罗勇的心灯急促地闪着，那铃声正是从他身上发出来的。

罗勇呆住了，脸色涨得通红。

蒋老师和蔼地说：“罗勇，你又做错了事吧？做错了事不要紧，改了就好。只要你认识到做错了，改了，铃声就会停止的。”

罗勇低着头，站了起来。他从黄媚媚的背上扯下一张纸。原来这个调皮鬼在纸上画了一个大乌龟，贴到黄媚媚的背上了。

铃声顿时变得轻微细小了，就像小虫子在草丛里丁零地叫，而他的心灯也闪得缓和了。

教室里顿时活跃起来。同学们都情不自禁地悄悄笑了。

突然，一阵铃声从窗外传来。他看见班主任吴老师急匆匆地跑来。那铃声竟是从他身上发出来的。

这是怎么回事？难道老师也会做错事吗？

吴老师带着铃声，走进了教室。他那盏玫瑰红的心灯一闪一闪。

吴老师走上讲台，手里拿着一个黑板刷，真诚地说："同学们，我做错事了！教室里的黑板刷不见了，我怀疑是王刚同学拿走了。结果黑板刷找到了，是我自己带回办公室，丢在办公桌上，被一大堆作业本压住了。我错怪了王刚同学，总是用老眼光看人，认为他调皮，就怀疑他。现在，我诚恳地向王刚同学赔礼道歉！"

顿时，吴老师身上的铃声消失了。他的那盏心灯也闪得柔和了，像一朵盛开的玫瑰花。

教室里响起了一阵热烈的掌声。同学们拼命地鼓掌，充满敬意地望着吴老师。是啊，谁见过老师做错事向学生赔礼的呢？没见过！没见过！老师无理也是理！其实，老师越是强词夺理，学生们越是不喜欢他，虽然不敢说，但是心里贬着这样的老师呢。要是老师实事求是地承认自己的错误，学生们就会愈加敬重他呢！

吴老师向他鞠了一个躬，他慌慌张张地连忙站起来还礼，结果鞠躬时一弯腰，额头一下撞在课桌上，顿时，他眼前金光四迸……

〔他从床上滚到地上了，头撞在地上，疼得醒了过来。他“哎哟”一声，捂着额头，眼前还闪着无数彩色的心灯……他呆呆地坐在地上，情不自禁地笑了起来。爸爸开了灯，奇怪地望着他。这孩子怎么啦？坐在地上傻愣愣地笑……〕

神奇的百宝衣

她——十一岁。小学五年级学生。家里是开服装店的个体户。这星期，学校开展了“幻想周”活动……

……窗外大雪纷飞，气温陡然降到零下四十摄氏度。她正在家里做作业，只见同班同学姚红和谢超跑进屋来。

“郭小玲！你躲在家里设计什么？”谢超风风火火地嚷道，“你想一鸣惊人哪？”

“谁想一鸣惊人呢？”她反唇相讥，“哼！想发明飞行坦克的人才想一鸣惊人呢！”她听姚红说，谢超正幻想发明一种飞行坦克，既能在陆地上跑，又能像直升机那样垂直上升，在空中飞行。这是他看了水陆两栖坦克的图片后幻想设计的。是啊，既然有了水陆两栖坦克，为什么不能有空陆两栖坦克呢？

谢超脸红了：“好哇！肯定是姚红告的密！”接着，他也揭发道：“姚红的幻想才棒呢！她幻想发明一种眼药水，凡是双目失明的人一点这眼药水，马上就可以复明，看见东西！”

姚红的奶奶是个盲人，难怪姚红想发明这种眼药水了。

正在这时，忽然听见爸爸在屋里喊：“小玲子！衣服做好啦！”

哎呀，太妙了！她设计的衣服已经做好了。她走进屋里一看，不多不少，正好做了三套。于是，她高兴地拿着衣服，对着姚红和谢超喊道：“快！把那皮大衣、皮靴、皮帽什么的都脱了，穿穿我设计的百宝衣！”

“百宝衣？”姚红和谢超惊奇地问道，“为什么叫百宝衣呢？”

她得意地说：“首先，告诉你们一个秘密吧，这百宝衣能自动调节温度。不管是天冷还是天热，穿上这百宝衣，能使你身体周围一米以内保持恒温。”

“是吗？”他俩又惊又喜，“那可太棒了！”

“来！咱们试试！”她得意地说着，按动了胸前的第一颗纽扣。

……雪越下越密，越下越大了。白茫茫的大雪掩盖了一切，整个世界仿佛都在飞舞的雪花中旋转。他们穿着百宝衣，嘻嘻哈哈地在大雪中奔跑。这百宝衣看起来就像平平常常的短大衣和牛仔裤，可是一穿上身，顿时感到格外舒服，好像置身于温暖的春天一样。

“哎呀！太妙啦！”姚红大声说道。

“嘿！简直太棒啦！”谢超大声嚷道。

她高兴地笑了：“走吧，咱们再到火焰山去看看！”

说话间，他们就来到了火焰山，好像火焰山就在她家隔壁似的。

好个火焰山！远远地望去，只见高高的山峰像红色的火炬，正在熊熊燃烧，整座大山就像一块烧得通红、炽热的铁块，马上就要熔化了。天空被大火烧红了，大地被大火烧红了，像两块通红的铁板。离火焰山还有几百米就荒凉沉寂一片了，没有人烟——成天在火炉里过日子，谁受得了哇？

他们穿上了百宝衣，一点儿也不感到热。但姚红还是有点儿害怕，望着前面的火浪火墙，胆怯地说：“算了，回去吧！万一……”

她哈哈笑了：“没事！它要是有个万一，我就有一万！”

说着，她带头跑进火浪之中。

谢超白了姚红一眼：“胆小鬼！”说着，也冲进火浪之中。

四周全是火了。火浪仿佛被激怒了，呼啸着，吼叫着，张开血盆大口，吐着吓人的火舌，要把他们一口吞没。

但是火浪马上狼狈逃窜了。他们周围仿佛有一张无形的电网，火舌刚刚舔过来，便马上像触了电一样弹了回去。

“嘿！真棒！”谢超兴奋地大叫。

他们带着胜利者的微笑返回了，老远就看见姚红扑了上来。姚红的眼睫毛上挂着晶莹的泪珠，不好意思地说：“我……我还以为你们回不来了呢……”

……四周突然暗了下来，火焰山变成了一片灿烂的晚霞。他们突然置身于潮湿闷热的丛林之中。他们看见一片一片的乌云在丛林中飞来飞去。几只鸟不小心飞进了乌云之中。突然，鸟惨叫几声，像石头一样坠落下来。他们吓了一跳。再定睛一看，有一片乌云带着嗡嗡嗡嗡的响声逼了过来。谢超不禁大叫了一声：“蚊群！”

是的，这是热带丛林里可怕的毒蚊群。即便是凶猛的豹子也怕它三分。眼下，这片可怕的“乌云”带着恐怖的响声飞了过来，马上就要吞噬他们了。

“不怕！”她胸有成竹地安慰着同伴，“我这百宝衣还有一个秘密，就是可以防蚊咬，防蛇咬，防止动物的突然袭击。它可以发出一种声波，蚊虫一碰上就没命啦！”说着，她按了按胸前的第二颗纽扣。

姚红和谢超赶忙也按动了第二颗纽扣。

说时迟，那时快，就在他们按动纽扣的时候，蚊群已经扑了过来，一片“乌云”飞到他们面前……但是那蚊群就像撞上了一堵无形的墙，纷纷落到地上，就像下急雨似的。不一会儿，“乌云”就消失得无影无踪了，而他们的脚下铺起了厚厚一层毒蚊的尸体。

“哎哟……”姚红长长地呼了一口气。

谢超却兴奋起来：“嘿！太棒啦！”他拉着她的手说：“快说说，这第三颗纽扣有什么秘密！”

她不好意思地甩开他的手说：“第三颗纽扣嘛……可以当救生衣使用，人在水里可以浮起来……”

……话没说完，他们已经漂浮在大海上了。蓝色的大海涌动着，整个世界仿佛都沉到海底去了，极目之处，除了海，就是和海一样蔚蓝的天空。她躺在海面上，仿佛躺在柔软的沙发上一样，舒适地眯缝着眼，望着天上的白云悠悠地飘着。姚红躺在她的旁边，不安地问道：“这衣服……不会漏气吧？”她咯咯地笑了：“放心吧！沉不了！”

谢超毛手毛脚地在海上折腾，累得呼哧呼哧地喘着气。他大声嚷道：“喂，穿这衣服游泳不过瘾，像泡沫一样浮着没意思！我脱了啊！”正说着，忽然看见远方波掀浪涌，一条大鲨鱼像一艘舰艇一样飞快地扑了过来，尖利的牙齿像尖刀一样。谢超吓得“哎呀”一声，慌了手脚。

她连忙大声喊道：“快按第二颗纽扣！”

谢超恍然大悟，连忙按动第二颗纽扣。那鲨鱼刚刚扑过来，突然间，像被电击中了一样，一下沉下海底，扭头逃窜了。

姚红哈哈大笑：“喂——怎么样？过不过瘾呀？”

……轰隆隆……一阵电闪雷鸣，天色陡然暗了下来，乌云像海涛一样在汹涌翻卷。突然间，一条刺眼的闪电划破长空，把天空撕开一条大口子。立刻，倾盆大雨像决了堤的水一样，从裂口处倾泻下来。

他们急忙游上海滩，但是暴风雨立刻席卷而来。她急忙大声喊道："快！按动第四颗纽扣！"

刹那间，他们仿佛置身于一个透明的塑料帐篷里了。瓢泼大雨哗哗地下着，但是落到他们头顶上时，自动地拐了弯，像滑滑梯一样，从他们的周围滑到了地面上。

"太妙了！太妙了……"姚红张大了嘴，惊讶地望着那雨水拐着弯儿滑滑梯，情不自禁地连声赞叹。

她也情不自禁地抿着嘴笑了。

正在这时，谢超突然不见了。

"谢超！谢超！"她大声喊了起来。

姚红的眼眶顿时红了："是不是掉进海里去了？刚才好像没看见他起来。"

她的心也一紧，不由得慌乱起来。

突然，谢超的声音在她们身旁响了起来："我在这儿呢！"

这坏蛋还哈哈地笑呢。

"你在哪儿？怎么看不见你？"姚红喊道。

谢超笑着说："我刚才试着按动了第五颗纽扣，突然一下就变得没影儿啦！怎么？看不见我吗？"

她恍然大悟："哎呀！那是隐身纽扣，一按，别人就看不见你啦！"……

〔她没有醒。那百宝衣上的纽扣还多着呢！亲爱的小读者，你能猜中她后来做的梦吗？〕

放牛的姑娘爱吃“草”

她——十一岁。文盲。她是农村的女孩子，哥哥和弟弟因为是男孩，不但能读书，而且不做家务事；她不但要放牛，做家务事，而且不能读书。而她是多么渴望读书啊……

……是天将破晓的时候吧，蒙眬中，她听见娘在喊："芬！芬！快起来上学了！"

……上……学？上……学……

娘的喊声急促了："芬！起来上学！"

啊？是喊我吗？是喊我上学吗？

是的，是的，是娘的声音，从对面厢房传来："芬，芬！快起来……"

她一骨碌爬起来，呆呆地坐在床上发怔。真的喊我上学了吗？真的喊我上学了吗？

〔她做梦的时候，娘正在喊："芬，芬！快起来放牛！人家的牛都饱了呢！"〕

……天刚破晓，原野睡意正浓。东方露出一缕鱼肚白。残月仍挂在天上。启明星亮得醒目。晨风清凉如薄荷。一阵阵的蛙鸣、虫鸣从原野传来，似昏昏的梦呓。谁家的鸡叫了，于是四面八方响起了鸡啼。

……她第一次走在通往学校的小路上。她觉得新奇而兴奋。过去，她都是骑在牛背上，来往于这条小路上。有时，她故意在这条田间小路的拐弯处、小坡处、草深处牵着牛屙屎。如果有上早学的学生们不留神踩着了牛屎，她会偷偷地幸灾乐祸。这个坏丫头！却不料第一次踩着牛屎的正是她的弟弟！弟弟踩了一脚牛屎，又滚到了田里，滚了一身的泥。弟弟哭哭啼啼地回家告诉了爸爸。结果她挨了打，很疼很疼。爸爸不喜欢姑娘。爸爸总说她是赔钱货。小时候她不懂什么叫赔钱货，长大后逐渐懂了。"儿子是自己家里的，姑娘是别人家里的"，"嫁出去的姑娘，泼出去的水"，她听得多了，就逐渐明白了。农村干活需要劳动力。姑娘养大了就嫁到别人家去了，不但失去了一个劳动力，还要赔嫁妆，所以是赔钱货。这些她都逐渐明白了。她才十一岁。她懂得了好多好多事情，可她才十一岁……

……走进学校了，走进教室了，这么多人整整齐齐坐在一间房子里，真有趣。

……她坐在窗子旁边。她朝窗外望去，望见了地平线上起伏的群山，望见了一垄一垄的稻田，望见了绿树掩映的村庄，望见了融进朝霞的水塘。过去，是她在窗外偷偷地朝窗内望，望一排一排的课桌、课椅，望黑板讲台和讲台上的黑板刷，望学生们一齐读书，望老师在黑板上写字……如今，当她坐在窗内了，再朝窗外望去，心里真有一种说不出来的滋味……

……老师走进教室了，是胖胖的赵老师。赵老师是语文老师，她熟悉得很。她经常在窗外偷听赵老师讲课。她经常在窗外默默地跟着赵老师一起朗读课文……

……赵老师微笑着点她的名，叫她站起来背诵课文。哦，是《秋天》这一课。她会背，比弟弟还背得流利呢：“天，那么高，那么蓝。蓝蓝的天上飘着几朵白云……”

她一口气将全篇课文流利地背下来了，而且还是用普通话。她看见老师微笑着表扬她。她感到同学们都惊异地望着她……

……这一课她早就会背了。一年级的许多课文她早就会背了。因为每天在山坡上，牛在一边悠闲地吃草时，她便将双手规规矩矩地放在背后，就像在课堂里站起来回答问题一样，开始大声地背诵课文：“天，那么高，那么蓝。蓝蓝的天上飘着几朵白云……”

……山坡是她的教室。牛是她忠实的学生。她在“教室”里扮演“老师”，给“学生”上课：

“飘，飘，‘飘着白云’的‘飘’——”

牛呆呆地望着她。

“望，望，‘望不到边’的‘望’——”

牛呆呆地望着她。

“望着我干什么？你读啊，读啊！”

没想到牛真的开口读起书来：“天，那么高，那么蓝。蓝蓝的天上飘着几朵白云……”

牛突然开口读书，声音又是那么瓮声瓮气的，这可把她吓了一大跳。于是，“老师”的腿一软，一屁股跌坐在草地上……

〔就在这时，她的娘又在厢房那边喊了起来：“芬！芬！死丫头，快起来放牛！”她迷迷糊糊地应着，可还是在做梦……〕

啊，能读书、会认字该多好啊！那就像白云一样自由自在地在蓝天上飘。

……她从怀里掏出半张破旧的报纸来。那是她在学校的窗口下捡的。她把这揉成一团的报纸展开，细心地抚平，然后认真地看那纸上的一个个铅字。

她爱看有字的东西，尽管她是一个文盲，一字不识。有时，她呆呆地坐着，认真地看着哥哥或弟弟的旧课本，一看就是老半天。

……她把那一张报纸用手扯着，对着太阳，眯着眼望着。她想看看这些字究竟是些什么东西……这些黑蚂蚁般的小字可真是神啊，就这么排在一起，就可以说出好多好多话，告诉你许多许多的事情。

牛在山坡上吃着青草。牛吃了草，就会长大，就有劲儿。人吃了粮食，也会长大，也就有劲儿。要是把这些字也像吃饭一样吃进肚子里，然后马上就会识字，那该多好啊！如果是这样，爸爸再怎么不喜欢自己，也没有什么了不起。哪座山上不长草呢？哪块田里不长庄稼呢？你能叫山上不长草，叫田里不长庄稼吗？

……她这么痴痴地想着，将报纸撕成了一条条的纸条，然后痴痴地将它们放进口里嚼着，嚼着……

牛抬起头来，呆呆地望着她。

牛常常看见她坐在山坡上吃“草”。

那是什么草呢？比这青草还好吃吗？

牛呆呆地望着她……

〔就在这时，她的爸爸恼怒了：“死丫头！喊了半天还不答应，翻天了！”

她的爸爸冲到她的床前，揪住了她的耳朵。就在这时，她爸爸听见她正在梦中背书：“天，那么高，那么蓝。蓝蓝的天上飘着几朵白云……”〕

雪夜，列车奔向北方

他——十一岁。小学五年级学生。南方孩子。第一次坐火车，第一次到北方。现在，列车在雪夜里疾驰……

……轰隆隆隆，嗒嗒嗒嗒……

……轰隆隆隆，嗒嗒嗒嗒……

……两条银亮亮的小溪像任性调皮的孩子，嘻嘻哈哈地躲闪着，朝前跑去。一个黑大汉气呼呼地吼着，追赶着前面的孩子（黑大汉是他们的父亲吗？），可是尽管他又高又大又壮实，却笨得很，任他怎么生气怎么跺脚怎么发火，总也追不上前面的孩子。

钢轨像银亮亮的小溪，向前无止境地伸展、伸展……

火车像那个黑大汉，拼命追赶着，追赶着，累得呼哧呼哧直喘气，气得呜呜地直吼，可是钢轨还在前面奔跑，奔跑……

……轰隆隆隆，嗒嗒嗒嗒……

……轰隆隆隆，嗒嗒嗒嗒……

……夜色像墨汁一样在冬夜里冻结了。车窗外没有一星灯光，只有无边无尽的黑暗。火车像穿行在黑乎乎的山洞里、隧道里。这山洞、这隧道好长好长啊，怎么走也走不到头……

……山洞……山洞……山洞……

……许许多多白色的蝙蝠在黑色的山洞里飞舞着。这些白色的蝙蝠是山洞里的小妖精吗？他感到这些白色的蝙蝠正悄悄地向他扑来。他已经看见了它们老鼠一样的脑袋，妖魔一样的獠牙，正得意地狞笑着，悄悄地向他扑来……他吓得拔腿就跑——咚，脑袋却重重地撞在了洞里的石壁上……

〔“哎哟！”他疼醒了。原来他的脑袋撞在了车窗上。窗外，白色的雪花在黑夜里翩翩飞舞……〕

……轰隆隆隆，嗒嗒嗒嗒……

……轰隆隆隆，嗒嗒嗒嗒……

……他坐在爸爸摩托车的后座上。他发现四周黑压压一片，全是摩托车、摩托车驾驶员的头盔。突然间，千百辆摩托车一齐发动了，耳畔是一片震耳欲聋的轰鸣。他来不及仔细问爸爸这是到哪儿去，摩托车已风驰电掣般向前疾驰而去。

……似乎是一片无边的开阔地。似乎是在黎明前。东方已露出鱼肚白，星星像萤火虫一样在四周飞舞。开阔的原野上是飞奔着的摩托车群的剪影，像一阵黑色的疾风……

……突然，地平线上涌出一片黑云。黑云迅速地扩展着，向摩托车群压来……

一片惊天动地的马蹄声像惊雷在大地上滚动，一队队骑兵扬着闪亮的马刀，呐喊着扑过来了！

……他的手中突然有了一挺轻机枪。他隐隐约约地听见爸爸大喊一声：“开火！”他手中的机枪顿时嗒嗒嗒地喷射出一道道火苗，一阵阵钢铁的骤雨。摩托车群所有的机枪都开火了！密集的子弹组成了一张火网，一下把对面的马群像捕鱼一样捕在网中……

嗒嗒嗒嗒！嗒嗒嗒嗒！

分不清哪是机枪声，哪是马蹄声……

……轰隆隆隆，嗒嗒嗒嗒……

……轰隆隆隆，嗒嗒嗒嗒……

……他似乎正在家里看电视，忽然整幢大楼摇摇晃晃地动了起来。他一下歪倒在地上。这是怎么回事？是地震了吗？是大楼要倒塌了吗？

……窗外的景色渐渐地移动起来。对面的大楼突然跑动起来。这是怎么回事？对面的大楼和他家所住的大楼一样，都是八层高的公寓大楼啊！

他小心翼翼地摸到窗前，朝外望去。啊哈，原来对面的一条街——公寓大楼、办公大楼、商店、电影院等楼房都安着轮子，沿着锃亮的钢轨跑着，跑着。商店里，人群仍然拥挤着。公寓大楼里，饭菜的香味仍然飘着。一个老爷爷在阳台上悠闲地给花浇水，一个小姑娘在窗口弹着电子琴……

可所有的楼房都像火车车厢一样串挂着，沿着钢轨轰隆隆地跑着！

他还惊异地发现，自己家所在的大楼，这一条街上的所有楼房，也都串成一长列，沿着钢轨轰隆隆地跑着！

……轰隆隆隆，嗒嗒嗒嗒……

……轰隆隆隆，嗒嗒嗒嗒……

……突然间，火车猛地一震，停住了。

……他朝窗外望去，窗外白茫茫一片。火车还没到站，怎么就停了呢？

隐隐约约听见有人在喊：“火车冻住啦！火车冻住啦！”

什么？火车冻住啦？

哦，那一定是到了北方！

……他不敢下车。他曾听人说北方寒冷时，有人不注意，在擤鼻涕时，竟一下把鼻子揪下来了，还有的人耳朵也冻掉了。刚想到这里，他的鼻子就痒痒的了，他就忍不住想擤鼻涕了。可是他不敢擤——要是把鼻子揪掉了，那该多难看啊！

……有人从车厢那一边走过来，穿着皮大衣，戴着皮帽子，脚穿皮靴，噔噔噔地走了过来。这个大汉的脸上有一个什么东西亮闪闪地映着灯光。他仔细一看，啊，原来那是一个亮闪闪的钢鼻子！

“爸爸！爸爸！那是个钢鼻子吗？”

爸爸睡意正浓，嘟囔着：“……哦，那是他的鼻子冻掉了……”

“那……他怎么擤鼻涕呢？”

爸爸打了个哈欠，伸了个懒腰：“钢鼻子的鼻孔旁有机关呢！”

爸爸用手按了按鼻孔：“一按机关，鼻涕就喷出来啦！”

“哦……”他似懂非懂。如果是这样，那可太麻烦了。要是那擤鼻涕的机关坏了呢？

……轰隆隆隆，嗒嗒嗒嗒……

……轰隆隆隆，嗒嗒嗒嗒……

……他穿着厚厚的羽绒衣，将脸——特别是鼻子用长围巾包裹得严严实实的，然后走下了火车。

四周弥漫着白色的冷气，像江南的晨雾一般。脚下是厚厚的冰层，像透明的玻璃砖。透过厚厚的冰层，他看见了绿色的水，看见了青色脊背的鱼在水中游弋。

……这是什么地方？是松花江吗？他在电视中看过松花江结冰。可是火车怎么开到江上来了呢？

火车冻结在松花江上了。有许多人在冰层上用火融化出一个个冰洞，然后坐在车厢里，将钓鱼竿从车窗伸出去，将鱼钩垂进冰洞里，悠闲地钓鱼。他看见一个“钢鼻子”一连钓了几尾大鱼，得意地哼起小曲来。许多人惊奇羡慕地围着观看。他也跑了过去。这时，“钢鼻子”的鱼竿又被拉弯了，呵，好一条大鱼，竟然和“钢鼻子”进行“拔河比赛”了。鱼在水里拼命地拉，“钢鼻子”在车窗旁拼命地拉。围观者爆发出一阵阵助威、喝彩声。渐渐地，“钢鼻子”吃不住劲儿了。他咬紧牙，涨红了脸，两手哆嗦起来。这样，双方僵持了十来分钟，“钢鼻子”终于松劲了，水里的鱼趁机一拉，“钢鼻子”一下从车窗（这个洞）里给拉了出来，哈哈！这一下变成了鱼钓人了！幸亏“钢鼻子”安装了钢鼻子，摔下来时钢鼻子先落地，鼻尖将冰层戳了一个洞！

哎哟，这钢鼻子可真厉害……

……啷啷、啷啷……一阵敲击声从白茫茫的冷气深处传来。

他像溜冰一样轻快地在冰上滑行着，循声滑去。

……茫茫的冷气中，隐隐约约地现出一座岛屿的轮廓，似缥缈的仙山琼岛。滑近小岛，才发现这是一座晶莹的冰岛，一大块冰岩上刻着三个大字——太阳岛。

……哦，这就是太阳岛了。难怪冰山透出红光，似晶莹的红宝石。

……他看见几个大汉正抡着大铁锤，在敲击着一个巨大的冰疙瘩。这个足足有几层楼高的大冰疙瘩里也隐隐露出红色。

他问一个抡铁锤的大汉："这是干什么呀？"

那大汉擦擦汗，说："太阳结冰了，走不动了，咱们把它身上的冰给敲下来。"

什么？太阳结冰了……难怪冬天的太阳总是灰蒙蒙的，不大暖和，原来它的身上结了冰呀！

那大汉笑了，说："天上的太阳怎么会结冰呢？这个太阳正在检修，所以结冰了。真正值班工作的太阳在山谷边的太阳发射场呢！"

哦，原来太阳也像汽车一样，跑一阵子，就需要检修呀。他的爸爸正是汽车修配厂的厂长。他常到厂里去玩。他知道什么叫检修。

……啊！好高好高的太阳发射架呀，和电视和画报上看到的导弹发射架、卫星发射架一样高。一个红彤彤的太阳正静静地蹲在发射架上，等待着升上蓝天。

突然间，只见太阳开始喷火了。还没等他眨眼，那个圆溜溜的太阳就像一粒弹丸一样，被弹弓一下子弹上了天空。（天上如果有只麻雀，准一下子就被射中了。）

……阳光越来越强烈了，照得他睁不开眼来。他感到暖洋洋的，同时，感到脚下的冰层开始融化了。他大吃一惊，哎呀，火车！冰层一化，火车就要掉进江里去啦……

〔他惊醒了，车窗外灯火辉煌。列车到站了。他的被子上又盖上了爸爸的大衣……〕

长满铜鼓的山冈

他——十一岁。彝族。小学四年级学生。中国是世界上拥有铜鼓最多的国家。云南是铜鼓的故乡。他所在的彝族村寨，铜鼓用完后是要由专人埋藏在地下，不让旁人知道的。如果埋铜鼓的地方被人或牛踩了，铜鼓就会跑掉……

……从山谷里涌出一团浓雾，刹那间，眼前便混沌一片了。他急忙睁大眼盯住前方，可是眼前除了涌动的浓雾，什么也看不见。

……爸爸和幺公一下就不见了。爸爸和幺公是上山埋铜鼓的。埋铜鼓是不让旁人知道的呢！幺公说铜鼓是神仙赐的宝物，非得埋在山上。爸爸说铜鼓埋在地下后再取出来，声音就特别好听。没有其他人知道铜鼓埋在什么地方。每年都是由幺公和爸爸去取去埋。铜鼓，铜鼓，真是太神秘了……

……那咚嗒！咚嗒！那咚嗒！咚嗒……是铜鼓在响吗？是爸爸开始“跳宫[①]”了吗？爸爸是“宫头”。爸爸跳得真好。爸爸穿了十二件内衣。爸爸头上裹着蓝底红花头巾，穿着青白两色对襟外衣和宽裤筒青布裤，腰间系着一条花腰带。爸爸今天可真神气，银项链和银手镯闪闪发光……那咚嗒、咚嗒！那咚嗒、咚嗒……爸爸摇着折扇，舞着毛巾，跳了一遍又一遍。休息时，大家向爸爸敬酒、敬烟。爸爸把一块狗肉塞进他的口里（嗯，狗肉真香）。看着他狼吞虎咽的样子，爸爸哈哈大笑起来。

他跑到宫坪中央看铜鼓。铜鼓悬挂在木架上。铜鼓像个大罗锅；鼓胸向外凸起，像个扁南瓜；鼓腰上小下大，像个大喇叭；胸腰之间有四只耳朵；鼓面中心是一个发光的太阳；太阳四周是圆形的一圈一圈的晕圈……他用手指小心翼

---

① 跳宫：跳铜鼓舞。首先要由“宫头”（一般四个）跳，然后老人们和青年们再跟着跳。

翼地摸了摸太阳——他感到太阳好烫好烫——这是哪一个太阳呢？幺公说天上原来有七个太阳，后来出了一个夜猫精，它喜欢黑暗，就变成鹰嘴铁人，拔下身上的羽毛当箭，射下了六个太阳，第七个太阳也不出来了。天上没有了太阳，庄稼不熟，牛羊不长，老百姓哭诉也请不出太阳。后来，有三位聪明美丽的彝族姑娘带领大家杀死了夜猫精，然后翻山越岭去寻找太阳。她们找啊找啊，闯过猛虎的阻拦，闯过巨蟒的阻拦，一直找到头发白了，还没找到太阳。后来神感动了。神指点她们找到了那第七个太阳。她们向太阳倾诉了人们没有太阳的痛苦，说后就死了，化成三座高高的山峰，将太阳托上了天……

幺公，幺公，那六个掉下来的太阳呢？它们落到哪儿去了呢？幺公瞪大了眼睛望着他，没有回答……

……太阳出来了，金色的阳光驱散了眼前的浓雾。眼前是一片长着松树的山冈。爸爸和幺公已经不见了。

他记不清自己上山是来干什么的，好像是来掘洋芋的。山冈上没有种洋芋呀。可是当他刚刚想到这里时，眼前便出现了一片洋芋田。

……他用锄头刨开浮土。突然，咚的一声，锄头挖着了一个硬东西，发出一声响。他一怔……铜鼓！这个想法像闪电一样掠过他的脑海。他顿时觉得手软了，脚也抖起来了，膝头一软，一下跪在地上。他用双手扒开一层层浮土，突然感到摸着了一块烧红的铁……他急忙缩回手，低头一看，土坑里露出了铜鼓鼓面上的太阳纹！

……铜鼓……埋在地下的铜鼓……

他发疯般地刨起土来。他跪在地上刨啊刨啊，终于刨出了一个铜鼓！

他用双手提着鼓耳，摇了摇，用力将它拔了出来。他发现鼓足上长着细细的铜丝，像萝卜的细须一样；鼓耳上长出一根又粗又长的铜的藤蔓，延伸到地面；铜藤上长着铜叶，茂盛极了，一直蔓延到松林深处……

咦，这是怎么回事呢？铜鼓怎么会长出根须，长出藤蔓，长出叶子来呢？是在地下埋得太久了吗？既然它能够长根、长藤、长叶，它会不会结果，长出小铜鼓来呢？

他觉得浑身发热发燥……

他朝手心吐了口唾沫，搓了搓，然后牵起了长长的铜藤。

铜藤蔓延了一阵，又钻到地下去了。好啊，这里准有小铜鼓。他用锄头小心翼翼地刨开土，哈哈，地下果然又长着一个小铜鼓！

他把这个小铜鼓拔了上来。这个铜鼓比刚才那个铜鼓稍微小一点。

他高兴地笑了，然后顺藤找铜鼓。

一个又一个……大的，小的……后来，他竟扯出一串小铜鼓来！每个铜鼓只有茶缸那么大，串在一起真好玩！他又扯，扯起一串更小的，每个铜鼓像酒杯那么小……

他浑身是泥，浑身是汗。他扯累了，拔累了，腰酸了，手指也发疼了。他站起来，伸了个懒腰，放眼望去——哎呀，不得了，不得了！他发现山冈上铺满了铜藤、铜叶，黄澄澄一片，金光耀眼。一根藤没扯完就拔起了这么多的铜鼓，这漫山遍野的藤蔓该结多少铜鼓啊！

快！快回寨去喊人来挖！快回家去喊人来挖！这里的铜鼓比洋芋还要多啊！

……他撒腿朝山下跑去……

……可是，当他的左脚刚落地，只听见咚的一声响，左脚一抬起来——砰——一个大铜鼓从土里钻出来，摇摇晃晃地拱出地面，然后骨碌骨碌地朝山下滚了下去！

哎呀！踩着埋在地下的铜鼓了！哎呀！爸爸！爸爸！铜鼓跑啦！铜鼓跑啦！

可是还没等他喊出声，又踩着了一个铜鼓，又一声响，铜鼓拱出地面，骨碌骨碌地转着朝山下跑去！

他吓了一大跳，往后退——咚——又踩着一个！又一个铜鼓跑了！

他又吓了一跳，再往右一挪——咚——又踩着一个！又一个铜鼓跑了！

就这样，只要他的脚一落地，就准踩着一个铜鼓。只听咚、咚一声声响，一个又一个铜鼓蹦了出来，跑下山去！

他吓得哭了起来。完了，完了！铜鼓都跑光了！他又急又怕，再也不敢走了，腿一软，一屁股坐在了地上。

哪知他的屁股刚落地，便听见地下咚的一声响——他又坐在铜鼓上了！

……他呆呆地坐在铜鼓上，觉得屁股下面有个东西在不耐烦地拱动，并且憋足劲儿用头把他顶了起来……他听见铜鼓咚咚地说："你是谁？为什么压着我，不让我出来？"……"铜鼓，铜鼓，你告诉我，这是什么地方，为什么长满了铜鼓……""哎呀，你压得我吐不过气来，我告诉你，这是第一个太阳落下来的地方，太阳埋进土里没有死，变成种子，长出了一大片一大片的铜鼓……"

……哦……他恍然大悟！难怪到处都是铜鼓！原来是太阳落下来长出来的！这还是第一个太阳！要是找着了另外五个太阳落下的地方，那该得到多少铜鼓啊……

他正这么痴想着，屁股下的那个铜鼓不耐烦了，一摆头，扑通，他一下子歪倒在地上。

——被他压着的铜鼓趁机跑了……

——他倒下去的时候又碰响了一片铜鼓。铜鼓咕咚咕咚地钻出来，蹦蹦跳跳地跑下山去了……

他吓得大哭起来，急得大哭起来。他大声喊叫着："快来呀！铜鼓都跑啦！"……

〔他大喊一声，醒了过来。

月光飘进楼台，远处传来悠悠的对歌声，那是彝族青年男女在田野山间"踩月亮"呢。楼下，爸爸正请人在喝"转转酒"。他闻到了荞子玉米酒和烤茶的芳香……〕

江湖少年

他——十一岁。文盲。随兄走江湖卖艺。他渴望哥哥教他吞钢珠、吞钢针、吞宝剑，可哥哥就是不肯教他……

……钢珠吞进肚子里，吐不出来了。那是真正的当当响的娃娃拳头般大的钢珠啊……

……啪！啪！哥哥赤裸着上身，一边说着话，一边猛拍前胸，开始打场子了。

他们在往返于长江两岸的渡轮上。呼呼的北风中，乘客们一个个穿得像棉花包似的，缩着脖子，笼着手，跺着脚，哥哥却光着上身……

……哥哥今年十七岁。哥哥是大人了。哥哥从小跟着爷爷练武练气功，练得一身好本事呢。哥哥，你说不怕冷，可你身上在起鸡皮疙瘩呢……

啪！啪！哥哥的左胸被拍得紫红。

"……小伙子今年十七岁。"啪！"跟着俺爷爷练武练了十八年了……"啪！

围观的"棉花包们"轰地一笑。

"……不对，不对。"啪！啪！哥哥也笑了，"是练了十六年了。"啪！啪！

一岁就练功？"棉花包们"又笑了。

哥哥对他招招手。他赶紧掏出钢珠，递给哥哥。当！当！当！哥哥用钢珠撞着铁柱子。铁柱子发出清脆的金属音。

“……各位老少爷们儿，大家可看清了！这不是泥丸，也不是药丸，这是真正的钢珠。”啪！啪！“小伙子今天给各位老少爷们儿表演个小节目。”啪！“把这颗钢珠吞进肚子里，再用气功把它送上来，吐出来！”啪！啪！“各位老少爷们儿有钱的帮个钱场，无钱的帮个人场。”啪！啪！“一块钱不嫌多，一分钱不嫌少！”啪！啪！“没钱的给小伙子叫一声好！”啪！啪！

……白色的水鸟扇动着长长的翅膀飞过来了，围着轮船上下飞动。水鸟，水鸟，你们也是来看俺哥吞钢珠的吗？你们也是来为俺哥叫一声好的吗……

……哥哥把钢珠含在口里，拉开架势，突然将头一扬，钢珠滚到喉咙管里了。哥哥使劲地咽着钢珠！哥哥的脸涨得血红……

……他看见“棉花包们”一个个伸长脖子，好奇地紧张地望着哥哥。此刻，他最恨的就是有谁不相信哥哥真的吞了钢珠。有一次，一个穿牛仔裤的小胡子说，哥哥是把钢珠吞到喉咙管里，没咽到肚子里去，他气得跑上前抓住那小子的手就咬。喉咙管里卡了根小鱼刺就很难受了，那么大一颗钢珠卡在喉咙管里，你受得了吗？

……哥哥终于把钢珠吞进去了。他立即将一根小指头粗的铁丝递过去。哥哥将铁丝缠在脖子上，然后运气，猛地一转一拉——小指头粗的铁丝顿时在哥哥的脖子上紧紧地缠了两周，哥哥的脸顿时涨得乌红乌红……

……“棉花包们”终于掏出钱来了。

他赶紧收钱。轮船马上就要靠岸了。

……老爷子老奶奶们首先掏出钱，然后是年龄大的、女的、小孩子们，再是小伙子们……一个小姑娘吓得用一只手遮着眼睛，一只手递给他一角钱……

……城里人就是有钱……

……口袋里顿时装满了钱，两只手又捏满了钱……

……哥哥仍然用铁丝缠着脖子，仍然满脸涨得乌红乌红……

……突然一个小男孩高高地举着一块钱，跑到哥哥身边，眼眶里含着泪水，喊道：“大哥哥！我给你钱！你快把铁丝松开吧！”

他看见哥哥一下惊呆了。他看见哥哥的眼眶红了，眼睛潮湿了。哥哥冲那小男孩笑了笑，推开小男孩握着钱的小手，然后立即将铁丝松开了。

小男孩仍然高高举着小手，小手上捏着一块钱。

“小朋友，谢谢你！”哥哥颤声说。

“大哥哥，你快把钢珠吐出来吧！”

哥哥点了点头，然后拉开架势，弯腰收腹运气，将钢珠吐了出来！

湿漉漉的钢珠微微冒着热气，那是哥哥肚子里的热气啊……

小男孩仍然高高地举着小手，小手上捏着一块钱。

“小朋友，谢谢你！”哥哥说着，从他手里接过一个“钱团”，一个他用手捏得紧紧的“钱团”，塞回小男孩的手里，然后快步挤进了人流中……

……钢珠吞进肚子里，吐不出来了……哥！哥！你咋不教我吞钢珠吐钢珠呢……

“……好兄弟，哥不能教你这些混饭的玩意儿。哥也不想一辈子玩这玩意儿。哥想攒一笔钱，给俺家盖一间新瓦房，给俺娘治一治风湿腿，还想让你去上学念书。别怨哥。要学，哥教你气功，教你站桩，教你少林拳，教你少林罗汉拳、少林白眉棍、少林十三剑，教你八卦掌，一掌化八掌，八八六十四掌，教你弹腿、寸腿、十字腿、穿心腿、连环腿，教你刀、枪、剑、棍、流星锤……你学好了功夫，只能健身防身，可不能去伤人，也不要再去卖艺混饭吃。别怨哥不教你。爷爷要是晓得俺在吞钢珠，会气得又死一回……”

……钢珠沉甸甸、冷冰冰的，在肚子里滚动着。钢珠似乎长大了，哥呀，钢珠吐不出来了……

……他和哥哥在江边的防浪堤上数钱。

……哥，俺想吃羊肉烩面，想吃油酥锅盔，想喝羊肉胡辣汤。俺给你买一瓶杜康酒，但是你可别喝多了，别喝醉了。俺还想买……

就在这时，他发现他们身后跪着两个娃娃，两个和他年龄差不多的男娃。两个娃穿着又脏又破的单衣，跪在他们身后。两个娃见哥哥回头，赶紧磕头，齐声喊了一声："师傅！"哥哥连忙把他俩扶了起来。

一听口音，是家乡的，是俺们的小老乡。一看打扮就晓得是从家里跑出来要饭的。两人跪着不肯起来，哀求道："师傅！教俺吞钢珠吧！"

"吞钢珠？"哥呆住了，"为啥要学吞钢珠呢？"

俩娃儿眼巴巴地望着他手里的钱。

哥叹了一口气，从他手里抓过一把钱，塞在娃的手里。

俩娃儿磕了个响头，把钱攥得紧紧的，飞一样地跑了。

哥突然夺过他手里的钱，发狂似的朝大江扔去。纸币在空中飘飞着，渐渐飘落到江面上去了。

哥蹲在地上，双手抱着头，像狼一样嗥叫着，哭了起来……

他呆住了。他呆呆地望着那飘飞的纸币，突然大喊一声，腾空跃起，去抓那飞舞的纸币……

……浑黄的江水……白色的水鸟……

……水鸟！水鸟！快帮个忙吧！

……钢珠吞进肚子里，吐不出来了。那是真正的当当响的娃娃拳头般大的钢珠啊……

〔他突然惊醒了。

天还没亮，可哥哥早已起床了。哥哥到江边练功去了。爷爷生前最喜欢哥。爷爷说哥将来有大出息。

他情不自禁摸了摸枕头下的钢珠……〕

十二岁的梦

快把阳光存起来

她——十二岁。小学五年级学生。家长是城郊菜农。

今年，家里盖起了三层楼的新楼房，她住在三楼……

……火辣辣的烈日喷吐着烈焰，将预制板的屋顶晒得滚烫滚烫。小屋里热得像蒸笼，坐不了一会儿就浑身冒汗了。

这鬼天气！简直是存心和人捣乱！太阳是个不会过日子的。夏天来了，它玩得高兴了，就将煤球一个劲儿地烧，将那阳光都浪费了；到了冬天，煤球烧得差不多啦，日子过得紧巴巴的啦，于是没精打采地掰着手指头过日子，那时的太阳也像打蔫的南瓜花一样呢。

唉，要是能将阳光储存起来，那该多好！到了冬天再拿出来用，那瓜呀菜呀就甭提长得多水灵了……

正想着，忽然听见屋顶上传来一阵嗡嗡的响声。她走到平台上，抬头一看，只见屋顶上蹲着个银白色的"大锅"，

“大锅”下面是一排一排的圆筒管。那个“大锅”正像个葵花盘一样朝着太阳，并且跟太阳一起转动。

“爹！爹！”她喊着，“屋顶上安的是啥家伙呀？”

爹在楼下笑着说：“锅！”

她恼了：“哎呀，人家问你正经事呢！”

爹这才说道：“那是阳光吸收器。”

“啥？阳光吸收器？”

“对，把阳光吸收后存起来，再慢慢地用。”

哈！太好了！刚才她还在想着这件事呢。爹上楼来，推开了她隔壁的房门。平时，这房间基本上是仓库。现在，这仓库被收拾得干干净净，沿着墙摆了一溜儿银白色的金属桶。从房顶垂下许多金属管道，每一条管道下面都摆着一个桶，桶上有一排仪表，表中的指针正在摆动。爹告诉她，这些仪表有的是温度指示表，有的是容量指示表，有的是质量指示表。爹说，今后这储存阳光的事就交给她管了。爹笑着说，可要保证质量哟！她笑了，说，那我就去找太阳……

……阳光哗哗哗哗地流进了管道。她听见了阳光流动的声音。哦，原来阳光也像水流一样哗哗地响呢。那么，今后除了浇水外，也可以浇阳光了。

不知怎的，虽然太阳仍旧那么任性地烤着大地，她却觉得不怎么热了。有时，她甚至觉得热一点儿好，因为这样，阳光就可以储存得多呀。

……不知怎的，就好像是冬天了，平原上呼啸着北风。她将盛满阳光的金属桶放进了温室里。阳光还挺沉呢，一桶阳光得两个人抬呢。不知怎的，她觉得自己家里有了好多好多的温室。温室上吊着一盏炽白的球形灯，活像一个小太阳。她将一根塑料胶皮管接在金属桶的阀柄上，就像城里人用煤气似的。拧开开关，阳光便哗哗地流进了皮管，温室里便亮起了一个真正的小太阳。

"啊！阳光！"

"哈！阳光！"

"呀！这是真正的阳光！"

她听见了一片惊喜的叫声和笑声。奇怪，温室里就只有她和爹两个人呢，是谁在这么惊喜地叫呀笑的呢？

灿烂温暖的阳光浇灌着温室里的秧苗。她发现是秧苗在叫着笑着呢。她看见秧苗眨眼间就长高了。这个温室里种的是黄瓜，不一会儿，浓绿、黄绿的叶蔓便爬满了竹架。眨眼间就开了花，鲜黄鲜黄的花像满天繁星。眨眼间就结了瓜，不同品种的黄瓜水嫩嫩地挂满了架——北京大刺瓜、北京小刺瓜、北京大鞭瓜、丝瓜青、青鱼胆、大青黄瓜、上海黄瓜、寸金黄瓜、乳黄瓜……嘿！要多水灵有多水灵！

她看呆了。她恍恍惚惚地觉得是在做梦。她飘飘荡荡地走进了许多许多的温室和塑料棚。她看见一颗颗小太阳正灿灿地流淌着阳光。

瓜呀菜呀在温暖的阳光下神奇地成熟了。

她看见南瓜大得像那大磨盘，冬瓜像那大碾磙，西红柿像一盏盏大灯笼，茄子像一个个大皮球。扁豆、菜豆、豇豆、刀豆、香菜、芹菜、菠菜、白菜等郁郁葱葱地生长着，成熟着。她突然觉得自己变小了，变得好像一只蝈蝈，面对着这一片绿色的世界。

啊，阳光！阳光真好啊！

这么好的阳光，这么宝贵的阳光，可得爱惜着，省着用，别浪费……

正想着，忽然听见一个苍老的声音从天上传来："把阳光还给我！"

她抬头望望天空，除了那个蔫乎乎的太阳，什么也没有。

"你是谁？"

"我是太阳！"

"哦，你是太阳呀！怎么着？要我把阳光还给你？没门儿！你自己不计划着过日子，大热天糟蹋了多少阳光！哦，现在日子过得干瘪了，又想把阳光讨回去？哼，对不起，明年再自个儿小心着吧！"

不知怎的，她变得伶牙俐齿了。她一边说着，一边暗自吃惊。

"好，就算你说得有理，可阳光也不能专给你一家用呀。"

"你就放一百二十个心吧！"她大声说道，"阳光是大伙儿的，不是私人财产，谁要用，谁就来拿。你就替咱广播广播吧——对了，你再给大伙儿捎个信，宝贝宝贝阳光，将阳光也收存起来，调剂调剂，让没有阳光的地方到时候也有阳光！"

太阳这次笑了："好！我这就替你广播广播！"

她也笑了，笑得很甜很甜……

〔她热醒了，浑身是汗，凉席上印着个湿印。窗外，太阳仍然火辣辣地照射着大地。她突然想起了刚才的梦境，赶忙跑出门。她要看看屋顶上有没有阳光吸收器……〕

黑虎，我的黑虎

他——十二岁。家住深山密林中，未读书。昨天，他最心爱的猎狗黑虎死了。那是他在捕杀一头最凶恶的野猪魔王而遭到危险时，黑虎奋不顾身地拼死救他，而被野猪逼上了悬崖……

……他突然听见了狗铃声！

……丁零，丁零，丁零……铃声清脆而轻快，不停地在大山深处敲响，在绿海中被过滤得那么纯净，幽幽地传得遥远。

……黑虎！是黑虎！

……不知怎的，就飘到阳坡的苞谷地里了。

溶溶的月光下，他看见大青石垒起的围墙被拱开了一个缺口，满坡刚刚灌浆的苞谷全被践踏得一塌糊涂，苞谷秆几乎全被咬断了、拱倒了，踏进土里，婴儿般的苞谷有的被啃了一半，有的被嚼得稀乱，有的则完全被蹄子踩了。几杆幸存的苞谷孤零零地在月光下垂着脑壳，好像在为伙伴们的命运而哀伤……

野猪！遭千刀万剐的野猪！

全家人辛辛苦苦劳累了大半年，就盼着苞谷熟呢，可如今一夜间全被这野猪糟蹋个精光……

他的牙板骨咬得咯咯响，两手握拳，气得浑身颤抖。他家几代人都是打野猪的能手，据说这一片大山里的野猪见到他家里的人都远远地绕开呢，更别说敢来糟蹋他家的苞谷了。可今夜……

丁零，丁零，丁零……

……狗铃声碎银般地从密林深处传来……

……黑虎！我的黑虎啊……

……他披着月色，迫不及待地向密林深处奔去……

……翻过一道又一道坡，涉过一条又一条溪，他钻进了林子里。脚下是一走一颤的海绵般的树叶，头顶是望不到树梢的大树树冠密密织成的黑夜。不时有一星两星月光从头顶的缝隙中筛落下来，那月光倒更像朦胧的星光。

黑虎啊黑虎，你在哪里？

林子里很凉。一股一股冷气飕飕地袭来，空气中弥漫着潮湿、霉腐味。不时有小动物唰地一下蹿过。他凝神细听，捕捉着狗铃的响声。

他家有二十几只猎狗，每只猎狗都戴着狗铃。外人听这狗铃声几乎都是一样的，丁零丁零响，而他却能从一片纷杂的狗铃声中分辨出每一只猎狗的狗铃声来。特别是头狗黑虎，哪怕隔了几座山，只要狗铃声一响，他马上就能辨别出那是黑虎……

……丁零，丁零，丁零……

……狗铃声又响起来了。听着那轻快、有节奏的铃声，他似乎看见了黑虎在不慌不忙地跑着，那黑缎子一般光滑的皮毛在月光下油油地闪着光。

……他大步朝前跑去。他觉得自己的身子腾了空，飞一般地追寻着那清脆的狗铃声。

丁零，丁零，丁零，狗铃声似乎伴随着他飞奔。

奇怪！狗铃声怎么就在自己身边响呢？

他正纳闷着，那神秘的狗铃声突然消失了。

四周一片寂静，一片压迫得人喘不过气来的寂静……

四周没有一丝亮光，密密的大森林像一口黑黝黝的大陷阱，将他一口吞没了……

他像猎狗一样警觉地站住了。这时，他才想起自己忘了带猎枪，甚至忘了带猎刀，而在平时，猎刀是睡觉也带在身边的呀……

突然，他嗅到了野猪的气味！而且，几乎是凭着直觉，他马上就判断出那是那头最凶恶的野猪的气味！

他浑身的肌肉都因兴奋、紧张、愤怒而绷得紧紧的了。

他觉得自己的耳朵警觉地竖了起来，他似乎又嗅到了黑虎的气味，似乎听到了黑虎遇到猎物时那兴奋、急促的呼吸声……

他觉得自己似乎变成了一只猎狗！

他觉得自己似乎就是黑虎！

……突然间，黑沉沉的密林里闪出两点绿莹莹的光……

他知道，那就是野猪魔王阴险凶恶的眼睛……他知道，魔王一定也发现了他。

此刻，它一定做好了搏杀的准备，再一次从他手中逃出去，或者将他拱倒撕碎……

四周一片寂静，这是一场恶战之前的寂静……

“嗷！”一声震撼山林的嗷叫。魔王终于按捺不住了，像一座黑沉沉的小山，呼地一下拔地而起，又以迅雷不及掩耳之势朝着他冲撞而来！

几乎就是在魔王跃起的同时，他也狂暴地跃起了！

……跃起的魔王与跃起的他在半空中骤然相撞……

他觉得自己的双手一下卡住了魔王的脖子。他狂怒地张开大嘴，一下咬住了魔王的嘴，然后将它按翻在地上。

魔王的长嘴竟然被他一口咬住了，而且像钉钉子一样地咬死了。它瞪着凶恶的小眼，拼命地挣扎着。它完全没有想到这场恶战竟会是这样迅速地分出了胜负。

他忘记了周围的一切，只觉得自己已经将魔王掀翻了。他不知道自己究竟是人还是狗。他觉得自己既是人，又是狗，是被这魔王逼上悬崖跳崖而死的黑虎！他双手死死地卡着魔王的脖子，张嘴死死地咬住魔王的嘴巴……咬啊咬啊……他觉得自己的牙齿锋利极了，像尖刀一样将魔王的嘴捅穿了。

魔王嘴不能张开，脖子被卡着，不一会儿就流屎流尿了，像泄了气的球一样浑身瘫软了，张开四条腿，一动也不动了。

他呆呆地望着这垂死的魔王。他想不到还没打几个回合，这软蛋就这么完蛋了。

不行，不行，不行！

不能让它这么舒舒服服地死掉！

他用脚踢着魔王的肚子，狂吼道："起来！起来！莫装死！起来！再来呀！再来冲呀撞呀咬呀！"

可是魔王一动也不动。

他失望了。他彻底失望了。

他原来想在一场恶战中也将魔王逼上悬崖，然后亲眼看着这狗东西跌下崖，或者亲手将这狗东西扔下崖去。可现在，这魔王就这么轻轻巧巧地死了……

"黑虎！黑虎！还我的黑虎啊！"他疯狂地吼叫起来。他扑向野猪，用锋利的牙齿咬开了魔王的脖子……

……丁零，丁零，丁零……

……清脆的狗铃声从幽幽的大山里传来了，从深深的峡谷里传来了，从溶溶的月色里传来了，从蒙蒙的雾气里传来了，从青青的苞谷地里传来了，从弯弯的山道上传来了。

铃声轻快而悠远，那是黑虎的铃声啊……

〔他噙着泪花，又睡着了。枕头压在他身下，被他用牙撕咬得稀烂……〕

美丽的小耗子

她——十二岁。十岁时，因不堪继父打骂，离家出走，至今已流浪两年。现在某市收容所，已逃脱两次，今天，又一次被收容……

……吱，吱吱……一只小耗子在她耳畔轻轻地叫唤。她醒了，觉得身子很沉很沉，脑袋很重很重，像中了魔法一样，不能动弹。

……吱，吱吱……她觉得小耗子在对她说着什么，可是她听不懂。

小耗子莫不是饿了吧？她想起自己衣袋里还有半个面包。她想掏出面包给耗子吃，可是手像灌了铅一样，沉甸甸的，抬不起来。

……小耗子，口袋里有面包，你拿去吃吧，别饿着了。饿了真难受……她这么迷迷糊糊地想着，觉得自己好像醒了，又好像在做梦。

……吱，吱吱……小耗子固执地在她耳畔絮絮不休地叫唤着，诉说着。这次她觉得自己听懂了，小耗子是在说："快起来！快起来！我带你逃出去！"

她觉得浑身发麻，两眼直冒金花。逃出去，逃出去，逃出去……她顿时清醒过来。

蒙蒙眬眬地，她看见了那只小耗子，全身雪白雪白的，见她醒了，便跳下床去，吱吱地说道："跟我来！"

她跟着雪白雪白的小耗子，钻到了床下。小耗子指着一个小小的砖缝，说道："快！钻进去！"

这么小的砖缝怎么钻得过去呢？

小耗子似乎了解她的疑惑，吱吱地说道："你要是想逃走呢，你就会变成一只小耗子钻过去的；你要是不想逃呢，那你就钻不过去。你自己考虑考虑吧。"

小耗子说完，便嗖地一下钻进了砖缝，不见了。

她呆呆地望着那砖缝，心里乱糟糟的，不知道怎么办才好。

……今天清晨，在长途汽车站，收容所的李阿姨和王叔叔找到了她。"找到啦！找到啦！"李阿姨高兴地跳了起来，拉着她的手说，"走，快回家！大家找了你一夜呢！"她却拼命地挣扎，要跑。李阿姨紧紧地抱住她，她张开嘴就去咬李阿姨的手。李阿姨"哎哟"一声，疼得浑身发抖，手腕被她咬得鲜血直流，但还是不松手，只是流着泪说："回家去，回家去，回家去……"

……回家去……

李阿姨啊李阿姨，你是天下最好最好的人。我病了，你照顾我，端茶喂饭，还给我讲故事、唱歌……可是你们为什么总是要送我回家去呢？

……不回去，不回去！死也不回去……

……她突然被妈妈的哭喊声和继父的咆哮声惊醒了。继父又在打妈妈！她最恨这个酒鬼、赌鬼。她做过无数次梦，梦见神仙把继父杀死了。她蜷缩在被子里，又恨又气又怕。突然，她听见妈妈一声惨叫——她顿时忘记了一切，大喊一声“妈呀”，冲了出去。她看见妈妈倒在地上，头上鲜血直流，昏了过去。那个臭男人，那个最臭最臭的坏男人醉醺醺地提着一只方木凳。他是用木凳把妈妈打昏的！她哭喊着扑向妈妈，把妈妈的头抱起来……妈妈呀，妈妈呀，妈妈呀……她第一次看见鲜红鲜红的血像泉水一样从妈妈的头上涌了出来……妈妈呀，妈妈呀，她哭喊着……那个臭男人扔下木凳，咆哮着又扑了上来，老鹰抓小鸡似的一手抓住她的头发，一手抓住她的胳膊，把她提了起来，拖到床边，扔到床上：“你再嚎，你再嚎！”一边骂着，一边打她。她被撞昏了，可是仍然哭喊着，伸手去抓他的脸。

……不回去，不回去！我没有家，没有家……

……她这么想着想着，突然觉得自己变成了一只雪白雪白的小耗子。那条砖缝也像一扇门那么宽了。她嗖地一下钻了进去。

……好长好长的一条甬道啊，曲曲弯弯的。她小心翼翼地走着，也不知走了多久，突然眼前一亮，一个灯火辉煌的大厅出现在眼前。

啊，多么美丽的大厅啊，就像电视里看过的天上的仙宫一样。轻纱般的云雾舒卷着，飘动着，许许多多的红烛将大厅照得通亮。

她正呆呆地站着，忽然听见一阵欢呼声："来啦！来啦！"随着这欢呼声，一群穿着雪白雪白的连衣裙的小姑娘出现在她面前。

"欢迎姐姐！"

"欢迎妹妹！"

小姑娘们笑着，喊着，把她带到了大厅中央。

她顿时糊涂了。这是什么地方？这里应该是耗子洞啊，怎么……这么多快活美丽的小姑娘……

一个圆脸的小姑娘笑着问她："姐姐，还记得我吗？"说着，一下变成了一只吱吱叫的小耗子。

"啊，是你！可是……"她仍然疑惑不解。

小耗子又变成了小姑娘。她笑着说："我们都是进过收容所，不愿回家的小姑娘！我们这里没有臭男人，不挨打，不挨骂，也没人催着我们回家，你愿意和我们在一起吗？"

嘿，原来是这样！她顿时兴奋起来："愿意！愿意！"

"噢！"小姑娘们鼓起掌，欢呼起来。

这时，大厅中央出现了一张大圆桌，桌上摆满了鲜花，鲜花丛中摆着一个大蛋糕，喷香喷香的，比她在商店橱窗里看过的生日蛋糕还要大。蛋糕周围摆着一圈彩色的小蜡烛，闪着幽幽的红焰。

那只小耗子又笑着说：“今天是你的生日，我们为你开一个生日晚会！”

……生日……她觉得这个词挺新鲜、挺甜，又挺拗口、挺苦……我的生日？她已经不记得自己的生日了。这两年，只有一个人曾经送给她一个小巧的生日蛋糕，那就是李阿姨……

突然间，欢快的乐曲声响了起来，是街头经常听到的那种节奏强烈的迪斯科乐曲。所有的白衣小姑娘都扭动着腰身，跳起舞来。

她呆呆地坐在一旁。她想笑，又想哭；想唱，又想喊叫。她心里像打碎了一个五味瓶，酸、甜、苦、辣、咸全掺和在一块儿，不知是什么滋味……

……迪斯科乐曲突然停止了，一阵深情、温婉的歌声从大厅深处飘来：

在那遥远的小山村，小呀小山村，
我那亲爱的妈妈，已白发鬓鬓。
过去的时光难忘怀，难忘怀，
妈妈曾给我多少吻，多少吻……

啊，这不是《妈妈的吻》吗？这不是她最爱听最爱唱，每听一遍唱一遍都要流泪的歌曲《妈妈的吻》吗？她的心像一片花瓣一样，在温柔的春风中颤抖起来了……

……白衣小姑娘们全流起泪来。她们情不自禁地随着歌声唱了起来：

吻干我那脸上的泪花，
温暖我那幼小的心。
妈妈的吻，甜蜜的吻，
叫我思念到如今……

她也流着泪唱着。她仿佛看见了妈妈头上缠着雪白的绷带，苍白、蜡黄的脸上凝固着泪珠。她仿佛听见了妈妈那深情、含泪的呼唤："丫丫，丫丫！你在哪里呀……"

她情不自禁放声大哭起来："妈妈！"……

〔她伤心地哭醒了。房里的小姑娘们全被她的哭声吵醒了。谁也没有出声。

李阿姨默默地熄了手电筒，站在她的床前，眼中噙着泪花……〕

牙比镰刀快

她——十二岁。念过一年书。有个弟弟上小学三年级。眼下，正是麦收时节，偏偏她的爸又病了……

……毒辣辣的阳光像麦芒一样，扎得她浑身又痒又疼。衣裳被汗水弄得透湿，紧紧地贴在脊背上。头发也被汗水弄得透湿，发梢还挑着汗珠。汗水在脸上流淌，痒痒的，像小虫子在脸上爬。汗水流进嘴里，好咸好苦，好苦好咸。汗水流进眼时，热辣辣的，刺得她睁不开眼……毒辣辣的阳光像麦芒一样，她浑身上下像沾满了麦芒，又痒又疼，又疼又痒。她用手在脸上抓痒，脸上被抓出一道道红印。她用手在手背上抓痒，手背上被抓出一道道红印。可是，她没有办法将手弯到背后痛痛快快地抓痒。她只好直起腰，反手用镰把子去挠后背，可是越挠越痒，浑身上下顿时像有无数细针在扎，痒得钻心，痒得她恨不得脱光衣裳，跳进井里……

……换了几把镰刃子了呢？不记得了。可是麦厚得让她挪不动步。嚓、嚓、嚓……嚓、嚓、嚓……她伸直酸疼的腰，抬手揩揩汗，回头一看——天哪，刚才割倒的麦子又齐刷刷地长在地里了……

……前面是厚厚的“麦墙”，后面是厚厚的“麦墙”，左边是厚厚的“麦墙”，右边是厚厚的“麦墙”……她好像掉进了“麦井”里了！她掉在“麦井”里出不去了……

……她发狂地挥动镰刀割那麦子，可是镰刃子钝了！而那麦秆竟像毛竹的竹竿！钝刃子咋能割动“竹竿”呢？一刀下去，反倒震得她的虎口生疼生疼……

……镰刃子也钝了。麦子割不动了。即使麦子被割倒了，转眼间又会长起来。她掉进这蒸笼般的“麦井”里出不去了！

而地上的蒸汽还在一个劲儿地往上冒！

而天上的阳光还在一个劲儿地往井里流！

再过一会儿，她就要被蒸成馍了！

再过一会儿，她就要被熬成面汤了！

……可是她没有哭。

……这个倔丫头从小就不爱说话，从小就不爱流泪。这个倔丫头性子比小子还刚还烈。都说她像妈，又能干，又麻利，心又灵，手又巧，从小就担了半边家。有一次她顶撞了爸，爸打她，她不吭声，不流泪，也不求饶。爸恼了，狠狠地打她，边打边吼：“你哭呀，你哭呀！”可是她一声不吭，咬着牙不流泪，一直打得她爸自己扔下镰把子，流下泪来。她一声不吭地给爸打洗脸水，给爸打洗脚水，给爸递上干净布鞋，然后站在一旁等着给爸倒洗脚水……

……她从小就看够了爸打妈。妈挨了打，从来不哭。妈挨了打，还要忙着干活。妈生了弟弟以后挨打挨得少了，于是爸开始打她。

……弟弟从来没有挨过打……

……她挨了打，浑身青一条印紫一道杠，火辣辣地疼，可是她从不流泪。晚上，妈流着泪，用热毛巾给她敷伤口，说：“娃，你咋不叫饶呢？”

半晌，她才迸出一句话："妈，来世让我投胎变个男的！"……

……再不开镰，麦芒就要炸了，麦粒就要落光了……她咬了咬牙，揩了揩汗，双手握着镰刀，像砍柴一样砍起那麦秆来！

哧！哧！哧！

麦秆像竹竿一样，一砍一弹。

哧！哧！哧！

虎口震出血了，镰把子上全是黏糊糊的血。

哧！哧！哧！

好不容易将麦秆咬开一道缝，可是一拔出镰刀，那咬开的缝又长好了！

……地下的热气一个劲儿地往上蒸……

……天上的辣水一个劲儿地往下泼……

……浑身沾满了麦芒……

……麦芒，麦芒，麦芒……

……可是她仍然没有哭。

……自从她打娘肚子里出来，自从她是个女娃，她的眼泪就被烈日晒干了。

……哭又有什么用呢？

……哭了就可以少挨打或者不挨打吗？

……哭了就可以少干活或者不干活吗？

……哭了爸就会像疼弟弟一样疼她吗？

……所以她不哭，从来不哭。

……她将手掌上的鲜血在衣襟上揩了揩，咬牙撕下两条布巾，将手包扎好。她又握起镰刀，可是镰刃子早已缺口了。

她顺手将镰刀一甩！

麦秆像竹竿又咋了？你是个铁疙瘩，我也要咬你一口呢！

她扑上前，抱住麦秆，张开嘴就咬了起来！

……咔嚓一声，麦秆被咬断了。

……嘿！到底还是人厉害呢！

……她张嘴又咬住了麦秆……

……咔嚓一声，麦秆又被咬断了。

……而且被她咬断的麦秆再也长不起来了，乖乖地躺在地上。

……她兴奋起来。她跪在地上，一口一口地用牙齿咬起麦秆来……

……那把镰刀被她一气之下甩上了天。

镰刃子一下就把结出了太阳的瓜藤给割断了！

瓜藤一断，太阳就咚的一声掉了下来。

太阳掉在麦田里，被麦芒扎得“哎哟哎哟”地乱叫唤……

而那片镰刃子飞上了天，变成了弯弯的月牙儿……月牙儿羞涩地望着她……

太阳掉进“麦井”里了……

太阳，太阳，你凶个啥？你连牙都没有，看你咋钻出来……

……她觉得自己浑身又长了劲儿。虽然她感到自己的嘴角和嘴唇被麦秆和麦芒豁开了，划破了，刺疼了，感到嘴里、嘴角、嘴唇上流着黏糊糊的血，但是麦子到底被她咬倒了。用不了多久，她就可以咬开条路，钻出“麦井”，回家去了。她想：把镰刀子磨得快快的，比牙还快，让爸从医院回来时，看见满田的麦捆子，望着她笑一笑……

……爸，你会望着我笑吗……

〔她在老槐树下睡着了，手里还握着一把镰刀。

一只小蚂蚁在她汗涔涔的脸上爬，爬着爬着，被汗水黏在脸上了……〕

人和树

他——十二岁。小学五年级学生。他家的门前有棵百年老榕树——树叶亭亭如盖；树干粗壮，气根下垂，似老爷爷的胡须；树根裸露在地面，粗壮如龙盘结。他常骑在酷似龙脊的树根上，痴痴遐想……

……迷迷糊糊地，听见有人在咳嗽，轻轻地，似怕惊醒沉入梦乡的人们。他惊醒了。半夜听见门外的咳嗽声已不是第一次了。蜷伏在门边的狗没叫唤，说明没有生人在门外。那么，是谁半夜三更地跑到他家门前来咳嗽呢?

迷迷糊糊地，他走出门了。夜很凉。秋夜高远，清冷而空阔。一弯冷冷的银月挂在黑缎子一样的夜空上，几粒星星稀稀疏疏地散落在“黑缎”上，倒映在门前的水塘里，在水面上浮动。黑黝黝的老榕树似一个头盖草帽的老人，静静地坐在塘边。秋夜很静，静得凉凉的。熟睡的村庄很静，没有一星灯光，静得沉沉的。

“咳、咳、咳……”他分明又听见有人在咳嗽。这次他听清楚了，咳嗽声是从塘边传来的。

“是谁在咳嗽？”他怯怯地问。

“是我。”一个苍老的声音。

“是榕树……爷爷吗？”

“爷爷？”榕树慈祥地笑了，“如果算起来，我是你爷爷的爷爷！”

“爷爷的爷爷？”他惊讶地问。

“是啊！我已经活了一百多岁啦！”榕树叹了口气，说道，“我亲眼看见你们家一代一代人从出生到死去。你爷爷的爷爷小时候也挺调皮的，最爱捉泥鳅了。你爷爷的爸爸小时候最爱撒尿，六七岁了，还尿床呢。有时候，那尿湿了的床单和被子就搭在我的手臂上。唉，那股臊味可真难闻呢。”

“尿床？”他觉得挺有趣的，“那么，爷爷呢？”他见过爷爷，爷爷是前年去世的。爷爷的胡须也很长，花白花白的。

“你爷爷吗？”榕树微微笑了，“他小时候可没少挨打！他爱玩水，常常把牛扔到一边，自己到小河里去玩水。牛吃了人家的庄稼，他还不知道。他的性子野，有时就被捆在我身上，他的爸爸就拿根树枝狠狠地抽他。有时候，抽得轻，他也‘哎哟哎哟’地大声喊叫，但是我知道，他是故意这么喊的呢。但是有时候抽得挺重的，他就浑身哆嗦着，咬着牙不吭声，越抽得重，越不吭声，也不叫饶。唉，他一哆嗦，我也浑身哆嗦啊，那树枝好像抽打在我身上一样……”

“爷爷还挨打吗？”他觉得简直不可想象。在他的印象中，爷爷倒是挺凶的，常常揪他的耳朵呢。

“怎么不挨打呢？”老榕树沉浸在回忆中，“你们家里的人小时候都爱玩，性子也都倔，倔起来就像头犟牛似的，所以小时候总是挨打。而且好像成了你们家的家规一样，小孩子调皮了，贪玩了，做错事了，总被捆在我身上，用树枝抽打。你爷爷的爷爷挨打长大了，就打你爷爷的爸爸；你爷爷的爸爸挨打长大了，又打你的爷爷；你爷爷挨打长大了，又打你的爸爸；你爸爸长大了，现在又打你……”

老榕树叹了一口气，沉默了。

他也不禁打了个寒战，沉默了。

是的，老榕树说的话，他似乎在哪儿听过……哦，对了，就是在榕树下，奶奶说过这样的话。那次是老师来家访，说到他最近上课不大专心，爸爸就把他捆在树上，用树枝没头没脑地抽。奶奶护着他。奶奶哭着骂爸爸：“黑良心的，这样打儿子！你小时候没挨过打吗？你疼得嗷嗷地叫，你忘了？你现在又来打儿子！我活够了！我看够了！一个比一个心狠！一个比一个肯下手！我看够了……”

如今，奶奶也去世了。奶奶永远永远地睡着了。奶奶睡着了的那一天，他哭得很伤心。

夜越来越深了，像浸在古井里，深得冰凉冰凉。他抚摸着老榕树粗壮的树根，不禁羡慕地想：我要是变成树就好了！我不想挨打，也不想打别人。而且，变成树可以活一百岁，可以不死。还有，成天就待在塘边，和小鸟、蜜蜂一起玩，一起唱歌，不用去上学，也不用担心老师提问，检查作业……

老榕树似乎猜中了他的心思，微笑着说：“你想变成树吗？孩子，树也有许多不舒心的事情呢，譬如……”

“那咱们换一换，行吗？”没等老榕树说完，他就抢着说。

老榕树微微笑了，好像思索了一阵子，随即说：“你不后悔吗？你变成树，可就再也不能变成人了。”

“不后悔！不后悔！”他迫不及待地说。

“那好吧，孩子！我在这里站了一百多年，站累了，也想到别的地方看看了。你就把眼睛闭上吧……”

……他睁开眼时，发现自己已经变成一棵榕树了。他看见原来的老榕树变成了一个和他一样的小孩，向他挥了挥手，就蹦蹦跳跳地跑走了，不一会儿，消失在夜色之中。

他觉得挺新鲜的。他觉得自己的脚指头慢慢地越长越长了，像根一样扎进了土壤深处。他发现自己身上披满了绿色的叶片，风一吹过来，飒飒地响着，一阵阵凉意通贯全身，舒服极了。他打了个哈欠，睡着了。

等他醒来时，太阳已升得老高老高了。黑狗蹲在门槛上，摇着尾巴。一群鸡在他的脚旁哼哼地捉着虫子。那只油亮油亮的公鸡拍拍翅膀，伸长脖子喔喔喔地鸣叫起来。水塘里的鱼不时跃出水面，发出噗啦噗啦的响声。除此以外，四周显得分外安静。

他觉得自己还没睡醒。他听见风送来学校里琅琅的读书声，不禁长长地舒了一口气。唉，再也用不着去上学了。世界上最难受的事情就是上学读书了。坐在教室里，他老是想打瞌睡，可是又不敢趴着，就那么用手撑着下巴，装作在听讲，实际上脑壳里一片混沌，眼睛像粘了胶似的睁不开。现在可好了，用不着担惊受怕地活着了。就这样无忧无虑的，不也可以活到一百岁吗？

他惬意地打了个哈欠，又迷迷糊糊地睡着了。

也不知睡了多久，他被什么东西弄醒了。他觉得浑身发酸，手和脚都麻木得难受。他想活动活动身子，伸伸懒腰，可是不行，他已经是棵不能自由活动的树了。他看见一群蚂蚁正在他的腿上爬着，连成一条细线。腿痒痒的，难受。他想用手去搔一搔，可是不行，他已经是棵不能自由活动的树了。正难受着，忽然感到手臂上一阵钻心的火辣辣的疼痛，仔细一看，呀，原来是条毛毛虫，正在他的手臂上爬着，动不动还咬他一口。他最怕毛毛虫了，他一看见毛毛虫就浑身起鸡皮疙瘩。可现在，他想抖掉手臂上的毛毛虫也不行了，他的手臂已经变成了不能由自己随意指挥的树枝。他觉得自己已经难受得浑身颤抖起来。幸好这时一阵风吹了过来，毛毛虫被风一下刮到地上，他这才松了口气。不过他突然感到脸上黏糊糊的、凉冰冰的，还带着腥臭。不一会儿，风又带来一点、两点……他的头上开始响起鸟的嬉闹声。他这才想起，那是鸟屎……

就这么强撑着撑到中午了，火辣辣的烈日喷得他头昏脑涨。四周没有一丝风，大地蒸发着暑气，池塘也蒸发着热气，他觉得自己好像被绑在蒸笼里，闷得透不过气来。他看见黑狗躲在堂屋里歇阴了，爸爸也躺在凉椅上呼噜呼噜地睡着了，连塘里的鱼也躺在他的阴影下了。只有他，就像被紧紧地绑在一个十字架上，在这烈日下暴晒……他觉得口干舌燥，眼冒金星，一阵眩晕，昏了过去……

……当他醒过来的时候，太阳已经偏西了。他觉得浑身酸软无力，心嗵嗵地跳得慌，昏沉沉的，直想呕吐。他突然看见同学们已经放学回家了。他们说着笑着，好不快活！他听见阿牛喊道：“到小河玩水去哟！”于是，一群小伙伴便呐喊着“冲啊”，向小河跑去……他们已经到了小河边吧？阿牛肯定又脱得光光的，跃入了水中。阿牛玩水不行呢，那狗刨式溅起一阵一阵水花……恍惚中，他好像到了小河边，但当他清醒过来时，才意识到自己已经是棵不能自由活动的树了！

……还没等他开始伤心，天色陡然暗了下来，大团大团的乌云阴沉着脸翻滚着，像一窝一窝蛇一样扭结在一起。突然间起风了，他第一次看见风原来是铁青着脸的。风越刮越大，越刮越猛，刹那间，天昏地暗，电闪雷鸣，滂沱大雨在狂风中变成了迅疾的利箭横飞而来。台风来了！台风来了！他听见天地间一片惊惶的喊声。他吓得想跑，可是跑不了，只好战战兢兢地咬紧牙关挺着。雨越来越大，风越刮越猛，他觉得自己被风吹得晕头转向，已经站不住了。他咬着牙，用脚指头像钉耙一样钉在地里，但是呜呜的台风冷笑着，像顽皮的孩子在脚盆里洗脚一样，把大海搅得白浪滔天；像任性的孩子赌气撒娇一样，将那些坚持不了的树木连根拔起，将房屋的屋顶揭走，墙也一脚蹬倒，然后哈哈笑着，来到他的面前了。他吓得赶紧闭上了眼。完了！完了！要被吹跑了！不该和老榕树换的！不该换的……

……突然间，他听见有人在哈哈地笑，睁眼一看，四周一片宁静，一个和他一模一样的小孩骑在他的腿上，正瞅着他笑呢。他认出来了，这个小孩正是老榕树。

“怎么样？做一棵树舒服吗？”老榕树问。

“难受死了！难受死了！”他哭了起来，“我不做树！我要做人！”

老榕树笑了：“你才刚刚在这儿待了一天，就受不了了，而我待了一百多年呢！”

哎哟妈呀！像这样待了一百多年！那我情愿不活了！

可是老榕树竟待了一百多年。它还要这样待下去吗？

“让我变成人吧……”他开始哀求了。

老榕树却摇了摇头：“说话要算话！怎么刚过了一天就反悔呢？”

说着，老榕树站了起来：“再见了，我也要过过人的生活了。”

“你回来！”他拼命地喊叫起来，“你要挨打的！还要挨罚的！”

老榕树头也不回，大声地说道：“手和脚都长在我的身上呢！我要到一个不打人也不挨打的地方去！”

老榕树说着，消失在夜色之中。

“我要变成人！”他伤心地哭了，“我要做人！”……

［他伤心地哭醒了。泪眼中，他看见苍老的榕树仍然静静地站在大门外。风吹过，树叶飒飒地响，像在诉说着百年沧桑……］

钓人友谊赛

他——十二岁。小学六年级学生。他的爷爷是钓鱼协会的头儿，他也是个钓鱼迷……

……黎明，雨停了，空气中弥漫着湿漉漉、凉津津的水腥气。马路两旁的法国梧桐树滴落着水珠。橘红色的街灯在湿漉漉的路面上倒映着迷幻的色彩……

……星期天的黎明，早班电车不像平时那样拥挤了，在夏天凉爽的黎明时分跑得格外轻松，长长的“辫子”划出一串蓝色的、耀眼的火花，像一条活泼的大鱼欢快地游动着……

……电车像大鱼……长长的电车线路像钓竿上的钓线……

……爷爷的钓线是野蚕丝做的……野蚕丝比尼龙丝要强得多……野蚕在枫树上快要吐丝时，把它捉来，从中间把它背上的皮撕开，取出白色的丝腺，放在醋里浸泡，用手拉成线，晾干，再接起来就行了……湿漉漉的黎明里电车像大鱼在欢快地游动……

……他骑着自行车追赶着爷爷。他今天也是全副武装，有竹套竿、支架、鱼篓、捞网、钓饵、折叠小凳……他的钓饵也特别丰盛，有面粉、蒸饭，还有肥壮的深红色的蚯蚓。鲤鱼、鲫鱼、鲇鱼、白鲦鱼、胡子鲇等最爱吃蚯蚓了。有了这么丰盛的早餐，还愁鱼不上钩吗？

……不知不觉就到了月亮湖……今天似乎跑得特别快……在青色的晨曦中，月亮湖静悄悄的，仿佛还没有醒来，雨后的空气是那么清新。他沐浴在湖面上吹来的晨风中，大口大口地呼吸着甜津津凉丝丝的空气，觉得五脏六腑都被湖水洗得干干净净了。

爷爷还没来，湖畔也没有其他垂钓的人，这么说，今天抢了个第一！夺了个冠军！

他兴奋极了，赶紧跑到爷爷常常下钩的那棵大树下，占领了这个战略要地。

这是一棵老湖柳。粗壮的枝丫有一枝像一节跳板，一直伸到湖中。密匝匝的树叶在水中落下大片绿色的阴影，正适合钓鱼者隐蔽。这里的水较深，有活水流动，是下风口，岸边又有茂密的水草，是钓鱼的最佳地点。过去，他只是跟爷爷一块儿来，在一旁“看眼科”，磨性子。而今天，他要在这里显一显本领了！夏天雨后的清晨是钓鱼的最好时机啊！

……一阵阵鸡鸣，一阵阵鸡鸣。天渐渐亮了，数不清的鸟在树林中练嗓子。东方红了，亮了，彩霞流动起来了，湖面上像泼了胭脂，又像姑娘羞怯地红了脸……

他的腿又凉又麻，腰酸了，眼也发直了，可是水面上的浮子一点不见下沉！

这是怎么回事？爷爷和他的老伙伴们一个也没来，水里的鱼一条也没游来。

他们和它们都到哪里去了？

……水面上泛起了一阵阵涟漪，一条金色的大鲤鱼突然从水中钻了出来，露出了头和半截身子，对他说道：“回去吧！回去吧！别在这儿傻待着了。不会有鱼上当了。”

他大吃一惊。这是怎么回事？这是谁在说话？是这条大鲤鱼吗？

大鲤鱼似乎嘲讽地笑了笑，又说道：“回去吧，回去吧！你的爷爷，还有钓鱼的人，都不会来了。”

“胡说！”他觉得自己受了侮辱，“我爷爷一定会来的！”

“哈哈哈！”大鲤鱼笑了起来，“你想找你的爷爷吧？那好，随我来吧！”

鲤鱼的话刚说完，湖水突然闪开了一条大路，大路的尽头是伸向湖底的阶梯。大鲤鱼用尾巴走着路，回过头来向他招手：“来呀！”

他迟疑了一会儿，终于鼓起勇气，小心翼翼地迈开了第一步。

脚下很踏实……他放心了。他跟着大鲤鱼往下走，好奇地望着两旁碧绿的湖水。湖水好像被透明的玻璃挡住了，他用手指摸了摸，果然像摸在玻璃上一样。不时有一团团的湖水从头顶上溅落下来，掉在阶梯上，一团一团的软颤颤的，像妈妈做的香蕉果冻……

阶梯下完了……迎面是一个空旷的大广场，头顶上是绿色的天棚……广场中央是一个好大好大的人工湖，湖边坐满了人，摆满了钓竿。

……湖下也有人钓鱼吗？

……他好奇地走近一看，不禁惊呆了，湖边坐着的不是人，而是鱼！一条一条又肥又大的鱼！湖畔的树上扯着横幅，上面赫然写着：

月亮湖第一届钓人友谊赛

什么，什么！钓人？从古至今，只有人钓鱼，有谁见过鱼钓人呢？可今天，这个今古奇观竟让他给碰上了。

他又惊又怕地挤到湖边，只见湖水清澈见底……爷爷说过的：水至清则无鱼。这么清的水，会有“鱼”吗……正想着，忽见水中有许多小人在游动着——呀！真的是人！

再看看鱼们的钓饵，有香喷喷的奶油蛋糕、巧克力、泡泡糖，有水汪汪的鸭梨、苹果、香蕉，有热腾腾的红烧肉、肉丸子、香酥鸡、烤鸭，有亮闪闪的金戒指、银耳环、珍珠项链……还有的钓饵更为奇特，是纸条和硬纸块，上面写着：

不上学，成天玩

不做作业

早上不起床

要什么有什么

他望着这些纸条和硬纸块，不禁笑了起来，这也算是钓饵？

可是，还没等他笑出声，水中的小人便呼啦啦地朝这些钓饵游了过来……

“哎呀！别上当！那是钓饵！”他急得直跳脚，大声喊了起来。

可是还没等他喊出声，那些胖乎乎的肉球般的小人一个个争先恐后地咬了钩！

岸上一片欢呼，鱼们高兴得鼓起掌来。

鱼们转动线车收线了。好粗好粗的玻璃钢钓竿都被压弯了，有一杆钓竿一下钓起了两个胖乎乎的小男孩。他俩紧紧地咬住了一块巧克力，谁也不肯相让。当他俩被钩线提到半空中时，还在拳打脚踢地争斗呢！

……“真丢人！”他痛苦地闭上了眼睛……他感到喉咙被铁钩卡住的疼痛和窒息……喉咙被铁钩卡住了，被钓上来了还在互相争斗……老天爷！他们还是人吗……

可是，就在他感到痛苦的时候，那两个胖乎乎的小男孩又为谁先进“人篓”而扭打起来了。“人篓”其实就是竹编的鱼篓，只不过比鱼篓要大。它和鱼篓一样，也是肚子大口小。正因为口小，不能同时塞进两个人，因此，那两个人便又互相争斗起来，扭打成一团，谁也不让谁，谁都争着先进去……他们争着进去的地方无异于失去自由的囚笼啊……可是他们不管什么囚笼不囚笼，反正只要不让对方先进去，不让对方占先，就心满意足了……

他愤怒了：“这还算是人吗？”

“对！他们不是人！”他身旁的一条大鱼说道，“他们已经变形了，变成了嫉人、馋人、懒人、贪人……”

他走到“人篓”前仔细一看，不禁舒了一口气。果然，那些徒具人形的东西变得稀奇古怪了——“馋人”的面部没有眼睛，没有耳朵，没有鼻子，只剩下一张大嘴；“懒人”的手和脚都退化掉了，像一条肉虫；“贪人”像个大蜘蛛，浑身都是手；“嫉人”的屁股上长着一根毒刺，像大马蜂一样的毒刺……

……就在这时，他突然听见了爷爷的声音："你知道什么叫钓饵吗？钓饵就是暗藏着铁钩的诱惑……"

……他蓦然回头一看，啊，真的是爷爷！爷爷正在花坛旁挖蚯蚓，正在对一个和他一模一样的小男孩说话……

……他突然清醒了。晚上，爷爷准备钓饵时，他去帮忙。爷爷忽然叹了口气，对他说道："你知道什么是钓饵吗？钓饵就是暗藏着铁钩的诱惑。"他听不明白，说："鱼是动物，又不是人，哪里会知道诱惑不诱惑的？"爷爷望着他，抚摸着他的头说："人哪，也一样。"他扑哧一下笑了："那我就去钓人！"

是的，没错。是他家的花坛。是爷爷常用的猫形洒水壶。花坛的边沿晾着一双旅游鞋。那是他的鞋，还是他自己洗的呢……

可是，这小男孩是谁？为什么和他一模一样？肯定是冒充他的坏蛋！

他气呼呼地走上前，推了那小男孩一下："喂！你是谁？为什么冒充我？"

那小男孩差一点摔倒，气愤地吼道："你是谁？为什么冒充我？"

他拉着爷爷的手，说："爷爷！爷爷！我是斌斌啊！您不是说和我一块儿去钓鱼的吗？"

那男孩也跑上前，拉着爷爷的手说："爷爷！我是斌斌！我才是斌斌！"

他恼怒了，打了男孩一巴掌！啪！

那男孩也不示弱，跑上前踢了他一脚！

于是，他和那男孩扭打成一团……

他伸手去抓那猫形洒水壶，准备砸那小男孩的头。

就在他伸手的同时，那男孩也伸出一只手，抓住了猫形洒水壶。

他和男孩同时抓住那猫形洒水壶不放，互相用脚踢，用头撞，用牙咬对方。可是，他们没看见一根无形的钓线已经悄悄收紧了，他和男孩像鱼一样被钓了起来——原来那猫形洒水壶也是钓饵，他和那男孩同时咬钩了！

……他听见欢呼声、笑声、掌声像海潮一样响起，他听见播音喇叭里传来中央电视台解说体育比赛的著名播音员宋世雄的声音（他是个足球迷，爱听宋世雄的解说）：“……成功了！这是最新颖、最成功的无形钓饵！它悄悄引发人类的嫉妒情绪，用嫉妒，用互相扯皮争斗当钓饵，结果一下钓了两个……”

两个什么？他没听清。他感到喉咙被铁钩卡住的痛苦。他知道钓钩上有倒钩，挣是挣不脱的。但是他又实实在在知道自己上当了。他愤怒得泪水飞溅……“嫉人”……不，我是人！我是人……他愤怒地挣扎着。他情愿被钓钩穿透喉咙而死，也绝不做“人篓”里的囚物……

……他伸出双手，握住了男孩的双手。他俩无言地紧紧握手，互相原谅，互相理解了。他感到那男孩和他的想法是一样的。他俩决定齐心合力来一次最后的挣扎……

……可就在他俩紧握双手的时候，那钓钩失去了魔力，一下变软而融化了，他和那男孩一下子从半空中脱钩掉了下去！

……下面是积木般的高楼、玩具般的汽车、蚂蚁般的人流……

……他身不由己地坠落下去……

〔他大叫一声，惊醒了。

心在嗵嗵地跳，浑身都是汗，喉咙隐隐地有些疼痛……

天还没亮。雨停了。夜光钟嘀嗒嘀嗒地响着。套竿和鱼篓靠在墙上……

他再也睡不着了……〕

你有几个外婆

她——十二岁。家住台湾省基隆市。小学五年级学生。昨天，妈妈带她到医院去看望外公。可怜的外公已经不行了……妈妈含泪问外公想吃什么，外公说，他想喝外婆煨的排骨汤……

……她看见外婆闷闷不乐地坐在窗前，手托着腮帮子，闷闷地坐着，默默不语地坐着。咦，外婆怎么回来啦？外婆不是到美国舅舅家去了吗？

“外婆！外婆！”她雀跃着，跑到外婆身边，从背后搂住外婆的脖子撒娇。

外婆不理她。外婆低头不语。

她又磨到外婆面前，喊道：“外婆！”

外婆不理她。外婆低头不语。

咦，奇怪了！外婆平日里是最喜欢她的，这大概像大人们说的，她特别像外婆。妈妈呢，的确像外公，那个蒜头鼻子，那张厚嘴唇，简直像极了。两个舅舅的孩子，大部分也像外公。只有她，俏丽的脸蛋儿，水汪汪的柳叶眼，小巧的樱桃小口……和外婆年轻时简直是一个模样，连嘴角旁一粒小小的黑痣也是一样的。因此，她从小就得到外婆的宠爱。可今天，外婆为什么不理她呢？

“外婆！”她又用双手搂住外婆的脖子，“外公病了！外公说，想喝您煨的排骨汤！”

外婆突然抬起头来，皱着眉头推着她：“下去！下去！外公说的是哪个外婆？”

哦，难怪外婆生气了……

外公说的外婆是大陆那边的外婆，是原来的外婆……

……她有两个外婆——这可真有点意思，有点说不出来的……神秘……一个是她的亲外婆，一个是她从未见过面的大陆外婆。她的两个舅舅都移民到国外了，大舅在美国，小舅在加拿大。只有妈妈没有走，因为外公不愿走。爸爸在日本一家公司工作，去年也准备到美国去，当时她真高兴，又可以和表姐、表哥们一起玩了。可是妈妈不愿走。妈妈是外公的小女儿，外公最疼妈妈。妈妈讲孝心，不愿离开外公。

也就是去年，她才知道她还有一个大陆外婆……那天放学回家，她发现妈妈做了好多好多菜。傍晚时外公来了，买了一个好大好大的生日蛋糕，还有好多彩色的蜡烛。是谁过生日呢？是爸爸？不是。是妈妈？也不是。是自己？更不是……是外公？不对，不对，外公前不久刚过了生日的……那天妈妈下的面真好吃。外公说这是长寿面。那天的大蛋糕真香真香。蛋糕周围一共有七十根小蜡烛，七十根啊！她终于忍不住了，悄悄地问爸爸：这是给谁过生日呢？爸爸悄悄说：给外婆。外婆？那……那……那外婆为什么不来呢？爸爸笑了，悄悄地告诉她：不是这个外婆，是那个外婆，是大陆的外婆……

……她糊里糊涂，似懂非懂……她将这个秘密悄悄地告诉了好友谢小娟。谁知谢小娟拍手笑了起来："哎呀，太巧了！我也有两个奶奶——一个是这个奶奶，还有一个是大陆的奶奶……"

谢小娟告诉她，这种情况可多呢。她们的外公、爷爷都是当年从大陆撤到台湾来的。她们的外公、爷爷在大陆时都娶了外婆、奶奶，然后打仗，然后跑到台湾，再也回不去了。然后她们的外公、爷爷就在台湾又娶了她们的亲外婆、亲奶奶……

哎呀呀！这简直像绕口令……

……外公想喝外婆煨的排骨汤，肯定是想喝大陆外婆亲手煨的排骨汤……外公不愿和外婆一道去美国，却要在医院里孤零零地躺着想大陆外婆的什么排骨汤……妈妈告诉她，外公和大陆外婆结婚才三天就走了，就去打仗去了……三天？三天三天三天，值得外公用三十多年去想念吗？不公平，不公平……外婆可怜。外公想着大陆外婆，肯定不爱她的亲外婆。外婆真可怜……

……窗外响起了出租车的喇叭声。她跑到窗前一看，只见外婆提着一个保温瓶走进楼来。她不禁回头一看，啊，外婆不是坐在自己身边吗？怎么又来了一个和外婆一模一样的外婆？

……是大陆外婆……

……这个想法像闪电一样掠过，使她感到又新奇又紧张，又兴奋又怨愤……不！不能让这个大陆外婆进来！不能让自己的亲外婆再伤心了……

……楼梯上传来缓慢而沉重的脚步声……一声声，一声声，似沉重的鼓点……

……她砰的一声把门紧紧地关上，然后背靠着房门，紧紧地抵着房门……

……脚步声在门外停住了……

……她听见自己的心在嗵嗵地乱跳……

……寂静，一片令人窒息的寂静……

……在这寂静中，轻轻地，轻轻地响起了叩门声：咚咚，咚咚……

……她闭着眼，抿紧嘴唇，不出声……

……叩门声轻轻地响起来了……像催春的布谷鸟在烟雨中鸣叫，像月夜的蛙声在滚动着水珠的荷叶上响起，像成熟的红高粱在秋风中舒展着叶片，像绽开的雪花温柔地敲击着窗棂……那叩门声好轻好轻，像一阵风似的掠过，然而是不停地掠过。那叩门声好遥远好遥远，像沉重的脚步声从遥远的天边渐渐传来，从历史的地平线上渐渐传来……

……她咬紧嘴唇。她感到了自己心灵的震撼……

……她看见外婆走了过来，神情庄重得像是在教堂做弥撒。外婆似乎对她说：别这样，开门，快开门……

……她迟疑了一下，从“猫眼”里朝外窥探了一番，然后懒洋洋地打开了门……

……门外——没有人……

咦，奇怪了，明明听见有人在叩门嘛，怎么一下就没人了呢？

她低头一看——啊，保温盒！

……保温盒里是热腾腾、香喷喷的排骨汤！是外公家乡的排骨汤，是外公临终前念念不忘的排骨汤，是外婆亲手煨的排骨汤……

……突然，楼下响起了出租车的喇叭声：嘀，嘀，嘀……

“啊，外婆！外婆要走了！”

怎能让外婆走呢？怎能让千里迢迢而来的外婆就这样离

开呢？不，不！要请外婆去见见外公，要让外公尝一尝外婆亲手煨的排骨汤！

……她急忙奔下楼，大声喊着："外婆！您不要走！"……

〔她醒了。此时正是基隆的月夜。

那是一轮同时照着海峡两岸未眠人的明月。农历十五快到了，它就要圆了……〕

会飞的氆氇[1]

他——十二岁。藏族。他的奶奶去世了，明天就要天葬……

……火塘里的火快要燃尽了，一点点暗红的火光像黎明前疲乏的星星。是谁还在织着氆氇？他觉得那梭子像鱼一样在来回游动……

……是阿妈吗？不是，不是……望着那佝偻的背影，他突然辨认出来了！是奶奶！是奶奶在织氆氇！

啊，奶奶！奶奶！您怎么又回来了？他高兴地朝奶奶扑

① 氆氇：藏族地区生产的一种羊毛织品，可用来做床毯、衣物等。

去……

扑通！他一下扑倒在酥油桶上……

奶奶突然又不见了……

……红色的格桑花、黄色的格桑花、紫色的格桑花莽莽芊芊，从他的脚下一直铺向天边。在格桑花的海洋里，在那遥远的天边，浮着一座小岛似的山峰，山头上便是天葬台。

他看见一片片黄色的格桑花在眼前晃动起来，并且一闪一闪地晃动着金色的光芒……

……一顶顶尖顶黄帽从格桑花丛中浮现出来，原来是一队骑着马的和尚。他们背着经卷、法衣和法器。马笼头上的铜饰在阳光下晃动着，闪着金色的光芒。他望着和尚们越走越近，不禁想：又是谁家死了人呢？他对和尚念经做法事颇感兴趣。但是，今天他没有兴趣跟在和尚的后面了。他要去找奶奶……

……奶奶，奶奶，您到哪儿去了呢？您真的要去磕长头朝佛吗？奶奶，奶奶，我给您打酥油茶，好吗？羊皮风箱扑哧扑哧地响了。他放茶叶，切酥油，把滚沸的茶水滤进打茶筒里。打茶棍今天好轻好轻，他不费什么力气就提了起来，一下一下地打着酥油茶……奶奶笑了，奶奶笑了，夸他的酥油茶打得好……他又给奶奶装了一碗糌粑，再给奶奶的碗里倒上酥油茶。奶奶，奶奶，我是吃您做的奶渣长大的，让我再给您加一点酥油茶吧……可是等他抬起头来时，奶奶已经不见了……

……他大声地呼喊着："奶奶——"

……天边的山峰回应着："奶奶——"

……一位白发苍苍的老奶奶在地上磕长头。她那枯瘦的脸上满是尘土，额头上已磕出一个大包，大包已经破皮了，血和尘土黏在一起。

……咦，这不是奶奶吗？奶奶怎么磕起长头来了？

奶奶！奶奶！您要去朝佛吗？

奶奶不理睬他，闭着眼，虔诚地念诵着六字真言："唵嘛呢叭咪吽……"

奶奶，奶奶，朝佛的路究竟有多远呢？要翻九十九座山，要过九十九条河吗？这一步一磕，一步一磕，究竟要走多少年呢？

奶奶不理睬他，虔诚地将双手举过头顶，在胸前合十，然后全身伏地，额头贴紧地面，一步一磕，一步一磕……

奶奶，奶奶，等等我，等等我！我也要跟您一道去朝佛，我也要到拉萨去……

……突然间，一方方的氆氇像波浪一样飘来了，波浪形的氆氇比马跑得还要快，朝着天边，朝着浮动在白云间的山峰飘去。氆氇飘过的地方铺成了一条长长的小路，小路两旁开满了美丽的格桑花……

……啊哈！氆氇铺成的小路！这样，奶奶磕长头时就不至于把额头磕肿磕破了……

……他和奶奶刚刚伏在氆氇小路上，突然来了一阵大风，氆氇顿时飞了起来，呼地一下飞上了天……

……奶奶似乎不知道氆氇飞上了天，仍然磕着长头向前进。

"哎呀！"他失声叫了起来，"奶奶！再不能动了！再往前磕，就要从天上掉下去了！"

奶奶似乎没有听见他的呼喊。奶奶仍然磕着长头前进。

哎呀！再往前一步就要摔下去了……

但是奇迹发生了——氆氇自动地向前伸展了一大截！奶奶前进一步时，它又向前长了一大截……

……耳边风声呼呼……

……他又紧张又兴奋。这比最骏的马还跑得快，比最猛的鹰还飞得高的氆氇，肯定是驮着他和奶奶到拉萨去的！

洛桑的阿爸去过拉萨，于是连洛桑也神气起来。洛桑的阿爸给洛桑带回一尊小泥佛，他自己带回一只神奇的打火机。不知怎么弄了一下，火苗就蹿出来了，一关，火又没了。咦，这小小的东西里面还关着火呢！那火怎么就不会熄灭呢？没见洛桑的阿爸给火煨牛粪，怎么说要火来，火就来了呢？

洛桑，洛桑，你别神气，拉萨马上就要到了！那小玩意儿拉萨有的是！说不定我还会带另外一些小玩意儿回来，那些小玩意儿里不但能跑出火来，说不定还会冒出酥油茶，或者跑出一只比洛且[①]还壮的狗来……

……他正美美地想着，睁眼想看看拉萨到了没有，却发现奶奶不见了！

“奶奶！奶奶！”他大声地呼唤着，急切地呼唤着，伤心地哭了起来。奶奶肯定是一不小心，从这会飞的氆氇上摔下去了……

……正当他哭喊着的时候，会飞的氆氇已经飞到天葬台的上空了，并且悠悠地在空中转着圈。

他朝天葬台望去，隐隐约约看见一个人躺在那块岩石上，好像是他的奶奶！

“奶奶！奶奶！”他哭喊着。可是氆氇像一只大鹰一样在空中飞翔，而他的哭喊声也变成了鹰的叫声！

于是，他的叫声唤来了一大群鹰。它们从远方飞来，聚集在一起，黑压压的一片，一只接一只地降落在天葬台上……

……太阳从云层里钻出来了。灿烂的阳光将大山染得金碧辉煌，宛如巍峨雄伟的布达拉宫。金光闪耀的山尖就像大昭寺的金顶，而满天的彩霞则像那经幡在飘飞……

……迎着圣洁的阳光，那群鹰从天葬台上飞上晴空了。

---

① 洛且：狗名，在藏语里的意思是“宝狗”。

他突然听见鹰在喊着他的名字："普！普！"

啊！那不是奶奶的呼唤吗？多么亲切、多么熟悉、多么难忘的呼唤声啊！

"奶奶，我在这里！"他激动得大喊大叫。

鹰群向着金色的太阳飞去了。奶奶的灵魂向着金色的太阳飞去了……

"奶奶——"他大声呼唤着，追赶着鹰群，却忘了自己是在会飞的氆氇上。说时迟，那时快，他一脚踩空，一下从空中摔了下来！

"啊——"他吓得大叫……

〔他惊叫一声，吓醒了。

天快亮了，奶奶就要上天葬台了……

"奶奶……"他呜咽着，泪水打湿了藏毯……〕

十三岁的梦

腿和轮子

他——十三岁。小学六年级学生。成绩一般，却爱钻牛角尖，遇事爱问个为什么。老师说他是“胡思乱想专家”……

……“汪！汪汪！”一阵狗叫声从街上传来。紧接着，又一阵惊奇的笑声从街上传来。他站在窗台前，朝街上望去——哈，只见一只狗没有腿，却长着四个圆圆的轮子，像汽车那样在街上跑着。

奇怪！真奇怪！竟有长着轮子的狗！

他突然记起来了，今天上语文课时，他曾在课本上异想天开地画了一只安着车轮的狗。没想到还真有这种狗呢！

谁说我在胡思乱想呀，这不，长着轮子的狗在街上跑着呢！狗呀，狗呀，你最好到学校去转一转，叫老师看一看！世界上奇怪的事多着呢！

……若是以前，繁华的大街上应该人来人往，车辆川流不息，可今天，大街两旁的人行道上、商店的窗口里挤满了人。大家都踮着脚，伸长脖子，朝大街上张望着。

……奇怪，奇怪！只见一匹马咴咴地叫着跑过来了。马没有腿，却长着四个圆圆的轮子。

哞……哞……两头牛叫着跑过来了，一头是黄牛，一头是水牛。它们也没有腿，却长着四个圆圆的轮子。

咩……咩……一群羊也跑过来了，有山羊，也有绵羊。它们都没有腿，却长着四个圆圆的轮子。

紧接着，大灰狼跑过来了，狐狸跑过来了，老虎跑过来了，金钱豹跑过来了，梅花鹿跑过来了……它们都没有腿，都长着四个圆圆的轮子。它们跑到十字路口，正好红灯亮了，大灰狼呀，狐狸呀，老虎呀，金钱豹呀，一个接一个地停住了。嘿！它们还懂得交通规则呢！

突然，大街两旁响起了一阵阵热烈的掌声，原来是可爱的大熊猫跑过来了。它也长着四个轮子。然后是长鼻子大象。它的四个轮子可大呢，比压路机的大轮子还要大。大象后面是骆驼。它的轮子也是又高又大。轰隆隆，轰隆隆，它们像十轮载重卡车，像压路机，隆隆地跑过来了。

哈！一群猴也跑过来了。它们长着轮子，就像小巧的摩托车，活泼泼地跑了过来。有的还故意表演呢，将前面两个轮子悬空，用后面两个轮子跑；有的呢，还翻着筋斗。这时，警察叔叔走过来了，调皮的猴连忙装得一本正经，规规矩矩。

瞧它们那副装模作样的假正经滑稽样儿，大伙儿都忍不住乐了。

有意思！真有意思！动物都长着轮子，跑进城里来了。其实，这有什么奇怪的呢？难道动物们就该一辈子在野外玩吗？它们为什么不能进城来玩玩呢？只要它们遵守交通规则，和人友好相处，为什么要将它们赶到山林里或者关在铁笼子里呢？

……动物们的腿到哪儿去了呢？原来它们用腿和各种各样的汽车换了轮子。

哈哈！真新鲜！汽车没有轮子，却长了腿！

……他看见一辆辆卡车长着骆驼的长腿，走进沙漠里去了。沙漠里没有公路，过去运货物都是靠骆驼。可是骆驼怎能和卡车相比呢？卡车装的货物可比骆驼驮的多好几倍呢！看，车队中还有装水的洒水车。当然，它的任务不是洒水，而是储水。还有冷藏车。沙漠里气候炎热，有了冷藏车，便可以随时吃到冰凉可口的冰棒、冰激凌、冰冻果子露，喝到冰冻汽水、冰冻啤酒了。你看，用轮子换了腿，在沙漠里运输不是更方便了吗？

……他看见长着老虎、豹子、梅花鹿的腿的汽车在大山里奔跑着。许多深山老林里没有公路，可深山老林里的宝贝可多呢，就是难以运出来。山里人需要的东西呢，也难以运进去。运出运进，全靠人用背篓一点一点翻山越岭地背。现在可好了！卡车长着四条腿，而且是老虎的腿、豹子的腿、梅花鹿的腿，不但能翻山越岭，而且跑得飞快！你看，用轮子换了腿，在深山老林里运输不是更方便了吗？

……突然间，一阵愤怒的吼声从大街上传来。许多人吓得四处乱跑，大叫着：“不得了啦！不得了啦！野兽要吃人啦！”

……他躲在一根电线杆后面，偷偷地朝前望去，只见大灰狼、狐狸站在一家餐馆门前大吵大闹。

大灰狼嗥叫着：“好啊！你们人总是在编造《狼和小羊》的寓言、《狼来了》的故事，总是说我吃羊，吃小羊羔，可是你们人呢？你们不是也在吃羊吗？喏，涮羊肉！哼！为什么我们吃羊就是大坏蛋，你们吃羊却是好人呢？”

狐狸也尖叫着：“还有鸡！你们总是骂我们狐狸偷鸡吃，骂我们狡猾，可是你们不是也在吃鸡吗？看！酱烧鸡、麻油鸡、黄焖鸡、烧全鸡，还有清炖仔鸡——连小鸡也不放过呢！为什么你们能吃鸡，我们就不能吃鸡？你们吃了鸡，还骂我们狡猾，你们人才是最狡猾的呢！”

咦，对呀，说得有道理呀，怎么和我原来想的是一样的呢？读二年级的时候，上《狼和小羊》这一课时，我就这样问过老师，老师说我胡思乱想……怎么一问个为什么，就是胡思乱想呢？

他正这么想着，只听得那吵嚷声更大了。

狗也叫了起来：“好哇，我们辛辛苦苦地看门，你们却吃我们！瞧，炖狗肉！天哪，说不定那是我的妈妈呢！”

小白兔也哭了起来："你们总说喜欢我们小白兔，可是，你们为什么要吃我们呀？你们看，烧兔肉、炒兔丝。呜，呜，呜……"

老牛叹了一口气，劝道："算了，算了！我们是动物，他们是人，人比动物……"

"人比动物高贵一些，是吗？"狐狸尖叫起来，"老牛哇老牛，你是个不开窍的老糊涂啊！就说你吧，你辛辛苦苦地耕田、拉车，劳累了一辈子，可是，他们还是要杀你。你看，他们吃你的肉，还剥你的皮，做什么皮鞋，什么皮带……哼！人比动物更坏！"

"可他们总在表扬我，总在歌颂我……"老牛喃喃地说。

大灰狼气愤地说："哼！我来表扬你，然后吃掉你，你愿意吗？那个东郭先生，我们的祖先不是也表扬他了吗？可是表扬后要吃他时，他就不愿意了。他们人还把这件事写在书上，一代一代传下来。为什么？就是因为我们不听话！不听话的，不肯让他们吃、让他们杀的，就是坏的；听话的，乖乖地让他们打、让他们骂、让他们杀、让他们吃的，就是好的。这是什么道理，嗯？你说啊！你说啊！"

老牛叹了一口气："唉，你说的……也有些道理。那是动物的道理。人呢，总有人的道理……"

他躲在电线杆后面听着，第一次觉得老牛说的话真没劲！老牛真是个窝囊废！他第一次觉得牛不是那么可爱了……

就在这时，老虎也咆哮起来："好哇！虎骨酒！你们打死我们，还用我们的骨头泡酒喝！"

大象也喊了起来："我们的牙齿怎么到这里来了？"

鹿也叫了起来："鹿茸！我们的角……"

熊也嚷了起来："熊掌！还有熊掌！"

所有的动物都气愤地叫嚷起来。

……正在这时，只听得一阵呜呜的响声，一辆辆闪着红灯的警车、摩托车开过来了。警车上的大喇叭正哇哇地叫着："动物们请注意！动物们请注意！为了维护城市的社会治安，请你们马上出城换上腿回家去！请你们马上出城换上腿回家去！今后不经允许不准进城来！今后不经允许不准进城来！"

大灰狼叫了起来："我买了电影票还没看呢！"

狐狸也叫道："我还没看电视录像呢！"

小白兔说："让我坐一坐电动飞机，好吗？"

老虎嚷道："我不走！我还想到动物园去走亲戚呢！"

可是没用，它们已经被包围了。

……轮子换上了腿。

……腿又换上了轮子。

……动物们躲进了深山，躲进了老林，走进了沙漠，走进了水田……

……一切好像都没发生过。大街上仍然是熙熙攘攘的人流和川流不息的车辆。车辆都安着车轮子，没有长腿……

……可是，他不知为什么流泪了。他想：我真是在胡思乱想吗？我真是在胡思乱想吗……

〔他抽泣着，泪水顺着脸颊流进了嘴里。泪水很咸，

很苦，很涩。他舔了舔泪水，翻了个身，又继续胡思乱想去了……]

墨源奇观

她——十三岁。初中一年级学生。从小学书法，曾多次获奖。今天，她接到通知，她被选入中国少年儿童书法代表团，即将赴日本参观访问……

……没有月亮，也没有星星，四周漆黑一片，伸手不见五指。她不知道自己是怎样来到这个陌生的地方的，她只感觉到自己是在野外了。她感到风从树林里吹了过来，带着一阵阵绿色的清香，清香中夹杂着野草的苦涩味。她听见树叶在风中飒飒地响，听见秋虫在四周轻声吟唱，听见远处有水声在汩汩地流淌，听见一只鸟从枝头惊飞了，扑簌簌地飞向远方……

“有人吗？”她怯生生地喊道。

“有——人——吗——”四周传来一阵阵回声。

……随着这一阵阵回声，四周似乎朦朦胧胧地有了一丝光亮，隐隐约约地可以看见远处黝黑一片。那是树林子了，又隐隐约约地看见一个好长好长的人，只看见身子，看不清他的脸，他正在前面悠悠地走着。说是走，其实是像滑旱冰，滑着“S”形，悠悠地前行。

“喂——”她大声喊道。

那人似乎没有听见，仍旧悠悠滑行着。

她着急了，急忙向前跑去：“叔叔——”刚出声，她脚下就一滑，一下跌倒在地上。

哎呀！地上怎么湿漉漉、黏糊糊的呀？而且，有一股墨香。她将双手举到眼前仔细一看，呀，真的是墨！而且一闻那股香味，就知道是徽州的松烟墨。“墨出青松烟，笔出狡兔翰”，曹子建的这两句诗，她从小就背熟了，那是爷爷反复教她背熟的。

奇怪！这地上怎么湿漉漉的，全是墨呢？

……月亮突然从云层里钻出来了，洒下一片清辉。

……她突然发现地上一片白，真使她“疑是地上霜”了。再仔细一看，哎呀，这地上全是宣纸，白茫茫的一片，无边无涯，天衣无缝。她站在这无边无涯的宣纸上，犹如一滴墨点。

还没等她清醒过来，眼前的景色又使她惊讶得迷糊了。原来前面悠悠滑行的不是什么人，而是一支好长好长的毛笔！笔杆就有两层楼那么高，就像学校操场上的旗杆。这么长的一支毛笔正自动地在宣纸上写着字呢！瞧，写得多么流利呀，就像一只无形的巨手在握管挥毫。

她望着那支自动写字的毛笔，一眼不眨，简直望呆了，右手情不自禁地如握毛笔，随着那笔势运起腕来。

那杆笔一边写着，一边走着，笔力遒劲酣畅，又像醉了酒、着了魔一样。她完全忘记了自己在写字，只觉得有无数条青龙在眼前飞腾、虬结，有无数条黑色的小溪在眼前蜿蜒流淌，有无数仙女舞动着青绸长带在舞蹈，有无数柄寒光闪闪的利剑在森森舞动，搅起一团团清冷的月光……

……突然间，那杆毛笔不见了。她正疑惑地四处观望，只见眼前的那一片树林突然摇动起来，就像埋伏着的千军万马，一声号令下，顿时呐喊着冲上来。

啊！那不是树林，而是“笔林”！那一杆杆直耸云天的不是参天大树，而是参天毛笔！

所有的毛笔都满蘸浓墨，在宣纸上任意舞蹈着，尽情表现着，并且随着从天而降的电子乐曲跳起了迪斯科！

……富有动感的节奏震天撼地，她也情不自禁地扭动着，摇摆着，如醉如痴，跳起了迪斯科。她不觉得自己是在跳舞，而是感到心中有一股强烈的欲望，非得这样扭动摇摆不可……突然间，她心中如电石火花猛地一闪，觉得自己不是在跳舞，而是在写字！

啊！拿笔来！拿笔来！我要写！我要写！

……狂热的迪斯科乐曲突然消失了，那一片“笔林”也突然消失了。

四周一片寂静，只有那些秋虫仍梦呓般地在低声吟唱着。

吱呀——吱呀——

隆隆隆隆……隆隆隆隆……

突然，有一阵声响从远处传来。风不但传来了响声，而且送来了一阵阵墨香。

她情不自禁地循声走去。

一片竹林，又一片竹林……在青翠的竹林中，隐隐地现出一间间茅屋。

竹林中央有一块平坝，一头毛驴正在拉磨。原来那吱呀声、隆隆声就是从这儿传出去的。

她走到石磨前仔细一看，哎呀，那哪里是石磨呀，原来是一块石磨般的墨！那磨盘呢，原来是一方石砚！毛驴拉着那石磨般的墨，正在石砚里磨墨呢！

呀，真稀奇！墨如石磨，毛驴拉磨磨墨，这真是天下奇观！

她再仔细一看，那磨出的墨汁涓涓地流进一个大水池子里，那该是墨池了。这墨池沁出一阵一阵的墨香。墨池旁，有一个高高的水塔，有许多钢管从水塔伸向竹林深处的茅屋中。

她信步走进一间大茅屋，只见茅屋内窗明几净，一张大书桌放在窗前。书桌上有一个大端砚，砚的上方正好有一个水龙头。她信手扭开水龙头，呀，原来哗哗流出来的不是水，而是墨！

……忽然，有一阵箫声从竹林深处悠悠地飘来。箫声婉转清越，仿佛化为月色，化为山泉，化为清风。

她恍恍惚惚地朝竹林深处寻去。朦胧中，她看见一轮银月静静地蹲在竹林中，一个身着中国古代服装的老头儿正坐在一块石头上，悠悠地吹着洞箫。那银色的月亮好像是舞台的背景，于是那老头儿就仿佛是坐在月亮中悠悠地吹着箫。一张宣纸飘落在地上，纸上写着两个字：墨源。

墨源？这里就是墨源？看那两个字如清风出袖，如明月入怀，分明是王羲之的行书！呀！这老人莫不是王羲之？

“王爷爷！王爷爷！”她兴奋地大声喊叫起来。

那老人朝她微微一笑，然后仍然双目微闭，悠悠地吹起箫来。

她不敢大声喊叫了。她静静地听着这箫声，觉得自己的一颗心仿佛变成一轮明月，浸在凉津津的泉水中了。

……箫声悠悠。随着这箫声，月亮轻轻地离开了地面，像一个大气球一样，缓缓地升上了天空。那老人，那竹林，那箫声，也随着月亮一起，缓缓地升上了天空。

“王爷爷！王爷爷！”她又一次大声喊叫起来。

老人似乎朝她点了点头。他的身影随着月亮的升高而渐渐模糊了。只有那箫声，只有那月色般的箫声，山泉般的箫声，清风般的箫声，仍然在夜空中久久地回荡……

〔她突然醒了。窗外，皓月当空，清风习习。她呆呆地躺着，不知是不是又在做梦。她的耳畔仿佛还响着那箫声。突然，她跳下床，奔到书桌前，扭开台灯，铺纸蘸墨，运笔如风，写下两个酣畅的大字：墨源……〕

〔附记：在日本，她的行书“墨源”二字激起一片惊叹，被誉为“神来之笔”……〕

飞碟之谜

他——十三岁。小学六年级学生。学校“UFO 兴趣小组”成员。今天晚上，他和同学外出散步，突然发现了飞碟（即 UFO，不明飞行物）。他俩惊呆了，眼睁睁望着飞碟消失在远方……

……“飞碟！飞碟！”严斌突然发狂似的喊叫起来。他慌忙抬头一看，啊，西南方向果然飞来一个扁圆的火球。那火球在天边看起来大约有脸盆那么大，白亮白亮的，十分耀眼，在晴朗的夜空中，以极快的速度朝他们飞来。

他望着那越飞越近的火球，一下子呆住了。他们“UFO 兴趣小组”的同学们盼望亲眼看到这神秘的不明飞行物简直盼入了迷，不少同学经常做梦梦见飞碟……可是现在，那神秘的飞碟竟然实实在在地出现在他们眼前了！

……飞碟越飞越近了，一团强烈的白光刺得他睁不开眼。他感觉到那飞碟正无声无息地朝他们飞来，看样子想来捕捉他们呢。于是，当那飞碟像小房子一样即将飞临他们头顶时，他大喊了一声："严斌，快跑！"

……可是已经来不及了……他听见吱吱的一声响，飞碟的底部突然喷射出一股血红血红的气流来。这气流正好罩住了他们。他只觉得有一股强大的吸力将他吸了起来，就像一块大磁铁吸一枚小铁钉一样。他身不由己地离开了地面，嗖地一下，便失去了知觉……

……他觉得自己是在做梦，可是又觉得自己已经醒了，只是头昏沉沉的，抬不起来。他睁开眼，朦朦胧胧地看见周围亮着许多奇异的灯光，一眨一眨的。他觉得十分疲乏，又昏沉沉地闭上了眼，但是仍感觉到自己仿佛躺在一个摇篮里，在不停地颠簸……

……嘟、嘟、嘟、嘟……一阵响声又将他惊醒了。他睁开眼，觉得自己清醒多了。他开始四处打量着，发现自己孤零零地躺在一个圆筒形的小房里。地上是一种柔软的、富有弹性的金属板，躺在上面，就好像躺在沙发上一样。

连续不断的嘟嘟声停止了，四周不停闪着的灯光也熄灭了，小房里只闪着柔和的红光。这时，他眼前出现了一块黑板一样大的电视屏幕。屏幕上出现了一个身穿宇航服、头戴宇航员银色头盔的怪物。那怪物的脸似乎是绿色的，眼睛像星星一样闪闪发亮。绿色怪物望着他，张口说话了，于是他的耳畔响起了一阵叽里呱啦的声音，可是他怔怔的，听不懂。正当他疑惑不解的时候，听到了熟悉的中国话，而且是普通话："地球人，地球人，现在我们用地球上通行的英语、法语、德语、西班牙语、俄语、汉语、日语与你对话，你听懂了没有？请你回答，请你回答……”

他连忙点点头：“听懂了，听懂了。”

电视屏幕上，那个绿色怪物似乎笑了：“欢迎你，中国人！欢迎你到我们飞船上来做客。”

“你们是谁？”他大声问道，“你们为什么要抓我们？”

“我们是谁，你还不知道吗？你不是学校‘UFO兴趣小组’的组员吗？你们不是经常研究我们吗？”

奇怪！他们怎么知道我是“UFO兴趣小组”的组员呢？奇怪……他不禁有些害怕了：“你们……真的是……外星人吗？”

绿色的外星人似乎笑了：“好吧，就按你们的说法，叫我们外星人吧！其实，对于我们来说，你们也是外星人呢！”

哦，对，对！就像中国人说日本人是外国人，而日本人说中国人也是外国人一样。有道理，那么……

“地球人！哦，中国人！就叫我们外星人吧！”外星人说，“非常抱歉，这一回要委屈你们了。我们曾派了不少飞船到地球上去，想带几个活标本回来——哦，对不起——想请几位客人回来。这次，终于请到你们了。请放心，我们绝对保证你们的生命安全。但是，请你不要随意走动。在你的脑后，有一排按钮，你可根据你的需要按动按钮。好，现在，我们已经离开地球了，请你和你的地球母亲告别吧！”

外星人说完，便从屏幕上消失了。这时，屏幕变成了一片浩渺的太空，一个圆形的蓝色的星球缓缓地旋转着，出现在屏幕上。啊！地球！这是他的地球母亲啊！

……他突然想起了妈妈……他仿佛看见妈妈正站在阳

台上焦急地呼唤着他……妈妈的眼眶盈满泪水。妈妈的头发在风中飘动，黑发中夹杂着好多好多白发……啊，妈妈的白发……

想到这里，他情不自禁大哭大叫起来：“妈妈！我要妈妈——你们放开我！放我回去！我要回家呀……”

只听到嘟嘟一响，外星人又在屏幕上出现了。他似乎微微蹙着眉，用讥讽和嘲笑的目光默默无声地打量着他，随后，用标准的普通话对他说：“好一个‘男子汉’！好一个想探索太空奥秘的‘小科学家’！我没有想到你竟是这样一个没志气的脓包！你不是想解开飞碟之谜吗？现在，打开这座神秘大门的钥匙就在你的手上，这是千载难逢的好机会，你却想放弃，哭鼻子要回去！好！现在就送你回家！”

外星人说完这番话，便从屏幕上消失了。随即出现在屏幕上的是茫茫宇宙太空，一个亮闪闪的光点——他辨认出这光点就是飞碟——正向地球飞去……

“好一个‘男子汉’！”

“你这个没志气的脓包！”

他的脸一下就红了。他骂了一句粗话，一种强烈的侮辱感、委屈感像小虫子一样咬着他的心。他又骂了一句粗话，男子汉的自尊心使他觉得浑身轻松，又浑身劲鼓鼓的了——我偏不服气！我偏要看看你这个飞碟，看看你们这些外星人是些什么玩意儿！

于是他又大叫大嚷起来：“喂！喂！我不回去了！我不回去了！”

没有人理睬他。屏幕上，飞碟正向地球靠近，就像一只金色的蜜蜂向蓝色的花丛飞去……

他急得用双手咚咚地捶着“墙壁”：“停一停！停一停！我不回去了！”

没有人理睬。

这时，他看见“墙壁”上有一排彩色的按钮，有红的、黄的、蓝的、白的、绿的、紫的……闪闪烁烁，像一粒粒晶莹的宝石。

他想起外星人刚才说的话了：“可以根据你的需要按动按钮。”

他不管三七二十一，首先按动了红色的按钮。

刹那间，他头顶上闪起了一盏红灯，并且响起了呜呜的警报声。他感到自己所在的密封舱像一个圆筒子被抛到窗外去了——他的头一下撞着了舱顶，然后他就像一粒玻璃球在圆筒内骨碌碌地滚动起来……

……屏幕上，外星人惊叫着：“你怎么按了红按钮？那是紧急脱离装置！现在，你已经被弹出飞碟了！快！快按黄按钮——让密封舱停下来！不然，一进入地球的大气层，密封舱就要成为燃烧的流星了！”

可是，密封舱仍然像圆筒一样在一个光滑的斜坡上向下滚动，滚动，飞快地滚动！他在这“圆筒”内被滚撞得昏头昏脑的了，黄色的按钮在他的眼前旋转，可就是按不到！

……这是一个没有底的大“斜坡”……

……密封舱像一个失去了控制、在斜坡上飞快地滑行的火车头……

……没有什么力量能阻止这失去了控制的“火车头”——等待着它的只能是毁灭！毁灭！

……黄按钮！黄按钮！黄……黄……

……屏幕上，外星人惊恐地大叫起来：“快呀！快呀！快按黄按钮！快！就要进入地球的大气层了！”

可是来不及了，密封舱一下滚进了大气层……

眼前火光一闪！

他听见外星人恐怖地大叫了一声：“啊！”

……完了！着火了！我就要成为一颗流星了……就在这一刹那，一种深深的遗憾像闪电一般掠过他的心头。可惜！多好的机会啊！亲自探索飞碟的奥秘……

眼前火光一闪……

〔电灯亮了。他从床上滚到了地上……〕

“手拉手”

她——十三岁。暑假，她参加了学校组织的“手拉手”活动，第一次来到农村，和农村的孩子一起生活、劳动、学习……

……一双眼睛像一团星云那样在夜空旋转着，旋转着，时隐时现，像一个熟悉的人在暗中盯着她。咦，是谁呢？这么大一双眼睛默默地在暗中盯着她……

……旋转着的星云渐渐地停了下来，沉淀下来。哦，是晨雾中的瓦屋，是春梅家窗口的灯光，是屋后的牛棚。哦，那双熟悉的大眼睛原来是春梅家的老牛的牛眼。老牛正温柔地望着她。

哦，对了！临睡前跟春梅说好了，明天清晨，由她一个人去放牛，再也不要春梅带了。老牛和她也有了感情呢，再也不会横着眼盯着她了。就像春梅家的狗，她刚来时，总冲着她汪汪地吼，吓得她紧紧扯着春梅的衣襟，生怕那狗扑上来。吃饭时，当狗钻到桌子下面寻骨头，她便紧张地缩起双脚，有一次还紧张得掉了筷子。现在，狗也将她当成主人了，再也不朝她凶凶地叫了，甚至好奇地跟着她。有一次上厕所，它竟跟到了厕所门前。

……喔喔喔……

……哦，鸡叫了，要起床了……

……春梅还熟熟地睡着。哈，今天可比春梅起得早了。刚来那几天，天天早上是春梅喊她起床，待她起来，才知道春梅已经放了牛，拾了粪，喂了猪，还帮妈妈烧灶，做了早饭，还帮她打好了洗脸水、漱口水，连牙膏都挤到牙刷上了。唉，真不好意思……在家里，妈也给她打洗脸水、漱口水，也给她挤牙膏，也将早点做好了放在茶几上，牛奶呀，煎荷包蛋呀，她从未觉得有什么不妥当。可到了春梅家，才觉得自己的事要别人帮你做，真不好意思。春梅也才十三岁呢，比她还小几个月呢。春梅也是独生女，也是爹疼的，娘养的，为什么要她给自己打洗脸水呢？

春梅，春梅，咱们“手拉手”可不是拉你的手来伺候我。我可不是娇小姐！城里的孩子也不都是娇宝宝！你再这么做，我可就生气了，就不和你“手拉手”了……

……她轻脚轻手地起了床，轻脚轻手地开了门。黄狗无声地围着她摇尾巴。

她走进了牛棚。老牛仍然温柔地望着她。牛棚里有一股干草与牛尿的味道。现在她已经习惯了，再也不用手帕捂着鼻子了。她也像春梅那样，双手提起了尿桶。尿桶好大，好沉，但她轻轻一提就提起来了。然后她便呼唤老牛屙尿。她也学会了像春梅那样有腔有调地唱。嗯，要是回家了，唱给爸爸妈妈听，他们一定会笑得直不起腰来呢！

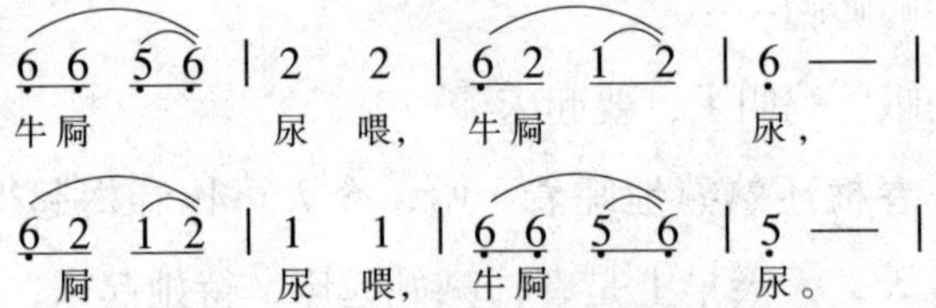

6 6 5 6 | 2 2 | 6 2 1 2 | 6 — |
牛屙 尿 喂，牛屙 尿，

6 2 1 2 | 1 1 | 6 6 5 6 | 5 — |
屙 尿 喂，牛屙 尿。

她反反复复地吟唱着。她的嗓子本来就很好，被同学称为“小孟庭苇”。孟庭苇是著名的女歌星，她最喜欢唱孟庭苇的歌了，《冬季到台北来看雨》呀，《风中有朵雨做的云》呀，《走在雨中》呀，《无声的雨》呀……孟庭苇的歌里尽是雨，尽是泪，尽是女孩的忧伤，像个现代的林妹妹。有时她唱着唱着，就情不自禁地流泪了，吓得妈妈莫名其妙，“心肝宝贝”地叫着。妈妈，你可曾想到，你的宝贝女儿现在正坐在草堆上，有滋有味地唱着《牛屙尿》吗？

牛终于朝尿桶里屙尿了。好一泡又急又热又臊的牛尿！

牛尿好臊。谁愿意闻牛尿呢？可春梅不怕臊，农村的孩子都不怕臊。到农村后，她才知道，原来她平时吃的粮食呀，蔬菜呀，瓜果呀，都要施肥呢。春梅说：庄稼一枝花，全靠肥当家，牛尿呀，牛粪呀，都是顶好的农家肥，比化肥还好呢。结果那天吃晚饭，她一端起碗，一想起这些饭呀菜呀都是从肥料中长出来的，竟然忍不住呕吐了，害得春梅一家忙得团团转。

“不想吃饭？下面条行吗？”

“面条……面条也要施肥吗？”

春梅惊讶地望着她，哈哈地笑了起来。笑着笑着，春梅背过身子，哭了起来。

春梅哭得很伤心。

她也哭得很伤心。

现在她不怕臭不怕臊了。春梅不怕，她也不怕。

她坐在牛棚里的干草堆上，悠悠扬扬地唱着《牛屙尿》。在她悠悠扬扬的歌声中，又热又臊的牛尿溅起了东方一片青色的黎明。

……老牛身上暖烘烘的。老牛低下头，任她踩着弯弯的牛角，然后一抬头，就将她送上了牛背。

吧嗒，吧嗒，老牛缓缓地走出了村庄。

晨雾在夏日的原野上飘荡。空气中弥漫着青草的清新和牛粪的清香。在朦胧的晨雾中，她看见一头一头的牛在山坡上吃草。

啊，那不是王昕吗？她也敢骑牛了？前天她看见牛，还害怕得往后躲呢。哦，那个站在牛背上的是调皮的方斌。他一来，就想上树掏鸟窝，被老师训得一愣一愣的。哈！还有喻勇，还有周蕾，还有杨翠翠和肖晶晶……同学们几乎都来了！唉，可惜城市里没有牛，要是骑着牛去上学，那该多有意思啊……

……她骑在牛背上，在原野上漫游。远处的湖塘传来一阵阵荷叶和荷花的清香……驾一条小船，在湖上滑行……湖水好清好清啊，可以看见湖中漂动的水草，以及一群一群的小鱼。春梅将一只竹编的“花篮”放在流水处。“花篮”是一种捕鱼的工具，鱼可以游进去，却再也游不出来了。她将船摇向湖中央，啊，水中有好多好多竹编的“花篮”，不，不，应该是竹编的房子。看啊！看啊！那个房子有尖顶，还有一扇扇窗口呢！她看见一尾尾青脊的鲤鱼自由自在地在房子里出出进进，还有一个鱼妈妈正领着一群鱼娃娃在水中做游戏……

哦，原来鱼是住在这样的房子里的。

鱼娃娃，鱼娃娃，我告诉你们一个秘密，前面有一个像房子一样的“花篮”，你们可千万别进去啊，进去了可就出不来了呢……

……翻过山坡，前面就是一片一片的稻田了。唉，真不好意思，没来农村前，总以为吃的米是“米树”上长的，没想到首先要在水田里栽秧，等长成稻谷后，再弯着腰，顶着烈日，用镰刀一刀一刀地将稻子割下来，然后捆起来，挑到稻场里，用脱粒机将稻谷与稻秆分开。一粒一粒的谷子还要加工、脱壳后，才变成白白胖胖的大米。哎呀妈呀，这么复杂！难怪古诗里说“谁知盘中餐，粒粒皆辛苦”呢。那天，老师叫大家背诵这首诗时，大伙儿几乎是“吼诵”呢。不过，她还是不明白，为什么非得年年栽呀割呀，这么折腾呢？为什么不种“米树”，年年像摘苹果一样，只从树上摘大米？哦，摘稻谷，那该多好啊！

……牛走进了一片绿色的树林……哦，是一片竹林……咦，不对呀，竹林里怎么悬挂着一串一串的谷穗呢？清香清香的。啊！对了，这不就是“米树”吗？稻秆像竹竿拔地而起，谷穗像香蕉、葡萄一样垂吊着。太好了，太好了！我发现“米树林”了！春梅，春梅，今后农村就只种“米树”，不用年年弯腰驼背地割稻子了！

牛也高兴了，哞哞地叫了起来，跑了起来，差一点将她从牛背上颠下来。老牛呀老牛，你为什么这么高兴呢？是不是今后再也不用拉着犁呀耙呀在水田里辛劳了呢？

牛跑进了又一片竹林，哞哞地叫了两声。嗯，这儿的香味和“米树林”里不一样，似乎是一股面包的香味……她一抬头，忽然看见树上悬挂着一根根细长细长的玩意儿。哎呀，莫不是毛毛虫吧！快走快走！老牛快走！这次老牛不听话了，又叫了两声，好像在说：你再仔细看看嘛，怕什么呢？哼，看看就看看，有什么了不起呢！她用手小心翼翼地摸了摸那些细条条，柔柔的，软软的，像是面条。啊！对！是面条！她抬头一看，哎呀，头顶上悬挂着细长细长的面条呢！

哈！原来这是“面条林”！要吃面条，直接从树上扯就是了，再也不用年年种小麦呀，割小麦呀，弯着腰流着汗收割了。那样多辛苦多累呀！看着春梅一家那么辛苦劳累，她心里总觉得不舒服，总觉得应该为他们做点什么。这下好了，告诉他们“米树林”“面条林”的秘密，他们一定会高兴得蹦起来呢！

……这不是春梅家的菜园吗？怎么这么大，这么宽敞！咦，那一闪一闪的是什么呀？像一群小星星在眨着眼睛。哦，原来是一条条嫩嫩的黄瓜。每条黄瓜都缀着一朵黄瓜花，花闪着金色的光芒，将菜园幻化成迷人的童话世界。在城里，她从未去过菜场买菜，只是在家里见过妈妈买回来的黄瓜呀，南瓜呀，茄子呀，西红柿呀。

当她第一次走进菜园，看见黄瓜悬挂在竹架上，西红柿垂在绿叶中，还有紫色的茄子和红红的辣椒都活生生地生活在自己的家园里时，她兴奋极了。呀！这可是活的西红柿呀！她蹲下身子，痴痴地望着那个西红柿，一直望得西红柿羞红了脸。哦，别动，别动，菜园里的瓜果呀蔬菜呀都是活生生的生命呢。它们慢慢地长着长着，在风里，在雨中，在朝阳的照耀下，在月亮的银辉中慢慢地长着长着。

嘿，妈妈，咱们也搬到农村来住，好吗？就在春梅家旁边，也盖一栋小楼，也围一个小院，也种一畦菜地，也养一口鱼塘，好吗？就让我和春梅一块儿上学。对，手拉手，每天手拉手一块儿上学，一块儿去放牛，一块儿到菜地浇水，看南瓜从拳头大的婴儿渐渐长成个大胖子。对，比老爸的啤酒肚子还要大一点，扁一点……喂猪嘛，嗯，我不大喜欢猪。它们成天不劳动，只知道吃了睡，睡了吃，在泥里打滚，又不讲卫生，还有吃饭时那副迫不及待的馋相，一点也不讲形象，不讲礼貌……狗是要有一条的，不过最好是条母的……鸡呢，当然只要一只公鸡，每天早晨吹起床号，其余都是母鸡，天天下蛋，咯嗒咯嗒。妈妈，刚生下来的蛋还是温热的呢。怎么样，妈妈，咱们就搬到农村来，好吗……

〔她翻了个身，又甜甜地睡了。夏夜的村庄，一片蛙声。她还在清风与蛙声中做梦，还骑在牛背上漫游……〕

黑森林

她——十三岁。初中一年级学生。经过紧张激烈的拼搏，好不容易考上了重点中学。可是一进校，又要考试，再分重点班。为进重点班，她不得不废寝忘食，病倒在床上还哭喊着要去考试……

……不知怎么回事，她走进密密的大森林里了。四周伸手不见五指，她只感到四面八方有许多的手在抓她，在抓她，脚下软绵绵滑腻腻的，怎么跑也跑不快。她感到自己似乎掉进了一个深深的陷阱，感到了一种恐怖，一种悲伤，一种焦虑，一种无可奈何……

……前面似乎有绿油油的光点在一闪一闪，刚注意看时就消失了，等她不注意时又忽地闪亮起来。没有声音，四周一片寂静……于是，这绿森森的光点在这大森林的寂静中便显得格外神秘，格外恐怖。

是鬼火？是狼的眼睛？她看过一些描写大森林和草原的文学作品。那些书上说鬼火和狼的眼睛，还有其他野兽的眼睛在黑夜里总是绿森森的……

……又闪起来了！又闪起来了！那绿森森的光点逐渐向她移了过来。

她吓得心咚咚跳，浑身冷汗直淌。她转身就跑。可是，在她的四周，绿森森的光点已经形成了一个包围圈，而且，那包围圈正在缩小，正在缩小……

完了，完了！被包围了！跑不出去了……她顿时感到了一种恐惧，一种焦虑，一种无可奈何……

……绿光逼近……

……眼前金花飞迸……

……醒来时，她发现自己躺在湿漉漉的草地上。仍是黑夜，但依稀可以看见周围的景物。她看到许多稀奇古怪的参天大树一棵紧挨一棵，枝杈缠着枝杈，组成了一道道密不透风的“墙壁”。她自己的周围则依稀有许多蘑菇正在慢慢地长大。

……冰凉的水滴从头顶上滴落下来。她的头枕在一截凸起的树根上，树根上长满了暗绿色的青苔。空气中弥漫着树叶腐烂的气味和浓重的水腥气。

突然间，她看见眼前的一个蘑菇张开了脸。那蘑菇变成了一个妖魔的脑袋。哎哟！太可怕了！那妖魔披头散发，深陷的眼窝中，一双老鼠般的绿豆眼睛闪射着贪婪、阴冷的光；没有鼻子，在本是鼻子的部位有两个黑洞；嘴特别大，几乎占了整个面部的一半，那嘴正张开着，露出白色的獠牙、血红的长舌头，而且，正对着她冷冷地笑呢！

她吓了一跳！

可是还没等她清醒过来，森林中所有的蘑菇都变成了妖魔的脑袋，没有身子，只有一根长长的脖颈支撑着一个面目可憎的脑袋！有的脖颈越长越长，越长越长，不一会儿，就长得像一条蛇了……

……她最怕蛇了！岂止是怕看到蛇，只要一听见“蛇”这个字，便浑身起鸡皮疙瘩。

可是越怕越出鬼！正当她心惊肉跳地躲避那蛇一样的脖

颈时，突然发现自己的脚下到处都是蛇！这些可怕的“长虫”互相扭结在一起，正在蠕动，所有的蛇头都竖立着，吐着可怕的蛇信子！

她的心一下子跳到喉咙管里来了！

她来不及喊，就拼命地跑了起来。

……遍地都是蛇！遍地都是蛇！她根本没有立足之地。她的脚踩在蛇堆上，一踩一滑，浑身汗毛直竖。蛇们盘曲着滑动着，凶恶地向她扑来！有一条蛇缠住了她的小腿，凉冰冰的，黏腻腻的。她尖叫一声，用手将那条蛇扯了下来，慌慌张张地一扔，赶紧拔腿就跑！

……这是疯狂的逃命！她觉得自己已经筋疲力尽，快不行了。她真想站一下，就站那么一下，喘一口气或者从容地揩一揩汗，但是不行，不行，不行！遍地都是蛇，只要一站住，蛇就会将她淹没。一想到这里，她就没命地一个劲儿地往前跑……

……前面出现了亮光，就像那山洞出口似的充满希望的亮光。她听见了一阵阵急促的脚步声。就像飞蛾扑火一样，所有的脚步声都朝这希望之光奔来。她看见许多人也在亡命地奔逃。从身影上可以看出，这些逃命的人也是学生，而且是和她差不多大的初中生。整个森林里的蛇都被吵醒了，都被激怒了，都开始追赶这些从它们身上踩过去而逃走了的猎物。

……前面出现了亮光，那是希望之光啊！不知道前面还有什么危险，但是那亮光毕竟在黑沉沉的恐怖的大森林里捅开了一个口子啊！

……她终于冲出黑沉沉的大森林了！

……眼前雾气弥漫，脚下涛声如雷，一座摇摇欲坠的独木桥便横架在这雾气之中、涛声之上。

……蛇群追赶而来。她听见了那来不及跑出黑森林的孩子们被蛇缠住的绝望恐怖的叫声……

……冲过去！冲过去！后面没有退路！

……许许多多的孩子冲上了独木桥。

……她也冲了上去。后面没有退路啊！

……桥像弹簧一样颤动着，而且被压得嘎嘎地响，随时都可能断裂！

桥太窄太窄，就只是一筒圆木。人走在上面，就像走钢丝似的，一不小心，身体失去平衡，就摔下去了。

热浪滔滔，蒸汽升腾。她感到又热又渴，汗水流进眼睛里，又涩又疼。她感到自己是站在一口大锅之上，大锅里是已经沸腾的开水！稍不留意，就会像下饺子那样掉进开水里煮熟了……

……浑身大汗淋漓，身上的衣服全湿透了，紧紧贴在身上。满脸的汗水像无数蚂蚁在爬。但是她顾不上去揩汗。她张开两臂，平衡着身子，一步一步地向前移动……

……前面一个女孩两腿颤颤，浑身哆嗦得像风中的芦苇，哭喊着："不行了，不行了。"可是后面立刻有无数个人愤怒地吼了起来："快走啊，快走啊！别挡道，别挡道啊！"

她自己已经累得不行了。她听着那女孩的哭声，心里好不是滋味。如果是在平地、在大路上，甚至是在陡峭的山路上，只要是安全的环境，她都会义无反顾地上前去搀扶那女孩，甚至背着她前进。可现在……这么多的人挤在一座即将断裂的独木桥上，一个跟着一个，既不能超越前面的人，也不能后退，而脚下是滚沸的开水，只要停顿下来，那么很可能桥上所有的人都得煮饺子！

她本来想安慰那女孩几句，可是话一出口，竟变成了："快走哇！快走哇！别挡道！"

她的话音刚落，前面那女孩浑身一哆嗦，脚下一个闪失，便一声惨叫，掉下去了！那一声惨叫在深渊里回响着，然后便被滚烫的波涛吞没了……

……她已经绝望了。她感到自己再也支持不下去了。她闭上了眼睛。她想象着自己坠落下去的情景……

突然间，一阵欢呼声腾起。她睁眼一看，发现前面就是岸！只要往前再跨一步，就是坚实的岸了！这时，她的双脚反而哆嗦起来，她觉得自己再也迈不开这一步了……

〔她惊醒了。她浑身是汗。汗水像虫一样在她身上爬着。她正准备舒一口气，但一想起明天又要考试，不禁深深地叹了一口气……〕

我是谁

他——十三岁。初中一年级学生。他和哥哥是孪生兄弟，长得一模一样。旁人常常将他们认错，闹出不少笑话。这使他非常苦恼……

……咚、咚、咚，有人敲门。

……爸爸的咳嗽声、脚步声、开门声传来。有人到客厅里了。还有小姑娘的哭泣声。有人在和爸爸说话，说的什么，听不清。

……爸爸的咳嗽声、脚步声传来。爸爸走进了他的卧室，阴沉着脸喝道："小双！出来！"

……自己好像是在做作业。又是什么事呢？他噘着嘴，极不情愿地跟着爸爸来到了客厅。

一个肥胖的女人站了起来，浑身的肥肉直哆嗦。有几个下巴？起码有三个下巴，软塌塌地叠在胸前。一个肉球似的小姑娘有七八岁吧，却烫着头发，描着细眉，抹着眼影，涂着口红，活像那玩具商店里卖不出去的粗俗的丑娃娃。丑娃娃正在那儿猫样地尖叫。

"你瞧瞧！是不是他？"肥女人问那丑娃娃。

丑娃娃抬起头来，瞧了他一眼，喊道："就是他！就是他抢了我的皮球！"

肥女人叉着腰，盯着他，哼了一声。（哼的时候，浑身的肉直哆嗦。）

爸爸不动声色，又喊道："大双！"

他的哥哥——大双揉着惺忪的睡眼，走了出来，嘟囔着："什么事啊？"

爸爸冷冷地对那肥女人说："您再瞧瞧，是不是他？"

肥女人和丑娃娃一看大双，顿时怔住了。丑娃娃指指他，又指指大双，瞪大了眼睛，不知该指哪一个才好。

肥女人却撒泼了："你别来这一套！反正不是这个就是那个，两个里面总有一个！反正是你的儿子！这么大的男孩子抢小姑娘的皮球，这像话吗？"

爸爸的脸上挂不住了，阴沉着脸，吼道："你们谁抢了人家的皮球？快说！"

"我没抢！"大双嚷道。

"我没抢！"他感到格外委屈。

肥女人一撇嘴，阴阳怪气地笑道："一个皮球是小事，可欺负小姑娘……"

爸爸一听，咬着牙，抡开巴掌，给了他和哥哥一人一耳光。

"我没抢！凭什么打我？"大双捂着脸哭喊着，向那肥女人扑去，"你冤枉我！我和你拼了！"

肥女人猫样地尖叫着，拉着丑娃娃跑了，出门时还朝屋里吐了一口唾沫。

他捂着火辣辣的脸，也哭了，哭得很伤心。

……迷迷糊糊地，不知怎么来到了学校，隐隐约约地听见班主任陈老师喊他。

……他跟着陈老师来到了校长室。

校长室里坐着一个红脸汉子，一看见他，就激动地站了起来，指着他说："就是他！"

他不禁吓得倒退了一步。

校长和陈老师都笑了起来。

红脸汉子激动地抓住他的双手，连声说道："小同学，谢谢你！谢谢你！我这提包里的一万多块钱要不是你捡到了，我可要急疯了！"

提包？一万多块钱？谢谢？这是怎么回事呀？他就像坠到云里雾里，摸不着头脑了。

"不，不……我……我没捡！没拾！"他连声说着，边说边往外走。

"咦，明明是你嘛！"红脸汉子奇怪地说，"你把提包交给我，就跑了，我是跟在你后面赶到学校来的呀！"

"不是我！不是我！"他急得直冒汗，"陈老师，你再问问我的哥哥，好吗？"

"哦——"陈老师笑了，"我忘了，你们是孪生兄弟！"

……他逃出了校长室，长长地呼了一口气。

……可是待他走进教室里时，顿时惊呆了！

——教室里所有的男孩都和他一模一样——大额头，尖下巴，鼓眼珠，蒜头鼻，大嘴巴，厚嘴唇……连头发梢有点儿黄，也是一模一样！

这是怎么回事？怎么都和我长一个模样？是嘲笑我长得丑，是吗？

教室里刹那间静默了一分钟。突然间，所有的他，不，不，所有长得和他一模一样的男孩子都愤怒地喊了起来："你——是——谁？"

哎呀，天老爷！连喊声也一模一样……

他无可奈何地苦笑起来。

这时，他听见所有的他，哦，不，不，所有长得和他一模一样的男孩子都和他一样，无可奈何地苦笑起来。

"哈哈哈哈！"

"哈——哈——哈——哈——"

他笑出了泪花。

所有的男孩子也都笑出了泪花。

他顿时感到了一种羞辱，一种嘲弄，一种被人模仿而且是夸张、滑稽的模仿时的恼怒。于是，他恶作剧似的开始学狗叫："汪汪汪！"

就在他张口的同时，所有的男孩子都挤眉弄眼，调皮地学着狗叫："汪——汪——汪！"

这时，他才发现并不是别人在故意模仿他。所谓模仿，是他先说先做，别人照着他的声调、动作再说再做。可是现在，别人是在和他一起说，一起做！这就是说，大家不约而同地用同一种思维方式思维，用同一种腔调说话，用同一种动作做事……就好像是工厂里生产出来的同一种型号的产品。

……上课铃响了，语文老师谢老师抱着一大摞作文本走进了教室。

“作文作文，做得头疼。”他最讨厌做作文了。从小学到中学，语文老师出的作文题几乎都是一样的：放寒假后肯定要写一篇《寒假见闻》，放了暑假肯定要写一篇《暑假见闻》，过春节要写《春节见闻》，国庆节要写《国庆节见闻》……还有什么《一件有意义的事》呀，《一件难忘的事》呀，《一件好人好事》呀，《一件学雷锋活动中的事》呀……再不就是《我的同学》呀，《我的老师》呀，《我的爸爸》呀，《我的妈妈》呀……唉！大概所有的语文老师都是一个学校、一个老师教出来的吧？怎么除了叫学生编一个“好人好事”，就没有其他的能耐了呢？谢老师总是叫他们平时随时留心观察“好人好事”，他真厌烦呀！真没劲！又是这老掉牙的一套！一个人要是得每天提着心、留着神去观察什么“好人好事”，那活着可真累！而且人家没准要把你当神经病！

谢老师又表扬彭玲玲的作文写得好，“有感情”，什么“为军属老大娘雪里送炭”……真假！彭玲玲和他是小学同学，又住在一个大院里。她那篇“雪里送炭”的作文是小学三年级就写过的，而且是她哥哥帮她编的，只不过小学三年级时是“跛腿残疾的老大娘”，四年级时是“双目失明的老大娘”，五年级是“生病无人照料的老大娘”，六年级时是“儿子是厂长、改革家，没空回家买炭的老大娘”，上中学了，这一次的“好人好事”又变成了“儿子在前线牺牲了的军属老大娘”……谢老师还说他看了作文后“感动得热泪盈眶”，假话！还“盈眶”呢，假话，假话！彭玲玲写的是假话，谢老师说的是假话，大家心里都明白这是假话，而且都讨厌说假话，可是一做起作文来，一讲起课来，还是得写“雪中送炭”，还是得“热泪盈眶”……

他烦透了写作文，烦透了！

……可今天谢老师偏偏又接着挑出了他的作文本。谢老师好像查获了什么重大案件，好像掌握了什么秘密，意味深长地笑着，开始念他的作文。

他红着脸，低下了头。他知道这是胡乱编的一个故事——一个孩子在公园里捡到了钱包，然后拾金不昧，将钱包交给了警察叔叔……

那天晚上有足球赛，他就胡乱编了个“好人好事”交了差。没想到……

谢老师不紧不慢地念完了。教室里有谁在偷偷地笑，好像是彭玲玲……

谢老师嘴角一翘，意味深长地浅浅一笑，又拿起了大双的作文本。

天哪！大双写的也是捡钱包！

他惊愕地抬起头来。

他看见所有的男孩子都惊愕地抬起头来。

谢老师讽刺地笑道：“我要恭喜大家了。这次写作文，所有的男同学都是写的捡钱包，大概公园里的钱包比落叶还多，那么容易捡；大概男同学的运气也特别好，一进公园就捡到了钱包，或者看见了人家捡钱包。唉，亲爱的同学们，怎么我就没有看见钱包呢？”

女孩子们笑了起来。

谢老师也为自己的俏皮话而得意地笑了起来。

他的脸一下涨得通红。他感到了一种羞辱。他情不自禁地顶撞道：“谢老师！那是因为你‘热泪盈眶’，看不见！”

话一出口，他大吃一惊！哎呀，这是自己心里想的，心里话怎么能够随便说出口呢？

但是他这句话比谢老师那一席话还幽默，还一针见血。这句话简直是“盖帽”了！谢老师的脸一下子涨得通红，噎得说不出话来，而男同学则一齐拍掌大笑起来：“哈——哈——哈——哈——”

……所有的人都像你，你就不存在了。所有的男孩子都像小双，都是小双，小双也就不存在了——谁也认不出你来了，因为满街的男孩子都是一个模样……

……他走进业余体校。他是足球队的队员，而且是中锋。

……熊教练困惑地望着眼前的这一群小双，搔了搔头，问道：“这究竟是怎么回事？喂，你们当中谁是真正的李小双？”

“我！”他大声喊着，举起了手。

“我！”

“我！”

所有的队员都举起了手。

他愤怒了，着急了，激动地喊道：“熊教练，我是真的，他们都是假的！”

所有的队员都同时激动地喊道：“熊教练，我是真的，他们都是假的！”

他恼羞成怒了，泪水夺眶而出，发狂地喊道：“你们为什么要学我？”

他的激动、他的狂怒都无济于事，因为每一个队员都同样激动，同样狂怒。

熊教练有点手足无措了，但他毕竟是教练，知道自己队员的特点。李小双，中锋，门前争抢意识强烈，而且射门准，任意球罚得好。于是他命令每个队员在人墙面前罚一个任意球。

这下可好了，全队只有他一个人会踢“香蕉球”——弧线球。他满怀信心地走了出来，望了望眼前的人墙，突然跑动，用左脚的内侧踢了一个漂亮的弧线球。只见足球绕过了人墙，直射球门的左上角。守门员判断错误，球应声入网。

好！漂亮！他兴高采烈地举起了双手。

哼，这一下你们可要露馅了吧！

可是他高兴得太早了。

一个一个的李小双竟都踢了漂亮的弧线球，而且都射中了。守门员累得汗直淌。熊教练看得直发呆。

他呢？他也惊讶得说不出话来……

……他恍恍惚惚地走着。他不知道自己究竟是谁。

“李小双！李小双！”一个女孩子从后面跑了过来，一边跑，一边喊着。

他没有答应。他觉得是在喊别人。李小双？李小双是谁？不知道……

跑上前的是彭玲玲。她气喘吁吁地拦住他，一边用小手绢揩着汗，一边说："我……我知……知道，你……你才是真……真……真的李小……小双！"

"李小双？"他皱了皱眉头，"你是谁？"

"我？"彭玲玲惊讶地扬起了眉毛，"我是玲玲，彭玲玲呀！"

"不，不，你不是彭玲玲……"

……就在这时，所有的女孩子都变成了彭玲玲。迎面就走来两个彭玲玲。

彭玲玲望着另外两个彭玲玲，惊恐地用手捂住了嘴，突然间，她尖叫一声，号啕大哭起来……

……完了，完了，所有的男孩子都写捡钱包，那么所有的女孩子都会写"雪中送炭"了……

……啊，谢老师又会"感动得热泪盈眶"了。亲爱的谢老师，您的热泪够不够用呢？

……满街的李小双……

……满街的彭玲玲……

……满街的木偶人……

……啊，到家了，到家了！

……爸爸，妈妈，你们一定认识自己的儿子！

咚！咚！咚！他急切地敲门。

过了好半天，门才慢慢地开了。爸爸和妈妈站在门口。爸爸皱着眉头，妈妈眼含泪花。

“你找谁？”爸爸像个陌生人，冷漠地、不耐烦地问道。

“爸爸！我是小双啊！”他说着说着，就哭了起来。

“哼！小双！刚才已经来了十几个小双了！”爸爸说着就要关门，“走吧！走吧！”

“妈妈——”他号啕大哭起来，扑向妈妈，“妈妈——我……我真的是小双啊！”

就在这时，只听得楼梯上一阵杂乱的脚步声，一群小双跑了过来，一个个哭着、喊着妈妈，扑了过来。

妈妈吓得将他推开，就要关门——

“妈妈！妈妈！我是小双啊——”他大喊一声，一头朝房门上撞去……

〔眼前金星乱迸——他一头栽在地上，哭着醒了过来。哥哥大双被吵醒了，不耐烦地嘟囔着，伸手来拉他。他一看见大双，便发狂似的哭喊着，扑上前去，和大双扭打起来……〕

我是冠军

他——十三岁。智障儿童。在智障人士参加的特种奥林匹克运动会上，他获得了少年男子组 100 米短跑冠军。大家称赞他“跑得和马一样快”……

……一匹红鬃马在跑道上奔驰着，像一团火，像一片彩霞。

……一阵暴风雨般的掌声。一阵海涛般的喝彩声。全场的观众都为红鬃马鼓掌喝彩。红鬃马也得意地咴咴嘶鸣起来。

……他不服气地瞧着那马。哼，这个家伙和我跑得一样快吗？

……奖牌在他胸前闪闪发光。他摩挲着奖牌，想：冠军不就是第一名吗？第一名就是只有一名——一个人。我是冠军，我跑得最快。怎么又说我跑得和马一样快呢？

不行，不行！马根本没有参加比赛，怎么就知道它跑得和我一样快呢？难道这个冠军还要分成两半？那么奖牌呢？一人戴一天？不行，不行！坚决不行！

裁判，裁判，我要和马赛跑！我要和它比个高低！

……他和马站在起跑线上，等待着发令员的枪声。

他偷偷地瞥了马一眼。正好，马也偷偷地瞟了他一眼。

哼！原来你心里也挺紧张呀！原来你的腿也有点儿发抖呀！我还以为你挺了不起呢！你的心肯定也在咚咚咚咚地跳，肯定比我还跳得快！

“各就各位——预备——”

砰！

枪声响了！他撒开腿，就像离弦的箭一样向前冲去。他感到风呼呼地响。奇怪！马怎么还没跑上前呢？

他情不自禁地回头一望，只见裁判使劲吹着哨子，原来马被枪声吓着了，竟朝运动场中央的足球场跑去。

嘿！这傻马！他乐哈哈地笑了起来。

——我赢啦！我赢啦！

……可是裁判说不算，得重新赛。

他噘着嘴，盯着裁判。他听着裁判也像马一样咴咴地叫着，对马说着什么。

哦——原来裁判也是马变的呀，难怪他护着马呢！

哼！重来就重来！我是冠军，我还怕你吗？

……他和马又一次站在起跑线上。

“各就各位——预备——”

砰！

枪声响了。他咬紧牙关，闭着眼向前冲去。就在他起跑后不久，马咴咴地叫了几声，撒开四蹄咚咚咚地奔驰起来，一下就超过了他，一眨眼的工夫，就轻轻松松地跑到了终点。它还嫌不够劲儿，用嘴叼着终点的那根线，在场内得意地奔跑。

掌声、欢呼声像海涛一样在运动场内回响。

他的鼻子一酸，眼泪就涌了出来。

不行，不行！这一次也不算！马……马有四条腿，而我……我只有两条腿。它比我多两条腿，当然比我跑得快了！不行，不行！重新来，这一次，马也要用两条腿跑！

……他听见裁判咴咴地叫着，对马说着什么。马连连摇头，并且恼怒地望着他。裁判仍然对马又是叫，又是打手势。马无可奈何地点了点头。

他和马第三次站在起跑线上。

马扬起了前蹄，用后面两条腿支撑着站立起来。可是它站立得很吃力，四条腿都在抖动着。

他对裁判大声嚷道："要是马用四条腿跑，就算输了！"

"各就各位——预备——"

砰！

枪声响了！他鼓足劲儿，咬紧牙向前冲去。他感到自己在飞，感到有一股说不出来的力量在推动着他飞快地向前奔跑，感到脚下的大地像一条传送带，飞快地朝相反的方向转动着……终点！前面就是终点！他奋力向前，终于最先跑到终点，撞了线！

而马简直不能跑，莫说是跑，走也走不稳呢！喏，你瞧，它像一个刚刚学走路的孩子，两条腿小心翼翼地移动着，还没走多远，就坚持不住了，终于放下前面两条腿，认输了。

噢！我赢了！我赢了！我是冠军！我比马还跑得快！

掌声、欢呼声顿时响起，像海潮一样向他涌来。他高兴地举起双手，在《运动员进行曲》那雄壮的乐曲声中，绕场一周，向朝他欢呼鼓掌的观众们挥手致意。他强烈地感受到了观众们惊讶、佩服、亲切的目光。这样的目光比阳光还要温暖，这样的目光是他过去从来没有得到过的呀！过去，人们望着他，是用嘲讽、轻蔑、可怜、戏弄的目光……

哈哈！我赢了！我是冠军！我比马还跑得快……

他喃喃地反复念叨着，眼里噙着激动的泪花……

〔他没有醒。他怎么舍得醒呢……〕

明天就要考试

她——十三岁。小学六年级学生。明天，就要举行毕业考试了。晚上，她翻来覆去，睡不着……

……她又一次惊醒了。她梦见自己迟到了，吓得出了一身冷汗。她揉了揉眼睛，突然发现天已经亮了，再一看闹钟，哎呀，已经8点20分了，还有十分钟就要考试了，而她还睡在床上呢！

这可怎么办哪？这可怎么办哪？她家离学校还有五千米路呢。

"娘！娘！"——没人答应。

"爹！爹！"——没人答应。

完了，完了！要迟到了，要迟到了！这次毕业考试就是升学考试，可是迟到不得的呀！

她一急就浑身发抖，手脚发麻，眼泪哗哗地流出来了。

正当她着急的时候，突然间，房子动起来了，就像汽车似的跑了起来，而且越跑越快，越跑越快，然后嗖的一声飞上了天空。

哎呀，房子，房子，你慢点飞，你悠着点儿，别一下摔下去了，那可不得了！

……房子越飞越高，越飞越快了。她感到风呼呼地从窗口扑了进来，云悠悠地从窗前飘了过去。她壮着胆子从窗口朝下一望，哎呀，我的妈呀，真的是在云里了呀！那山，那田，那村庄，都变成一丁点儿小了，南屏河像一根银丝线，公路像一条灰色的带子，公路上的汽车则像蚂蚁在爬了。

突然，她看见学校了！就在公路旁边，绿茸茸的，像一粒豌豆。她急忙喊了起来："到了！到了！学校到了！"

话未说完，房子突然一下往下坠落了，就像一块大石头从悬崖掉下深谷一样。她吓得心都跳到喉咙管来了。

慢点，慢点！哎呀！房子，房子，可别落下去把教室砸坏了！同学们正坐在教室里考试呢！

突然间，房子在空中旋转起来。她一下子摔倒在地上。还没等她喊出声来，房子又一次旋转，一下子将她转到门口。大门是开着的，她便从门口一下子摔在空中，然后朝地面落下去……

"娘呀！"她吓得大喊一声，眼前顿时一黑……

……不知怎么搞的，她已经坐在教室里了。

……奇怪，教室里的同学，她一个也不认识。她的同桌应该是同一个村的郑春霞，可现在，坐在她旁边的竟是一个男生！

……教室里静悄悄的，只听得见钢笔在纸上划动的沙沙声。教室里前后左右一共有四个老师在监考，这也使她觉得奇怪，又觉得紧张。讲台上坐着一个，后门口坐着一个，还有两个在教室里来回巡视着。

……作文题:《这件事使我想起了他（她）》。唉，真难，真难！这是哪个老师挖空心思出的题目呀？

……想起了他，想起了她，想起了他……

那天下午，她和春霞、艳红一起，偷偷地到河里去玩水。春霞可会游泳呢，像条大鱼在水中扑腾。她和艳红只敢在河边水浅的地方玩玩。像春霞那样，只穿条花短裤，穿件短袖褂子，她们更是不敢呢。她们望着春霞笑，春霞像个野小子一样逗她们，撩起一阵阵水花，溅得她睁不开眼。她躲闪着，还击着，嘻嘻哈哈地在水中撒欢，谁知一不小心，脚下一滑，倒在水中，呛了几口水后，一慌张，竟沉下水去了。春霞和艳红慌了，一边哭着，一边喊着：“救人啦！”

然后，便是他来了。不知道他当时在哪里，他像条黑泥鳅，一下跃入水中，赶来救她。她当时被流水带到河心，已经昏了过去，醒来时，发现自己躺在河边的树荫下，浑身水淋淋的。春霞和艳红跪在她的身边嘤嘤地哭。他呢，见她醒来，便走了，至今，她还不知道他的姓名，住在哪儿，甚至什么模样也不知道。只听春霞和艳红说，和她的二哥差不多高，比她二哥还要壮实。二哥今年读初二，那么，他肯定也是中学生了。于是，便有一颗种子在她心中发了芽，那就是一定要考上中学，到中学去暗暗寻找他……

……突然，她听见监考的老师说：“还有十分钟。”哎呀！她的作文还没动笔呢。她赶紧动笔写，谁知钢笔里没有墨水了！

急忙换了一支钢笔，谁知也没有墨水！

奇怪，奇怪！明明准备了两支钢笔，灌足了墨水，怎么一下就没了呢？

汗珠一下从她的额头、鼻尖沁了出来。

就在这时，旁边的那位男生将一支钢笔无声地推了过来。

她顾不得那么多了，接过钢笔，感激地朝他点点头。

谁知这么一瞧，她不由得怔住了。这个男生黑黝黝的，很壮实，浓眉大眼，和她想象中的他——那个救命恩人一模一样！

莫非就是他？这可太巧了！

她触电似的浑身一颤，顿时觉得脚麻了，手软了，笔也不听使唤了……

……她不知道自己在写什么，只感到手颤抖得厉害。她着急了。千万沉住气，还有十分钟了！还有十分钟了啊……

……当！当当！当！当当！钟声响了。

……完了！时间到了。可是，她的作文还没写呢。作文可是有 30 分呢！

……老师来收试卷了。她只能呆呆地坐着……

〔她突然惊醒了，吓出了一身冷汗。

天还没有亮。她看看钟，才3点30分。

唉！又是一个噩梦……但是，还有点意思。那个男生果真是他吗？

她打了个哈欠，睡不着了……〕

电比马跑得快

他——十三岁。蒙古族。小学六年级学生。今天，他跟着哥哥进城，和远在北京的爸爸第一次用长途电话通话……

……那匹高大的红鬃烈马咴咴地嘶鸣着，突然从马群中扬蹄弹出，流星飞矢般地朝牧场深处飞奔而去了。节奏感强烈的马蹄声骤然响起，如急促的鼓点，震撼着茫茫草原。

……那个老是瞧不起他的傲慢的马倌突然从马背上射向空中，划了一条优美的弧线，然后重重地摔在地上，发出一声沉闷的响声。

……他呆呆地望着躺在地上的马倌。他不相信马倌会从杆子马上摔下来。马倌套马可是百发百中的啊，再烈再野的马都逃不过他的套马杆。可是，今天怎么一下子就摔下来了呢？

……他似乎有些幸灾乐祸……

……红鬃烈马如一星火苗在地平线上闪烁。他突然感到眼珠一阵胀痛，感到浑身的热血直往上涌。他咬了咬牙，从地上捡起套马杆，飞身跃上杆子马，如离弦之箭朝那“火苗”射去。

……嗒嗒嗒！嗒嗒嗒！嗒嗒嗒……

……大地如汹涌的怒涛在奔泻。天空像勒勒车的车轮在旋转。杆子马如锐利的犁尖犁开了劲峭的风。他坐在马背上，紧扣马肚，紧盯着那匹红鬃烈马——他的目光早已套住了它！

和傲慢的马倌赌气归赌气，他可是绝不允许马从一个骑手的套马杆下逃遁而去！

……红鬃烈马好奇地望着他，好像在漫不经心地打量一个陌生的来访者。

那好奇的目光顿时刺伤了他。他策马追近，一扬马杆，唰地一下套住了那傲慢的家伙，而且给它来了个反手活套！

那烈马愣了那么一秒钟，仿佛没想到他会套住它。但是眨眼间，它愤怒地一声长鸣，腾空跃起，然后重重落下，又猛地埋头尥蹶子，上下左右，来回挣跳。见挣不脱那紧紧套住脖子的牛皮绳，便惨烈地嘶鸣着，风驰电掣般地奔跑起来……

好烈的马！他感到不是自己在套马，而是烈马套住了自己！他感到了一种被套住的狂怒和绝望……

……他骑着的杆子马渐渐地跟不上了。这杆子马可是经过专门训练，用来套马的快马啊！可是那红鬃烈马仿佛是疾风和闪电的精灵。这最快的杆子马都跑得汗水淋淋的，跟不上了呀……

但是他仍然紧紧地攥住套马杆。被套住、被拖住的狂怒和绝望渐渐被一种渴望征服的勇气代替了。套住它！驯服它！这呼伦贝尔草原上，他才是主人。如果让一匹烈马从套马杆下跑掉，那将是所有男子汉的耻辱！

……突然间，他骑着的杆子马一眨眼不见了。他似乎并没有骑马……可是前方仍有一团“火焰”在闪动，牛皮套绳仍然绷得直直的。他感到了那股要将他拖倒拖垮的力！

他将双脚死死地铆在地上，咬紧牙，拼命将套马杆插进土里，越插越深，越插越深……

于是奇迹发生了：

那深深插进土里的套马杆突然变成了一根笔直笔直的电线杆！

那绷得直直的牛皮套绳越拉越长，越扯越长，转眼间变成了长长的电线！

而那匹红鬃烈马，那匹被套住、拖拽着套绳的红鬃烈马，已经跑到了地平线上，化作了一轮又圆又大的血红的落日！

……套马杆套住了太阳……

……电线……延伸到遥远的天边的电线……

……是阿爸的话音骑上了马吗？那该是一匹多么快的神马呀，眨眼间就从北京跑回草原，把阿爸的话捎给了他……

……他握着话筒，大气也不敢出……

……他屏住气倾听，倾听着熟悉的马蹄声……

……没有嗒嗒的马蹄声传来，话筒里倒是有一种嗡嗡的声音。这声音只有凭灵敏的感觉才能感触到。那似乎是草原上的风声。风在茫茫的草原上自由自在、无羁无绊、无遮无拦地奔跑着，挟带着草原上马兰花、柴胡花、野韭菜花、益母草花的清香；挟带着艾克草、哈勒根草的苦涩味；挟带着黎明马奶的芬芳；挟带着黄昏牛粪火的烟熏味……

突然间，话筒里传来一个熟悉的声音。这声音是那样清晰，仿佛讲话的人就在他身边，就在他耳畔对着他耳语一般……

啊！是阿爸！是阿爸的声音！是阿爸在遥远的北京和他说话！这可不是一般的话，这是电话，是电捎来的话呢……

北京……北京有多远呢？哥哥说，骑上快马也要跑九天九夜呢。哦哟！这么远呀……可是现在，阿爸说的话眨眼间就从遥远的北京跑过来了，骑着“电马”跑过来了……

这神奇的电！这神奇的“电马”！这“电马”比草原上的千里马还跑得快呢！

……哥哥不爱骑马了。哥哥买了一辆日本的摩托车，成天神气地跑来跑去。他挺羡慕哥哥，似乎还有一丝嫉妒……但是他的确讨厌那摩托车的突突突突声，简直比那公驴的叫声还难听。他爱听马的嘶鸣，爱听马蹄声在草原上骤响，因为他从小就是在马背上长大的，因为他从八岁起就是那达慕大会上赛马中的优秀骑手，前年和去年一连两次夺得第一名……他是呼伦贝尔草原的骄傲！他怎能不爱马，不爱马的嘶鸣、马蹄的骤响呢？他觉得那是世界上最美最美的音乐……

……哥哥骑着摩托车一溜烟地跑远了。

……马群好奇地望着那有两条腿，还突突叫着的怪物。

……一股热血涌了上来。他飞身上马，一夹马肚，追赶起哥哥的摩托车来……

……马蹄震动大地……

……他伏在马背上，觉得那么惬意，那么痛快。他觉得不是马在奔跑，而是他自己在奔跑；他觉得他就是这追星赶月的骏马；他觉得在马上比在陆地上更加自在……

……近了，近了，哥哥的背影越来越清晰了……他一磕马肚，骏马会意，呼啦啦地一下追赶上去，从摩托车旁擦身而过，把摩托车甩在后面……

可这神奇的电，这看不见、摸不着的电比任何骏马都跑得快！

但是人们还是把它给套住了！人们把这跑得飞快的电一下给套住了。那电线杆不就是套马杆吗！那长长的电线不就是套马的皮绳吗！还是人厉害，还是科学厉害。人掌握了科学，连电都套住了，连电都驯服了，乖乖地听从人的调遣——要它点亮灯就点亮灯，要它传话就传话，要它从北京跑到这儿来，它连一秒钟也不敢耽误……

——好听话的电呀……

——好神奇的电呀……

……哥哥骑着摩托车走了……

……阿爸坐上火车走了……

……好多好多的骑手、套马手走了，走出了草原，走向了青色的地平线，走向了迷蒙的远方……

——远方是电流的源头吗？

……他骑着一匹黑色的骏马，握着一杆套马杆，奔驰在草原上……

……他羡慕哥哥，羡慕哥哥的摩托车，羡慕哥哥的变色镜，羡慕哥哥的花格衬衫和牛仔裤，还羡慕哥哥摩托车后座上乌兰其其格的大红的头巾……他感到那大红的头巾像一团火焰在草原上燃烧……

……黑骏马在草原上奔驰……他是牧民的儿子。他爱草原，爱马，爱套马杆，爱蒙古包和勒勒车的轮廓像剪影般贴在缀满繁星的天幕上，爱淡蓝色的雾霭裹着乳色的干牛粪烟弥漫在露水浸湿的清晨，爱暮色中潮水般涌来的马群，爱马头琴悠扬的琴声，爱芨芨草那嘶嘶的啸声……那个傲慢的马倌，那个瞧不起他的马倌已经摔倒在地上了。他应该跨上杆子马，握着套马杆，去驯服最烈最野的生个子马！

……黑骏马在草原上奔驰……

……地平线上，那匹红鬃烈马还在奔跑，如一团火焰在天边燃烧……

——套住它！套住它！套住它！

……于是，草原上的电线杆变成了套马杆，那长长的电线变成了牛皮绳。他唰地一下扬起了套马杆，一下就套住了那团红焰……

——啊，那不是红焰，那不是红鬃烈马，那是一轮从地平线上冉冉升起的新嫩嫩的朝阳啊……

〔他醒了。他闻到了马奶的芳香……他听见一阵熟悉的马蹄声，那是傲慢的马倌骑着杆子马牧马去了……他立刻爬了起来……〕

山乡“女状元”

她——十三岁。小学毕业生。她考取了全县的重点中学县一中，被乡亲们誉为“女状元”。明天，她就要上县城读书去了……

……残月像一块光洁的鹅卵石，被抛到银河的河滩上去了。天刚麻麻亮，清凉的晨风吹了过来，挟带着湖上的水腥气和田野上的清香，一声又一声的鸡鸣从远方梦一样的村庄传了过来。小路上静悄悄的，只有薄雾在四周无声地游荡。

……她恍恍惚惚地背着书包，走在湿漉漉的小路上，露水打湿了她的鞋和裤管。她似乎觉得今天应该乘车上县城去，可是又隐隐约约地觉得这不可能，这只是梦。今天应该早点去打开教室的门。她是六年级（3）班的清洁委员，教室的钥匙由她保管着呢。

她手里握着两把扫帚。昨天放学回家后，她把扫帚洗净，晾干，然后拿出针线盒，用旧布条将扫帚包了起来。每个班每学期才发两把扫帚，而两把扫帚没扫几天就散了，没用了。她保管的扫帚一直到学期结束还能用呢，而那面“清洁卫生流动红旗”一到他们班上就仿佛生了根，再也流动不了了。

……四周的鸡鸣声似乎连成一片了。暗绿色的水塘里还倒映着褪色的月牙和银星。一阵阵的蛙声从晨雾中飘来，像水田浓浓的梦呓。谁家的小伢起床放牛了，唱着歌催着牛屙尿：“牛屙尿啊牛屙尿……牛屙尿啊牛屙尿……”

……她贪婪地呼吸着家乡清晨那薄荷般清甜的空气。她从来没有像今天这样强烈而细腻地感受到家乡浓郁的气息，包括那新鲜的牛粪味，包括那烧灶的草木灰味，包括那蒸饭时的水蒸气味，更不用说那焦黄的锅巴香味……

……一片绿得逼眼的水杉林闪现在眼前了。一排排挺拔秀颀的水杉密密地筑成一座绿色的城堡。乳白色的晨雾在树林里流淌飘动，将这绿色的城堡又幻化成一座童话中的宫殿。

啊，水杉一晃眼竟长得这般高了。她突然想起来，这片水杉是自己刚读小学一年级时栽种的呢……她情不自禁地站住了，抚摸着一棵绿茸茸的水杉，心中涌出一种说不出来的情感。长高了，长高了……时间过得真快，真快……唉，自己天天上学、放学都从这儿经过，怎么从来没有注意到这一点呢？

……穿过水杉林，山坡下便是母校张湾小学了。站在山坡上朝下看，她猛然发现，母校真像一个摇篮——四排简陋的平房形成一个“口”字形，可不就像一个摇篮吗？

……望着母校，她心里涌出一股甜蜜的温馨，温馨中又夹杂着一丝依恋，一丝惆怅，一丝不可言传的遗憾……说不清，说不清……她陡然觉得眼前的张湾小学确实是太小了，太小了。巴掌大的操场像一方小小的水田。教室的屋顶上铺着布瓦，年深日久，变得黑乎乎的。从山坡上看那雾气中浮动的黑乎乎的屋脊，就像一条条鱼在水中游动。

……她突然记起自己刚上一年级时的情景了。爸爸牵着她走出水杉林时，她也是站在这个地方，也是这么俯瞰着校园。她当时竟然腿发抖，紧紧地攥着爸爸的手，不敢下坡。学校好大好大哟，比自己家里的堂屋大多了。一声哨子响，所有的学生都不敢出声，排成一条条的线；又一声哨子响，学生们开始做操了……那么大的学生都怕学校，都怕老师。学校和老师肯定蛮狠蛮狠……

……晨雾涌动，黑乎乎的屋脊像鱼一样在水中浮游……

……校园里静悄悄的，一个人也没有，只有那棵老槐树上传来一声声小鸟婉转的啼鸣。老槐树上有一个鸟窝。每年春天，便有一些雏鸟叽叽地从鸟窝里探出头来。她读三年级的那一年，一个六年级的男生爬上树去捉雏鸟。平时不声不响的她竟然发疯似的又哭又叫，不顾一切地扑上前，抱住那男生的腿，不让他往上爬。雏鸟保住了，这件事也成为一桩笑话。后来，学校成立"爱鸟小组"，同学们一致推选了她当组长。而老槐树上的鸟窝则成了张湾小学的骄傲与象征。

她抬头望着亭亭如盖的树冠，绿色的羽状复叶密匝匝地遮住了天空，只有那一丝丝缝隙处透出青色的曙光。看不清鸟窝，也看不清小鸟，但是那熟悉的鸟鸣，今天听起来觉得格外亲切……

……六年级（3）班。六年级（3）班……

……她打开了教室门，一阵潮湿的土霉气扑面而来。教室紧靠壁立的山脚，浓绿茂盛的草丛灌木伸手可及。每逢阴雨天，教室里便格外潮湿，课桌及椅凳的脚便长了许多绿毛。她走进教室，习惯性地跺了跺脚，踩了踩地面。如果地面太潮，湿漉漉、滑腻腻的，同学们就会不小心摔跤。因此，她每天早晨进教室的第一件事，便是跺跺脚。如果地面潮了，她就不声不响地去后山挑一担土，再到厨房挑来煤渣，掺和在一起，捣碎，铺在地上，然后，便使劲地跳啊跺啊，把浮土踩结实。她刚开始这么干的时候，有的同学看见了，笑她是神经病。可是，越来越多的同学加入到“起跳跺脚”的行列。他们往往一边跳，一边开玩笑，嘻嘻哈哈地玩得十分开心。倘若是冬天，这样一跳还真暖和呢，跳一会儿，鼻尖便冒汗了。她的这种土办法逐渐地传开了。清晨，许多教室里都传来一阵阵咚咚的跺脚声……

……可是今天，这地上怎么就铺上一层煤渣了？而且浮土上还清晰地留下了挑土人的脚印。奇怪，钥匙在自己手中，锁是自己亲手开的，还会有谁进来呢？

……正疑惑着，忽然从身后传来吱呀吱呀的扁担响声。她回头一看，啊，原来是班主任高老师！

……高老师像个慈祥的妈妈，望着她亲切地笑着。晨风吹乱了她的鬓发，而汗水又将一绺绺头发挽留在额头上……

“高老师！”她鼻子一酸，急忙抢上前，去接高老师的担子。她知道高老师有哮喘的毛病，一喘起来便满脸潮红，接不上气。从一年级到六年级，高老师一直是他们的班主任。全班四十八个同学，每个同学都是她的孩子，都是她的手指头……

……她和高老师一起将煤渣倒在地上，然后拼命地蹦起来，跳起来。但是高老师拉住了她。高老师不知为什么捧住她的脸蛋，深情地望了好半天，望得她的心像一片风中的树叶……高老师笑着叫她坐下，好像说让我再给你梳一回头吧。她一听，连忙咬住嘴唇，拼命忍住，不让眼泪涌出来。高老师从上衣口袋里掏出一把小巧的塑料梳子，还有一面塑料边的小圆镜子。谁的头发乱了，她就掏出小梳子微笑着给谁梳头发。这样一来，连那最调皮的男生，头发像鸡窝似的，也将自己的头发梳得油光水滑了。高老师幽默地笑着说："唉，我这个理发师可要失业啦……"

……高老师解开了她的发辫，一把一把地给她梳起头来。高老师不爱多说话，不爱乱训人，也不爱乱夸人。对那些自己心爱的学生，特别是女生，她总爱给她们梳梳头。当然，这也许与高老师有三个儿子却没有一个女儿有关系。因此，女生们都将高老师为自己梳头扎辫视为最高的奖赏。现在，她咬着嘴唇，微闭着双眼，任高老师的梳子像春风一样吹过苏醒的大地。当高老师口里含着黑绸带，准备给她扎个蝴蝶结时，她的泪水顿时像开了闸的水，奔涌而出了。她猛地转过身，伏在高老师的双膝上，情不自禁地大声哭了起来……

〔她的哭声将母亲惊醒了。

母亲将她推醒，问道："怎么啦？"

她睁开眼，望望即将破晓的窗外，又望望母亲，一下扑在母亲的怀里，嘤嘤地哭了起来……〕

十四岁的梦

驼峰里的鱼汤

他——十四岁。维吾尔族。今天白天，他骑着骆驼穿行在沙漠之中时，突然看见了“沙海蜃楼”……

……太阳把沙漠里的空气晒得滚烫滚烫的，汗水滴下，还没等落到地上，便化为一股青烟。他昏昏沉沉地骑在骆驼上，眯缝着眼，耷拉着脑袋，口里含着一口唾沫，舍不得吞咽下去。

……水，水，水啊……

……喉咙里火辣辣的，干渴得难受。喉咙里也是一片干涸的沙漠。

……啊，太阳，太阳，难道你就不渴吗？

……突然，他的眼前闪着一团白亮白亮的光，刺得他睁不开眼。一望无边的沙丘不见了。整个驼队都停了下来。

那团炽热的白光渐渐地逼近了。骆驼们一阵惊惶，撒开腿四处逃散，只有他伏在骆驼的背上，迎接着那团白光。

……是一头骆驼驮着那团白光走近了。他嗅到了骆驼的味。

“你是谁？”白光中，一个声音喝道，“为什么不让开？”

“你是谁？”他也恼怒地问道，“为什么挡住道，把我们的驼队惊散了？”

“哦？哈哈哈哈！”对方突然大笑起来，“我是谁？我是太阳！”

太阳？

“你……你……你胡说！”

对方又笑了：“我为什么要骗你呢？孩子，我是太阳。”

他偷偷地抬起头，从指缝中望去，那团白光已不那么刺眼了，此刻散发出一团绯红的光圈。在这团白光中，隐隐约约地有一个人骑在一头骆驼上。

“你真是太阳？你到这儿来干什么？”

“我口渴了，去找水喝。”

“水？哪儿有水？”

“要找水吗？那就跟着我走吧！”

……他便迷迷糊糊地跟着太阳走了。说他迷迷糊糊，是因为他一直似睡非睡，似醒非醒。但是有一点他心里是明白的，那就是找水！

驼队带的水已经不多了，而今年的夏天比往年的夏天似乎疯得更加厉害。

……他隐隐约约地听见太阳在对他讲话。可是他觉得自己睡着了，而且在打呼噜……

……孩子，这里曾经是一片大海，是一片一望无际的大海……海里的鱼比羊群还要多……那时天上有十个太阳……有个人张弓搭箭射下了九个太阳……九个太阳都落到这片海里了……于是，这一片大海便被九个太阳煮干了……九个太阳都不见了……沙漠里为什么这么热呢？是因为太阳老是在这里寻找它的兄弟……

……不对，不对，这不是太阳在说话。这是谁在讲故事呢？记不清了，记不清了，记不清了……

……炽白的太阳已经变成一个浑圆的大西瓜了（切开西瓜，里面一定是红红的瓤子，非常甜，非常甜）。它不紧不慢地走着，任他怎么使劲也总是赶不上。

……突然间，太阳高兴地大叫起来："水！水呀！"

……啊！

……果真是一片绿汪汪的湖水，碧波荡漾，闪着碎银一般的粼粼波光。一汪碧水被浓绿的塔松环绕着，屏障一般的塔松郁郁苍苍，倒映在湖中，将湖水也酿得碧森森的……塔松林中，无数条银色的小溪在欢快地奔流，有的像蜿蜒的银链，有的从高处泻下，像用珍珠串起来的门帘……湖畔突然又闪现出一片碧绿的草地，一群群的羊像白云飘落在绿毯上……

……他呆呆地看着，张大了嘴，说不出话来。他真没想到在这茫茫的大沙漠中竟会有这样一片绿洲……干渴和暑热顿时消失得无影无踪了，他的心中鼓满了湖上吹来的清甜而凉爽的风。他情不自禁地催动骆驼，向湖边跑去……

……湖水突然被浓绿的塔松遮住了，眼前突然出现了一排排高耸入云的白杨树。白杨树夹着一条条水渠，清亮的渠水在潺潺流动……林荫道上传来一阵欢快的笑声，一群姑娘坐在胶轮大车上，鲜红的头巾、苹果绿的头巾在风中飘动……一位老人戴着彩绣小帽，骑着一头小毛驴，嘚嘚地走来……凉津津的风送来一阵阵花香，一个开满鲜花的院落又闪现在眼前……葡萄架下，几个孩子正在吃西瓜，桌上还有香甜的馕、浓酽的奶茶……啊，那用牛奶、酥油、面打出来的馕红光油亮，又酥又软呢；那热腾腾、香喷喷的奶茶，哪怕是一条伊犁河，我也能一口喝干……

骆驼飞一般朝湖畔奔去。清凉的水汽迎面扑来，撩得人心里发慌。穿过草地，穿过塔松林，碧莹莹的湖水就在眼前了。骆驼长鸣一声，迫不及待地跑到湖边，贪婪地饮起水来。

……这不是梦，这不是幻景，这是实实在在的水啊！他扑通一声跳进水里，像一条大鱼一样玩起水来。游着游着，水渐渐地浅了，湖中的鱼不安地跃动起来。

这是怎么回事呢？他抬头一看，呀，原来是骆驼快把湖水喝干了。那驼峰一下子长得又大又高，颤巍巍的，像两座水塔。可是，骆驼仍然低着头，贪婪地喝着。

他急忙游上岸，去牵骆驼："够了，够了！别喝了，别喝了！你给人家留着点水，别光顾自己呀！"

……他高高兴兴地牵着骆驼往回走了。高高的驼峰变得透明了，可以看见湖水在里面晃荡——天哪，还有一群小鱼在里面游来游去呢！

……我驮来了一个湖——他骄傲地想。

……又进入沙海了。一座又一座沙丘旋转着围了过来。这时，一座沙丘旁突然传来一阵痛苦的呻吟："哎哟……哎哟……"

是谁？是谁在这里遇了难？

他急奔到沙丘下，却骇然发现了一具惨白的马骨和一具惨白的人骨！

在沙漠中遇到倒毙的白骨，对他来说已是常事了。可是白骨还会呻吟，这还是第一次遇到！

他吓得倒退了几步……

"哎哟……救命……我渴……我渴啊……"又传来奄奄一息的求救声。

他愣住了，呆了半天，才怯生生地问道："你能喝水吗？"

"能……能……只要把我泡在水里，我就能活过来……"

啊？是吗？

"那好！你等着！"

他拉过骆驼，喊道："快！快把水倒出来！"

骆驼瞪着眼，望着他，一动也不动，好像在说：把水用光了，那……那我们不就变成白骨了吗？

他知道骆驼此刻想的是什么。但是，在茫茫的大沙漠里听见有人呼救，怎能袖手旁观呢？那是他所不能容忍的啊——哪怕它是一具白骨！

——我要让它复活……

……骆驼仿佛被他感动了。它走到白骨前，张开嘴，清凉的湖水顿时像开了闸似的奔涌而出，哗哗地倾泻在白骨上。

可是白骨下是松散的沙砾，一下子就把水吞没了。

眼看驼峰像气球一样瘪了，骆驼惊惶地望着他，好像在问：怎么办？水不多了呀！

他咬咬牙，喊道："放！"

骆驼流着泪，又哗哗地放起水来，又一个驼峰像气球一样瘪了。

所有的水都浇在白骨上了……

骆驼哭了起来，他也哭了起来。

……突然间，眼前的白骨不见了，又一片碧绿的镜湖闪现出来，一阵哈哈的笑声从湖底升起。随着那笑声，一轮鲜红的太阳从湖中露出脸来。

"好孩子！你真是个好孩子！"太阳笑着说，"刚才，是我变成白骨试你的心呢！"

哦……原来是这样……他破涕为笑了。

太阳笑着说："好孩子，去吧！你的心中将会有一眼永不干涸的泉水。这样，你的心永远不会变成沙漠……"

他猛然记起来，爷爷似乎也这么说过……

咕嘟、咕嘟、咕嘟……骆驼又贪婪地喝起水来。那两个驼峰又一次像气球那样鼓胀起来，并且变得透明透明的。湖水在里面晃荡着，还有一群群小鱼在水中悠闲地游来游去呢……

……喂，太阳，你可别把火烧大了。你的火太大，驼峰里的水就要煮成鱼汤了……

〔他蜷伏在骆驼的身旁，睡得很熟。

沙漠之夜，清冷清冷，他的梦却充满了阳光……〕

海上神灯

他——十四岁。初中一年级学生。海滩上，有一只破旧的舢板，那是被海潮卷上来的。他常常望着这只舢板发呆，想起爷爷。听爸爸说，爷爷到深海打鱼，再也没有回来……

……不知怎么，他来到了海边。

……大海和夜色融为一体了，四周伸手不见五指。但是从一阵一阵海潮的澎湃声中，仍能感觉到大海在晃荡。或者说，眼前晃荡着的那一片夜色便是大海。在这种晃荡中，他感到自己站在一条小船上。

……突然间，他脚下的那一片沙滩渐渐地离开了海岸，像船一样漂浮在海上了。海滩随着海浪颠簸着，他一不小心跌坐在地上。

……伸手四处一摸，全是温热温热的沙子。沙子里有贝壳的残片，硬硬的，刺手。怪了！自己的脚下明明是沙滩，可这沙滩怎么会像船一样漂到海上来了呢？

……一个涌浪扑来，哗，他全身顿时被海水浇得透湿透湿的了。借助着地平线微弱的光，他终于弄明白了——自己的的确确漂在海上了……

……他打了个寒噤，感到浑身发冷，牙齿咯咯地打起架来。他听见海滩在海水的浸泡中一块一块地融化、崩裂，而周围的沙滩已经湿润起来，冰凉起来，那是海水慢慢地浸了上来。用不了多久，整块沙滩就会像掉进海里的一片饼干，被海水泡得稀稀的软软的，成为一团泥，然后溶解、消失在茫茫的大海中……

啊！怎么办？怎么办？

说不清是害怕还是寒冷，他只觉得一股一股的冷气从脚板心一直往上涌，浑身上下特别是两条胳膊一阵一阵发麻，一阵一阵起鸡皮疙瘩。大海的咸腥味随着海风浓浓地扑了过来，熏得他鼻子发痒，老想打喷嚏……

唉！有一支橹也是好的哟！

可是，他脚下踩着的不是舢板，而是沙滩……

船啊……桨啊……舢板啊……橹啊……

……突然间，大海深处闪起了一团金黄色的火光，像一粒希望的种子，在这茫茫的大海之夜绽开了几瓣金色的新芽。

神灯！神灯！那是传说中的神灯在吐着金色的火苗！

……就在他欣喜地注视着那一星灯光时，一阵黑沉沉的大浪铺天盖地地压了下来，就像天塌下来一样。那一星金色的灯光顿时被黑色的波浪一口吞噬了……

……四周一片黑暗，一片摇晃着的黑暗，而沙滩越来越小了，大海仿佛长着一排排牙齿，将沙滩当作一块可口的点心一口一口地噬咬着，咀嚼着。他仿佛听见了大海那惬意的咀嚼声。

……冰凉的海水漫上了沙滩，淹没了他的脚踝……

……然而就在这时，那一点金色的灯光又倔强地在大海深处燃烧起来，还绽出了几片新叶。金色的火苗在浓墨一般的大海之中、夜色之中闪烁着，舞蹈着，生长着，仿佛在蔑视大海的淫威。

……火！火！火啊……

……在陆地上见过多少火苗呢？在安全而又舒适的环境里见过多少火苗呢？数不清了，数不清了……可以说完全没有在意。四周灯火辉煌时，或者在宁静的灯光下，谁还去注意那一星小小的火苗呢？

……可是在今夜，在沉沉的黑夜里，在茫茫的深海中，在脚踩在即将陷落沉没的沙滩上时，那一星小小的火苗给了他多少希望啊！那简直是生命的火苗在大海上熊熊燃烧！

……大海发怒了！大海发怒了！

……一个又一个巨浪张牙舞爪地扑了过来，就像一座又一座山峰压了下来，将这饼干似的一片沙滩埋在深深的浪谷里。他只觉得自己悬了空，像荡秋千一样，一会儿荡到天上，一会儿又滑到海底。海浪呼啸着，咆哮着，就像一头猛虎在寻找一只蚂蚁一样，为自己的劲儿没处使而恼怒，于是疯狂地咆哮起来。

……但是那团金色的灯光，那一星金色的火苗却在遥远的大海上跳动着，闪耀着，蓬蓬勃勃地生长着，仿佛要把这黑沉沉的大海点燃。

……大海完全失去了理智。它挥舞着巨浪般的拳头，想扑灭那星星之火，但是用力过猛，一下子把黑沉沉的夜空捅穿了！

于是沉甸甸的夜色像黑色的岩石一样，纷纷坠落到大海里，又激起了冲天巨浪。坠落的夜色砸得大海“哎哟哎哟”地直叫唤。大海恼羞成怒，索性挥舞着拳头，朝夜色猛击过去。

黑沉沉的大海与黑沉沉的夜色顿时扭打起来。它们抱成一团，疯狂地撕咬，于是更加让人分不清哪是大海，哪是夜色。

他便在大海与夜色中旋转，在天与地之间旋转，越转越快，越转越快，然后昏迷过去，什么也不知道了……

……他醒了过来。他发现自己躺在一只舢板上，四周风平浪静，一团温暖的灯光笼罩着他。有人在摇橹，橹锥吱呀吱呀地叫着。

……这是在哪儿？是谁在摇橹？

……他咬着牙，撑了起来。他看见一个高大的身影在一波一波地摇着橹。海风吹拂着摇橹人的衣衫，吹拂着摇橹人的长须。船头的灯光晕晕地漾了过来，他看见了摇橹人的面容——是爸爸——哦，不，不……是……是……是爷爷！

对！对！是爷爷！

他的心像海鸥一样张开了翅膀。他哽咽着喊了一声："爷爷……"

爷爷回过头来，朝他微微一笑，示意他好好躺着，不要乱动。

……爷爷，爷爷，您到哪儿去了？您怎么不回家呢？奶奶常常到海边偷偷地哭泣。奶奶的泪水使大海一次又一次地涨潮，涨潮……

……爷爷仍然不说话，默默地摇着橹。舢板便载着一盏金色的马灯，在茫茫的大海上飞快地漂。啊，灯！这就是神灯吗？

……突然间，船头的灯光开始一闪一闪地眨起眼来。就在这刹那间，海面上突然喷起了许多巨大的水柱，水柱越喷越高，随后，出现了一支黑乎乎的船队，每一艘船都像远洋巨轮那么高，那么大，像一座座黑色的岛屿缓缓地浮游过来。

爷爷摇着橹，向它们划去。快接近它们时，他才发现，那不是什么远洋巨轮，而是一头头巨大的鲸鱼！

"爷爷！鲸鱼！"他惊叫起来。

一直沉默着的爷爷这时笑着开口了："孩子，别怕，这些鲸鱼都是我喂养的。"

什么？鲸鱼是……喂养的？他惊异地望着爷爷。

爷爷哈哈地笑了："奇怪吗？其实，鲸鱼也是动物，也能喂养呢！人们能放羊，放牛，放马，为什么就不能放鲸鱼呢？这些年，我就一直在海上放鲸鱼呢！"

"放鲸鱼？"哈哈！太新鲜了！太妙了！其实，他也曾这样想过呢。没想到自己胡思乱想的事，爷爷已经干起来了。

说话间，舢板已经靠近鲸鱼了。爷爷手擎马灯，摇了两圈。

这时，舢板前的一条鲸鱼温顺地张开了大嘴，爷爷一摇橹，舢板便嗖的一下划进了鲸鱼的嘴里。

"爷爷！"他惊恐地叫了起来。

爷爷稳稳地站着，摇着橹，望着他微微笑着。

望着爷爷这般沉着镇定，他不禁脸红了……

……舢板摇进鲸鱼的肚子里了。

……好长好长的隧道啊……

……好长好长的山洞……

……弧形的穹顶似乎亮着一盏一盏路灯，奶黄色的灯光像一片月色，温柔地照着。他耳边响起了隆隆的响声，像机帆船的发动机声。舢板慢慢地摇着，响声也越来越近。这时，爷爷手擎马灯，又摇了两圈。顿时，响声伴随着哗哗的水声和鱼的叫声一齐涌了过来。四周的灯光陡然雪亮雪亮的了。

他看见一条巨大的、透明的胶管里，无数鱼像湍急的水流一样哗哗地飞快流淌着，喷射着。他想起了码头上的传送带，现在，眼前的鱼便像是被传送带飞快地传送着。

爷爷笑着说："一头鲸鱼就是一座鱼类加工厂呢。你看，现在鲸鱼听我的指挥，开始捕鱼了。可以先将鱼存放在胃里养起来，到时候再得到活鲜鲜的鱼，也可以将鱼先加工，还可以把鱼直接做成鱼干、鱼片、鱼子酱和各种罐头呢。"

哈！这简直像神话故事了。他好奇地望着鱼被传送到一个巨大的、透明的胶袋中。这个胶袋足足有几层楼房那么高，那么大呢。无数鱼在里面活泼泼地游着。哦，这就是鲸鱼的胃了……

"爷爷！爷爷！您喂了多少鲸鱼呀？"

爷爷笑着说："有五六十头呢！"

他惊异地睁大了眼睛："那么多呀！有了这么多鲸鱼，我们就不用出海捕鱼了！"

爷爷摇了摇头："咱们生在大海边，长在大海边，怎能不出海呢？记住，孩子，你爸爸十岁时就跟着我出海了。你现在已经长大了，也该出海了！哪怕家里堆着金山，也一辈子别离开海！"

爷爷说完这番话，突然不见了。

"爷爷！爷爷！"他大声喊起来。

然而回应他的只是哗哗的流水声。

舢板还在，橹还在，船头那盏马灯还在。

他站了起来。他摇起了橹。

……黑沉沉的大海。黑沉沉的夜。

……一点灯光像一粒种子播撒在海上。

……他摇着小舢板，在海上漂着，一点也不觉得害怕，一点也不觉得恐惧。

……一座座黑黝黝的“小岛”出现在眼前了。哦，那是爷爷放牧的鲸鱼群呢。

……爷爷！爷爷！我来啦，我来啦……

〔他在梦中喊着爷爷。他没有醒，却把爸爸惊醒了。爸爸弯下腰来，望着熟睡的他，情不自禁地用胡子轻轻地挨了挨他的脸……〕

“野人”出没的山谷

他——十四岁。初中二年级学生。爱探险。暑假，他又偷偷跑出家门，想到神农架原始森林去考察“野人”。现在，他正睡在候船室的长椅上。他的钱包丢了，可他睡得很香……

……一群雪白雪白的鸽子呼啦啦地从他头顶上掠过，刹那间飞进那幽深的山谷里去了。

那就是“野人”出没的山谷吗？

晚霞即将燃尽了。晚霞燃烧时升腾的青烟此刻化为轻纱般的夜幕，无声无息地飘落下来。莽莽的群山渐渐绿得深沉起来。而前面的山谷好似两扇大门，正要嘎嘎地关闭……

……一群又一群雪白雪白的鸽子呼啦啦地从他头顶上掠过，一齐飞落到他眼前的一棵大树上。它们扑扇着雪白的翅膀，在树上跳跃、嬉戏，好像在欢迎他。

这多情的鸽子顿时激起了他心中一片温馨的乡情。他想起了他的家，想起了楼顶上的小平台。他常常站在平台上，痴痴地眺望着远方。这时，邻居家的鸽群便在他头顶响着鸽哨，滑翔着，那么自在地滑翔着，时而降落在屋顶上，时而飞向那迷人的远方，消失在烟雾迷蒙的极目处。他目送着鸽子变成小小的灰点渐渐消失，禁不住痴痴地想：我要是有一对翅膀，那该多好啊……

于是，他仰着头对树上的白鸽吹起了口哨。谁知口哨一响，树上的白鸽竟变成了一朵一朵洁白的花，但仍然保持着展翅欲飞的姿态。

咦，这是怎么回事呀？他呆呆地望着满树的“鸽子花”，突然间恍然大悟！哦——这是“中国鸽子树”，是中国特产珍贵树种，世界著名的珙桐！他在画报上见过它。因它的花如白鸽展翅，外国人又称它为“中国鸽子树”。

不过，刚才满树的鸽子……

……天宇间最后一抹晚霞终于燃尽了。

……群山在夜幕的映衬下变成凝重神秘的剪影。

……林中的路软绵绵的，像弹簧。而他觉得自己像太空人一样飘浮着，脚不沾地，在林中穿行……

……四周伸手不见五指。他亮起手电，一星昏黄的灯光在茫茫的大森林中像一只小小的萤火虫……

……突然，前面传来一阵沙沙沙的脚步声。

有情况！他全身的细胞都警觉起来。他迅速躲到一棵大树后面，屏住呼吸，静静地倾听着四周的动静……

……一个高大的黑影像个巨人，微微驼着背，垂着手臂，悄悄地走了过来。

他的心不禁狂跳起来。

高大的黑影越走越近了。他甚至听到了他粗重的呼吸声，闻到了一股动物的腥臊味。

他吓得双手冰凉，抽出了锋利的匕首……

那黑影突然站住了，说起话来："孩子，出来吧！别害怕。不过，把你的匕首收起来。"

他吓了一大跳，将匕首握得更紧了。

"别害怕，出来吧，我不会伤害你。"

"你是谁？"他怯生生地问道。

"我吗？"黑影哈哈笑了起来，"我就是你要找的'野人'呀！"

“你是‘野人’？”

“对！我是‘野人’。你不是来考察‘野人’的吗？那好吧，请跟我走。”黑影说着，就转身往前走了。

他迟疑了一会儿，横下一条心，仍紧握匕首，跟在黑影后面，拉开距离，向前走去……

……一个灌木掩映的石洞。

黑影回头说：“别害怕，进洞来吧！”说着，便钻进了洞中。

他亮起手电，咬咬牙，也钻进了洞中……

……“到了，到了！”黑影的声音在石洞中嗡嗡回响。

轰隆隆……一扇沉重的石门自动地开了。耀眼的光亮刹那间射了过来，刺得他双眼发疼，睁不开眼来。

黑影的声音：“报告！‘野人’来了！”

一个苍老的声音：“带‘野人’！”

什么？什么？“野人”来了？谁是“野人”？是我吗？我成了“野人”吗？

他正惊疑着，有人在他背后推了一掌。他一个踉跄，几乎摔倒，但立刻有好几双手——毛茸茸的手将他搀扶住。

他睁开了眼。

……好大好大的石洞。

洞里的石壁似透明的水晶，放着彩色的光——橘红、奶黄、淡蓝、草绿、葡萄紫、胭脂红……整个石洞似一个色彩绚丽、晶莹剔透的水晶宫。那些石桌、石凳、石床也都是透明的彩色水晶。一把石椅上坐着一个长着胡须的老“野人”，浑身红毛，长长的马脸，披头散发，眼睛深陷，鼻小嘴大，嘴突出，耳朵长，黄眼珠。四周站立着的“野人”也都是这样的外貌。

这迷人的水晶宫与骇人的“野人”形成了强烈的反差，使他觉得头晕眼花，毛发直竖，浑身起了鸡皮疙瘩，手掌心涔涔地沁着冷汗……

“放下武器！”那老“野人”威严地说。

他的手一软，匕首当啷一声掉在地上。

“小‘野人’！你放下了武器，就是朋友，我们欢迎你！”

“不，我……我……我不是‘野人’！”

“什么？你不是‘野人’？”那老“野人”笑了起来，“这么说，我们才是‘野人’？”

他嘴唇动了动，没敢出声。

“小‘野人’，你是中学生了吧？那我问你一个问题：你是中国人，那么，美国人、日本人，还有其他国家的人对于你这个中国人来说，是什么人？”

“是……是……是外国人……”

“对。那么，如果你到了美国，你在美国人的眼中也是个外国人，对吗？”

“对……”

老“野人”笑了起来：“那么，同样的道理，你们喊我们是‘野人’，是因为我们和你们不一样。在你们的眼中，我们是‘野人’；同样，在我们的眼中，你们也是‘野人’！”

咦，怎么老“野人”说的和他想的是一样的呢？在学校里，为“野人”这个概念，他曾经和几个志同道合的同学争论过。他的观点是不应该把目前未经科学证实的类人动物称作“野人”。如果“野人”真的是人，那么，“野人”这个称呼便是带有侮辱性的。这种侮辱性的称呼，作为人，是不能容忍的。想到这里，他忍不住笑了起来：“那好吧，您说得有道理。不过，我该如何称呼你们呢？总不能叫你们‘×人’吧？”

老“野人”也笑了：“首先，我们是中国人；然后，我们是‘神农架人’，就像你们是北京人、上海人一样……”

啊，对！对！“神农架人”！这和他原来想的完全一样！既然有“森林之人”“雪人”这些称呼，为什么就不能有“神农架人”呢？

……“神农架人”热情地款待了他。

一盘盘“野果”端了上来，有核桃、板栗、橡子、猕猴桃、草杨梅……一盘盘的“山珍”端了上来，有珍贵的灵芝、肥嫩的香菇……“神农架人”的首领——刚才询问他的那位老人热情地劝他吃菜，自豪地说：“你尽管吃！你们‘山外人’把黑木耳、白木耳、灵芝草、香菇当作山珍，可这些在我们这儿是最普通的粮食。我们吃这些就像你们吃米面一样。”

他津津有味地吃着。他实在是饿坏了。（他的钱包丢了，已经一整天没吃东西了！）他现在只想吃饱……

……首领带他参观游览。

……一只白熊摇摇晃晃地走进岩洞里。一群白猴在树上攀跃着，好奇地打量着他。几只白鸽呱呱地叫着飞了过来，他仔细一看，原来不是白鸽，而是白色的乌鸦！真有趣！俗话说，天下的乌鸦一般黑，可神农架的乌鸦是白的！

……沿着石板路往山上走，一拐弯，迎面出现了一排排整整齐齐的石洞，就像西北黄土高原上的窑洞一样。虽然是夏天，但高山上很阴凉。早上，许多“神农架人”都在石洞门口晒太阳、吃早饭。

他跟着首领走到一个石洞前。一个妈妈正在给孩子喂奶，一个老头儿正在喝着果酒。石桌上摆着水果、红烧兔肉，还有鲜美的鱼汤。

老头儿见首领来了，恭恭敬敬地站了起来。首领叽里呱啦地和老头儿说着话，老头儿一边点头，一边好奇地打量着他。

首领翻译道：“这位老人说，他已经有三百年没见过‘山外人’了。”

“三百年？”他大吃一惊，“那……那……这位老爷爷多大年纪了？”

首领笑着张开五指。

“五百岁？”他惊异地问道。

“他还不算年龄最大的呢。”首领哈哈笑了起来，随后又介绍道，“他的祖先就是你们‘山外人’，是当年为了躲避秦始皇抓壮丁修长城，逃进山里来的。”

“啊？”他大吃一惊，“那……他是什么地方的人？”

“楚国人。”

“楚国人？”他一时没明白过来。

“就是屈原的老乡。”

哦，是春秋战国时期的楚国人。

“贵姓？”

“姓熊。”

哦，是熊大爷。

熊大爷望着他，激动地说着，一边说，一边打着手势。

首领笑着翻译道：“他说，他见到了自己的乡亲，很高兴，很激动。他请你进洞去坐一坐，要给你看几样东西。”

他跟着首领、熊大爷走进石洞。一个石桌上放着一个铁足铜鼎，还有一些陶壶、长颈罐。石洞的一角搁着一个亮闪闪的漆箱。熊大爷打开漆箱，示意他走近看看。

他看见漆箱里有一捆捆的竹简。竹简上写着一些他看不懂的古汉字。

熊大爷激动地对着他边说边做手势。

首领翻译道：“他说，这是他祖先留下来的宝贝，传家宝，上面写着他们的家谱，还记录了他们逃到山里来的经过。哦，还有关于我们‘神农架人’的秘密——这老家伙，连我也一直瞒着呢——他问你看不看得懂。”

听完首领的这番话，他的心咚咚地跳了起来：一是感到激动，“神农架人”的秘密终于可以揭开了，而且，这个秘密是由他发现的；二是感到又羞又愧又着急，他看不懂那古汉字！

他满脸通红地摇了摇头。

熊大爷非常失望，长长地叹了一口气……

……他又来到了那个透明晶莹的水晶宫。首领握了握他的手，说道："你是第一个走进这座水晶宫的'山外人'。请你回去告诉你的朋友们，我们也是人。我们不愿干扰你们，也请你们不要干扰我们。真诚地、平等地、友好地和我们交朋友，我们欢迎。如果把我们当作什么'野人'、动物、野兽而捕杀，或者想把我们关在铁笼子里看稀奇，那么，你们将永远不会发现我们。如果你们想毁灭森林，从而毁灭我们，那么，和森林一起毁灭的还有你们自己！"说着，他指了指石桌上的一大担礼物，"这是我们的一点心意，请你收下吧！"

首领叫领他进洞的那个高大的"野人"为他带路。

"再见了！"首领紧紧握握他的手，"欢迎你再来！"

……他恋恋不舍地告别了首领，走出了"水晶宫"。

轰隆隆！沉重的石门关闭了。

四周伸手不见五指，他摸着石壁，深一脚浅一脚地走出了石洞。

……新鲜凉爽的空气迎面扑来，夹杂着青草和树木的苦涩香味。墨蓝色的天宇……浓黑的剪影似的群山……静默的大森林……飞动着流萤的山谷……

"野人"将担子交给他，说了声"再见"，便一下消失在石洞里。

回头再看，石洞已经看不见了，眼前是一堵高墙一样的石壁。

奇怪……他的心开始怦怦地跳动起来。

突然间，四周响起潮水般的喧闹声，强烈的灯光刹那间照射过来，像一张网将他捕住。他眼一花，脚下被什么绊倒在地上。

"'野人'！抓住了一个'野人'！"他听见一个惊喜的声音。

"啊！是'野人'！是'野人'！"

什么？把我当作"野人"了？他用手捂着眼睛，大声嚷着："我不是'野人'！"

这时，有人走到他身边，大声嚷道："起来！起来！"……

〔他被人推醒了，睁眼一看，自己躺在候船室的长椅上。一个戴着红袖章的值勤人员正推着他，吆喝着："起来！起来！"

他登上江堤，眺望远方。

天快亮了……〕

割掉了"假话腺"的孩子

他——十四岁。初中三年级学生。过去，他是班上有名的“炮筒子”，敢说实话，敢讲真话。可现在，他发现自己越来越爱说假话了。今天班上选“三好生”，他就违心地投了杨帆一票，因为杨帆的爸爸现在是这所中学的校长了……

……他正在玩双杠，发现杨帆走了过来。杨帆拿着一本《英语》，正在背单词。不知怎的，他朝杨帆笑了笑。杨帆低着头，没有理他。

他感到很尴尬，脸上似乎有点儿发热发烫。他迅速地朝四周瞟了一眼，幸好没有旁人。

杨帆走过来，靠在双杠上，背着单词。

他坐在双杠上，弯下腰，靠近杨帆的耳朵，小声说：“杨帆，今天我投了你一票！”

杨帆突然扭过头，白了他一眼，说：“哼，你当我不知道吗？你其实根本就不想投我的票！”

他怔住了，好像被人打了一耳光，火辣辣的，热辣辣的。他急忙表白道：“咳！我是真的想投你的票！要是骗你……”

杨帆轻蔑地冷笑：“哼！你就是在骗我，你最爱说假话！”说完，头也不回地走了。

他呆呆地望着杨帆的背影，又气又羞又恼，羞辱的泪水情不自禁地涌了出来。突然间，他用手掌拼命打自己的耳光，狂喊道：“我就是不想投你的票！我就是不想投你的票！”

……教室里静悄悄的。教导主任召集班上的一部分同学开会，对任课老师的教学情况进行评议。他是有名的“炮筒子”，教导主任直接点他的名，要他也参加。

没有人发言。要学生跟老师提意见……能提吗？学生的“身家性命”都捏在老师的手里呢！你提了又怎么样？老师能改吗？说不定知道后记恨你，到时候给你“穿小鞋”……

教导主任点他的名了：“怎么样，先由咱们的‘炮筒子’开一个‘头炮’吧！先评评秦老师，好吗？不要怕，有什么说什么，实事求是嘛！”

他浑身顿时发热发燥了。他觉得四周有许多亮晶晶的眼睛在盯着他，其中也有秦老师的眼睛……

他想说：秦老师的英语课上得糟透了。秦老师像个漂亮的女娃娃，而不像个老师。秦老师管不住同学们，便爱发脾气，甚至爱哭爱流泪，一边哭，一边骂学生“笨猪”“蠢驴”“没教养”。有时半堂课甚至一堂课就这么发脾气、赌气地混过去了。有时，只是个别同学不听讲，例如熊平在下面睡觉，秦老师便赌气不讲了，站在讲台上。她又不去喊熊平。结果，熊平在下面呼呼睡大觉，秦老师站在讲台上气呼呼地咬嘴唇。全班同学就这么“陪斩”，一堂课就这么混过去了……

他艰难地站了起来。他下决心说心里话，说真话：同学们对秦老师早就有意见了，我们是毕业班，这样下去怎么得了哇？

他开口了。可是，他心里的话一说出口，却变成了意思完全相反的假话：“秦老师的英语课上得好极了。秦老师亲切和蔼，从不发脾气。秦老师意志坚强，从不流眼泪。秦老师从来不骂学生，不故意罢教。秦老师……”

这番话也假得太厉害了！不仅同学们一个个瞪大了眼，望着他，似乎他正在发高烧说胡话或者在演滑稽剧，而且连教导主任也渐渐地皱起了眉头。他看到了同学们那惊讶、困惑、嘲笑、轻蔑、鄙视的表情，看到了同学们互相笑着冲他做怪相。他感到自己脊背上冷汗直淌，他感到自己正在说假话。他自己也很着急，明明是在说真话，怎么一出口就变成了假话呢？他听见了同学们哧哧的嘲笑声……于是，他想鼓足劲儿大声喊“我说的全部是真话”，可是话一出口，就变成了“我说的全部是假话”。

……

同学们面面相觑，教导主任也怔住了。然后，教室里爆发出一阵抑制不住的大笑……

这是怎么回事？这究竟是怎么回事？好像有个人故意在捣乱，把他的话、他的真话、他的心里话完全“翻译”成假话、大话、套话了。

世界上最大的痛苦莫过于说违心的话，做违心的事，莫过于想说真话，却不得不说假话，而且意识到自己是在说假话，为自己说假话而羞愧而脸红……

……他走进医院。他病了，发烧，咳嗽，咽喉疼痛，四肢无力。他似乎看的是耳鼻喉科。医生戴着一面银闪闪的小圆镜。他张开了喉咙，一道灯光射入他的咽喉部。医生仔细地检查了他的咽喉，说他的病是“假话腺发炎”。

什么？“假话腺发炎”？有这种病症吗？他只记得他经常扁桃腺发炎，医生多次说，把扁桃腺开刀割掉算了，免得老是犯病。可是他怕开刀，怕疼，因此，一直没有割掉扁桃腺……

然而，医生的诊断是不会有错的。医生告诉他，和人生来就有扁桃腺一样，每个人都有“假话腺”，而且就在扁桃腺的旁边。人们说的话都要通过“假话腺”。如果“假话腺”发炎了，那么你说的真话、心里话也都变成了假话……

啊！是它！是这个讨厌的“假话腺”在捣乱呀！难怪我明明心里想说的是真话，可是一说出口，就变成了假话呀！这个坏东西！

“大夫，能把‘假话腺’割掉吗？”他迫不及待地问道。

“什么？你要割掉‘假话腺’？”医生大吃一惊，“唉，你真是个孩子呀……”

“怎么啦？是孩子就不能动手术了吗？”

“不，不……”医生摸了摸他的头，异样地笑了，“你现在还小，还不懂，我说了你也不会懂……孩子，你要是长大了，成了大人，你可就离不开‘假话腺’了。你看，”医生指了指对面一个正在动手术的中年男人，“他的‘假话腺’也是读中学时割掉的，可是后来他吃了好多好多的苦头，越说真话，越遭灾遭难……现在，他已经受不了了，正在重新安装‘人工假话腺’呢……”

他眨着眼望着对面那个满脸皱纹、头发几乎掉光的男人。

他突然觉得那个男人很像他！

“好了，回家去吧。”医生温和地微笑着，“吃一点药，就会好的。把你的‘假话腺’留着吧！”

留着？把“假话腺”留着？不！不……说假话多丢人啊，不但人家瞧不起你，鄙视你，而且你自己也觉得像做了亏心事一样。这样活着真别扭！这样活着真难受！

“不！我要动手术！”他嚷了起来，“大夫！请你帮我割掉‘假话腺’吧！”

医生又一次惊异地睁大了眼睛：“你不后悔？”

“我绝不后悔！”

医生奇怪地望着他笑了笑，叹了口气：“那好吧，不过，你得签字……”

……喉咙顿时不疼了……空气中弥漫着薄荷的清香……

……公共汽车上人真多。他突然在人群中发现了同班同学熊平和张超。他发现熊平从旁边一个妇女的衣兜里偷偷地掏出了一个钱包……

他的心顿时一紧……

他与熊平四目相视……

他赶紧避开了熊平的目光，低下了头……

……突然，那妇女惊叫起来：“哎呀！钱包！我的钱包不见啦！”

车厢里顿时骚乱起来。

那妇女痛哭起来：“我的钱包呀！这是给我孩子看病的医

药费呀……”

人群中突然出现一个警察。那警察盯着他，问道：“你知道谁是扒手吗？”

他的脊背上又流冷汗了。他感到熊平与张超正凶狠地盯着他……他正想躲避，可是情不自禁地说了真话：“是他！是熊平！”他还情不自禁地指了指熊平。

熊平却冷笑起来，指着他，嚷道：“你想诬陷我？哼！你自己才是扒手！”

人们不禁又疑惑地盯住了他。

他急了，结结巴巴地说道：“是……是他！我说……说的全是真、真话！我看……看见他偷了钱……钱……钱包！我的‘假话腺’已……已……已经割……割掉了！我说的全是真……真话！”

就在这时，张超不知什么时候挤到他身边来，突然喊道：“钱包！钱包在他这里！”

他急忙摸衣兜，啊，自己衣兜里竟有个鼓囊囊的钱包！

所有的目光都像箭一样向他射来！

扒手！他如今倒成了扒手！

他呆呆地掏出钱包：“我……我没偷钱包！我……我不知道钱包怎么跑……跑到我这儿来了！我……我说的全是真……真话！”

可是完了！这下真正是“黄泥巴掉到裤裆里——不是屎也是屎”了。钱包在你的手里，赃物在你的手里，你还说得清楚吗？

愤怒的人们拥了上来，不知谁喊了一声："打！打小偷！"顿时，拳头像雨点一样落了下来。

他的脸顿时被打得肿了起来，像个烂桃子；鼻子被打破了，鲜血直淌；嘴唇被打得翻了起来，嘴角流着血；眼睛红肿得像烂柿子……

他看见熊平和张超正在一旁得意地笑，阴阳怪气地模仿他的声调："我说的全是真……真话！"

他愤怒起来！

他突然大声吼了起来："是的，我说的全部是真话！"他摸了摸脖子，发现喉结处有一个小拉链。那是刚才动手术时安的拉链吧！于是，他把拉链一下拉开，露出了鲜红的咽部和喉部："你们看看！你们都看看！我的'假话腺'已经割掉了！我说的全是真话！你们呢？你们的'假话腺'割掉了吗？"

周围的人望着他那血淋淋的创口，一个个惊恐地往后缩着退着。

他突然从人群中发现了刚才那个动手术安装"人工假话腺"的中年男子。他抓住了那男子的双手，哭了："告诉我！告诉我！为什么说真话反而会吃苦头？这是为什么？"

那男人紧紧地闭着嘴，也紧紧地闭着眼，满脸的皱纹如刀刻一般，头顶上稀疏可数的头发如风中茅草。任凭他怎么摇撼，那男人就是不说话。逼急了，那男人微微睁开眼，淡淡一笑："这一点小风波就受不了啦？告诉你，这才刚刚开了个头……"

……汽车、人群、钱包、警察、熊平和张超突然都不见了。他睁开眼，发现自己仍然坐在医生的对面。

医生意味深长地说：“怎么样？还割不割‘假话腺’啊？”

原来刚才的一切是医生的催幻术……他摸了摸下巴下面的喉结处，没有什么拉链。

……突然，一个甜蜜蜜的声音从他耳畔飘起：“啊，您的手术做得太好了！您真是神医！真是华佗再世！我一辈子都忘不了您！我……”

他扭过头去一看，原来是那个满脸皱纹的男人。他已经安装了“人工假话腺”。看来这手术的确做得不错，他已经点头哈腰，满脸堆着谦卑、献媚的笑，看了真叫人恶心！

于是，这甜蜜蜜的声音将他的一点点犹豫赶跑了。他咬咬牙，说了声：“割！”

“你不后悔吗？”

“不后悔！”

“你不怕说真话吃苦头吗？”

“不怕！”

“……那好吧，不过，你别到时候又跑来找我给你安什么‘人工假话腺’，说我是神医啊，华佗再世啊……”

“放心吧！”他笑了，“即使你真是神医，我也不找你了！”

“那好！”医生说着，突然间抽出了一把亮闪闪的手术刀，朝他的脖颈就是一刀……

〔他突然吓醒了，惊叫一声，坐了起来。他摸了摸脖

子，好好的，没有什么伤口。不过，喉咙倒是火烧火燎地疼了起来。果真是“假话腺”发炎了吗？］

怎样才算男子汉

他——十四岁。初中二年级学生。今天白天，叔叔买回许多活蹦乱跳的青蛙，准备杀了做菜，和他爸爸一块儿喝酒。叔叔要他帮忙杀。他刚杀了一只，就不忍心杀了。叔叔笑他：“连青蛙都不敢杀，还是个男子汉呢！”

……他突然被一阵呱呱呱的青蛙叫声吵醒了。蛙声就在房内，就在床前，那么响亮，那么嘈杂，好像千万只青蛙一齐放开了嗓门。那响声震得人耳膜发麻，太阳穴嘣嘣的，像有人在敲鼓。那叫声就像千百万人在呼喊着口号，汇成一片声音的大江和海洋。而他似乎被这声音的大江和海洋淹没了。

“呱呱呱！”

“呱！呱！呱！”

“呱——呱——呱——”

他心烦意乱地把毯子扯上来捂着脑袋，可是没用，那蛙声仿佛具有穿透力，穿透毯子，钻进他的耳朵里面。而且，毯子里好像就蹦着几只活青蛙，使人浑身发麻，起鸡皮疙瘩。

他索性把毯子一掀，坐了起来。

街灯的灯光从窗外射了进来。他似乎看见房里有人在手舞足蹈地跳舞。看不清舞蹈者的脸，只看见他健壮有力的大腿，在房内应和着蛙声蹦跳着，好像在跳迪斯科。

睡意似乎慢慢消散了，他问道："是谁？"

那个人仍然应和着蛙声蹦跳着，不回答。

他拉了拉床头的电灯开关，可是电灯不亮，大概停电了……

这时，那个人已经蹦跳到窗前了。借助着外面街灯的灯光，他看见那个跳舞的不是人，而是一只青蛙！而且，是一只没有脑袋的青蛙！

他吓坏了，心像捕捉后装在网袋里的青蛙一样，乱蹦起来。

"爸爸！妈妈！"

他想大声呼救，可是胸口好像被什么压着，喊不出声来。

无头青蛙蹦跳着，来到了他的床前。

"怎么？不认识我了吗？"无头青蛙问道。

他又吓了一跳。妈呀！青蛙没有头，怎么还会说话呢？

他缩在墙角里，摇了摇头。

"不认识了？哼！不就是你用刀把我的头剁下来的吗？"

他难过地哭了起来："对不起……我怕叔叔笑我……"

"笑你什么？笑你不像个男子汉吗？"

他低下头，呜呜地哭了起来。

……突然间，房门哐啷一声被推开了，震耳的蛙声像开了闸的洪水一样冲了进来。

……好多好多的无头青蛙都应和着蛙声蹦跳着，而且，许多炊具也在空中飘浮着，随着蛙声舞蹈着。锅、碗、碟、盘、锅铲、汤匙、菜刀、筷子等在空中舞蹈着，拥了进来，紧接着，酒瓶、酒壶、酒杯、酱油瓶、醋瓶、盐罐等也一蹦一跳地拥了进来。

“呱——呱呱！”

“呱——呱呱！”

在这有节奏的蛙声中，他看见碗柜的门被打开了，冰箱的门被打开了。在一片欢呼声中，鱼呀，肉呀，鸡呀，鸡蛋呀，罐头呀，西红柿呀，黄瓜呀，茄子呀，辣椒呀，都一蹦一跳地跑了出来，在空中舞蹈着。

“呱——呱呱！”

“呱——呱呱！”

在一片震耳欲聋的蛙声中，他看见叔叔也像只大青蛙一样，鼓着眼，举着双手，弯着双腿，口里呱呱地叫着，蹦了进来。

立刻，飘浮在空中的酒瓶、酒杯、酒壶等一齐朝叔叔的头上、脸上、身上砸去——还砸得挺有节奏呢！

“咚——咚咚！”“咚——咚咚！”就好像随着指挥的手势在敲鼓。

叔叔的脸刹那间就肿胀成圆圆的西红柿了。叔叔的肚子也像气球一样鼓得好大好大。叔叔像木偶戏中的小丑一样呆板地蹦跳着，应和着蛙声喊道：

“别——打啦！”

“别——打啦！”

这时，所有的青蛙，还有浮在空中的炊具、食物都哈哈大笑起来。

“哈——哈哈！男——子汉！”

“哈——哈哈！男——子汉！”

叔叔哭丧着脸，呼哧呼哧的，累得直喘气，终于支持不住，摇摇晃晃地歪倒在地上了。他躺在地板上，大肚子越胀越大，越鼓越高了。突然，只听得砰的一声，就像自行车的轮胎爆炸了一样，叔叔的大肚子突然炸裂开来。只见许多绿色的青蛙从那肚子里钻了出来，一只又一只，一只又一只。它们蹲在叔叔那逐渐消气瘪下去的肚子上，一齐高兴地唱了起来：

“呱——呱呱！”

“呱——呱呱！”

这时，房里的无头青蛙们、炊具们和食品们都一齐欢呼起来，应和着蛙声，跳起了迪斯科……

……突然，他看见头上的房顶一下没了。那房顶好像是个盖子，被人一下子揭开了。他看见了一方闪烁着星光的夜空。

就在这时，整个房间摇动起来。房间好像是个四方盒子，被人用手捧了起来，还左右摇晃着。

青蛙们、炊具们和食品们都惊叫起来。它们争先恐后地朝那“盒口”跳去、跃去。

但是晚了，来不及了，他感到整个房间翻了个底朝天，一只无形的大手将这“盒子”里的东西全倒了出来。他还来不及喊，就一下失去了知觉……

……迷迷糊糊地，他感到自己躺在沙发上，沙发坐垫里的弹簧硌得他背疼、腰疼，浑身不舒服。他挣扎着翻了个身，睁开眼一看，才发现自己躺在一张亮晶晶的丝网中！

……好大好大的一张网哟，看不见顶，也望不到边。放眼望去，满眼都是密密麻麻的网眼，都是亮晶晶的晃眼的网丝。青蛙们、炊具们和食品们全被网在网丝里了。青蛙们挣扎着，愤怒地、惊慌地、恐惧地叫着。酒瓶和西红柿竟哭出了眼泪。

……完了，完了……自己被当作青蛙抓进网兜里了……叔叔就是用网兜装的青蛙……抓住一个，用手捏紧，用刀往头上一剁……

“啊！”他大叫一声。这时，他开始感到被捕捉、被任意摆弄的痛苦和悲哀。

他开始嘤嘤地抽泣起来……

他这么一哭，青蛙们却叫了起来：

“呱——呱呱！男——子汉！”

“呱——呱呱！男——子汉！”

“男子汉！”

“男子汉！”

“男子汉！”

……他喃喃地念叨着，浑身顿时增添了勇气和力量。他突然看见了菜刀……

——砍断网丝！砍断网丝！

希望的火花在他心中迸放。他爬了过去，抓住了菜刀，双手紧握刀柄，朝亮晶晶的网丝狠狠地砍去！

咚！网丝一下被砍断了。

“呱！呱！呱！”青蛙们一阵欢呼。

可是当他正准备砍第二刀时，刚才被砍断的网丝流淌出一股乳白色的胶液，又将断了的网丝接上了。

他怔了一下，但马上咬紧牙关，又狠狠地砍了第二刀！

咚！网丝被砍断了，但是还没等他将刀举起来，断了的网丝又自动接上了。

他呆住了。

“嘿嘿！”头顶上突然传来一阵得意的笑声。

他抬头一看，只见一个大蜘蛛正吐着亮晶晶的白丝，不断地织着网。

哦！原来是它！

——杀死它！杀死它！

这个念头顿时在他心中萌芽了。

……几只毛茸茸的腿伸了过来，抓起酒瓶，还有鸡呀，鱼呀，肉呀，香肠呀，又慢慢地缩了回去。

不一会儿，空空的酒瓶子掉了下来，鸡骨头、鱼刺扔了下来。不一会儿，网顶上响起了呼噜呼噜的鼾声……

奇怪！蜘蛛还会打鼾……

但是他顾不上想那么多了。他把菜刀别在胸前，抓住网丝，像爬软索软梯那样，一步一步向上攀去。

青蛙们望着他，一下子都忘记唱歌了。

“快唱呀！快唱呀！”他急忙喊道。

青蛙们醒悟过来，连忙大声地唱起来，为他打掩护。一阵阵蛙声淹没了他的脚步声和喘气声……

……爬呀，爬呀……他已经攀到半空中了，上不见天，下不见地。风吹过来，网丝悠悠地摆动着。他像一只小蚂蚁一样，随着网丝摆动着。他全身的衣服都汗湿了，腿抖抖的，发软发酸，胳膊沉重得抬不起来，两只手也被网丝勒得破了皮，沁出了殷红的血……

……呼噜……呼噜……头顶上的呼噜声越来越响了……

……上！上！上啊！

……他咬紧牙关，忍着疼痛，一步一步地往上攀，往上攀……

……也不知攀了多久，蜘蛛的呼噜声已经像雷声一样在他头顶滚动了。他终于看见了那只黑色的大蜘蛛。它正趴在网上呼噜呼噜地睡大觉。它大概喝醉了。当他爬到它的身旁时，它竟然一点也不知道。

——砍死它！砍死它！

他仿佛听见了青蛙们急切的呼喊。他从胸前抽出菜刀来，轻轻地问道："刀啊，刀啊，你可锋利吗？"

刀铮铮地响了："没问题，没问题……"

他浑身的血液都燃烧起来。他爬到蜘蛛的头部，看准部位，屏住气，举起刀，然后用尽全部气力，朝下狠狠地砍去!

哧……

就像快刀切豆腐一样，蜘蛛的头一下子就被砍下来了。从它的头腔里冒出了一股黑烟，随着黑烟的消散，那张网也变得软绵绵的，像面条一样散开了……

青蛙们得救了！炊具们和食品们也得救了！

"呱——呱呱！"

"呱——呱呱！"

青蛙们高兴地围着他又蹦又跳，一齐拍起掌来：

"男子汉！"

"男子汉！"

"男子汉！"

……这时，他才感到全身发软，两手发抖。他把菜刀一扔，不禁瘫坐在地上，呜呜地哭了起来……

〔他从梦中哭醒过来。

窗外，街灯的灯光随着树影在摇动。四周一片静谧。远处似乎传来呼噜呼噜的鼾声。他情不自禁地凝神倾听……〕

请你服用苗条剂

她——十四岁。初中三年级学生。今年，她突然发胖，一下变成个丑陋的胖姑娘。为了减肥，使自己苗条起来，她节食、锻炼、喝减肥茶，可是，体重仍然在不断增加……

……快到家门口了，快到家门口了。她是绕了一个大弯，避开那人流如潮的大街，专拣僻静的小巷，七弯八拐地弯回家的。

烈日喷火，蝉声嘶哑。她累得直喘气。她觉得身上汗涔涔的，似有无数条小溪在身上流淌。热，热得透不过气来。刚刚做的衬衫，刚刚做的短裤和裙子，怎么一下就显得小了，紧巴巴地箍在身上。还有胸罩……今天戴的可是妈妈的大胸罩，现在却觉得胀鼓鼓的乳房绷得难受。胸罩太小，胸罩太小，快要绷破了……

……不能跑，只能慢步走。即使慢步走，身上那些讨厌的赘肉也在乐颠颠地颤动。丑死了，丑死了，丑死了……

……突然，从街角蹿出来几个小男孩，晒得像黑泥鳅似的，看见她，便嘻嘻地笑了起来。其中一个领头唱了起来：“胖大嫂——胖大娘——”

小男孩们便笑着拍掌合唱起来：“胖大嫂——胖大娘——”

她又羞又恼，回骂道：“小流氓！”

小男孩们见她那副又羞又恼的窘迫样儿，叫得更凶了：“胖——胖——胖大嫂——胖大娘——”

她气得浑身直哆嗦：“不要脸！小流氓！”吼完，她的泪水再也忍不住了，喷泉般往上直涌。她急忙咬住嘴唇，扭转身，拼命朝家里跑去……

房间在旋转。天花板在旋转。玻璃窗上有无数亮晶晶的光斑在闪动、跳跃……心好像一只饿坏了又关久了的小松鼠，挣扎着，不停地乱跳，可跳完以后又是一阵心慌，她想呕吐……

将近两天没有吃饭了。她躺在床上，觉得自己躺在一个棉花包里，正在向无底的深渊坠落下去……耳畔有无数钢针在嘤嘤嘤地鸣响。眼前有无数金花在变幻着图案……变成一碗热腾腾的阳春面、香喷喷的小麻油、香喷喷的葱花……变成一碗清甜清甜的桂花红枣糯米稀饭……一盘夹心果酱面包、奶油蛋糕、酒心巧克力……一大盘热腾腾、油亮亮的红烧猪肉……她感到有一只手从胃里伸出来，从喉管里伸出来，想抓住这些幻影。想抓住幻影的心情是那样急切，那样迫不及待，以致手猛地伸出去时，将胃拉扯得钻心地疼痛——“哎哟！”她大叫一声，翻过身来，抓住枕头，垫在自己的肚子上……

……一阵银铃般的笑声……

……是张慧！是这个最爱和男生疯疯打打的狐狸精！

……果然是张慧！她长得苗条而俊俏，瓜子脸，柳叶眉，乌黑的长头发在脑后扎成一个“马尾巴”独辫，跑起来走起来时“马尾巴”一颠一颠的。她还总是将辫子绕过脖颈，散在胸前。看人时，特别是看男生时，总是斜着眼那么一媚笑。真讨厌……姑娘应该稳重，特别是在男生面前应该稳重，目不斜视才对！斜眼望人心不正……张慧笑嘻嘻地跑过来了，后面有两个男生在追她。这个狐狸精今天穿了一件又薄又透的短袖T恤，一条白色的牛仔短裤，肉色的一直到大腿的长筒丝袜，一双软底旅游鞋。那T恤还扎在牛仔短裤里，哎呀，丑死了，把高高的胸部、细细的腰肢、紧绷绷的腹部、小巧的臀部、颀长的大腿全勾勒出来。这些地方应该尽量弄得平板不突出才是……哼，那些男生就爱斜眼偷看女生的这些地方……哼，以为我不知道吗？我原来苗条的时候……

……呀，两个男生追过来了。呀，一个是项辉，一个是童林。童林是个花花公子，凭自己长得好看，专门逗女同学。可项辉他可是班长啊！班长应该一本正经……唉，只怪张慧这个狐狸精，把班上两个最、最、最那个的男生给勾住了……难怪今天喊项辉时，他心不在焉，童林也笑着和她开玩笑：“您老又发福了。”都嫌我胖！都嫌我胖！呜呜……

……她伤心地哭了。她恨她妈，恨她爸，因为她爸爸是个大胖子，妈妈呢，也长得肉墩墩的。你们胖，害得我也胖！呜呜……

……突然，电视机里播出一则广告：“苗条剂，请你服用苗条剂……”

她一惊，不禁抬起头来。

“……该剂采用国外最新减肥成果，精心研制而成，临床效果显著，服用该剂的十位肥胖姑娘，一月后已变得婀娜多姿……”

啊！真有这样的药剂吗？那简直是太好了！太好了！

……恍恍惚惚中，电视广告中的那个苗条而漂亮的姑娘来到了她的身边，牵着她的手，从窗口飞了出去……

……是医院，好像是自己常去看病的第二医院。许多穿着白大褂的医生进进出出。许多肥胖病人被人搀扶着走进了医院，其中，有不少肥胖姑娘。有一个肥胖姑娘像个肉球，下巴搁在胸前，被三轮车拖着，来到了医院。原来有这么多胖姑娘，我还以为只有我一人为发胖而发愁呢！看着这些比她还肥胖的姑娘，她觉得心里似乎舒坦多了。

……一间一间白色的病房，一间一间白色的手术室……她看见一个大胖子躺在手术台上。那是一个头发花白的胖男人。只见医生在他的肚子上捅了一个窟窿，将一根长长的胶皮管子插了进去。胶皮管子的另一头放在一个透明的玻璃缸里。然后医生揿动了一个按钮，只听见咕嘟咕嘟一阵响，胶皮管子里突然流出了许多猪油一样白花花的脂肪，转眼间，就流满了一大缸，而那个大胖子的肚子也就像漏了气的气球一样，渐渐地瘪了……

看着看着，她情不自禁地摸了摸自己的肚子，打了个寒噤。哎哟，我的妈呀！我可不愿这样在肚子上捅一刀呀……

……走进一间白色的房子，一位慈祥的老医生给她检查了身体，然后给了她一瓶苗条剂，说道：“不要担心，吃完这一瓶药，你就会变得苗条的！”……

……她兴高采烈地回到家中，跑进自己的房间，关上了门。她倒了一杯开水，吞服了两颗黄色的药丸。然后，她坐在镜子前，想看看身体起了变化没有。

……望着望着，她发现镜子里的自己下巴似乎瘦了一圈……可胸前、肚子、臀部仍然没有一点儿动静……

不行，不行，这样太慢了！

她又倒了一杯开水，把一瓶药丸一粒不剩地吞了进去。

咦，变了，变了！镜子里面出现了一个身材苗条的姑娘！瞧那脸，是多俊俏的鹅蛋脸呀，不胖也不瘦，比那瓜子脸的张慧还要显得动人！瞧整个身架，由原来的水桶、水缸形一下子变得苗条多姿，要曲线有曲线，要身段有身段，比张慧那水蛇腰可要显得匀称多了。啊！这就是我吗？这就是我吗？她不敢相信，激动得用双手捂着脸，泪水止不住哗哗地流了出来……

……她也梳了一条“马尾巴”长辫，让黑瀑布一般的秀发绕过脖颈在胸前飘动；她也穿了一件紫色的短袖T恤，一条白色的牛仔短裤，而且也将T恤扎进短裤里，将胸部和腰部的曲线勾勒出来；她也穿了一双肉色的镂花长筒丝袜，一直拉到大腿上，将一双健美修长的大腿显露出来……她觉得自己像一头健美的小鹿，像一只快乐的小鸟，渴望着在山林间奔跑，渴望着在蓝天上飞翔……她觉得这样打扮真美！难怪张慧要这样打扮呢，这个小狐狸精！

……她走进了校园。她穿过操场，走进了教室。她发现许多惊异、羡慕、嫉妒的目光向她射来。她发现童林和项辉正热辣辣地盯着她。她斜着眼，冲他俩嫣然一笑，感到自己的眼波像鱼钩一样钩住了这两条“鱼”。她发现张慧惊讶得瞪大了眼，张大了嘴，怔住了，然后大叫一声“啊，你真美”，便张开双臂扑了过来，一下搂住她的脖子，在她的脸上印了一个响亮的吻！她的脸一下子红得像三月的桃花了。她笑着捶打着张慧，亲昵地骂道：“哎哟，快放开我，你这个小狐狸精！”……

〔她没有醒。她满脸通红地笑着，翻了个身，将脸埋在枕头里，抱着毛巾被，又睡着了……〕

你好，佐罗

她——十四岁。家住澳门。初中生。影迷。目前，她最崇拜的影星是法国的阿兰·德隆——那个行侠仗义的男子汉佐罗……

……蓝色的海湾涌起了山一样的高积云。夏日灼热的阳光洒在海滩上，花花绿绿的遮阳伞像一朵朵色彩鲜艳的蘑菇。雪白的浪花舔着金色的沙滩。赤脚蹚着海水，凉津津的，便忍不住欢笑着扑向大海……

……那个金发碧眼、腆着大肚皮、长着一脸大胡子和黑乎乎胸毛的洋仔贪婪地盯着她，盯着她暗暗引以为豪的令班上女孩羡慕嫉妒的修长的大腿、渐渐丰满的胸脯以及光洁的肌肤。她感受到了那目光的肆无忌惮，感受到了那目光像毒辣辣的阳光那样灼热。她忍不住起了一层鸡皮疙瘩。她厌恶地皱了皱眉头，目不斜视地高傲地朝大海走去……

……她觉得自己躺在海面上，海水荡漾着，像一只手在轻轻地摇着摇篮。阳光也突然变得温柔了，轻轻地吻着她的脸颊、她的脖颈……她微微闭上了眼，任大海和阳光温柔地抚爱和亲吻……

……一片阴影遮住了阳光……

……突然间，一阵狂笑从阴影中传来，有个沙哑的声音在附近响起：“啊哈！美人鱼！美人鱼！”

她惊惶地睁开了眼。陆地和海滩都消失了，她已经漂到了大洋深处。一艘中世纪的帆船正朝她驶来。帆船上，一群海盗握着枪，举着刀，冲着她狂笑着……

……海盗……

……她曾多次梦见海盗。这一次，难道又是梦吗？……

……不容她细想，帆船已经驶近了，几个赤条条的海盗从船头跳了下来……

……她恐惧地大叫起来，可是喊不出声；她惊惶地拼命游着，可是怎么也游不动……

……海盗们嘻嘻哈哈地笑着，抓住了她，有的抓手，有的抓脚，将她举了起来，一下扔到了帆船的甲板上……

……她感到四周都是男人的目光。男人的目光是直勾勾的。有时在大街上行走，即使不回头，她也能感受到背后有男人在盯着她。是的，她的后脑勺没有长眼睛，但是，她感到后颈上好像被蜂子蜇了一下时，就知道那是一个男人的目光咬住了她……

……此刻，她身穿泳装，像一条鱼一样被扔到了甲板上。她感到四周那贪婪、淫邪、饥渴的目光咬住她了。她惊恐地用双手遮住前胸。她发现朝她走来的那个海盗正是在海滩上盯着她的那个洋仔！

……那个长满胸毛的家伙淫笑着走过来了……

……就在这时，一个熟悉的声音冷冷地然而威严地从船头传来："住手！先生，光天化日之下，欺负一个手无寸铁的少女，你不觉得可耻吗？”

“啊！佐罗！”船上一片惊呼……

“佐罗？”她睁开眼，抬起头，啊，果然是佐罗——头戴平顶黑呢帽，脸蒙黑面具，身着黑披风，握着那把所向无敌的剑，还有那条仿佛长了眼睛的马鞭……

佐罗！佐罗！阿兰·德隆！这英气勃勃的男子汉！这令她着迷的影星！在这千钧一发的危急关头，他仿佛从天而降，赶来搭救她了！

但是海盗们也不是脓包，这些杀人不眨眼的强盗顷刻间挥舞着刀和剑，嗷嗷地叫着，朝佐罗逼去。

佐罗把马鞭递给她：“小姐，站起来！我这马鞭可不是吃素的！”说着，挺剑上前，和海盗们厮杀起来。

两个海盗冲在最前面。这是两个壮得像西班牙公牛的家伙。佐罗冷冷地站着，凛然不动。待两柄钢剑凶狠地刺来时，他猛然出剑，左挡右砍，唰唰两剑，便将海盗的钢剑击落在地。说时迟，那时快，还没等两个家伙清醒过来，佐罗的剑已闪电般刺穿了他们的喉咙。

两头“公牛”哼都没哼一声，就倒下了。

海盗们吓得转身就跑。

可是佐罗突然纵身一跃，便挡住了他们的去路。

“先生们，请不要那么匆忙。”佐罗仍然嘲讽地微笑着，“瞧你们那副模样，难道不怕那小姑娘笑话吗？”

突然间，那个洋仔狂吼起来：“闪开！闪开！”

海盗们赶忙闪开了。只见那洋仔双手握着一把大口径手枪，枪口对准了佐罗的胸膛！

“哼，佐罗！放下你的剑吧！”那个洋仔狞笑着，“只要你少管闲事，我们留你一条性命回你的西班牙去！”

“那姑娘呢？”佐罗也斜着眼，问道。

“姑娘？哈哈！”洋仔狂笑起来，“你是说这个中国姑娘吗？请原谅，我们对东方的美有一种特殊的情感……”

“哈哈！”佐罗也大笑起来，“把你那可怜的鸡腿收起来吧！你的表演虽然像个蹩脚的马戏团小丑，但是你丰富的想象力令人佩服——一只没啃完的鸡腿竟然成了手枪！”

什么？鸡腿？海盗们一个个惊讶地面面相觑，那个洋仔也觉得莫名其妙。可是当所有的目光一齐投向洋仔双手握着的那个东西时，帆船上顿时爆发出一阵忍俊不禁的笑声。那个洋仔手中握着的不是什么大口径手枪，而是一只油光光的、啃了几口的鸡腿！

那洋仔也惊得目瞪口呆，双手一哆嗦，那鸡腿当的一声掉在甲板上。

佐罗用剑逼指着洋仔，对她喊道：“小姐，你手中握的也是鸡腿吗？”

她怔怔地望着佐罗，呆呆地望了望自己手中的马鞭。那马鞭突然间好像活了，在她手中动弹起来，然后，马鞭带动着她的手臂，朝洋仔呼啸着扑了上去——但是看起来像是她挥动马鞭，抽打着洋仔一样。

啪——一声脆响，洋仔的背上顿时被咬出一条血印。

洋仔痛得号叫起来，赶紧跪下，捣蒜般连连磕头，大叫

“饶命”。

这时，佐罗喊道：“小姐，把马鞭扔过来！”

她赶紧将马鞭扔了过去。那马鞭刚刚飞到半空，突然间变成了一条长长的绳索，像一条活泼泼的龙一样，眨眼间将海盗们全部反绑起来。

“好啊！他们跑不了啦！”佐罗对她说道，“小姐，要是他们胆敢反抗，你只要喊一声‘佐罗’，这马鞭就会把他们勒死！好啦，把他们交给警方吧，再见！”

佐罗说完，潇洒地朝她行了个礼，微笑着，突然间不见了。

“佐罗！佐罗！”她失声喊了起来，奔向船舱，一边喊着，一边寻找。可是，不见佐罗的踪影。

“佐罗……”她伤心地哭了起来。

佐罗走了。她迷恋的佐罗神奇般出现，又神奇般消失了……哦，佐罗，你不喜欢我吗？……

……海天相接处，高积云像山一样涌起，像浪一样涌动，变幻出各种各样的图案来。她看见一团青色的云奔涌而出，刹那间变成了一匹乌龙驹，那跨着乌龙驹的骑士正是佐罗——头戴平顶黑呢帽，脸蒙黑面具，身着黑披风，挥舞着钢剑和马鞭……

“啊，Zoyyo[①]！你这可爱的狐狸！”她喃喃自语着，望着天边飞驰而去的“佐罗”，任海风吹拂着她的秀发，吹落她

① Zoyyo：佐罗，西班牙语的意思是“狐狸”。

默默淌下的眼泪……

〔她喃喃地喊着“佐罗”，但没有醒。她的床头柜上的相框里，她卧室的墙上，是阿兰·德隆的照片，是电影《佐罗》的彩色剧照。有一张阿兰·德隆的生活照令她又羡慕又嫉妒。那是阿兰·德隆跪在地上，仰着头和他心爱的马接吻……〕

小河涨水

她——十四岁。初中二年级学生。她还睡在摇篮里的时候，父母就给她定了亲。如今，那个男孩子也长大了，而且和她在一所中学、一个班上念书……

……春雨迷蒙了远山。春雨迷蒙了竹林。

……远山化为一抹淡淡的青烟。

……竹林濡成一团湿漉漉的绿雾。

……放学回家的路上，他总是埋着头走在最前面，而她总是掉在最后面。

……雨雾随风飘来，裹着栀子花的清香。山间小路上静悄悄的，只有她的一朵小花一样的尼龙雨伞在春雨中默默地开放。

……绿油油的山林中，传来一片簌簌的雨声。

……绿油油的山林中，传来水花一样清亮的鸟鸣。

……绿的山，绿的树，绿的风，绿的雨，绿色的思绪，绿色的静默，绿色的羞涩，绿色的不安和紧张……

……蓦然间，在山路的拐弯处，她看见了他。

……这个鬼！他在这里干什么？

……他老是低着个头，老是那么沉默寡言，上课从不举手发言，老师点他站起来回答问题，也是低着头一声不吭。这么个人，看着真叫人憋气！像个小老头！你瞧你瞧，老是剃一个小平头，一年四季总是穿着那件洗得发白的蓝布裤褂。褂子上只有三颗扣子！他的妈、他的姐为什么就不给他把扣子缀上呢？哼，是故意做给我看的吗？

……唉，这个不起火的湿树疙瘩……

……可他的成绩是全班第一。每次考试都是第一，甚至包括音乐。别看他平时不说话，可喊起山歌来，嗓子亮着呢！同学们和老师们都说他是“闷鸡子啄白米”。

……唉，这个不打鸣的闷鸡子，一看见女生就爱红脸，从初一到初二，从来没有和她说过一句话……

……在山路的拐弯处，她蓦然看见了他。他仍然低着头往前冲。撞到个鬼哟！他没打伞，光着个头在雨中走。

唉，天气预报报了今天有雨的喽。这个鬼！为什么连斗笠都不戴一个呢？

还有好远的路呢。还有好远的路呢……

……雨下大了，四周一片嗒嗒嗒的雨点声。

……雨下大了，雨点在伞面上敲着鼓点。

……雨下大了，深山里传来鹧鸪声。

……雨下大了啊……

……可是他一晃，就不见了。

……这个湿木头疙瘩！莫不是躲起来了，想故意吓我喽？

想到这里，她犹豫了片刻，在山路上站住了。往前望望，没有人。往后望望，也没有人。她的心就扑通扑通地跳了起来……

……不能走，不能走。要是那个闷鸡子真的躲在哪里，突然跑出来吓人，要是万一被人撞见了，那可不得了……

……不能走……不能走……

……可是雨越下越大了……

……四周一片静幽，只有雨声和鹧鸪声。

……这个砍脑壳的天！莫不是老天爷的水缸被人砸破了？不歇气地下，硬是不歇气！

……唉，他只怕全身都淋湿了……

……走走走！他哪敢躲起来吓我呢？唉！这么大的雨，这么远的路，和他共一共伞，又怕什么呢？

人正不怕影子歪！何况……

……她脸一热，急匆匆向前走去。

……要不是听见爹和妈商议着要退亲，她只怕一辈子也不理那个湿木头疙瘩。

……那天晚上，她听见醉醺醺的爹对娘说，他的爹怕是害了痨病，被抬到县里去了。

娘就唠唠叨叨地埋怨爹不该喝酒多事。她和他的亲事就是两个酒葫芦赶圩时，喝得高兴时醉醺醺地定下的。

如今，她的爹会做生意，会赚钱，荷包慢慢鼓起来了。他的爹呢？只怕也是个老实疙瘩，只会守着几亩田，跟牛当老子。不然一个独种儿子怎么会一年四季打赤脚，穿只有三颗扣子的旧衣服呢？

她家和他家还隔着一道岭，翻过岭就是他的家——巴掌坪，山洼洼里头，只有巴掌大的一块平坝。山里水寒，稻子也难长好，平时吃饱肚子都不容易，要是一家之主再一害病……

娘说着说着就哭了起来，开始骂爹，开始哭自己的女儿是个“菜籽命”——苦命。

“趁早退了！趁早退了！”娘嚷了起来。

她伏在床上嘤嘤地哭了起来。她不知道自己哭什么，不知道自己为什么哭。

娘慌忙走进屋来。娘说，过去你不是反对父母包办亲事吗，娘这次就依了你，不包办啦！你的亲事退掉算啦！娘以后托人给你说个城里吃国家粮的……

她愤怒地把被子和枕头都扔到了地上：“我的事不要你们管！不要你们管！”

娘呆住了。

然后她嘤嘤地哭，哭了半夜。她不知道为什么哭。她不知道自己究竟在哭什么……

……山路弯弯。山路弯弯……

……春雨如烟。春雨如烟……

……她急急忙忙地往前走，急急忙忙地搜寻着那个身影。

……砍脑壳的鬼天！硬是不歇气地下哟！

……那天放学后，也是在这条山路上，她鼓起勇气，喊住了他。

他低着头，把书包紧紧抱在胸前，好像书包里有什么金银宝贝似的。

她也低着头，手哆哆嗦嗦地从怀里掏出用手绢包着的五十元钱，那是她过年得到的压岁钱。她把手绢包着的钱放在路旁的石头上，红着脸，小声说："这是我爹……还给你爹的钱……你好好照顾你爹……"

说完话，她像卸下了千斤重担，头也不回地跑了，一直跑过河，一直没回头……

……拐个弯，一下坡就是小河了。她听见了哗哗的流水声。

她的心猛地一沉。坏了！小河要是涨了水，那就过不去了，绕到大路上去过桥，得多走几十里路呢，而天又渐渐地暗了，还下着雨……

……下坡了。下坡了。她听见了湍急的河水哗哗的奔泻声，远处还传来轰轰的响声。天老爷！那是山上的洪水下来了！

……她的心扑通扑通地跳了起来。

她像电影中的慢镜头那样，脚不沾地地飞到了河边。

……平时温柔明净的小河，这时已变成一条浑黄的又深又宽的大河了。平时的河滩和那小小的石埠头早已不见了踪影。河水像一条凶猛的黄龙，呼啸着冲下山去。烟雨迷蒙，大河奔泻……

……她伫立在河边，不知怎么办才好。

……突然间，她看见河心有个人影在晃动。她的心陡然一紧……

……那个人抱着块大石头，正吃力地朝河心走去。在他的身后，一块块大石头已经在河水中排成了一列横队……

……啊，是他！是那个湿木头疙瘩！

……她知道他的水性极好。她知道他能够涉过河去。那么他在河里摆上一排石头，又是为了什么呢？

……他是知道我在他后面的。他知道我还要过河。他是在为我搬石头呢……

……心一热，眼一热，泪水也一热……

……她觉得腿发软。她觉得脸发烫。她觉得这雨水真凉爽，真清甜。她觉得老天爷正调皮地挤眉弄眼地望着她笑……

……砍脑壳的鬼天哟！

……小河涨水了。小河涨水了……

〔春夜，山乡一片雨声。

她睡得很熟，睡得很甜，很香……〕

小小联合国

她——十四岁。初中一年级学生。这个星期，老师出的作文题是“假如我是……”。她泡在妈妈的图书馆里查阅了许多资料，写了一篇《假如我是联合国秘书长》……

……电梯上升，上升……在第三十八层楼停住了。电梯门无声地打开，一片光洁的水磨石地面出现在眼前，映着朦胧的灯光……

……她走进了联合国秘书长的办公室。秘书长的办公室在第三十八层。室内挂着瑞士赠的“世界钟”，陈列着“阿波罗”宇宙飞船从月球带回的月岩。此刻，正是夜晚。透过宽敞的落地钢窗，她看到了美国纽约曼哈顿的万家灯火；看到了联合国总部的会议大厦、大会堂、哈马舍尔德图书馆；看到了森林般的旗杆，成员国国旗在夜风中悠悠飘扬；看到了高高的主旗杆，主旗杆上悬挂着联合国的旗帜——天蓝底缀着地球橄榄枝会徽……

这么说，自己真的到了联合国。这么说，真的有一个小小联合国——一个由全世界各国儿童组成的联合国了……其实，早就应该有一个由孩子们组成的联合国。大人们总爱扯皮拉筋，争斗不休，好不容易做出的决议往往得不到彻底执行……她想，由孩子们来处理国际事务就好多了，因为全世界的孩子的心都是相通的呀……

……她看见各种肤色的孩子们欢笑着，穿着节日的盛装，捧着绚丽的鲜花，拥进了大会堂。庄严的大会堂顿时变成了鲜花的海洋。

全世界都用惊讶与欣喜的目光注视着这里呀！世界各国的记者们照相机上的闪光灯闪个不停，就像那惊讶与欣喜的目光。

大会主席台后面悬挂着巨大的表决机器显示牌。在每个成员国的名下，有绿、红、黄三色灯泡，绿灯表示赞成，红灯表示反对，黄灯表示弃权。

大会宣读了第一项议案：为了世界的永久和平，从现在起，凡是各国的首脑以及政府、军方要员，一律要注射“和平液”。“和平液”通过静脉注射进入血管。凡是为维护世界和平做出努力、做出贡献的，“和平液”可以使他们身体健康；凡是想发动战争、侵占别国领土、干涉别国内政的，只要他们一动这些个坏念头，“和平液”便立刻让他们的血管爆炸！

“和平液”的注射嘛，当然得由孩子们负责。而且从今以后，凡是孩子出生后，都要像种牛痘那样注射“和平液”，因为将来的世界将由这些孩子来管理呀。

——“和平液”！哈哈，这太棒了！会堂里响起一片欢呼声。显示牌上亮起了一片绿灯，像绿茵茵的草地上晶莹的露珠映着太阳的光辉。

……大会又通过了第二项议案：全面禁止使用并彻底销毁一切核武器。大会推选米老鼠和唐老鸭为和平特使，带着“销核器”，去销毁核武器。“销核器”的外形就像个手电筒，握在手里，对着核武器（主要是核弹头）一照，啪，核武器就被销毁了！

孩子们都鼓起掌来。会堂里响起了雷鸣般的掌声。孩子们一个个争先恐后地上台发言，并且热烈地展开了对话：

“还有导弹！导弹怎么办？”

“导弹嘛……让导弹变成水弹。水弹一爆炸，就会洒水或者下雨。让水弹去扑灭森林火灾，去浇灌非洲干旱的土地，去滋润沙漠里的绿洲……”

“那么子弹呢？手枪子弹、步枪子弹、机关枪子弹……”

“让子弹变成巧克力豆！”

孩子们都大笑起来。

……想想看，子弹变成巧克力豆，那将是什么情景？有人对你射了一枪，你却笑眯眯地张开了嘴，一口咬住射来的巧克力豆……

……大会又通过了第三项议案：反对恐怖主义。大会决定，立即通过卫星在整个地球空间喷射一种新型元素。这种新型元素和空气中的氧气、二氧化碳一样看不见摸不着，通过呼吸进入人的内脏和血液。企图搞恐怖活动的恐怖分子只要一动坏念头，这种新型元素就会立刻夺走他们体内的氧气，使他们窒息而死！

“好哇！这可真是个好办法！让那些坏蛋自取灭亡！”

“还有那些歹徒，那些杀人、抢劫、盗窃、纵火、强奸、行凶、拐骗的歹徒，特别是残害妇女和儿童的罪犯，也让他们自取灭亡！”

……一片绿灯，又一片绿灯……绿灯在巨大的显示牌上闪烁着，大会堂里洋溢着春天的气息……

……一个来自非洲大陆的黑孩子说，干旱和沙漠把他们的村庄和土地全毁了，人们不得不背井离乡，成为难民。他说他多么怀念故乡，怀念故乡的猴面包树、珍珠鸡、毛驴和山羊……水！生命的源泉啊……大会立即通过了一项决议：在非洲上空发射一组气象卫星，专门调集降雨云带，给干旱的非洲大陆降雨。为了保证有足够的降雨云，决定在太平洋、大西洋、印度洋等大洋建立“降雨云工厂”，专门负责降雨云的生产和升空，同时，给受灾的国家和地区充足的物质援助……

……一片绿灯，又一片绿灯……绿灯在巨大的显示牌上闪烁着，显示着孩子们绿色的童心和人类绿色的良知……

……她已经记不清通过多少议案了。许多许多的闪光灯在她眼前闪烁，许多许多的麦克风在她面前张着耳朵……

……应该让全世界的儿童都有饭吃，有面包吃，有衣穿，让他们免费上学读书，让他们免费上医院看病……应该在全世界每一个角落建立“SOS 儿童村”，让那些失去了父母、无家可归、到处流浪的儿童有一个温暖的家……应该让全世界所有的弱智儿童恢复智力……过年的时候，每个儿童都应该有一份礼物，有香甜的糖果点心和称心如意的玩具……

……应该尽快解除残疾人的痛苦。应该让失去腿的人重新站立起来，在林荫道上散步，在田径场上奔跑。应该让失去手臂的人重新获得五指和手臂，在画布上涂抹色彩，在卧室里双手高高地举起自己的孩子。应该让失明的人有一双明亮的眼睛，注视着太阳的初升和小溪的流淌。应该让耳聋的人重新听见树叶的低语和交响曲的轰鸣。应该让哑巴再一次呼唤着亲爱的妈妈，再一次放声歌唱。应该让所有的残疾人重新获得健康和希望……

……还有我们的大地、天空、森林、草原和海洋……它们正在被污染、被砍伐、被破坏……地球是我们大家的地球呀！地球只有一个，地球是我们自己的家呀……我们需要蓝色明净的天空，不需要杀人的烟雾、黑雪和酸雨。我们需要肥沃的土壤妈妈，不需要戈壁和沙漠。我们需要洁净的水，需要鱼，不需要臭河、死湖和污浊的海洋。我们需要绿色的森林和草原，需要“地球之肺”，需要大自然珍贵的“绿色宝库”……对！对！我们还需要大熊猫、金丝猴、非洲鳄鱼、亚洲大象、犀牛、野骆驼、野牛、野马、灰鲸、老虎、狮子、狐狸和狼……我们需要一个美丽、和谐的地球啊……

……她滔滔不绝地讲着，念着。她惊异地发现自己竟然能这么流利地演讲。我们会比大人们干得更好更出色！让小小联合国和大人联合国来个友谊竞赛。

……掌声响起来了……

……语文老师赵老师微笑着接过了她的作文本……

……同学们都微笑着望着她……

……她扶了扶鼻梁上的眼镜，不禁纳闷起来。这是怎么回事？我不是在联合国大会堂里发言吗？怎么一下又回到教室里了？……

〔她突然惊醒了。原来，她伏在书桌上睡着了。书桌上、床铺上到处是借来的书籍、杂志等各种资料。这篇作文，她整整写了三天……〕

山不转水转

她——十四岁。在舞厅唱歌时，怀着好奇心第一次吸毒，结果染上毒瘾，不能自拔。母亲将她送进戒毒所后，经过精心治疗，她又恢复了少女特有的青春活力……

……她穿着一套紫色的连衣裙，款款走向舞台。追光灯如温柔的月光，伴着她走向舞台中央。好大好大的舞台啊，似乎还在缓缓旋转；好多好多的观众啊，像观看精彩的足球赛一样热烈欢迎她出场。照相机的闪光灯像火花一样不停地闪烁，摄像机的镜头全部对准了她。动人心魄的音乐声响起来了，那是她最爱唱最拿手的歌曲《山不转水转》啊：

山不转来水在转，
水不转来云在转，
云不转来风在转，
风不转来心也转……

掌声如海潮一样涌起来了。欢呼声如海潮一样涌起来了。这是我的舞台吗？这是我在演唱吗？我还能走上舞台吗？我还能放声歌唱吗？

没有憋死的牛，

只有愚死的汉。

蜘蛛吐丝画它自己的圆，

太阳掏洞也要织它那条线……

《山不转水转》的原唱者是著名歌星那英。她唱这首歌也特别有韵味，同学们都称她为“小那英”。她也渴望着有一天像那英那样走上舞台，走上电视屏幕，走进录音棚，走进盒带、CD、VCD和MTV……没想到这一天真的来了，她真的走上这么大的舞台了。她一边唱，一边想，我不是在做梦吧？我不是在接受戒毒治疗吗？观众知不知道我吸过毒呢？他们知道我吸过毒，还会为我鼓掌吗？

你的心是我永远的舞台，

我的梦因你而精彩……

她又找到感觉了。她沉浸到音乐中，沉浸到歌声中。她看不见观众，但她感觉到了观众，感觉到观众逐渐和歌声合为一体。一个真正的歌手其实是一名高明的向导，善于把观众或听众巧妙地带入歌曲的意境之中，使之忘情于音乐之中，陶醉于其所创造的艺术梦幻里。如果一个向导不能把游客带入风景或名胜的魅力之中，只是让游客注意其说话的声调，或者盯住其身上的服饰或者耳环、项链、手镯等小零碎而评头论足，窃窃私语，那么，这个向导只能是一个蹩脚的路标。

追光灯如月光流泻。她忘情地唱着，如梦如幻。

你永远不懂我伤悲，

像白天不懂夜的黑，

不懂那星星为何会坠跌……

一个女孩手捧鲜花走上舞台。

这女孩好面熟啊，似乎在哪儿见过……啊，女孩的脸怎么涂成一片阴蓝，嘴唇血红血红的，两个镀金大耳环随着她娇媚的猫步晃来晃去。啊！这不是娜娜吗？她怎么来啦？她不是得了艾滋病，快要死了吗？

娜娜诡谲地笑着，将鲜花递给她，然后悄悄说："花里有'货'（毒品），还是老价钱。"

"啊，不！不！我不要！"她惊恐地后退，连连摆手，"我已经戒毒了！我再也不吸毒了！"

娜娜阴阴地笑了起来："哼，你戒得掉吗？你忘了那神仙般的滋味吗？"

所有的记忆一下浮了上来。

那痛苦的、不堪回首的记忆。

就是这个娜娜引诱她吸了第一口毒品。

在舞厅的更衣室里，歌手娜娜和乐队的电吉他手又在偷偷地吸毒。

"来呀，没事！吸一口，当一回神仙。"

她已经唱了一场，从另一个舞厅赶来。她很累，很困，很疲倦。她常看见娜娜抽这种烟，抽上一支，立刻精神焕发，娇媚动人，像变了一个人似的，一上台就唱个满堂彩。

妹妹我坐船头，
哥哥在岸上走……

她好奇地接过娜娜的烟，怯怯地吸了一口，忍不住呛了起来。

“哈哈！”娜娜笑了起来，“真是个雏儿！”

娜娜那鄙夷的眼神激怒了她。哼，你瞧不起我，我偏要抽！而且要抽得比你有“派”，比你潇洒！

她装作满不在乎地吸完了那支烟。咦，她的疲劳与困乏顿时消失了。她觉得浑身轻松，飘飘的，眼神也迷迷的了。

你永远不懂我伤悲，
像永恒燃烧的太阳，
不懂那月亮的盈缺……

空寂的街巷……幽幽的路灯……正是夜半时分……

那个黑洞洞的窗口里是她的家吗？

妈妈和爸爸离婚了。妈妈又找了一个“爸爸”，爸爸又找了一个“妈妈”。她有了两个爸爸和两个妈妈，可她又没有爸爸和妈妈。

她浑身无力，打哈欠，流鼻涕，心里像有一千条毛毛虫在爬，在咬，难受极了。她浑身颤抖，跪倒在街头，翻肠倒胃地呕吐起来。

她的毒瘾发作了。

她才十四岁。

她仅仅是一个花蕾。

她难受。她的毒瘾发作了。

雾里看花，水中望月，

你能分辨这变幻莫测的世界?

涛走云飞，花开花谢，

你能把握这摇曳多姿的季节?

一辆摩托车呼啸而来，驶到她身边时戛然而停。车手是电吉他手，车后坐着的是娜娜。

娜娜从长筒皮靴里掏出一包海洛因。

“小妹妹，要‘货’吗?”娜娜挑逗地瞟着她。

“要……要……快……快给我……”

“钱。嗯哼?一手交钱，一手交货。”娜娜像逗一只小猫一样，满脸都是嘲讽。

一小包海洛因一百元钱。娜娜说这是优惠价，是哥们儿姐们儿的感情。她一天至少要抽两包，有时甚至抽四包五包。她辛辛苦苦每天赶场唱歌赚的钱全部送进了娜娜的腰包，有时还得向娜娜借钱买毒品，然后跑到妈妈那儿去借钱还债。

她脸色苍白，双手颤抖。她哆哆嗦嗦地掏出一把钱，揉成一团，塞给娜娜，从娜娜手中夺过小纸包，大口大口地喘着气。

“拜拜！”娜娜和电吉他手呼啸而去。

第一次考试不及格，不敢回家，夜里在街上乱逛时碰到了娜娜。娜娜是她读小学时的邻居，知道她有一副好嗓子。第一次碰见娜娜，便开始逃学，然后干脆不上学。第一次吸了娜娜的烟，便成了娜娜毒网中的鱼。任何诱惑和坠跌都是从第一次开始的，哪怕仅仅是无知，哪怕仅仅是好奇。

借我借我一双慧眼吧，

让我把这纷扰看个清清楚楚明明白白真真切切……

她在迷宫般的小巷里拼命地跑啊跑啊。每一条小巷里似乎都响起了摩托车的轰鸣声。一个穿着黑色皮衣、戴着黑色面罩的杀手正在追杀她。她看见了那冰冷冰冷的枪口。

两边都是石头垒起的高墙。她口干舌燥，气喘吁吁，连救命都呼喊不出来。她狂奔到小巷尽头，突然看见一扇窗口亮起了灯光。

“妈妈！妈妈！”她不顾一切地狂呼起来。

厚厚的木门嘎嘎地开了。妈妈披着一件风衣走了出来。她一下扑到妈妈的怀里，禁不住号啕大哭起来。

山上的花儿不再开，

山下的水儿不再流，

看一看灰色的天空，

那蔚蓝是否挽留？

她深一脚浅一脚地在黑森森的密林里行走。不知道怎么到这黑森林里来的，只知道四周都是野兽绿莹莹的眼睛……是大灰狼，还是金钱豹？她心慌乏力，吓得浑身直冒汗。

脚下软绵绵、腻乎乎的，仿佛踩在了蛇的身上（我的妈呀）；身旁的树枝七扯八拉，左拦右挡，仿佛是妖怪的黑手在捕捉她（啊呀）……一个苍老的声音从密林深处传来："快把项链交出来……"

项链？什么项链？她下意识地摸了摸脖子，果然摸到一串金项链。

"这是妈妈的金项链……不，不，是我在路上捡的……不，是妈妈送给我的……不，我不知道……"

那苍老恐怖的声音越来越近："你偷了妈妈的项链……你又偷了妈妈的项链……"

她吓得眼泪不停地流，身子紧紧缩成一团。我没办法……我难受……我受不了……

"给我一支烟！我给你金项链！"

"快给我一支烟！我给你 24K 的金项链啊！"

天上的云儿不再飘，

地上的牛儿不回头，

甩一甩手中的长鞭，

那故事是否依旧……

一个黑影在她面前飘来飘去，宛如一件风中飘荡的外衣。

黑影的声音既陌生又熟悉："有人要见你。"

她的头皮顿时发麻。这不是电吉他手的声音吗？他不是因吸毒死了吗？

"不……我不见……"

黑影飘来飘去，拦住她："娜娜要死了，她想见见你。"

她感到有一双手从背后猛地推了她一把，她也如黑影般飘了起来。

那是一座破破烂烂的小木屋，一开门就闻到一股臭味。还是寒风凛冽的冬天，娜娜却穿着一件单衣，蜷缩在一床又脏又旧的棉絮里。棉絮上到处是暗红的血迹，那是娜娜用注射器给自己注射毒品时流的血。

那个妩媚妖艳的娜娜到哪儿去了呢？那个全身名牌时装、披金戴银的娜娜到哪儿去了呢？她此时尖嘴猴腮，头发蓬乱，脸色惨白，前臂肿得像小腿，血管周围的皮肤上针眼密密麻麻的，有的针眼已经溃烂了，正渗着令人恶心的脓水。

早就听说娜娜吸毒吸垮了，又染上了艾滋病。那个小时候生病了，死活不愿打针，哭着、挣扎着、害怕打针的娜娜，现在一天到晚就只想干一件事——弄来毒品后，用注射器往自己的静脉里注射。一条血管打坏了，再换一条；一针扎不进，找不着血管，便疯狂地用针尖朝自己的胳膊、小腿乱扎，然后像野兽一样嚎叫。

妖艳如罂粟花一样的娜娜就这样走到了生命的尽头。

罂粟花多艳丽呀，花朵硕大，紫色、白色、嫣红，灿若云霞。就是这美丽的罂粟花，结果后可熬制成毒品鸦片。就是这美丽的罂粟花，曾伴随着英帝国的坚船利炮，将毒雾笼罩了整个中国，然后是鸦片战争，然后是中华民族割地赔款的国耻与灾难。毒品啊毒品，中国人对毒品的最初认识就是耻辱与仇恨！

没想到20世纪就要结束时，毒品又卷土重来了。鸦片、海洛因、吗啡、可卡因、大麻、冰毒等毒品又像幽灵一样飘进国门，向中国人，向中国的孩子们伸出了罪恶之手！

美丽的娜娜就要死了。可她也才十七岁呀！

她望着气息奄奄的娜娜，忍不住哭了起来。

娜娜望着她，眼中似乎闪耀着希望。娜娜迫不及待地说："我就要死了，求求你，再给我扎一针（注射毒品），送我上路吧……"

什么？这就是一个女孩临死前的遗言吗？这就是可恨又可怜的娜娜最后的"希望"吗？

"不！我不！"她也像野兽一样嚎叫起来，"我要活！我要你也活！"

喔，走过了山沟沟，
别说你心中太难受，
喔，我为你唱首歌，
唱得白云悠悠。

她躺在白云里，随着风在蓝天上飘。

她躺在白云一样的病床上，盖着白云一样的被子，枕着白云一样的枕头。

妈妈把她送进了警星康复医院。她下决心戒毒了。

是阳光明媚的春天，妈妈给她梳了两条麻花辫，扎了两个紫色蝴蝶结。妈妈牵着她的小手，到公园去游玩。她们来到了湖边，来到了草坪上。

许多许多的小朋友在草坪上做游戏，有的在跳橡皮筋，有的在踢小皮球，有的在玩老鹰捉小鸡。

一个梳着披肩发的小姑娘跑了过来，拉着她的手说："走呀，走呀，咱们去抓'小鸡'呀。"

披肩发的小姑娘就是娜娜。

妈妈微笑着，朝她点点头。

娜娜的妈妈走过来，用手帕给女儿的脸上揩揩汗。

两个小姑娘笑着手拉手，跑了。

> 好大一棵树，
> 任你狂风呼，
> 绿叶中留下多少故事，
> 有乐也有苦……

一个病友悄悄告诉她："嘿！听说有歌星要来咱们这儿演出了！"

病友也是一个女孩，比她大一岁，是邓丽君的崇拜者，动不动就哼“甜蜜蜜，你笑得甜蜜蜜，好像花儿开在春风里，开在春风里”。

这个“甜蜜蜜”的女孩已经是第六次戒毒了。

她突然觉得心怦怦跳，觉得浑身发躁，脸红扑扑的。好久没有这种感觉了，一听见歌星，一听见演出，就兴奋，就来劲儿。被毒品摧残得麻木呆滞的她已经好长时间没有这种感觉了！

正说着，门呼啦一下开了，走进一位女警官，那模样好像是那英。

奇怪！那英怎么当上警官了呢？

警官说：“听说你原来是个小歌星，还被称为‘小那英’，能唱首歌给我听听吗？”

她低下头，不好意思了。

“怎么啦？不想唱啦？”

“我……我吸过毒……你……”

“只要你下决心戒毒，不再吸毒，就是好孩子！”警官鼓励她，“抬起头来！你忘了《山不转水转》吗？”

哦，记得，记得……

山不转来水在转，
水不转来云在转，
云不转来风在转，
风不转来心在转……

她轻轻地吟唱起来——轻轻地，像微风拂过水面，漾起一圈圈涟漪；轻轻地，像蝴蝶扇动双翅，飞向百花丛中。她渐渐地放开了嗓子——渐渐地，像小溪曲曲折折，终于流入了大河；渐渐地，像打蔫的花沐浴了阳光雨露，重新绽开了花瓣。她唱着唱着，禁不住哽咽起来。她唱着她喜爱的歌曲，唱得泪流满面：

没有流不出的水，
没有搬不动的山，
没有钻不出的窟窿，
没有结不成的缘。
那小曲好唱，
唱好了那也难。
再长的路程，
也能绕过那道弯，
也能绕过那道弯！

〔她的梦好深好沉，在梦中唱歌也没有醒。再过几天，她就要出院了。是走上舞台，还是再进戒毒所？路就在她的脚下……〕

十五岁的梦

挂在半空中的足球明星

她——十五岁。初中二年级学生。某市少年女子足球队前锋。因忙于比赛，回校后的期中考试成绩欠佳，于是班主任和家长便“两面夹攻”，不准她再去踢足球……

……她从没坐过飞机。她从没想到飞机里面还有教室。她隐隐约约地记得是肖教练带领她们上的飞机，是去参加全国少年女子足球锦标赛。她记得自己好像是去上厕所，却不知不觉地走到了教室门口。

……班主任刘老师盯着她，皱了皱眉头。

……她咬着嘴唇，像做了亏心事一样，低着头，站在教室门口。

每次参加市里的集训、比赛回来，站在这既熟悉又陌生的教室门口，她总有一种忐忑不安的感觉。在绿茵茵的足球场上，她是林中的小鹿，是下山的猛虎，是出水的蛟龙，是球迷们的宠儿，是荧光屏上的小明星……欢呼声、赞美声、笑声、鲜花、奖牌、纪念品就像潮水一样涌向她。她矫健的身影出现在电视屏幕上、报纸上、画报上、宣传栏里。可是，即使是最令人激动兴奋的时刻，她的心中也总有一团阴影；即使是住在最高级的饭店里，睡在柔软的席梦思上，她也总是爱做这样的噩梦——她迟到了，怯生生地站在教室门口，像一只丑小鸭，等待着嘲讽和训斥……

……这样的噩梦又出现了吗？她逃不出这噩梦了吗？怕是飞到天上，也有一个教室门口等待着她去站着……

……不知怎的，每个人都背上了降落伞。刘老师似乎在说，今天的考试是跳伞。

同学们一个个很镇定，只有她着急了："刘老师，这跳伞，我……我没训练过呀……"

刘老师抬起手腕，看了看手表，说了声："开始。"

窗外是一片蓝得逼眼的天宇，一朵朵白云像棉絮那样飘浮着。

教室的门开了，强劲的风呼呼地吹了进来。同学们排着队，一个一个地从门口跳了下去。不一会儿，空中便绽开了一朵朵银花。

轮到她了！

她觉得腿直打战。她鼓起了勇气，好不容易才问了一句："刘老师，这伞……这伞怎么个开法呀？"

刘老师皱了皱眉头，说："伞会自动打开的。"说完，喊了一声"跳"，便一掌将她推了下去。

……坠落！坠落！坠落……

……她头朝下，急速地坠落，像一块石头，身不由己地往下坠落！

伞！伞！伞！降落伞还没有开！

大地、城市、高楼……突然旋转起来……突然整个大地往上跃起，冲着她撞了过来！

“啊——”她恐惧地、绝望地大叫一声，顿时失去了知觉……

“萍萍！”

“萍萍！”

……好多好多的声音在呼唤着她。这些声音好遥远好遥远，就像是从海底发出来的一样……

……她睁开了眼……

……哦……我还活着……

“萍萍！”

“萍萍！”

……声音越来越清晰了。她睁眼一看，啊，原来自己吊挂在半空中——她坠落时，被几个大气球挂住了。大气球下面是一条巨幅标语，标语下面是一个体育场，体育场里正在举行足球赛。她看见绿色的球场上，她的队友们一个个仰着头急切地呼唤着她，肖教练挥动着双手，做着手势，叫她稳住。她看见观众台上黑压压的一片人头，几乎所有的观众都站了起来，指着她，议论纷纷。

……她的心又一次悬了起来。我的妈呀！这可怎么办哪？要是气球炸了，或是挂着她的绳索断了，那么，她还是要从高空摔下去！

气球的绳索挂住她背后的背囊了，因此她手脚全部悬空，一点儿也使不上劲，就像有一只手从背后抓住了她的衣服，只要一松手，她就得摔个嘴啃泥！

“妈妈……”她喃喃地喊着妈妈，难过地闭上了眼睛。

就在这时，体育场上沸腾起来，所有的观众异口同声地喊了起来：

“李萍萍——坚——持！”

“李萍萍——坚——持！”

啊！这亲切、熟悉的拉拉队的呼声！过去，在球场上，只要一听见拉拉队的加油声，她就像汽车加了油似的，浑身鼓足了劲儿，越踢越勇。今天，这一声声“坚持”的呼声，使她身上的那股子劲儿又复苏了。

——这上不能上、下不能下的滋味太难受了！

——这吊挂在半空中，提心吊胆的滋味太难受了！

——挣断绳索！摔下去算了！只要是死在足球场上，这辈子也值得了！

于是，她拼命地挣扎起来。

大气球也随之摆动起来。细细的绳索本来就挂不住她，再这么挣扎下去，就要断了！

体育场里顿时一片惊呼！

肖教练急得直挥手，吼了起来：“乱弹琴！”

几个队友吓得抱成一团，哭了起来。

白色的救护车呜呜呜地开进了足球场。

球场上的工作人员手忙脚乱地牵扯起一块帆布，有的往上堆着塑料泡沫和海绵……

红色的救火车也呜呜地开进了足球场。长长的梯子像手臂一样伸起来了，几个消防队员飞一样攀上了长梯……

更令人感动的是，观众像海潮一样拥向足球场中央，千万双手臂拉在一起，织成了一张“垫子”。他们高呼着:“不要慌! 坚持! ”

……她的眼泪泉水般涌了出来，不是因为恐惧、害怕、难过，而是感动得不能控制自己的情感。

——是的！我要活！我要为爱我的人们好好地活下去!

可是，就在这个时候，气球上的绳索断了!

“啊——”体育场上一片惊呼……

……在这千钧一发的危急关头，一群大雁从体育场上飞过。气球上的绳索刚刚一断，大雁们一齐冲了上去，用嘴，用爪，死死地抓住了她!

“啊——”体育场上又是一片欢呼!

她的双手和双脚仍然悬空着。她感到背后的背囊被大雁的脚爪抓住，衣角也被大雁的嘴叼住。大雁们拼命地扇动着翅膀，抓着她在体育场的上空飞旋着。

——这是何等惊心动魄而又令人感动的奇观啊！排成个大大的“人”字的雁群在危急关头救了一个人!

——这是一个大写的“人”字！

——这是一个真正的“人”啊！

……雁群慢慢地盘旋着，渐渐地降落了。

……体育场变成了欢腾的海洋。

……她看见那绿茵茵的足球场了，她看见那圆圆的足球了，她看见肖教练和队友们了，她看见无数陌生而又热情的观众的笑脸了……

……她热泪盈眶……

“我回来了！”她激动得泣不成声……

〔她哭醒了。但是她没睁眼，仍然痛痛快快地哭着。

此刻正是午后，星期天的午后。她卧室的墙上，那些花花绿绿的足球明星画片全被取下来了。墙上现出了许多空白。临窗的书桌上堆满了课本和各种复习资料。床头柜上摆满了精美可口的点心和饮料。

她卧室的门反锁着，她爸爸和妈妈在门外轮流值班……〕

太阳是个大蜘蛛

她——十五岁。回族。初中二年级学生。今天是夏令营开营的第一天，睡在野外的帐篷里，一切都那么新鲜，她和同学们兴奋得难以入眠……

……一件花衬衫在帐篷里跳舞……

……一件款式新颖的花衬衫在帐篷里翩翩飞舞……

……她呆呆地望着跳舞的花衬衫，揉着惺松的睡眼……咦，那不是自己最喜爱的一件花衬衫吗？她临走前曾将它装进过旅行箱，后来犹豫了半天，还是把它清理出来，放进了大衣橱……

……那是多么漂亮的花衬衫啊……

……漂亮的花衬衫在翩翩起舞……

……突然间，那花衬衫变成了一只美丽的蝴蝶。啊，那是一只美丽的碧凤蝶！黑色的身躯和翅膀布满金绿色的有光泽的鳞片。后翅上半部的鳞片是蓝色的，外沿那新月形斑是红蓝色的。而翅里的后翅外沿那新月形的斑则是橘红色的，带有少量蓝色鳞片，斑斓夺目……

……啊，捉住它，捉住它，做一个好标本……她屏住气，蹑手蹑脚地拿起捕虫网……可是那碧凤蝶似乎知道了她的奇袭计划，调皮地绕着帐篷飞了一圈，在她头顶上停留了一下，然后翩翩飞到帐篷外面去了……

……欧，好刺眼的阳光……

……她戴上变色镜，抬头一看，碧凤蝶早已不见了踪影。

她看见眼前有无数亮晶晶的细丝在风中飘动，像一头金色的秀发被风吹散开来……亮晶晶的细丝在她周围飘动……她用手挽了一把眼前的细丝——哎哟，好烫！好烫！她赶紧松了手，手指像被蜂子蜇了一下，火烧火燎的，好疼。

哎哟，这亮晶晶的从天而降的细丝，这烫手的细丝，究竟是什么怪物呀？

她怔怔地站着，一动也不敢动。

她看见那亮晶晶的银丝飘啊飘啊，一飘到草地上就不见了；她看见那树那花都扬起手臂昂起头来，笑嘻嘻地迎接那银丝降落……她取下变色镜，揉了揉眼睛，眼前一片灿烂的阳光；她戴上变色镜，咦，眼前灿烂的阳光顿时变成了一根一根亮晶晶的银丝！

啊！我知道了，我知道了！原来，那亮晶晶的银丝是阳光！难怪它那么烫手呢！

……一丝一丝的阳光……

……一缕一缕的阳光……

……阳光像瀑布一样流泻着。那么，它的源头呢？

……她发现她的变色镜竟然有望远镜的功能。她看见对面山坡上那片松林里，有一只小松鼠正在啃松子，那亮晶晶的小眼睛，那蓬松的尾巴，那暗褐色的毛……就像电视专题片《动物世界》里的特写镜头那样清晰……

……一丝一丝的阳光……

……一缕一缕的阳光……

……她沿着这阳光的瀑布溯流而上……

……她看见“瀑布”的源头就是悬挂在空中的太阳。太阳不停地吐着丝……

……吐着丝的太阳……

……啊！那不是太阳，那是一个大蜘蛛！太阳是个大蜘蛛，正在空中吐丝结网……

……蜘蛛……节肢动物门……蜘蛛纲……蜘蛛目……盲蛛科……圆网蛛……腹部不分节，有心肺，兼有气管……

……哦，太阳——蜘蛛正在空中不停地吐丝，那吐出的丝便变成亮晶晶的烫手的银线，一丝丝一缕缕地从天而降……

……一张好大好大的网啊，那是太阳——蜘蛛结的网……星星、月亮都像昆虫一样粘在网上了……哦，难怪星星、月亮不会从天上掉下来，原来都被牢牢地粘在网上了……

……网上粘着一个圆形的星星……

呵！变了，变了，一、二、三、四、五、六、七……七颗星星！啊，原来是个七星瓢虫！七颗星星是它那橙黄色鞘翅上的七个黑点，左边鞘翅上三个黑点，右边鞘翅上三个黑点，两片鞘翅的骑缝上有一个共同的黑点……啊，太阳——蜘蛛，这圆鼓鼓的小甲虫是益虫呢，专门吃那可恶的蚜虫。你放了它吧，你放了它吧……

……网上粘着一颗浅红色的星星……

……呀，不对，不对！那不是星星，那是一只象鼻虫……昆虫纲……鞘翅目……象甲科……瞧它头部的喙状嘴，像长长的象鼻。喙的中部长着两根膝状触角，喙的基部是两只眼睛……这家伙可坏呢，成虫和幼虫都是大害虫！这下可逮住它了，千万别让它跑了！

……欧！在“大象”的旁边，粘着一头“骆驼”！

那是松林里的骆驼虫，一种蛇蛉。头大，咀嚼式口器，前胸细长，就像骆驼的长颈，有两对半透明的膜质翅，翅上是网状脉。乍一看，还真像骆驼呢！它是没有经济意义的……（这话是宋老师说的。）……正好做个标本呢……

……太阳是个大蜘蛛，织就了坚韧的丝网。星星们原来是各种各样的昆虫。天空成了一个好大好大的天然标本室……

……啊，那只从帐篷里飞出去的碧凤蝶原来也粘在网上了……我的妈呀！好多好多的蝴蝶呀，五颜六色，艳丽夺目，使她一时眼花缭乱……

……碧凤蝶、青凤蝶、蓝凤蝶、玉带凤蝶、玉盘凤蝶、燕尾凤蝶……瞧那美丽的燕尾凤蝶，尾状突起，特别狭长，几乎超出体长的一倍，就像春燕剪刀般的尾巴……

呀！这边都是蛱蝶！每一只蛱蝶都好像穿着一件色彩斑斓的花衬衫，一眼望去，就像百花齐放的花坛……听听这些蛱蝶的名称吧——红须蛱蝶、蓝裙蛱蝶、红星蛱蝶、玉花蛱蝶、幻紫蛱蝶、金斑蛱蝶、白珠蛱蝶、金三线蛱蝶……啊，还有呢，还有呢，还有美目蛱蝶、狸黄蛱蝶、琉璃蛱蝶、彩雀蛱蝶、大红蛱蝶、亮黄蛱蝶……

啊！这么多蝴蝶！有的她曾捕捉过，已制成了标本；有的是在爱收藏蝴蝶标本的同学那儿见过；还有许许多多奇形怪状的蝴蝶，她见都没见过，更叫不出名称来……这可让她这个有名的蝴蝶迷大开眼界！

……亮闪闪的蜘蛛不停地吐着亮闪闪的银丝……亮闪闪的蜘蛛在天宇行走，不停地结着网……一架飞机呼啸着飞过去了，一只小鸟叽叽叫着飞过去了。银网上戳开了大大小小的窟窿。蜘蛛吐出了一团丝——那就是白云啊——像一团药棉随风飘到窟窿处。是给那“伤口”擦碘酒和红汞吗？是要堵住那窟窿以免破伤风吗？宋老师反复嘱咐外出活动一定要带上医药包。我的医药包呢……太阳慢慢地走过来了。这个大蜘蛛等白云给“伤口”消了毒，马上就吐丝将戳破的窟窿补了起来……膝盖摔破了皮，火辣辣的，好疼呀！快结疤了吧……

……一轮金黄色的月亮从黑黝黝的群山的脊背上一跃而起……“哎哟！”她听见月亮轻轻地呻吟着。原来月亮的膝盖一下撞在大山的岩石上，撞破了皮……兴奋的月亮，迫不及待的月亮，你是想参加夏令营吗？

……金色的月亮粘在银色的丝网上了吗？月亮上怎么有些斑斑点点呢？哦，明白了，明白了，那是月亮膝盖上的伤口结的疤呀……

〔她睡着了，终于睡着了，睡得很香，睡得很熟……

帐篷外，有手电筒黄色的光圈在梭巡，有轻轻的脚步声应和着草丛中的虫吟……这些第一次到野外过集体生活的孩子，这些第一次踏进大自然神秘门槛的孩子，今天晚上，大自然要收获多少神奇而又香甜的梦呢？〕

雪原上的红狐

他——十五岁。初中三年级学生。摄影爱好者。

……他仿佛站在一片茫茫的雪原上，一望无际的原野铺满了皑皑白雪。看不见起伏的丘陵沟壑，看不见树木、花草、村庄、道路，整个世界只剩下这一片洁白无瑕的雪的原野，没有一丝杂质，没有一点污染。他就站在这洁白无瑕的雪原上……

……寂静。寂静。风的呼啸消失了，雨的淅沥消失了，雷的轰隆消失了，电的泼剌消失了。树叶的低语、小草的梦呓、春花的笑声、秋虫的吟唱、泉水的叮咚、溪流的淙淙等天地间的音响全被这白茫茫的雪原过滤得一干二净，剩下的只是寂寥和静穆……

没有光，没有声，没有色。

孤独感像缕缕寒气沁入他的心中……

……这雪原在哪儿见过，他想，但是一时又想不起来了……

……突然间，一点红焰跳进了他的眼眶。在右上角，一点火红火红的火焰在这白皑皑的雪原上炫目地闪耀。

整个雪原仿佛从沉睡中苏醒了。他感到脚下的雪地在微微地漾动。他感到厚厚的雪层下有无数生机在萌动。雪水像洁白的乳汁滋润着黑油油的大地，一个胖娃娃正在吮吸着这乳白的奶汁。那个胖娃娃正是春天啊！

……一点红焰在右上角闪耀……

……他拔腿朝那红焰奔去……

……雪原上有一行追寻者的脚印……这歪歪扭扭的脚印从左下角朝右上角延伸，将一片茫茫的雪原分切成两个金三角……

……他终于走近那火焰了。

……但是，他马上愣住了。那不是什么火焰，而是一只冻僵了的狐狸……

……白茫茫的雪原……

……火红的冻僵了的狐狸……

……一行歪歪扭扭的脚印……

……绿色。绿色。绿色。层次丰富的绿色。他走进了森林这个绿色的世界。

照相机的镜头像一只猎人的眼睛，审视着眼前高耸入云的大树，腰肢婀娜的藤蔓。繁茂的草丛中星星般闪着金黄、粉红、天蓝、淡紫等颜色的野花，浓绿阴暗的密林深处偶尔露出小鹿天真的目光……

但是镜头从这一片五彩缤纷前缓缓移过，最后盯住了草丛中一个巨大的几乎被野草野花遮盖住了的老树墩。

他觉得自己的心像一只野兔猛地一蹿！

啊，老树墩……

粗壮遒劲的树根深深扎进大地，像一只巨大的手掌张开五指插进土里，想从土里抠出什么来。也许这地下埋藏着一个谁也不知道的秘密。树根像手指朝那秘密顽强地探寻、掘进，一年又一年，一年又一年……大树长得越来越高，越来越壮了，像手臂一挥，更加强壮而有力了，于是这只绿色的手不断地积聚着力量，不断地往地层深处探寻、探寻。十几年过去了，几十年过去了，一百年过去了……终于，“手指”触摸到那秘密的边缘了，只要再加一把劲儿，就可以抓住那秘密，像捉一只小松鼠一样把它捏在手掌心里了……

——可就在这时，这只“巨手”的“手腕”处被人切断了，于是便留下这青筋凸露的“手掌”，像一尊无言的雕塑，记载着大树探寻地层深处秘密的顽强与坚韧，记载着即将抓住秘密而突然被人砍断“手臂”的永恒的遗憾……

啊，老树墩——探寻者的手掌！

这些联想和思绪像稍纵即逝的火花一样在他心中猛然闪耀出极有魅力的光彩。这棵老树的百年兴亡史在短短的几秒钟内像闪电一样在他的心中一闪而过。他觉得心中有一只野兔嗍地蹿了出去。就在“野兔”蹿出的一刹那，他几乎下意识地按动了快门。

咔嚓……

……他听见身后咔嚓一声响。他急忙回头，看见一个和自己一模一样的男孩正举着照相机，对着自己拍照。

他看见那个男孩，就像在镜子中看到了自己。

他惊讶得瞪大了眼，张大了嘴。

那个男孩也惊讶得瞪大了眼，张大了嘴。

“你是谁？为什么和我一模一样？”他气恼地问道。

仿佛是自己的回声，他听见那个男孩也同样问道：“你是谁？为什么和我一模一样？”

他气恼地挥了挥手：“滚蛋！”

那个男孩也气恼地挥了挥手：“滚蛋！”

他无可奈何地笑了：“唉！”

那个男孩也无可奈何地笑了：“唉！”

他沮丧地坐在老树墩上，赌气似的望着那个男孩。嗯哼！老树墩只有一个，这下你可没办法模仿我了吧？

他听见那个男孩哈哈地笑了，眨眼间，他又变成了青少年宫摄影班的王老师。这位鬓发斑白的老摄影家笑哈哈地说：“怎么样，恼火了吧？那个男孩不是别人，正是你自己呀！是你在不断地重复自己，模仿自己。重复和模仿是艺术家和艺术的悲剧。应该有一个和自己不一样的自己，应该不断地探索、创新。明白吗？”

……他又盯住了老树墩……

……啊，老树墩，你的横断面是一个运动场吗？那一圈一圈的年轮是运动场上的跑道吗？喏，红蚂蚁来了，黑蚂蚁来了，蜗牛来了，金甲虫来了……它们不就是运动员吗？

……啊，老树墩，你的横断面平展而光滑，像一张圆桌——那是白雪公主和七个小矮人的圆桌啊！

……啊，老树墩，你的横断面是蓝精灵的舞台，那一圈圈年轮是一张密纹唱片，录下了蓝精灵的歌声。它们唱的是《森林之歌》吗？

……哦，年轮！一年一圈，一圈一年……你是这棵老树的照相簿啊！一圈年轮是一张留影——胎儿般的萌芽，幼儿般的树苗，儿童般的小树，然后是少年、青年、壮年、老年……

……哦，年轮！一圈又一圈，一圈又一圈……从里向外，不断地漾开……多像池塘的涟漪啊！往池塘里扔下一粒小石子，碧绿的水面上便漾起一圈一圈的涟漪……

……哦，年轮！一圈一圈，像一个个逐渐长大的“○”，是“○”的成长史。它是“○”的突破，又是“○”的终止。

它是无限（如果让它继续生长，它还可以增添无数个“○”），又是有限（它终于停止了“○”的扩增）。它是无限与有限。

它是生命，又是死亡；它是生的礼赞，又是死的挽歌；它是生命畅想曲，又是绿色的怀念。

它是流动，又是停滞；它曾像绿色的山泉一样汩汩流淌了一百多年，然而终于像干涸的池塘一样停滞了……它停滞的悲剧就在于它满足于池塘的安逸、舒适、平静啊！绿色的山泉一旦不再流动，它的生命也就停滞了。干涸的池塘给了我们多少生活的哲理啊……

哦，年轮！

你是历史长河中的漩涡；

你是时间这头老驴拉磨留下的磨痕；

你是森林忧郁的眼睛；

你是依傍着老树墩的小白桦的噩梦；

你是宇宙中一颗颗行星的轨道；

你是阳光下永不消逝的露珠……

……咔嚓，咔嚓，咔嚓……

……同一个老树墩，同一个横断面，同一形态的年轮，可是，每一张片子都有不同的意蕴，每一张片子都没有重复和模仿……

……他仿佛站在一片白茫茫的雪原上。白茫茫的雪原好像一张尚未落墨着色的白纸。他看见一点红焰在白茫茫的雪原上炫目地闪耀。他看见一行歪歪扭扭的脚印斜切过茫茫的雪原。他看见那团红色的火焰在雪原上凝固了，那是一只火红的狐狸，一只艰难地跋涉了很久的狐狸，一只冻僵了的狐狸……

〔他没有醒。他还在梦境中跋涉……〕

飞向神女峰

她——十五岁。香港中学生。暑假期间，她参加了香港、武汉、上海三地少年文学期刊组织的“希望之旅夏令营”，到长江三峡度过了难忘的一周。此刻，正是深夜，他们乘坐的轮船在三峡中夜航……

……两岸黑黝黝的群山与夜色融为一体了，轮船两侧的探照灯射出两道银色的光柱，像一把巨大的银光闪闪的剪刀，将船头的夜色一片一片地剪了下来。轮船便在夜色坠落的刹那间，一步一步地向前迈进。只有在探照灯的照映下，在轮船上灯影的摇曳中，才会感到大江在不舍昼夜地流动。

……她一直就没睡安稳。船舱里一直是闹哄哄的。来自全国各地的营员们已经亲热得像一个班上的同学了。第一次到祖国内地旅行，什么都觉得新鲜、惊奇，于是香港的同学便不停地惊叹："哇！哇！"结果内地的同学也学会了"哇"，整个变成了一群大青蛙。看见江鸥翻飞——"哇！"过船闸时——"哇！"参观葛洲坝水电站时——"哇！"在神农溪坐豌豆角式的小木船漂流时——"哇！"刚才夜航时，看见岸上红宝石般的航标灯，又是情不自禁地一齐"哇"，简直成了"蛙声大合唱"。

这时，她发现只有一个人没说"哇"。

那个长得像刘德华的大男孩没说"哇"。

那个好酷好有型的赵林没说"哇"。

那个憨憨的笨笨的"刘德华"总爱坐在船头，默默地看探照灯穿透夜色，看轮船撞开一座一座高耸入云的"大门"，不知道在想些什么。

……迷迷糊糊地，她觉得有人在轻轻地呼唤她："红辣椒！红辣椒！"……

"红辣椒"是夏令营的同学们给她起的外号，当然是因为她开朗、热情、泼泼辣辣啦。她自己却不以为然。这有什么！说话直率一点儿，跳迪斯科时狂一点儿，该笑的时候就笑得痛快一点儿，就是"红辣椒"了？哇！那香港到处都是"红辣椒"啦。刚到夏令营时，她就感觉到内地的男孩子和女孩子太拘谨，太严肃，太含蓄，好绅士，好淑女哦！不过绅士淑女得让人不舒服。后来她还了解到，在内地的有些学校里，男孩子和女孩子之间还分男女界限。男女同学同桌，有的还在课桌中间画什么“三八线”。哇！好好笑哦！当然，当她说起香港的中学生有的公开“拍拖”时，内地的同学们也惊讶地睁大了眼。后来大家彼此熟悉了，女孩子之间也悄悄“咬耳朵”了。她发现内地的同学们一旦丢掉“面具”，比她更疯、更“红辣椒”了。武汉的靓女周莉悄悄告诉她，常常有男生给她递小纸条呢。哇！她惊讶地说，这不就是“拍拖”吗？周莉一下就羞红了脸：“哼，我才不和他们‘拍拖’呢。”周莉说，给她写小纸条的都是学习成绩不好的男生，有一个想和她约会，约会的地点竟然是中山公园。哇，中山公园好大好大哟，周莉一说，她也笑了，没想到还有这么笨的男生哟。周莉脸一红，又悄悄告诉她，还有更笨的呢，有个男生长得倒有点像台湾歌星林志颖，可是给她写的小纸条将“我爱你”写成了“我受你”！

哇！“我受你”！

她和周莉两人笑得抱成一团。好笨、好可爱的“林志颖”哦！

……她被一阵“红辣椒”的呼唤惊醒了。她揉揉眼，坐了起来，发现船舱里的同学们都呼呼地睡熟了。不知是谁用毛笔在他们的脸上画了稀奇古怪又好笑的鬼脸！余兆良的眼眶被涂了一圈黑，画成了“大熊猫”；李媛媛的脸颊上被画了几根胡须，变成了“波斯猫”……哇，一定是“小害虫”吴延干的！这个小调皮是个小书法家呢，写得一手好毛笔字，挥毫泼墨，像个小古董，可闹腾起来，简直就是个“小害虫”。他自己还挺得意呢，大唱什么广告里的歌：“我们是害虫！我们是害虫！”别看“小害虫”只有十三岁，可装了一肚子的古典诗词。她要“小害虫”写一个条幅，“小害虫”不假思索，提笔就写：“何时泛舟彩云里，喝罢长江喝香江。”哇，龙飞凤舞，连林老师都说他的行书有功底呢。

……她笑着出了舱门，发现轮船不知什么时候又靠岸了，好像是曾经到过的码头。房屋像大树一样长在临江的山坡上，石埠头像天梯一般一级一级升向云间。她看见前面影影绰绰有许多人在下船，行走。呀，那个高大壮实的手执夏令营营旗的男孩，不正是“刘德华”吗？

好你个憨憨闷闷的男孩！我倒要看看你一个人上岸干什么。

她悄悄地跟着“刘德华”，也下了船。

……好像是巴东县城码头。石梯上站着许多孩子，手里都捧着金黄金黄的香瓜。咦，站在最前面的那个小男孩，不就是那天拦着她，用一双大眼睛无声地望着她，希望她买个香瓜的孩子吗？那双天真无邪却满含乞求与期盼的眼睛，一下就打动了她的心。

“小弟弟，你多大啦？”

孩子不说话，双手将香瓜又举高了。

“小弟弟，你为什么不上学呢？”

孩子不说话，低下头，抱着香瓜转身就走。

“你别走！你的香瓜我全买了！”

她买了一背篓的香瓜。

她硬是找到了孩子的父亲，一个又黑又瘦的山区农民。她对卖瓜的父亲说，你的孩子应该去上学，他有受教育的权利。

可今天，这孩子，还有这么多孩子，怎么又到码头上来卖瓜了呢？

“香港姐姐，香港姐姐！”卖香瓜的孩子跑了过来，“听说你们要回香港啦，我们特意来送您！”

好多孩子抱着香瓜跑了过来，围着她，争着要把香瓜送给她。

“香港姐姐，我们可以上希望小学啦！”

“香港姐姐，感谢你们为希望工程捐款！”

左一个“香港姐姐”，右一个“香港姐姐”，喊得她心里热乎乎的。她连忙说：“这次为希望工程捐赠，是我们三个编辑部和全体营员的心愿。很惭愧，只是表达一点心意。希望你们好好读书。那个大哥哥不是说过吗，‘贫困——不应是山区的土特产’，我们听大哥哥朗诵诗，好不好？”

孩子们欢呼雀跃着，将“刘德华”团团围住，有的把香瓜往他怀里塞。

赵林虽然长得像刘德华，可是唱起歌来五音不全，老爱跑调，一唱卡拉OK，那声音就忽高忽低，让人把肚子笑疼。有人说他唱的是“跑马调”，有人干脆喊他“溜得滑”。是不是这个原因，他便不爱说话呢？

但是赵林有赵林的绝活，那就是画画和作诗。在为巴东县希望工程捐赠的仪式上，赵林就一鸣惊人，朗诵了一首好诗。

赵林没想到她将了自己一军，涨红着脸，结结巴巴地对孩子们说：“我……我是来帮香港姐姐背香瓜的……”

“哈哈！”孩子们开心地笑了。

上次她买的一背篓香瓜就是这个憨憨的大男孩一声不吭地背上县城的。一两百级台阶呀！他背得满头大汗，但一声不吭。

唉，这个好憨好笨的“刘德华”哟……

她正想等他解围，忽听见一声哨响，戴着红领巾的孩子们在台阶上排成四行，齐声朗诵起赵林的诗《我多想》。

我多想，
多想成为你的一座青山，一条小河，
一株千年的中国鸽子树，
一条如诗如画的尖尖豌豆船。

我多想，
多想成为你的一缕蓝蓝的炊烟，
多想成为你的一棵青青的苞谷，
多想成为你肩上承载艰辛的背篓，
多想成为你希望小学五星红旗的旗杆。

我多想，

多想对你说呀，

我的弟弟，我的妹妹，

贫困——不应是山区的土特产！

希望——就在你们和我们的肩上！

哇！好棒好棒哦！她兴奋地热烈鼓掌，孩子们也兴奋地热烈鼓掌。一个小女孩给她戴上一条红领巾，又给赵林戴上一条红领巾。就在赵林弯腰让小女孩系红领巾的时候，那小女孩在赵林的脸颊上甜甜地亲了一下。(哇！)

赵林一下怔住了，弯着腰，像只骆驼愣在那儿。

哇！“刘德华”，你好有希望！

……轮船在江水中行进。她和赵林肩并肩坐在船头。

……一座黑沉沉的大山迎面而来！前面似乎没有了去路，轮船似乎陷进了深深的古井里，似乎遭到了大山铁壁般的合围。可是轮船毫不退缩，拉响汽笛，朝那黑沉沉的大山冲去！

哇！快拐弯呀，快拐呀！前面是大山！要相撞啦！

可是轮船毫无畏惧，因为长江毫无畏惧。

黑沉沉的群山似乎发怒了。它们紧紧地捏着拳头，想把轮船在掌心碾碎。

大江激荡，汽笛长鸣，轮船眼看就要撞上山壁了！

她惊恐地大叫一声，情不自禁地抱住了赵林。

赵林用手搂住她的肩头，说，别怕，睁开眼！

就在群山攥紧拳头的一刹那，轮船似一尾轻灵的鱼，活泼泼地一摆尾，一个急转弯，一下从群山的手指缝里钻了出去。

她的眼前豁然开朗——黑蓝色的夜空，闪烁的群星，而在远处群山的怀抱里，有一片金沙在熠熠闪动，好似打开了阿里巴巴的山洞后，里面有金灿灿的宝藏。

哇！好刺激，好壮观！

“古老的东方有一条龙，它的名字就叫长江。”过去只是在歌里唱，只是在图片上看，没想到今天竟然就在长江三峡旅行，而且来来去去都是夜航。

而且坐在船头。

而且和一个憨憨的笨笨的好酷的“刘德华”在一起。

……“喂，我告诉你哦，看那一片闪闪的灯火，好像香港。就像坐飞机夜航回香港，远远地看见了香港的灯火。就像在太平山顶上，远眺香港的夜景。喂，有没有机会到我们香港去呀？我给你当向导好了。不想逛街？那中环、尖东、旺角的商场就不去了。对了！我带你去乘“叮叮”，就是那种“老爷电车”，那种老古董的双层电车，慢慢地走，慢慢地看，你正好可以画速写呢。太平山、海洋公园、太空馆肯定是要去一去的。哇，对了，你爱不爱吃甜食？那就去兰桂坊吃最棒的冰激凌。然后，咱们到郊野公园去露营。不远不远，沿着清水湾道，穿过西贡林，就可以穿上登山靴进森林了。那种感觉也是很独特的。”

赵林望着她：“你喜欢登山吗？”

“喜欢呀，我就喜欢探险。告诉你，这次来三峡，我还想登神女峰呢。”

“唉，你怎么不早说呢？我可以带你上神女峰。”

“哇！好梦幻哦。我现在就想去！”

“行啊，你什么时候想去都行。”

哈，这个“刘德华”好会开玩笑。“好哇，本小姐正想去拜访神女她老人家。”

“那好，握紧我的手，闭上眼。”

闭眼干什么？我正想睁眼看看你“刘德华”怎么吹牛。

她见过神女峰。在如梦如幻的三峡里，她站在轮船的船顶上，仰头眺望过云遮雾绕中的神女峰。有的同学急得哇哇叫，说没看清神女的模样，说云太多，雾太大。她却没有嚷，也没有叫。这样正好。这样正是神女的关爱，给你一个朦胧的美，给你一个驰骋想象的机遇，而她正是一个爱美、爱幻想的女孩子。在长江三峡这样举世闻名的壮美面前，任何“哇哇”的惊叹都无法表达她内心的震撼。大美无言，观大美亦无言。只是在船过神女峰的那一刻，她曾产生过登上神女峰的念头。

想不到这一愿望马上就要实现啦！

赵林紧紧握住她的手，叫一声：“起！”

她感到自己渐渐离开船头了，她感到自己渐渐升上夜空了。她看到脚下的轮船越来越小，随即消失在浓浓的夜色之中，而头顶的星空越来越近，四周的群山迅速地向下滑去。

哇！太刺激了！我飞起来啦！

……不知不觉就来到了山顶，波澜起伏般的群山全在脚下了，四周是一片无边无涯、蓝得逼眼的苍穹。满天的繁星那么干净，那么明亮，好像刚被洗涤剂清洗过一样。

她陶醉在眼前的景色中。她仿佛站在了地球之巅，但四周又不是冰冷冰冷的雪山冰峰，而是充满生机充满活力的人间万象。哇，远方那一片有着璀璨灯火的地方，不就是她的家乡香港吗？她拉着赵林，兴奋地告诉他，那就是维多利亚港，那就是中银大厦，那像大鹏展翅一样的建筑就是举世瞩目的会展中心呀！

赵林也拉着她的手，指着东方一片金沙般闪烁的灯火，兴奋地说，快来看，那就是三峡大坝的工地。

“我知道，你的老爸在那里当工程师！”

“哇！你怎么知道的？”赵林惊异地瞪大了眼。

“哈哈，你终于‘哇’啦！”她开心地笑了起来，故意卖关子，“是一个靓女告诉我的啦！”

赵林急了，结结巴巴地分辩：“我……我没和靓女……”

“好啦好啦，开个玩笑啦。”看他急成那个样子，她连忙安慰他，心里却像吃了冰激凌一样，“告诉你吧，是‘小害虫’告诉我的啦，他的老爸也在工地上。”“小害虫”还告诉她许多许多数据，比如高坝建成后的水库总库容啦，还有总装机容量啦，年平均发电量啦。她说她在香港的报纸上已经看过啦，一个三峡高坝的发电量抵得上十个大亚湾核电站的发电量呢。

“唉，别人什么都跟我交流，你的嘴为什么就那么笨呢？”

赵林又憨憨地一笑，习惯性地摸摸后脑勺，然后紧紧握住她的手，轻车熟路般地往前走。

不一会儿，眼前突然出现了一座巍峨的宫殿，似乎有许多身穿古代服饰的宫女在蒙蒙雾气中飘来飘去。哇！山顶上还有这么大的宫殿哪？这就是神女住的地方吗？

正想着疑惑着，她突然发现身边的赵林不见了，出现在眼前的是一个宽敞的大殿，伴着悠扬的乐曲声，一群舞女正甩动着长袖翩翩起舞。哦，那不是举世闻名的编钟吗？在湖北省博物馆参观编钟时，他们就听过艺术家们用编钟演奏乐曲。

但是此刻她已无心欣赏歌舞了。见迎面飘来一个宫女，她急忙问道："对不起，请问您看见赵林了吗？"

"赵林是何人？"

"哦，赵林就是一个高高的男生……"

"男生是何人？"

"哦，就是长得像刘德华……"

"你是找刘德华？"

"哦，对，是憨憨的'刘德华'……"

"刘德华正在神女峰演出……"

……一轮又圆又大的金色的月亮镶嵌在墨蓝的天幕上。美丽的神女峰直插云天，神女仿佛就站在月宫中一样。

她看见神女了！哇！好靓好靓哦！像赵雅芝、张曼玉？像刘雪华、陈德容？既像，又不像，比起这些香港、台湾的著名女演员，神女更典雅，更祥和，更多超凡脱俗的仙气。她没想到神女竟这么年轻，这么美丽，在这峰顶上站了千年万年，此刻还能婀娜多姿地在峰顶上款款起舞！

掌声海潮一般响起来。音乐声海潮一般响起来。在节奏强劲的音乐声中，她惊讶地看见刘德华身穿白色中山装，潇潇洒洒地走到神女身边，唱起了《中国人》：

一样的泪 一样的痛
曾经的苦难 我们留在心中
一样的血 一样的种
未来还有梦
我们一起开拓
手牵着手 不分你我
昂首向前走
让世界知道
我们都是中国人

歌声在天地间回荡，神女在月宫中舒展长袖，群山随着乐曲醉了般地起起伏伏。她听呆了。她看呆了。她不知道那个正在唱歌的刘德华是香港的刘德华呢，还是那个憨憨的笨笨的“刘德华”。她大声呼喊着：“赵林——”边喊，边朝前跑去。她看见那个刘德华突然摸了摸后脑勺，听见四周忽然响起一阵阵笑声……

〔她在笑声中突然惊醒了。她发现自己正躺在船舱的铺位上。笑声是同学们发出的。他们笑着问她，你在喊谁呀？〕

醉谷之谜

他——十五岁。高中一年级学生。古生物爱好者。寒假，他特地回到老家“恐龙之乡”——四川省自贡市，参观了闻名中外的恐龙博物馆。那特意保留的恐龙化石埋葬现场，那装架展出的长二十米的天府峨眉龙，那珍贵的完整的恐龙头骨化石，都令他陶醉，令他流连忘返……

……一股浓郁的酒香随风飘了过来，他似乎有些微醉了。他觉得头很沉，晕乎乎的，脚下像踩着海绵，浑身发软，直犯困。

……这是到哪儿来了呢？两边都是峭壁，将蓝天挤成一条细线……哦，这是山谷了……自己怎么到山谷里来了呢？那奇异的酒香又是从哪儿传来的呢……哦，这里是断崖和冲沟，大自然的风化像一把西瓜刀，将“西瓜”切开，在断崖和冲沟可以看到“西瓜”的剖面，可以看到暴露在眼前的地层剖面。因此，正像在切开的西瓜剖面容易发现瓜瓤中的瓜子一样，在这切开的地层剖面，也容易发现埋藏在地层中的化石……

……一股浓郁的酒香……

……什么地方有泉水的流动声……

……一堵堵岩壁矗立在他眼前。啊！色彩丰富的岩层！寻找古生物化石盼的就是这种地层层次变化多的岩层……

……浅红色的砂岩……

……紫红色的泥质页岩……

……浅红色的砾岩……

……泥质页岩中曾发现过恐龙蛋……

……恐龙生活在中生代三叠纪的晚期到白垩纪晚期。这里有这些地质年代的地层吗?

……淙淙的流水声越来越清晰了。空气中弥漫着酒香。他深一脚浅一脚地循声走去，却不料被什么东西绊倒在地上……

……四周混沌一片。他哆哆嗦嗦地爬了起来，心像一只受惊的小兔。

……呼——噜！呼——噜！是谁在打鼾？呼噜呼噜的鼾声响如沉雷。他仔细一听，哦，原来是爷爷的鼾声，是爷爷醉酒后的鼾声。

爷爷怎么醉倒在这山谷里了呢?

……哦，记起来了，记起来了。爷爷曾给他讲过一个故事。有一个山谷叫醉谷。醉谷里有一条小河，叫醉河。那河里流的不是水，而是醇香的美酒，只要喝一口，就要醉倒，一醉就是一千年……爷爷，爷爷，你去过吗？他好奇地问，那时他才上小学……爷爷喝了一口酒，哈哈笑了起来：爷爷要是去了，就回不来了。那儿的大山、那儿的石头都是喝醉了酒的人和动物变的。不论是人还是飞禽走兽，一喝河里的酒就醉倒了，天长日久，就变成了石头呢……

喝醉了酒，变成石头！那不就是化石吗？

……如果恐龙喝醉了酒呢？

……流水淙淙。一条小河突然闪现在他的眼前，一股浓郁的酒香扑鼻而来……

——啊！醉河……

他突然感到喉咙发痒，口干舌燥，突然想扑进河里痛痛快快地喝它几大口。这醉河里的水真有魔力，竟然有如此强烈的魅力、诱惑力、吸引力、挑逗力，撩得你哪怕是毒药也要喝一口，死了也心甘。喝，喝，喝，喝了变石头也要喝。我也变成了化石……他似乎看见了一尊石雕，那就是自己……我是化石……有意思……抵抗不了醉河的诱惑，就会变成没有生命的化石吗……那将是一个化石……古生物化学能从化石里分析出组成生命的基本成分的蛋白质和氨基酸……化石的定义不再仅仅是石化了的动植物遗骸，而是真正的生物的遗体……

……几千年或几万年后，如果有人发现了我的遗体，他们能不能分析出我是因为抵制不住醉河的诱惑而变成遗体的呢？

遗体……这个使人发怵的词突然使他从半昏迷的酒醉状态中清醒过来。

雾气渐渐地消散了，醉谷里的景物开始在他眼前显影。

他看见醉河两岸、醉谷深处到处都是醉倒在地的古生物的遗体……哦，不，不对！既然是醉倒，那就是说它们还有可能醒来！

这一伟大的发现使他激动得浑身发抖！

啊！是他发现了这一天然古生物博物馆！

……一条巨大的长二十米的天府峨眉龙躺在河边……在它的身旁是一条长七十厘米的乌脚龙……这一大一小形成鲜明的对比。它们是在说相声吗？

……啊！那不是太白华阳龙吗？这可是目前世界上发现的时代最早的原始性剑龙啊！瞧它那背部对称排列的三角形剑板，还有尾部的两对尾刺，可真像锋利的箭头啊！

……呀！那是霸王龙吗？这个恐龙王国中凶残的霸王身长十七米，站起来高六米，那血盆大口里，一排牙齿像锋利的钢刀。这凶残的食肉性恐龙是使那些吃植物的恐龙闻风丧胆的恶霸。瞧，它正想追捕那条剑龙，没想到一下醉倒了……

……但是在霸王龙的背后，一条恐爪龙正欲扑来。恐爪龙！这是连霸王龙都望而生畏的真正的霸主！别看它才一米多高，却有其他恐龙都没有的利爪。它那像鸟一样的脚上有两个尖利的骨质的爪，像两把锋利的镰刀。它是恐龙世界里唯一“手握钢刀”的，因此，它敢捕杀任何一种恐龙。你看，它正准备偷袭霸王龙呢！可是，它也喉咙发痒，喝了醉河的水，正准备扑过去时，突然醉倒了……

……他兴奋而又激动地走进了这栩栩如生的恐龙世界。他小心翼翼地摸了摸那恐爪龙，又吓得连连后退，似乎觉得它会突然一下醒来。

他沿着河边小心翼翼地往前走着，醉倒在醉河两岸的恐龙越来越多了，有的像一座小山丘，有的像一辆小坦克，密密麻麻的，布满了河滩。他看见了奇特的鸭嘴龙，那模样还真有点像唐老鸭；他看到了地球上第一个飞上天空的翼龙；他看见了在海洋里大显身手的鱼龙、幻龙、蛇颈龙；他看到了头上长角的原角龙、秀角龙、独角龙、微角龙、三角龙……啊，好一个种类齐全的恐龙博物馆！这可是震惊世界的伟大发现啊！

……醉河的水浓得像琥珀和翡翠。浓郁的酒香不断扑来，袭击着这个踏进醉谷竟然不喝醉河的水也不醉倒的怪物，仿佛一群恼羞成怒的妖魔。

……他昏昏沉沉，晕晕乎乎，浑身发软。他觉得自己是在太空中行走，失重般行走。浓郁的酒香诱惑着他，在他眼前幻化出各种迷人的幻境……

——赤日炎炎，蝉声阵阵，热气蒸腾。绿色的树荫下有一小摊，摆满了冰冻汽水……

——凉爽的咖啡厅……一张一张的圆桌……有许多人坐着喝冷饮，有冰冻果子露、冰冻橙汁、咖啡、牛奶、银耳汤、莲子汤……

——冒着白色泡沫的啤酒……

——生日晚会上的红葡萄酒……

——吃早点时热腾腾的豆浆……

——运动会上的听装饮料……

……喝呀，快喝……

……喝呀，快喝……

……喝、喝、喝……

……他情不自禁地朝醉河走去，弯下腰来……

……恐龙！一条鱼龙！一群鱼龙！

……他突然惊醒，挺直了腰杆。

……啊，恐龙！这曾经统治过地球的庞然大物！这曾经在陆地、天空、海洋称雄称霸、繁盛一时的家庭，怎么后来竟从地球上消失了，灭绝了呢？那像狐狸一般大小的始祖马，后来进化成为威武高大的现代马；那像小兽一样的始祖象，进化成为现代庞大的大象；那像小兔一样的小古驼，进化成为现代高大的“沙漠之舟”骆驼；那像小狗一般大的远古的跑犀，进化成为现代魁梧的犀牛……怎么这些小动物最后都逐渐进化为庞然大物了呢？而像恐龙这样的庞然大物，最后却全部灭绝了呢？

弱小的却变成强大的……

称王称霸的却逃脱不了灭亡的悲剧……

醉河！醉河的诱惑啊……

……他强忍着干渴，抿紧嘴，离开醉河，开始往回走。

……醉谷里的酒香更加浓烈了……

……他要走出醉谷！他知道只要一松劲儿，就会控制不住自己的欲望，就会醉倒，就会变成化石，变成遗体！

……走啊，快走！走出醉谷！

……呼噜——呼噜——他听见一阵沉雷般的鼾声。呀！那是爷爷的鼾声！啊，爷爷！爷爷还醉倒在醉谷中呢！

去救爷爷！

他看见爷爷躺在地上，张着嘴，打着呼噜，睡得正香。他急忙跑上前去，推着爷爷，大声喊道："爷爷！醒一醒！爷爷！"……

〔他醒来了，满头是汗。他睡在爷爷的脚头。爷爷喝醉了，正打着呼噜。

小房里，弥漫着一股酒气……〕

百慕大“魔鬼三角”的秘密

他——十五岁。进中学，念了一年书即自动离校。潜水好手。现与几个青年合伙“碰海”，想攒钱做环球航行。最近对北大西洋西部恐怖而又神秘的百慕大“魔鬼三角”海区产生了浓厚的兴趣……

……重型摩托艇像一发出膛的炮弹，在海面犁开一条白色的弧线。苦涩而咸腥的海风迎面扑来，叫人睁不开眼。这是到哪儿去呢？是去渔猎吗？是去猎捕凶猛的大梭鱼、蓝色和白色的马林鱼、黑尾金枪鱼吗？嘿嘿！够意思！痛快……是的，从珊瑚礁之间潜下海底可以捕到石鱼，还可捕到黄尾甲鱼和琥珀色的狗鱼，而且安全，没有危险。可那是小孩玩海的方式……“碰海”！这个“碰”字真过瘾！和大海来个硬碰硬！咱就爱这个“碰”字……

……这里就是百慕大？平静得像足球场，像老爷子、老太太散步遛腿的草坪。早在四百多年前，著名的航海家哥伦布就曾经在百慕大三角海区见过神奇恐怖的自然景象……可是这哪儿有一点儿神奇恐怖的自然景象呢？

……一架飞机在海天相接处飞翔，像一只海鸥。突然间，那架飞机像一只没头苍蝇一样乱飞起来。他听见飞行员在呼叫：“……警报！警报！我们迷失了航向！我们迷失了航向……危险！方位仪出了故障！指针不动……”

是“魔鬼三角”，飞机和船舶的“坟场”！

他顿时兴奋起来，驱使着重型摩托艇，朝大海深处奔去，仿佛前面等待着他的不是危险的“坟场”，而是一场精彩而激烈的足球赛。

……大海突然变了脸！

……天空突然变了脸！

……大海和天空像《西游记》里的妖魔白骨精，一下子露出了狰狞面目！

……大海和天空像两扇石磨，呜呜地旋转着磨动起来，而那架飞机就像一粒掉进磨眼的豆粒，眨眼间就不见了，眨眼间就被磨成浆汁了！现在，这两扇巨大的疯狂的石磨狞笑着朝他压了过来，要将他和摩托艇磨成粉末和浆汁……

……天空旋转起来。大海旋转起来。天空与大海翻了个个儿。他看见一个巨大的黑色的漩涡突然张开了大嘴——他一下子掉进了“磨眼”中了……

……四周一片昏暗。他身不由己地急速下坠。他感到有一股巨大的吸力将他往海底吸去……塑料软管……将塑料软管插进酸奶中，插进听装饮料中一吸……我变成酸奶，变成饮料了……四周一片昏暗……巨大的吸力……

……突然间，吸力消失了。他悠悠地睁开了眼……眼前仍是一片漆黑，只有许多彩色的荧光在时明时暗地闪烁，像夏夜忽隐忽现的萤火虫……四周寂静而寒冷。他忍不住打了个寒噤。他感到这是深海了。他奇怪自己竟然没有在海底的感觉。他熟悉布满贝壳、海石花、海星、水母的海底，熟悉奇特的珊瑚丛和美丽夺目的比目鱼、燕鱼和蝴蝶鱼，熟悉礁石间、石穴里的耳鲍、染色鲍、皱纹盘鲍等鲍鱼，而这黑暗而冷寂的深海却使他感到陌生和一丝隐隐的不安……

……突然间，黑暗中亮起了两排“路灯”。“路灯”整整齐齐地一直排列到极目处。“路灯”！他顿时想起了深夜雨后湿漉漉的大街，大街上空空荡荡没有行人，只有两排路灯在湿漉漉的街面上倒映着橘红的灯光……

……想着想着，自己就真的走在“大街”上了。“大街”两边的“路灯”没有灯杆，只是在离“地面”十米左右的“空中”亮着一盏盏“灯”，并且射出一道道明亮的光柱。

他正抬头望着那“灯”，心想那“灯”怎么会无依无靠地浮在空中时，那“灯”果真浮动起来。他再仔细一看，哦，原来那不是真的灯，而是深海里的一种大鱼——电鳐。

……电鳐像路灯一样整整齐齐地排列在“大街”两旁……

他就在这海底“大街”上漂漂浮浮地走着。他觉得自己走得很轻快，轻轻一迈步就全身漂浮起来，向前漂了好远，才慢慢落下，然后脚尖刚触“地”，身子便又腾升起来……

就这么漂漂浮浮地走着走着，眼前突然一亮，一座巨大的金字塔出现了。一盏盏彩色的“灯”连缀成珠串，勾勒出了金字塔雄伟的轮廓。

金字塔！神秘的百慕大三角海区的海底有比埃及最大的金字塔还要高大的金字塔！

……他的心不禁咚咚跳了起来。刚才在黑暗冷寂的海底，他还不觉得紧张害怕，可现在看见了这实实在在矗立在眼前的高大的金字塔，他反而紧张害怕起来。

沉沉的金字塔有十几层楼那么高，塔身布满了闪闪发光的贝壳。他围着塔身转了一圈，没有发现门……怎么进去呢……

……突然间，他感到脚下的大地移动了。他看见金字塔前露出了一个四四方方的大黑洞，洞里发出了惊心动魄的雷鸣。他脚下的那块移动开来的“大铁板”也随之震动。他觉得自己的五脏六腑都要被颠出来了。就在他赶紧用手捂住嘴巴之时，他看见一架飞机朝黑洞坠下去！不！不！那黑洞仿佛有一块巨大的磁铁，而飞机像一枚小铁钉，被磁铁一下吸了过去！说时迟，那时快，还没等他眨眼，那黑洞便把那架飞机一口吞了下去。然后，两扇“大铁板”哐啷一声移动着关上了。金字塔四周又恢复了恐怖而神秘的冷寂……

……哦，黑洞……巨大的吸力……

……要解开百慕大魔鬼三角海区的秘密，只有进黑洞去探险！

……可是，万一……

……不入虎穴，焉得虎子！横竖都是小命一条！要是碰到妖魔鬼怪，就是死，也要啃它一口！

……正当他这么想着的时候，脚下的“大铁板”突然悄无声息地打开了，那个吞没一架飞机就像嚼一块泡泡糖一样的大黑洞，那个深不可测的恐怖而神秘的大黑洞出现在他眼前。大黑洞沉默着，似乎轻蔑地眯眼望着他，冷冷地笑着，好像在说：好小子，你不怕，那么你就跳进来吧……

他迟疑了一下，壮着胆走到大黑洞边缘，弯腰伸颈看黑洞里有没有可以下去的楼梯。

没有，没有台阶，没有楼梯。大黑洞深不可测，深不见底。

大黑洞似乎轻蔑地冷笑了：好小子，你跳呀，我看你没这个胆量，你也是个说大话给小钱的绣花枕头驴屎蛋！

他感到了大黑洞的轻蔑和挑战。一股无名火在他心中腾腾燃烧起来。他是有名的“海碰子”。他能忍受一切艰难困苦，钢刀架脖子也不眨眼，但他不能忍受蔑视，特别是那种无言的、冷冷的、不屑一顾的蔑视！

……好你个黑锅巴洞！你不就是一个黑咕隆咚的洞吗？今儿个拼了！我姓碰！你就是刀山，就是火海，就是十八层地狱，我今天也要碰一碰！看是你硬还是我硬！

……他横眉瞪眼，深深地吸一口气，像平时潜海那样，一下扎进了黑洞里……

……下潜，下潜，下潜……

……胸口发闷发胀……心像要爆炸，像要裂开，像要急不可耐地蹦出来……可是这深不可测的黑洞还没见底……

……四周伸手不见五指。他像掉进了冰窟窿，浑身快要冻僵了。可是黑洞还没见底……

……完了！完了……这个可怕的念头像电流一样一下击中了他。他只觉得天旋地转，一松劲儿，便一头栽了下去……

……咚！他栽到坚硬的水泥地面上。

……两眼乱闪金花……他疼得睁开了双眼。

……一盏昏暗的电灯吊在高高的屋顶上。空气中弥漫着潮湿霉烂的怪味。墙壁上凝固着光滑的冰块。没有窗子，只有一扇铁门……

……这是什么地方……这好像是监狱里的牢房……我怎么到这儿来啦……

……墙角里，一堆干草动弹起来，从草堆里钻出一个人来。这个人长长的头发和长长的胡子连成一圈，头发和胡子全白了。在昏暗的灯光下，只看得见他高高的鼻子和深凹的眼窝。

"你是谁？"他声音颤抖着喝道。

"查尔斯·泰勒。"那个人清晰地回答道，"美国海军第十九飞行中队编队长查尔斯·泰勒中尉。"

"泰勒中尉……"这个名字好耳熟……他想了想，突然记起来了！飞机在百慕大三角区神秘失踪的第一份记录，便是美国海军的五架"复仇者"强击机突然全部失踪的事件。那是 1945 年 12 月 5 日，编队长便是查尔斯·泰勒中尉！

在所有描述"魔鬼三角"海区的文章中，几乎都要提到这个神秘的事件，因此给他的印象太深太深了。

“你还活着！”他惊呼起来。

泰勒中尉笑着冲他点点头。

“你知道吗？你们的飞机失踪以后，洛德代尔堡海军航空基地又派了一艘大飞艇去救援……”

泰勒中尉点点头：“是‘马丁·马里纳’号，是吗？我知道。”

“那……那……你们的人呢？这究竟是怎么回事？是谁把你关在这儿的？金字塔，还有黑洞……”他急得结结巴巴了。

泰勒中尉笑了起来：“好样的，中国小伙子！你为什么不问问你自己是怎么被关进来的，会有什么危险？”

“我……”他也笑了起来，“我是糊里糊涂被关进来的。可是，我想知道百慕大三角海区的秘密！”

泰勒中尉用深沉的眼光久久地凝视着他，然后用力地拍拍他的肩：“太好了！我早就盼着有这么一天了。”

泰勒中尉告诉他，这里就是传说中的大西洋城古国。古代希腊哲学家柏拉图曾提到过它。大西洋城古国神秘地失踪了。他后来才知道，是海人将古国沉没到了大洋深处。

“海人？”

“是的，海人。海人是生活在海底的高智能的生物。海人存在的时间比陆地上的人类还要长。当地球上没有陆地，只有海洋时，海人就生活在海底了。后来地球上才出现了陆地，然后出现了古猿，出现了人类……因此，海人是地球最早的主人。

“海人的科学技术比人类不知发达多少倍。这个金字塔旁的黑洞就是海人与宇宙间的外太空人联系的通道。金字塔内是海人与外太空人的飞碟发射基地……”

“飞碟发射基地？”

“对，飞碟发射基地。每当他们要发射飞碟，或者飞碟要从太空返回时，如果海面上有船只，或者海空上有飞机，他们便将船舶和飞机吸进海底……”

哦……原来是这样……他似懂非懂地点了点头。可是，还有一个问题他不明白：既然海人有这么发达的科学，他们为什么不到陆地上与人类取得联系呢？

他将自己的疑惑告诉了泰勒中尉。

泰勒中尉沉默了。过了好久，泰勒中尉才告诉他，海人不愿意将自己高度发达的科学技术告诉给人类，因为他们看到人类用科学造福，同时也用科学制造先进的武器互相残杀。人类在地球上还没彻底解决自身的困境，就想到太空去残杀，搞什么“星球大战”。如果让人类掌握了海人和外太空人的秘密，那岂不是连整个宇宙空间都得不到和平与安宁了？说不定那时人类将到宇宙空间去争夺星球，去争夺殖民地……

……他惊讶地似懂非懂地听着。他猛然记起了这些话他曾经听过……他的伙伴小强的叔叔是一家科普杂志的编辑，平时也写一些科学幻想小说。他记得他去借有关百慕大三角海区的书籍时，小强的叔叔就对他讲过海人的故事……

那么，泰勒中尉……

……正想着，泰勒中尉突然不见了！

“泰勒中尉！”他大喊着，急忙扒开草堆，可是草堆里连个人影也没有，只有一摞厚厚的手稿藏在草堆里，手稿第一页写着：“百慕大三角海区的秘密”……

……他急忙伸手去拿，可是手指刚刚触到那摞手稿，就感到全身一麻！

完了！触电了……

……他大叫一声……

〔他从梦中惊醒了。

天还没亮，可他再也睡不着了。

他听见了大海的涛声。

大海是在诉说着一个秘密呢，还是在召唤他呢？〕

黄河恋

他——十五岁。初中三年级学生。1987年2月15日，黄河上游的龙羊峡水电站下闸蓄水，使龙羊峡至刘家峡一段240千米的河道主流断水，中国第二大河黄河有史以来第一次见了底。他走下寂静的河底，玩了整整一天……

……下到河底了。下到河底了。他坐在一块花岗岩石上，大口大口地喘着气，抬头望望河岸，只见峻峭的高山静静地耸立在两边，形成一道深深的峡谷。他简直不敢相信，那直耸云天的就是河岸？就是自己平时经常走动的河岸？啊，现在看来，河岸就好像在天上！

……"黄河之水天上来"，他记得，这是唐朝大诗人李白的名句。爸爸在龙羊峡水电站工作，爸爸爱背有关黄河的诗词。爸爸当然也教他背。现在，当他置身于深深的、干涸的河床，眼望头顶那一线蓝天，想象着黄河河水在自己头顶上呼啸奔腾的情景时，觉得李白这句诗写得真神！

……他常常在这一带河面上玩水。浑黄的河水像泥浆一样显得稠重。他常常心血来潮想潜入河底，看看黄河到底有多深。现在，当他真正坐在河底，抬头仰望高高的河岸时，不禁打了个寒噤……

……冷！冷……阴森森的河底寒气袭人。他觉得自己好像赤裸裸地浸泡在刺骨的冰水之中。他赶紧站了起来，小心翼翼地开始行走。

啊，黄河河底没有他想象中的鹅卵石，没有他想象中的黄泥和沙地，有的是一块一块仿佛从地上长出来的巨大的花岗岩！这些坚硬无比的花岗岩被黄河河水千年万年地搓捏，就像捏面人一样，捏成了各种各样稀奇古怪的形状——有的像春笋，有的像蘑菇，有的像小鱼摆尾，有的像雄鹰展翅，有的像猛虎下山，有的像羊群吃草，有的像精巧的石屋，有的像巍峨坚实的大厦遗址……

啊，黄河河底原来也是一个奇妙的世界！也许这里本来就是一个生机盎然的世界，人们在这里生活劳动，动物和植物在这里自然繁殖和生长。然后有一天，来了一个阿拉伯故事里的巫婆。她恶毒地念动咒语，于是，一切在一刹那间都变成了凝固的石头，保持着凝固前的姿态。瞧那群羊羔正抬头拱着羊妈妈的奶头吃奶，而羊妈妈慈爱地扭过头来，望着自己的孩子，眼中溢满了温情与爱……

……忽然间，“峡谷”中呼呼地刮起风来了。风卷着黄色的雾纱，像浪涛一样涌来。他赶紧跑到一间被水掏空了心的“石屋”中躲藏起来。

……四周顿时一片黑暗。一阵一阵轰隆隆的雷鸣声在“石屋”外震响，滚动，又像列车轰隆轰隆地从头顶上驶过，车辆撞击着钢轨，发出震撼心魄的轰响……

……轰隆隆的响声渐渐远去了。“石屋”外渐渐变得绿油油的，亮了起来。耳畔仿佛有哗啦哗啦的水声。他蹑手蹑脚地走到“门”口，朝外一望，不由得大吃一惊——哎呀，外面全部是水，是一片汪洋！

这是怎么回事？这是怎么回事？他吓得浑身直冒冷汗。难道是水电站开闸放水了吗？

一想到这里，他顿时瘫软了。他想起了那高山一般的河岸……如果是水电站开闸放水了，那……那……那自己就被淹没在河底了！

……淹死……

……变成石头……

……一阵嘻嘻哈哈的笑声从屋外传来。门外人影一闪，一个俊俏的小姑娘笑着走进屋来。她臂弯里挽着个竹篮，竹篮里装着水灵灵的蘑菇……

呀！这不是隔壁黄工程师的女儿小英子吗？两年前，她偷偷跑到河里游泳，不幸淹死了。现在，怎么她……

“啊！”小英子一见是他，也惊喜地叫了起来，“昌哥！昌哥！你怎么到这儿来啦？”

他觉得迷迷糊糊的，像在做梦。他感到背上淌着凉津津的冷汗：“小英子，你……你……”

小英子扔下竹篮，一下扑了上来，伸手勾住他的脖子，头伏在他的肩膀上呜呜地哭了起来：“昌哥，昌哥，我想你……”

……他感到小英子那温热柔软的身子在自己怀里颤动着。他想起了小英子和自己从小一起长大，一起上幼儿园，一起上小学，一起上中学的情景……这个性情活泼、成天像个快乐的小鸟一样的姑娘胆子特别大，一般女孩子不敢问津的事，她偏要去试一试。结果……他突然感到自己一直没有忘记小英子，一直没有……

……小英子牵着他的手在水中漂着。四周是静静的河水，头顶是哗哗的波涛。奇怪的是他的身上却是干的，走到哪里，哪里的水仿佛就自动地闪开，形成了一条路。

……他看见刚才那些凝固的花岗岩巨石此刻在水中全漾漾地活动起来，仿佛河水给了它们生命，而它们仿佛做了一场噩梦似的醒了。

……那群羊此刻正像鱼一样在水中游动着，小羊羔追赶着妈妈，咩咩咩地叫着，羊妈妈回过头来，等待着自己的孩子……

……那匹马、那头骡子，还有那头牛正低着头专心地吃着草。哦，那不是草，那是刚才看到的石笋、石蘑菇，但现在，它们像水草一样随着水流漂动着。

……突然，山脚下的那只猛虎朝这边游了过来。他吓得正想大声叫喊，只见小英子朝猛虎招招手，喊道："小虎！过来！过来！"

那只斑斓的猛虎温顺地游到小英子身边，就像只小花猫一样。小英子抚摸着它头上、背上的毛，回头对他说："上来吧！我经常骑着它到处游玩呢！"

……他和小英子骑在小虎背上了。

小虎像一条大鱼一样，在水里灵巧地、活泼泼地游着。许多鱼在他们身边游来游去，小虎不时调皮地用爪子去抓它们。那些鱼也不怕小虎，有的还鼓着眼睛嚷道："讨厌！"那声音像娇滴滴的小姑娘。

"小虎！上去！"小英子命令道。

小虎便朝水面浮上去，不一会儿，就钻出了水面！

……啊！浮上来了，浮上来了！

……他兴奋地打了个喷嚏，大口大口地呼吸着河上新鲜的空气。小虎像条小船在河上漂着。风吹动着小英子乌黑的头发，擦着他的脸颊，痒痒的。他觉得小英子真好看……

……突然，他看见一群男孩子在前面游泳，有的好像是他的同学，还有一个好像是小英子的弟弟小明。他不禁对小英子说："看！小明！"

小英子抬头一看，也惊喜地大叫起来："啊！是小明！是小明！"她的眼中盈满了泪水，大声喊道："小——明——"

小明他们回过头来，一看，竟游来一只大老虎，一个个吓得大叫大喊，拼命向河岸游去。

"小——明——不——要——怕——"小英子急忙喊道。

小明他们转眼就跑到河岸上了，一个个光着屁股，没有穿衣服。

小英子这时却呜呜地哭了起来。

"小英子！小英子！你怎么啦？"他捧着小英子的脸，问道。

"昌哥，我……我不能上岸……"小英子满脸是泪水，"我是黄河的女儿，我不能离开黄河，我一上岸就要死的……"小英子大哭起来，"昌哥！昌哥！水电站建成了，你又要走了吗？"

他也激动起来："我不走！我不走！我就在水电站当工人！我不离开黄河！"

小英子摇摇头："不，不……你的成绩好，你的老家又在北京……你去考高中、考大学吧！只要你记得我，有空来看我就行了……”

“不！我不回北京！”他大声嚷了起来，“走，跟我一起回家去！”

小英子挣脱了他的手，盈满泪水的大眼睛深情地望着他，哽咽着：“昌哥，再见了……”说完，咬着牙，突然用力将他从虎背上推下去。

“小英子！”他大叫一声，一下跌进了河水里……

〔他惊醒了，心还在咚咚地乱跳。

他听见妈妈在嘟囔着：“这孩子，真不听话，一个人往河底跑。这不，专门做噩梦……”

他闭上了眼。他还想做梦。他还想到黄河河底去，那儿有奇妙的水底世界，有美丽的小英子……〕

女儿潭边的呐喊

她——十五岁。念过两年书。哥哥痴呆，三十多岁尚未娶媳妇。最近，她听见父母在悄悄商量，要用她去“换亲”——把她嫁给一个残疾光棍，然后换回残疾光棍的妹子给哥哥做媳妇，好给她家续香火……

……油灯忽闪忽闪，突然就灭了。四周一片寂静。远处传来山谷里的风声和溪涧的流水声。

她翻来覆去，睡不着……

门外好像有沙沙沙的脚步声……

她的心顿时绷紧了，不由自主地从枕头下面摸出了早就准备好的剪刀……

但是那脚步声又突然消失了……

……咕……咕……是什么怪鸟在林子里叫，声音孤独而凄切……

……脚步声又响起来了，嚓、嚓、嚓……

……窗口，一个人影忽地一闪！

她吓出了一身冷汗，立即坐了起来。

这几天，她没敢脱衣服，腰上系了两根裤带，而且打了死结。她手握剪刀，屏住气，凝神倾听……

……窗外，似乎飘来絮絮低语："……等到后半夜……"后面的话被风吹散了……

她的心顿时像沉下了冰凉的深潭。泪水一颗，两颗……无声地滴落在被子上。

……突然，一个熟悉的声音从窗外悄悄传来："妹子！妹子……"

啊！是姐！是姐的声音！

她顿时惊吓得汗毛直竖，浑身哆嗦起来。姐早就死了。姐早就跳进女儿潭死了。是她的魂来了吗？

……“姐，姐……莫吓我！”……

……“妹子！快！跟我走！”……

……“姐，我……我不敢……你……你是人还是鬼呀？我不敢！”……

……“妹子！快走！再不走就来不及了！”

啊……她想起来了，她想起了刚才听到的那半句话：“等到后半夜……”

她握着剪刀，悄悄地下了床……

……月牙儿被黑魆魆的山林俘获了。一阵一阵的林涛起伏着，好像在不安地辗转反侧。

……咕……咕……一只怪鸟在林子里孤独而凄切地啼鸣。

……山路上朦朦胧胧地有一个白色的身影，好像是姐……

……她壮着胆朝那白影走去，低声唤了一声：“姐……”

白影并不说话，只是转身朝前飘去。

她紧握着剪刀，好像握着她全部的生命。她小心翼翼地拉开一段距离，跟在白影后面。

……山路弯弯曲曲地向岭上延伸。翻过山岭，前面就是大路了。

她走上了山岭。山风呼呼地吹了过来，她忍不住打了个寒噤。

前面就是大路了，她松了一口气。这时，她情不自禁地回过头来，恋恋不舍地望着她的家。

古老的木屋被树林和夜色吞没了。但是，她仍能辨认出老屋的屋脊。她似乎听见了爹在痛苦地咳嗽。爹害着哮喘病，夜夜咳得睡不着觉……她似乎听见了娘在偷偷地哭泣。

半夜，她常常被娘那压抑的哭声惊醒。娘在哭姐。姐是娘的一条胳膊呢，大小事情，姐全包了。姐不仅能干，心灵手巧，而且长得像一朵花，老人们说姐就像娘年轻时那俊模样。姐还未成人，前来提亲的人就踏破了门槛，但是爹丢下一句话：哪个想娶姐，就得给哥送个媳妇来，爹情愿倒赔彩礼；这个条件办不到，哪怕是搬一座金山来，爹也不放姐走……

这句话一丢出，就像一块大石头封了山门。这个山洼穷且不说，她的哥是个不醒事的痴呆呀，三十多岁了，不会穿衣，不会吃饭，连拉屎拉尿都不会，哪个姑娘愿意来伺候他呢？

但是两年前，有人上门来“换亲”了。老鸦沟的一户人家也只有一个独苗儿子，在山上采石放炮时，炸瞎了双眼，炸断了双手和一条腿。这残疾有个妹子，那一年十三岁，和她同年。媒人来她家提议“换亲”，爹立即答应了，并说将那妹子娶过来先养着，等那妹子长大了，再跟哥圆房……

可是姐死活不答应。她知道，姐有了相好，就是杉树岭猎户的儿子……然后爹打了姐。然后爹把姐关在厢房里。然后……姐翻出窗口逃走了……

第二天，姐从女儿潭浮了上来……那一年，姐才十七岁……两年了，娘夜夜哭，哭坏了眼……娘啊，娘啊，你夜夜哭姐，可是为什么现在又逼我呢？娘啊，娘啊……

……她扑通一声跪下了，朝着老屋，给爹娘重重地磕了几个响头……

……雾气从林子里漫了出来，四周渐渐混沌不清了。她睁大了眼，仔细辨着路，可是那条大路突然化成一团大雾不见了……

……一个白影突然一闪……

……是姐……这时，她也顾不上怕了。她深一脚浅一脚地朝白影奔去，边跑边喊着："姐！姐！等等我！等等我！"

……白影突然不见了。四周白雾弥漫，水声哗哗，冷气森森……

……她惊恐地站住，不敢动弹了。待眼前的一团雾气飘过，她赶紧一看——啊，女儿潭！她已经走到女儿潭的边上了，再往前迈一步，就要掉进潭里去了！

……她倒抽一口冷气，吓得赶紧往后退，一下跌坐在地上。

……一双冰凉的手把她搀扶起来。她回头一看，啊，是姐……

……姐穿着一身白衣，飘飘荡荡，就像仙女一样。姐还是那么漂亮，大大的眼睛，长长的眼睫毛，黑眼珠像潭水一样深沉。

她顿时百感交集，一下扑在姐的怀里，痛哭起来。

"妹子，好妹子！莫哭，莫哭……"姐给她揩着泪水，自己也抽泣起来。

“姐……你……你好狠的心啊！你只顾自己走，害得娘哭坏了眼，害得我……”她又呜呜地哭了起来。

“妹子，不是姐心狠……是姐命苦……”姐为她揩着泪水，“妹子，听姐一句话，爹娘就只有你这一个女儿了，你可千万莫学姐，妹子！女儿潭你可千万去不得呀！”

“我偏要！我偏要！”她又像平时那样和姐赌起气、撒起娇来了。

“好妹子！做不得，做不得！你要是跳了潭，爹娘就没姑娘去换儿媳妇了……”

“啊？姐！”她气愤地甩掉了姐的手，“我的命再苦、再贱，也是个人哪！我不是苞谷！不是红薯！不是桐油！不是鹿子皮！可以拿去随便换东西！”

“妹子，妹子，你……”姐显得手足无措了。

“姐，不是我做妹子的瞧不起你。你为什么要跳潭？山高不挡云行路，哪块水土不活人哪？”她越说越激动，把埋在心底的话全吐出来了，“姐，你这好的人，你死得冤！你放心，我不会跳潭！我不要死，我要活！”

“妹子，妹子……”姐姐伤心地哭了起来，“那……那哥就娶不成媳妇了哇……”

“娶媳妇？哥能娶媳妇吗？一个废人！那不是坑害人家姑娘吗？”

“可爹娘就这么一个儿子……”

“儿子又怎么啦？如今爹娘还就只我这一个女儿呢！”她一听这话，火就噗噗地烧起来了，“我最讨厌听这种话！什么一个傻儿子抵十个俊姑娘……姑娘就不是人了？我就是不服这口气！姑娘也是人！姑娘也是人！”她流着泪，吼了起来。

……突然间，女儿潭里涌出一团团白烟，姐不见了。深潭里传出一阵阵哭声，一阵阵呐喊声，其中也有姐的声音：“姑……娘……也……是……人……”

……她站在潭边朝下一看，只见井一般的深潭里，许多穿着白衣的姑娘正拼命用手抠住石壁，拼命地往上爬。她看见姐也咬着牙，全身贴在湿漉漉的潭壁上，像个大壁虎似的往上爬……

……她急忙蹲下，伸出手：“姐！快！快爬！”

……轰隆隆……身后一阵巨响！她回头一看，不好了！潭边的一堵石壁突然间摇晃起来，就要崩塌下来……

……潭里的姑娘们惊恐地大叫起来。因为石壁倒下来，会像盖子一样把潭口盖个严严实实……

……她急忙躬下身去拉姐姐：“姐！快！快呀！”

……姐拼命地往上爬，往上爬……

……轰隆隆……石壁像个喝醉了酒的汉子，歪倒下来了！

就在这时，她转身跑到石壁前，用双手死死地顶住石壁，大声吼着：“姐！快！快爬上来呀！”

……沉重的石壁无声地倾倒着，要把她，要把那些白衣姑娘全压进深潭里去……

……而她用细嫩的双手和脆弱的头拼命地顶住石壁，不让它倒塌下来，不让它再一次把姐压进深潭里……

……顶住啊，顶住啊……她的双臂像风中的芦苇一样颤抖起来；她的头顶着石壁，好像就要裂开；她的牙紧紧咬住嘴唇，鲜血从嘴角流了下来。她已经跑不脱了，或者是顶住石壁，或者是被石壁压进深潭，这就是她最后的选择……

〔她正在做噩梦。她的手搁在胸口上了，手里握着一把锈剪刀。枕头边，是一个已经打点好了的小包袱……〕

黑树林·大戈壁·红月亮

她——十五岁。初中三年级学生。暑假，她和同班同学一道骑自行车旅游。今晚，他们第一次在野外露营。她翻来覆去，睡不着……

……有什么声音从那片黑黝黝的树林里传来——叮咚，叮咚，叮咚……

……有什么声音从那片黑黝黝的山丘上传来——咕咕，咕咕，咕咕……

……有什么声音从那片灰蒙蒙的河滩上传来——叽叽，叽叽，叽叽……

……有什么声音从那条灰蒙蒙的小路上传来——嚓嚓，嚓嚓，嚓嚓……

……她竖起耳朵，极力分辨着大自然中每一种细微的声响——潺潺的流水声，哗哗的树叶摇动声，沙沙的风声，远处树林里小鸟噗噗的飞动声，周围同伴们此起彼伏的鼾声……

但是她老是睡不着，老觉得有一种耳朵听不见，只有心里感觉得到的神秘的声音在悄悄地由远而近地传来……她老是觉得这沉沉的静默中潜伏着一种危机，潜伏着一双窥探着他们的眼睛……

……那双绿油油的、闪着贪婪的寒光的眼睛仿佛就在那片黑黝黝的树林里。忽闪忽闪的绿油油的眼睛……是狼的眼睛，是狐狸的眼睛，是妖怪的眼睛……（哎哟，妈呀，她打了个寒噤。）是狼、是妖怪都还不可怕，最可怕的是潜伏在树林里不怀好意的人的眼睛……人有时比动物、比妖怪更可怕……

……隐隐约约地，她感到林韵悄悄地起床了。和她睡在一顶帐篷里、一张凉席上，盖着一条被单的林韵悄悄地轻脚轻手地起床了……这次骑自行车旅行有六个男生，只有她和林韵两个女生。大家开玩笑说林韵是“林妹妹”，说她是“宝姐姐”，可是没说谁是“宝哥哥”。奇怪，男同学都是些奇怪的人，谁也不说谁是“宝哥哥”。“宝哥哥”是谁呢？谁也不是，可谁都有点儿像……林韵悄悄地起床了……林韵，林韵，你是要去“方便”吗？手电筒在我这儿呢……唉，和男生在一起，最不方便的就是“方便”……

……林韵悄悄地走出帐篷，悄悄地朝那片黑黝黝的树林里走去……林韵朝那片潜伏着绿油油的眼睛的黑树林里悄悄地走去……没有声响，好像是在飘动一般，朝神秘而恐怖的黑树林里走去……

……林韵！林韵！你要去干什么……

……林韵！你回来！危险！林韵……

……但是她没喊出声，林韵也没听见。林韵独自一人悄悄地朝那片神秘的黑黝黝的树林里走去，走进了那片黑树林……

……突然间，黑树林里传来哧哧的笑声，传来想抑制但是抑制不住的哧哧的笑声……

……那是林韵的笑声……

……那是林韵在笑……

……她按捺不住好奇与激动，按捺不住一种说不出来的酸溜溜的感情，终于也悄悄地起床了。她握着手电筒，钻出了帐篷，蹑手蹑脚地朝那片黑树林走去。

……黑树林像一堵密不透风的高墙挡住了她的去路。粗壮的大树一棵紧挨一棵，一棵紧挨一棵，筑成了一面高墙。没有门，没有窗，没有缝隙。一面黑色的树木筑成的高墙挡住了她的去路……

……奇怪！刚才林韵是怎么进去的呢？

……她伸手摸了摸眼前的大树，突然间，好像摸到了人的胳膊！一种热烘烘、滑腻腻、麻酥酥的感觉像电流一样传遍了她的全身。她吓得一缩手，手电筒啪地一下掉在地上。她转过身，撒腿就跑，没命地朝宿营地奔跑！

……当她喘过气来、定下神来时，发现自己站在一片茫茫无边的戈壁滩上了。平坦的、荒凉的、冷寂的大戈壁从她的脚下一直延伸到天边。茫茫的大戈壁上没有一茎小草，没有一朵鲜花，没有一株树苗，当然就没有一星绿色。茫茫的大戈壁上没有一条小溪，没有一方池塘，没有一眼水井，没有水的柔情、水的滋润，当然就没有生命的喧哗。这干涸的大戈壁由于拒绝了水的滋润而失去了生命，像地球上一块丑陋的皮癣。

……四周静得可怕，只有天和地，只有蓝色的天宇和铁青色的大戈壁，然后是她，孤零零的一个人……

……她呆呆地站住了。呆呆的她还没清醒过来。她从来没有见过真实的大戈壁。她只是从画报上、电影中、书本上见过大戈壁。她没想到大戈壁竟是这样无边无际，荒凉得可怕。

……她下意识地用双手搂抱着裸露的双肩。她只穿了一件黄色的连衣裙。连衣裙没有飘动，因为大戈壁中没有风。

……这干涸得像铁板一样的大戈壁！

……大戈壁，你也曾是一片肥沃的土地吗？你也曾有过潺潺的流水，也曾有过葱茏的绿色，也曾有过小鸟的啁啾，也曾有过树叶的低语吗？是什么时候你拒绝了水的流淌、水的滋润呢？连一片带雨的云也被你拒之门外，于是你只好这么板结下去……你这么板着脸，当然很严肃，很一本正经……可是你没有生命，你成了地球沉重的负担，成了一具干尸。虽然你板着一本正经的脸……可是你成了地球的皮癣……

……突然间，从地平线上升起半圆红色的月亮……半圆的红月亮像萌芽的生命渐渐地冉冉升起了。渐渐地，一轮又圆又大的红月亮从地平线上升起来了啊，红月亮渐渐地占据了整个天幕，像一个巨大的气球搁在地平线上……

……她呆呆地望着这轮鲜嫩的红月亮。她从来没有看见过这么大的红月亮。她只是在城市里看到过升上中天的鹅卵石般的月亮。她没想到世界上竟然还有这么大的、这么撼人心魄的红月亮……

……红月亮一闪一闪地像自行车的车轮在地平线上缓缓转动起来……她听见从月亮中传来丁零零的自行车铃声，传来咻咻的笑声……那铃声、那笑声仿佛是从清亮清亮的水中冒出来的，因此那铃声、那笑声被清亮亮的水澄得那么明净，那么湿润，于是显得那么清脆悦耳。那是水的铃声、水的笑声啊……

……于是，她看见了一片闪着银鳞的河水。河面上笼罩着一片蒙蒙的夜雾。轻纱的夜雾中悠悠地滑出了一条小船。小船仿佛是夜的梭，在河面上织着雾一般的轻纱……

……于是，她看见了一方映着星光月色的池塘。暗绿色的塘水像一只老母鸡正在孵化着一粒粒星星。有人在池塘边的石块上捶衣服，捶衣声嘭啪嘭啪地响着。于是，这响声在水面上漾起了一圈圈细细的密密的波纹，像录音磁带转动着录下了那带着肥皂味的嘭啪嘭啪的捶衣声……

……于是，她看见了黑黝黝的树林中闪动着一条银链般的小溪。蜿蜒的小溪映着月光，显得格外耀眼。浓绿的树影全酽酽地泡在这清亮的溪水之中了，于是这溪水也带着清冽浓郁的绿香……

……于是，她看见了一弯一弯的水田。绿色的水田里一片蛙声。乳白色的薄雾横盖在水田上，随着夜风，在缓缓地流淌。于是，那蛙声、那虫鸣在这流淌着的白雾中显得更加朦胧，更加富有诗意了，仿佛在唱着一个迷离的童话……

……这一切都像在电视屏幕上一闪而过，都在电视屏幕般的红月亮上重现了。这些在高楼林立的城市里，在钢筋水泥浇铸的森林般的城市里看不到、体验不到的情景和心境，这些在自行车旅行途中所看到、所体验到的情景和心境，全在红月亮上一一重现了……

……水！水！水啊……

……红月亮像自行车轮缓缓转动着。在红月亮和蓝色天幕的映衬下，一支自行车车队在地平线上出现了。浓黑的自行车车队的剪影，一辆接一辆的自行车……丁零零的车铃声，哧哧的笑声，带着青春的气息。青春的气息就像那清晨清甜的空气的气息，就像那被绿色泡得酽酽的水的气息啊……

……那是他们的自行车车队！那是他们的自行车车队！她看见林韵和六个男同学一手握车把，一手扬起来向她招手。她听见他们在召唤："快来呀！咱们要出发啦！"

……"等——等——我——"她大声喊起来，朝着红月亮，朝着自行车车队奔去……

〔"哎哟！"一声惊叫！

她一脚蹬在林韵的腰上。林韵惊醒了，她也惊醒了。

两人偷偷地笑。

"什么事？"值班放哨的欧阳问道。

"别过来！"她严肃地喊道，又和林韵将被单拉着盖住脸，哧哧地笑。

红月亮……红月亮……〕

寻找支点

他——十五岁。初中三年级学生。今天，紧张的升学考试终于结束了……

……他站住了，站在一块岩石上，站在半山腰一块凸出的岩石上。

头顶是插入云天的万丈峭壁，脚下是深不可测的万丈悬崖。他紧紧贴在陡峭壁立的悬崖上。他张开双手，张开双脚，像一个“大”字，紧紧地贴在垂直壁立的岩石上。

没有路。

没有前进的路。

更没有后退的路。

要么就像壁虎一样紧贴着悬崖，攀登上顶峰，要么就像一粒石子从半山腰坠落下去，坠落到连坚硬的岩石也要粉身碎骨的深渊中……

……究竟是怎么到这儿来的，他不知道。

……究竟要到哪儿去，他也不知道。

……他只知道似乎已有人在他的前面攀登上去了。他只知道眼前的石缝里有着凝固了的斑斑血迹。他只知道他应该爬上去，应该攀上去，虽然这壁立的万丈悬崖上根本就没有路。

……他活动了一下因紧张而绷得僵硬的双臂。他活动了一下因登攀而血肉模糊的手指。

他没有感到疼痛。

疼痛在生与死的搏斗中显得微不足道了。

他没有感到恐惧。

恐惧在狰狞的死神面前被磨成粉末而消失了。

他只感到了一种渴望，一种向上攀登的渴望。

不是为了求生。

也不是为了早日登上顶峰。

仅仅为了求生，或者仅仅为了登上顶峰的荣誉或者解脱，不属于这种渴望，不属于他的渴望，不属于他此时此刻的渴望。

他开始活动着关节。他开始将力量传导给抠住石缝的手指。他咬紧了牙。他感到一阵兴奋，一阵即将攀登的兴奋……

……云飞来了，雾涌来了，天地一片混沌。

……云雾像汹涌的海潮一样扑了过来，要把他连同整座大山一口吞没。

……大山在排天大浪一样压过来、涌过来的云雾中消失了。潮湿的、冷飕飕的、充满水腥味的云雾在山风的鼓动下，像喷射而出的急流向他横扫而来，要把他像捻死一只小蚂蚁一样捻死在石壁上。

……就在这时，他感到自己与大山浑然一体了。就在这时，他感到自己已成为大山的一部分。就在这时，他真正地感受到了一种坚硬的存在，一种坚实的存在。纵然大雾弥天，一时遮盖了一切，但是他因与大山紧紧贴在一起而感到大山的存在，同时也感到了自己的存在。

……就这样，他手脚并用，又开始向上攀登了。他首先紧紧贴住石壁（他恨不得石壁是块磁石，而自己是一枚铁钉），然后用右手哆哆嗦嗦地在石壁上摸索着搜寻着每一条缝隙。他将手指伸进石缝中，小心翼翼地试了试，看那条石缝是否能承受他向上攀登的重负，然后将手指深深地抠进石缝里，再腾出左手在石壁上摸索着搜寻着每一条缝隙。他把左手的手指也深深地抠进石缝里，然后将脸颊紧贴在石壁上，用目光从自己的肋下扫下去，看石壁上是否有可以蹬脚的地方。一块拳头大的凸部，一条可以容纳足尖的石缝，都是他支撑起自己渴望的支点。地球很大很大，人在地球上所需要的支点有时却很小很小。此刻他所渴望的支点只是石壁上的一块突出的岩石，只是悬崖上一条可以容纳足尖的石缝。阿基米德说：给我一个支点，我可以将整个地球撬起来。此刻他所需要的支点和阿基米德所需要的支点是同一个支点啊……

……就这样，他终于找到他所需要的支点了。左脚的膝盖正抵着一块凸出的石头，而右脚小腿旁有一条狭长的石缝。

他咬紧牙关，将所有的力量凝聚在十指，开始收腹，小心翼翼地慢慢地抬起右脚，将脚尖插进石缝里，蹬了蹬，试了试石缝的承受力。然后，他又紧贴石壁，将力量运动到右脚，再将左脚小心翼翼地慢慢地抬起来，足尖蹬在凸出的石头上。然后，他又开始用手摸索着搜寻着每一条石缝、每一块可供攀登的岩石，酝酿着下一轮的攀登……

……他对缝隙的印象从来没有像今天像此刻这样清晰，这样深刻。

……他对缝隙的感情从来没有像今天像此刻这样亲切，

这样深厚。

……他从来不知道在苍鹰也难以驻足的万丈悬崖上，还会有支撑起生命、支撑起渴望、支撑起攀登的信念的缝隙。

……而这些缝隙多像额头上的皱纹，多像手指上的裂口啊！

……就这样，他一寸一寸地艰难地顽强地向上攀登着。他爬得很慢很慢。有时看上去他几乎凝固在石壁上了，成为石壁上一块斑驳的苔藓。如果此时有人来对他评头论足，指责他停滞不前，是有充足的理由的。当然那位评头论足的先生首先要给自己在悬崖上找一块立足的岩石。

作为攀登者的他此刻忘记了快与慢的存在。他全部的身心都凝聚在寻找石缝寻找支点上。他一寸一寸地向上挪动着，一寸一寸地向上攀登着。他不知道这山还有多高，还需要多长时间才可以攀上顶峰，这对他来说完全没有必要，也没有任何意义了。他已经贴在半山腰了，他已经没有任何退路了。如果攀上顶峰还需要一百年，那么他会这么一寸一寸地攀登一百年的！

……他一寸一寸攀登，他小小的存在似乎是一种挑战了（虽然他不知道自己的行为已经是一种挑战）。于是当云雾精疲力尽地退却时，暴风雨突然呼啸着来临了！

……天地间陡然一团墨黑，就像茫茫大海中蹿出一个大章鱼，吐出一团团墨汁，将整个大海搅得一片昏黑。狂风就在这翻江倒海的昏黑中咆哮着扑过来了，像一只恼怒了的大黑熊。它疯狂地摇撼着一座座大山，就像大黑熊摇撼着一株株小树苗……

……闪电突然间一亮，像惊恐的小鹿瞪大了眼睛，然后吓得刹那间跑得无影无踪了。就在这时，惊雷炸响了，像紧紧追赶着小鹿的猛虎，咆哮着扑下山去……

……轰隆隆！雷声在山谷里久久回荡，余音未逝，又一声炸响，就像千万头猛虎一头接一头地掉进了陷阱里，在陷阱里疯狂而绝望地吼着跳着，妄图逃出去……

……就在这隆隆的雷声中，大雨倾盆而下了。惊雷将银河的堤坝炸开了一道道缺口，汹涌的河水冲出缺口，像千千万万个大瀑布一样，向山谷里倾泻！

……他全身被暴雨淋得透湿了。他全身被狂风抽打得失去了知觉。他紧闭着双眼，紧贴着石壁，只是下意识地用血肉模糊的手指死死地抠住石缝！

……轰隆隆！轰隆隆……

……“大黑熊”终于把“小树苗”扳倒了。一座座山峰在狂风暴雨中在惊雷闪电中颓然倒下，崩塌了！大山在倒下时发出了惊天动地的悲壮惨烈的撕裂心脾的呐喊，就像冲锋的勇士突然遭到从背后射来的冷箭，在倒下的一刹那，猛回头发出的愤怒的死也不愿瞑目的呐喊啊！

……他在这愤怒的惨烈的呐喊声中苏醒了。他看见大山一座一座地倒下了！他感到自己所拥抱的这座大山也在醉汉般地摇晃!

……如果大山像一株大树，那么他双手紧紧合抱住大树也有一种安全感，哪怕这株大树即将倒下。可是大山给他的是一面壁立的高墙，而他只是高墙上一只小小的蚂蚁。他只能张开双臂，全身紧紧地贴在石壁上。大山如果再摇晃下去，就会像大象抖掉身上的蚂蚁一样把他抖掉，而他会跌进万丈深渊!

……就在这时，他左脚踩着的那块岩石突然间松动坠落了！就在他左脚悬空的同时，由于全身的重量突然移到右脚，右脚踩着的那块岩石也突然被蹬掉了!

他一下双脚悬空，吊在悬崖上!

他惊叫了一声（他一定惊叫了一声），便悬在半空中了!他的青春、他的生命、他的渴望此刻便全部凝聚在他那血肉模糊的十指上，凝聚在那皱纹般的裂口般的石缝中了!

而狂风还在摇撼着大山!

而暴雨还在冲撞着大山!

而大山正在狂风暴雨中摇摇欲坠!

……抠住！抠住！抠住啊!

……生命的意识只剩下死死地抠住石缝了。宁可与大山一同倒下，也不能松手！宁可与大山一同倒下，也不能松手啊……

……狂风呼啸……

……暴雨急泻……

……大山在摇晃……

……手指即将断裂……

……他感到坚持不住了。他感到手指再也抠不住石缝了。他感到双臂在颤抖。他感到了坚持的痛苦！

……而松手……松手是一种解脱，一种摆脱痛苦、摆脱烦恼、摆脱艰辛的解脱啊……

……就在这时，他突然听见了一阵歌声，一阵他所熟悉的歌声！不是队列中雄壮有力的进行曲，也不是战场上慷慨激昂的冲锋号，而是一阵在吉他的伴奏下轻声的吟唱，像一阵轻风吹开夏夜的窗帘那样温柔的吟唱……

……这轻轻的吟唱像一把火将他对生活全部的爱点燃了。他又一次感到了自己的存在，自己和大山紧紧贴在一起的存在！他分辨出那歌声是从他头顶上传来的。既然有人在山顶上，他为什么要松手掉下去呢?

——抠住！抠住！抠住啊！

……他大声地狂喊起来（他一定狂喊了)。他开始咬紧牙关，用悬空的脚尖在石壁上探索着，寻找着石缝，寻找着凸出的岩石，寻找着自己的支点。他一定找到了，因为他紧紧地贴着冰冷的石壁，失声痛哭起来了啊……

〔他突然惊醒了!

他发现自己在流泪，在哽咽。

他全身顿时松了劲儿，瘫软在凉席上。

一个噩梦……这是他印象最深的一个噩梦……

初中生活结束后的一个噩梦……

其实，这仅仅是一个噩梦吗?

亲爱的读者，您说呢？〕

读一页书　舔一口蜜

新时期中国儿童文学精品文库

董宏猷　一百个中国孩子的梦

发起　中国儿童文学研究会

策划　楚三乐　郑　重　金马洛

出版统筹　金马洛　孙　佳

选题策划　读蜜童书馆

责任编辑　陈　园

特约编辑　刘锦平

数字编辑　姜梦冉

官方微博 @ 读蜜童书馆

合作邮箱 dumi@dumilife.com

团购电话 010—67278216

图书在版编目（CIP）数据

一百个中国孩子的梦 / 董宏猷著 . -- 杭州 : 浙江文艺出版社 , 2022.7

ISBN 978-7-5339-6745-1

Ⅰ . ①一… Ⅱ . ①董… Ⅲ . ①儿童小说 – 长篇小说 – 中国 – 当代 Ⅳ . ① I287.45

中国版本图书馆 CIP 数据核字 (2021) 第 274551 号

策　　划　楚三乐　郑　重　金马洛
责任编辑　陈　园
特约编辑　刘锦平
数字编辑　姜梦冉
装帧设计　言　成
封面插画　张璇工作室
排版制作　读蜜工作室 · 思颖
内文插画　祁彩明　王东亮　杨　莉　张小燕　张紫雅
责任印制　张丽敏

一百个中国孩子的梦　董宏猷 著

出版发行　浙江文艺出版社
联系电话　0571-85176953（总编办）
　　　　　　0571-85152727（市场部）
经　　销　浙江省新华书店集团有限公司
印　　刷　杭州丰源印刷有限公司
开　　本　880 毫米 ×1230 毫米　1/32
字　　数　387 千字
印　　张　18.625
插　　页　6
版　　次　2022 年 7 月第 1 版
印　　次　2022 年 7 月第 1 次印刷
书　　号　ISBN 978-7-5339-6745-1
定　　价　42.80 元